LE PRINCIPE DE PARCIMONIE

Du même auteur :

Les Visages de Dieu, nouvelle édition revue par l'auteur, Pocket, 2014

Le Massacre des innocents, nouvelle édition revue par l'auteur, Pocket, 2014

Le Cimetière des hirondelles, nouvelle édition revue par l'auteur, Fleuve Éditions, 2016

Les Larmes de Pancrace, nouvelle édition revue par l'auteur, Fleuve Éditions, 2016

Le Principe de Parcimonie, nouvelle édition revue par l'auteur, Fleuve Éditions, 2016

Chaque livre peut se lire séparément, les histoires étant totalement indépendantes, ou bien dans l'ordre chronologique, afin de mieux suivre l'évolution des personnages récurrents. Plus d'info sur mallock.fr

MALLOCK

LE PRINCIPE DE PARCIMONIE

Thriller littéraire

fleuvenoir

LES « CHRONIQUES BARBARES »

« Les Chroniques barbares » forment un tout, une tentative d'écrire une « Comédie (in)humaine » sur le mode policier, décrivant les différentes raisons et facettes que peut prendre le mal chez l'homme et qui le conduisent inéluctablement à la barbarie. Chacun de ces thrillers baroques est écrit indépendamment de la série, chaque histoire étant parfaitement autonome, afin de pouvoir être lu dans l'ordre que l'on souhaite.

Publié en accord avec l'agence littéraire Astier-Pécher

ISBN : 978-2-265-11445-6

Le plus limité, s'il est adéquat,
est toujours préférable.

Aristote, 384-322 av. J.-C.

PROLOGUE

Fort Mallock, mercredi 12 octobre

Pour préparer les cornichons à la russe, il suffit de les percer à l'aide d'une pique en bois, puis de les plonger dans du gros sel avec de l'ail et un assortiment d'épices : thym, aneth, fleurs de fenouil, ainsi que feuilles de raifort, de cassissier ou de cerisier. La formule que le Dr Ockham avait utilisée était bien plus rustique. Dans un mélange de formol et d'éthanol, il s'était contenté d'ajouter une branche d'estragon, deux ou trois feuilles de laurier et quelques oignons grelots. Dernière différence, en lieu et place des gros malossols, Ockham avait disposé, verticalement, bien serrés les uns contre les autres, des doigts humains.

Une fois le bocal refermé, le Vénérable Initiateur, comme il aimait à se faire appeler, avait inscrit sur l'étiquette : « Pervers au vinaigre ». Dans la même encre violette, en pleins et en déliés, était également rédigé le précepte N° 4 : « Tu ne toucheras pas aux enfants avec des pensées sales. »

Lourd de spéculations, le commissaire Amédée Mallock reposa le récipient transparent sur son bureau. Depuis une trentaine de jours, alors que des torrents d'eau engloutissaient la capitale, il tentait de comprendre. Qui se cachait derrière le nom d'Ockham ? Quels étaient ses motivations, son but… les raisons de sa colère ? La France, pétrifiée par la crainte et la fascination, retenait son souffle. En moins de deux mois, le Polichinelle avait commis plus d'atrocités et suscité bien plus de peur que nul autre à ce jour.

Et pourtant, il n'avait pas encore tué.

Pas de quoi se réjouir. Pour Mallock, ce n'était qu'une question de temps.

Après s'être agités en tentant de trouver une sortie, les dix doigts avaient fini par reprendre leur position initiale. Immobiles. Le commissaire s'assit et se força à détourner les yeux. Dehors, un coup de vent rabattit une armée de gouttes contre les vitres. Arrivée en même temps qu'Ockham, la pluie semblait avoir décidé de l'accompagner dans ses délires, montant en puissance à ses côtés. La Seine bouillonnait et, dans les rues de la capitale, les égouts débordaient.

S'il avait fallu donner un point de départ à ce qui allait bientôt s'appeler l'affaire Ockham, l'historien aurait sans doute choisi le 6 septembre, date où celui-ci, par son premier acte de folie, avait plongé le monde entier dans la consternation.

LIVRE I

1

Deux mois auparavant

L'homme aime avant tout les certitudes. La vérité ou la découverte, le ciel, la mer, l'amour même, ne viennent que bien après. Les abîmes du doute ne sont pas faits pour lui. Bien au contraire. Ce sont ses certitudes, petites croyances ou grandes convictions, qui l'empêchent de trembler le matin et lui permettent, à la nuit venue, de s'allonger et de fermer enfin les yeux.

Alors, parce qu'il en manque, l'homme s'en fabrique. Le *Titanic* ne peut pas couler, le Concorde est le roi du ciel, les tours de Manhattan sont imprenables et la *Joconde*, dans sa prison de verre, est protégée à jamais des attaques de brigands.

Ce mardi-là, la dernière de ces quatre certitudes, comme ses sœurs en leur temps, s'effondra.

C'était l'une de ces journées où, dissimulés derrière les nuages, des bataillons de gouttes s'arment et complotent avant de s'abattre sur l'aridité des cités. Sur le parvis de

Notre-Dame, parapluies et citadins tentaient d'échapper à leurs destins mouillés. Mallock était sorti de chez lui, redoutant bien autre chose que la pluie. Pour lui, mi-Breton, mi-Béarnais, le danger ne viendrait jamais de la nature elle-même, mais de son absence têtue au cœur des villes.

Commissaire visionnaire, ours bipolaire, anarchiste défendant l'ordre, Mallock était un grand encombrement d'états d'âme : violent et pacifique, humble et orgueilleux, sage et irascible. Animal paradoxal à griffes rétractiles, il était emprisonné dans un mélange de mélancolie et de colère contre une humanité qu'il défendait tant qu'il pouvait, tout en continuant à la considérer comme indéfendable.

En passant à 7 h 30 devant le Quai des Orfèvres, le commissaire fut pris d'un sentiment de nostalgie et d'exclusion. Après une bonne vingtaine d'années à déambuler entre les murs du 36, il officiait désormais au 13 de la rue du Cloître-Notre-Dame, à cinq minutes à pied.

Le nouvel espace, réquisitionné pour y installer une partie de la Crim, était un immeuble Art déco avec deux façades en pierres blanches, sculptées de feuilles d'acanthe, d'oiseaux, d'insectes et de fleurs. Les larges fenêtres aux cadres ornés d'arabesques éclairaient un intérieur entièrement rénové. Ce nouveau temple de la lutte contre le crime avait été baptisé le « 13 », en souvenir du diminutif affectueux que l'on avait donné au 36, quai des Orfèvres.

Les plus superstitieux espéraient également qu'un tel chiffre leur porterait chance.

Mallock était revenu à Paris, la veille au soir, après un mois d'absence. Absence, car on ne pouvait pas parler de vacances. Certes, il avait eu le temps de prendre le soleil, de perdre quelques kilos et de se refaire une santé au fond du bassin d'Arcachon mais, nerveusement, il était éprouvé [1]. Long voyage de retour, mauvaise nuit, quelle idée de débarquer au bureau un samedi à huit heures moins le quart ?

Il sursauta en entendant le téléphone.

Faire régler cette horrible sonnerie, gribouilla-t-il dans un coin de son crâne. Le bureau en verre, que Julie avait gentiment choisi pour son patron, était si grand qu'il dut se lever pour en faire le tour et décrocher. *Pense à demander un fil plus long*, nota-t-il dans un autre recoin de sa grosse caboche. Heureusement pour lui, il en avait plein la tête, des angles et des planques, des cahiers et des tableaux noirs, des stèles aussi, concession à vie, avec des croix dessus et des pensées inconsolables.

— Ah, tu es là. J'avais peur que tu ne viennes pas, ce matin. Je suis bien sur ta ligne directe ?

C'était la voix de Dominique Dublin, son supérieur hiérarchique.

— Oui, je crois. Tu voulais connaître mes premières impressions sur nos sublimes locaux ? J'sais pas, mes yeux sont encore fermés.

— Euh non, pas vraiment. C'est un sujet bien plus grave. Disons que je te propose le baptême du feu du 13. Ça vient de tomber, et c'est du lourd, du très, très, très lourd.

— J'ai rien entendu. La moquette est trop épaisse dans ton bureau de grand chef.

Dublin rit doucement, mais le cœur n'y était pas.

— C'est du si lourd que je ne peux même pas t'en parler au téléphone. On n'a pas encore installé tous les filtres de sécurité.

1. Voir son enquête précédente : *Les Larmes de Pancrace.*

Mallock avait rarement décelé une telle gravité dans la voix de Dublin.

— Pour faire simple, Amédée, dès que la nouvelle sera connue, non seulement la France, mais le monde entier, en parlera. Ça va tirer à boulets rouges dans tous les sens, crois-moi. On va vite se retrouver accrochés tous les deux, à poil, au centre de la cible. Tu vois le genre.

— Déjà vu, lui répondit Mallock avec un accent anglais à couper au couteau. Bon, on se retrouve où ?

— Dans cinq minutes en bas, au niveau du parking. Ça se passe au Louvre. On prendra ma voiture, mon chauffeur nous attend.

Quand Amédée raccrocha, son cerveau s'emballa. « Meurtre au Louvre », ça allait faire un malheur chez les journalistes. Il imagina consécutivement : un touriste empalé sur la lance d'une statue, trois gardiens pendus à la grande entrée, une femme amputée de ses membres aux pieds de la *Vénus de Milo*, un conservateur retrouvé momifié dans un sarcophage. Et pour finir, le « Retour de Belphégor ». Ah ça, il adorerait.

Le temps qu'il s'imagine en train de passer les pinces au fantôme du Louvre, trois minutes s'étaient écoulées. Il prit l'ascenseur sécurisé qui reliait directement le sixième au sous-sol. Il y parvint le premier.

— J'ai failli attendre, lança-t-il à Dublin.

Mais, cette fois encore, Dominique n'eut pas envie de rire.

— Mais qu'est-ce qui t'arrive ? insista-t-il.

Le directeur du 13 réfléchit avant de le défier en entrant dans sa voiture :

— Tu ne devineras jamais !

Mallock prit place à l'arrière, à ses côtés, tout en répondant :

— Je ne sais pas, moi… On a volé la *Joconde* ?

Dublin se tourna vers lui avec un sourire consterné, moitié admiratif, moitié agacé :

— C'est ma faute, je n'aurais jamais dû jouer avec toi.

— Non ? Vraiment ? Merde ! Mais j'ai dit ça comme ça…

— Eh oui, tu dis toujours « ça comme ça » et puis c'est toujours « ça ».

Amédée mit un instant pour digérer l'information. Puis un autre pour en saisir toutes les implications :

— On va passer pour des cons.

— Comme tu dis ! Une première fois, pour s'être laissé chourer la donzelle. Et une deuxième fois, si on ne la retrouve pas dans les vingt-quatre heures.

— La nouvelle a filtré ?

— Non, grâce à Dieu. Le conservateur a bien réagi. La peur peut être bonne conseillère. Complètement paniqué, il a joint directement le ministère de l'Intérieur, et c'est le ministre en personne qui m'a appelé. Il va nous retrouver sur place, lui ou son bras droit.

— Donc personne n'a contaminé les lieux ?

— Pas exactement.

— C'est-à-dire ?

Amédée sentait la cachotterie à des kilomètres à la ronde, un sixième sens directement issu de la paranoïa critique qu'il cultivait depuis toujours dans son verger personnel.

— Il y a eu une victime, un artiste qui était en train de peindre une copie de la *Joconde*, ou un truc dans le genre. Mort, ou presque. Ils sont entrés dans la salle pour l'emmener jusqu'à l'ambulance. Ça a dû foutre un peu de bordel, mais de toute façon, c'était déjà le chantier. D'après ce qu'on m'a dit, la vitre qui était censée protéger la *Joconde* a été carrément soufflée. Puis le commando aurait arraché la peinture de son emplacement à la pince-monseigneur. Font pas vraiment dans la dentelle, les gars...

Dublin jeta un œil pour soupeser l'impact de sa déclaration sur le visage impénétrable de Mallock. La voiture roulait à vive allure le long des berges de la Seine, creusant son propre tunnel au cœur de l'averse.

— Alors, qu'est-ce que tu en penses ? lui demanda Dublin après deux minutes de silence.

Amédée contemplait Paris. Il ne s'en lassait jamais. Surtout quand l'eau venait en sucer les pierres. Abandonnant la matité du pastel pour la brillance de l'huile, elle scintillait, sa ville.

Le patron du 13 insista, retrouvant momentanément le vouvoiement professionnel :

— Mais enfin, Amédée, le vol de la *Joconde*, ça ne vous fait rien ?

Comme d'habitude, la réponse de Mallock le laissa sans voix :

— Si, si... bien entendu... J'étais juste en train de me demander si elle souriait encore.

2

Entrée Rivoli
Paris, musée du Louvre
Mardi 6 septembre, 10 heures

À peine arrivés, Dublin et Mallock furent conduits sur les lieux du crime : la salle des États. Elle avait été fermée au public ainsi que les trois pièces attenantes, consacrées aux tableaux français de grand format. On ne pouvait plus passer désormais que par la longue galerie dédiée à la peinture italienne. Les gardiens postés aux entrées avaient les yeux rouges. Amédée se demanda s'ils avaient pleuré, ébranlés par le vol de la célèbre peinture, ou si les cambrioleurs avaient usé de gaz lacrymogènes. Ils reconnurent de loin la silhouette du commissaire, puis son fameux faciès. Des cheveux blonds coupés au sécateur, un gros nez, un menton jamais content et des yeux d'un vert lumineux, ça ne passe pas inaperçu.

Ils lui ouvrirent la porte, arrêtant de la main le pauvre Dublin, son supérieur et ex-grand patron de la PJ.

— Laissez-le entrer, il est avec moi, précisa Mallock en riant sous cape.

L'état de délabrement dans lequel se trouvait la salle 6 lui retira rapidement toute envie de continuer à plaisanter. Il avança lentement, entouré de chefs-d'œuvre vénitiens que des employés de la maintenance nettoyaient sommairement au plumeau avant de les recouvrir de draps. Puis il contempla la salle dans son entier avant de s'approcher de la scène de crime.

Au centre, totalement anachronique en ce lieu, une boule noire brillante en bakélite flottait dans l'air. D'une circonférence d'une dizaine de mètres, elle reflétait sur sa partie supérieure la vaste verrière qui recouvrait la salle dédiée à Monna Lisa et aux *Noces de Cana*. Sur sa partie inférieure, la sphère réfléchissait, réduites et courbées, les œuvres vénitiennes accrochées aux murs, tout autour d'elle.

Mallock se rapprocha en regardant le sol. Surtout ne rien déranger, laisser soigneusement à leur place les milliers de morceaux de verre qui avaient été projetés dans toute la salle. L'analyse ultérieure de la déflagration et du mode opératoire choisi par les braqueurs en dépendait.

À première vue, il s'agissait d'une explosion parfaitement contrôlée. Un travail de pro. La balustrade circulaire en bois précieux qui repoussait habituellement les visiteurs avait été tordue par le souffle, mais elle était restée en place. Autre cadavre, autre indice : un grand bloc de verre armé, le centre de la vitrine, gisait à terre, plus loin, encore intact.

En attendant l'avis d'un expert plus compétent que lui, Amédée supposa qu'un ruban de C4 ou de Semtex avait été collé sur le pourtour de la glace de protection. Avec juste assez de puissance pour la briser, sans risquer d'abîmer l'œuvre.

Sur la droite, une mare de sang. Sans doute celle que l'artiste, en train de peindre sa toile, avait répandue sur le sol avant d'être évacué par le Samu. Son tableau était également par terre. Mallock se pencha. Il représentait la sphère noire qu'il avait vue en entrant, et dans laquelle se reflétait la *Joconde*. Quant à la flaque, il se rappela les leçons de Joséphine, l'un des membres de son équipe, spécialiste en *morpho-analyse* des traces de sang.

Le parquet, avec ses rainures, avait absorbé un bon tiers du liquide, il n'en restait pas moins une tache encore bien visible d'un mètre vingt de diamètre. Amédée estima à un litre et demi la perte de fluide sanguin. S'il respirait encore au moment où les médecins du Samu l'avaient emporté, et que le cœur n'avait pas été touché, l'artiste avait une petite chance de survie. Prière rationnelle et pensée peu catholique : « Pourvu qu'il s'en sorte, ça me ferait un témoin. »

Autre élément surprenant, un peu partout sur le sol, et notamment devant l'ancienne vitrine de protection, on pouvait voir des demi-cercles noirs, sortes de cils géants, dessinés à même le bois. Sur le moment, Amédée pensa aux traces faites par des chaussures, des boots de commando bien cirées.

Tandis qu'il était en pleine observation, le conservateur du Louvre, Georges Karlinski, s'était approché de lui par-derrière. Surpris, il sursauta :

— Mais qu'est-ce que vous foutez là ? C'est une scène de crime.

Karlinski lui répondit sur le même ton :

— Nous sommes ici au Louvre, donc chez moi, monsieur.

Le conservateur était habillé d'un pantalon beige en velours côtelé, d'une chemise bleu pâle à col blanc, d'une cravate jaune et d'une veste vert amande. Une paire de lunettes en écaille et une écharpe rouge complétaient l'uniforme type du haut fonctionnaire de la Culture. Il avait une tête de comptable avec des cheveux rares et une bouche molle.

— Mais regardez donc où vous foutez vos pieds. Non seulement vous risquez de déplacer des indices, mais vous avez marché dans le sang.

Le conservateur retourna alors l'une de ses chaussures avec l'air écœuré d'un piéton ayant écrasé une crotte de chien.

— Vous allez attendre là, décida Mallock en le reconduisant fermement en dehors du périmètre de la scène de crime.

Il le laissa, outré, entre les mains de Dublin. Ce dernier, en bon diplomate, se chargea de repasser dans le bon sens le fonctionnaire tout froissé.

— Monsieur le conservateur, ça tombe bien, je vous cherchais. Auriez-vous la gentillesse de m'expliquer la raison de la présence d'un artiste sur place, cette nuit ? C'était un copiste ?

— Vous plaisantez ? Ivo est un plasticien de renommée mondiale ! Il avait tenu à faire une toile « à l'ancienne » pour immortaliser l'installation de l'une de ses sphères obscures. Normalement, personne n'a le droit de rester seul dans cette salle, mais j'avais fait une exception pour lui. En fait, c'est un peu à cause de moi qu'il se retrouve maintenant entre la vie et la mort.

Pas très loin, Amédée continuait ses observations. Il remarqua une longue rayure sur *Les Noces de Cana*, et des traces de peinture sur le cadre du tableau d'Ivo. Elle avait visiblement été projetée par l'explosion, endommageant l'œuvre de Véronèse.

— Mais qui est exactement ce M. Ivo ? osa demander Dublin.

— C'est tout simplement, monsieur le policier, l'un de nos plus grands artistes contemporains.

Karlinski se força au calme. Même chez ces ploucs de flics, Ivo aurait dû éveiller un écho. Sinon son œuvre, au moins son nom. De fait, Mallock n'avait rien dit, mais il le connaissait, il avait vu notamment un documentaire sur le plasticien et sa femme.

— Ivo est le créateur des *999 autoportraits*, des cercles noirs numérotés à l'envers, ainsi que des célèbres *Sphaera Obscura* que les musées du monde entier s'arrachent. Nous avions eu une grande idée, lui et moi : positionner en face de la *Joconde* l'un de ses légendaires globes en bakélite provenant de sa toute première série, les sept *Sphères Ténèbres*. L'événement de portée mondiale devait durer trente jours : un jeu de miroir, la tradition classique regardant la contemporanéité, et le modernisme la reflétant. Il m'avait proposé de le clore par l'exécution d'une peinture, de la façon la plus traditionnelle et d'en faire cadeau au musée… Cette dernière étape, à laquelle il s'est plié par pure amitié pour moi, va peut-être lui coûter la vie. Avec une balle en plein cœur, j'ai bien peur que… On n'y peut rien… C'est entre les mains du destin maintenant, n'est-ce pas ?

Il se racla la gorge, nerveux.

— Enfin, le plus préoccupant, dans cette histoire, c'est le vol de la *Joconde*. Quelle catastrophe ! Je vais être…

enfin, la France va être la risée du monde. Mon Dieu, que va-t-on faire ? Je n'arrive toujours pas à y croire !

Mallock le regarda de travers.

— C'est certain que, pour un conservateur, vous l'avez fort mal conservée.

— Je n'ai rien changé. J'ai laissé ce que mon prédécesseur avait mis en place. La *Joconde* était considérée comme inviolable. Pourquoi voulez-vous que…

— Il faut croire que vous auriez dû, cher monsieur. Car la pauvre enfant a bel et bien subi les derniers outrages.

— Mais c'était déjà arrivé, tenta-t-il inutilement. En 1910…

Mallock l'interrompit à nouveau :

— En 1910, il y avait treize gardiens, aujourd'hui… treize cents !

Comprenant qu'il était inutile d'espérer le moindre réconfort du côté du grand blond, le conservateur se retourna vers Dublin.

— Depuis que je suis arrivé, les recettes et les subventions n'ont pas suffisamment augmenté pour que j'envisage quoi que ce soit. Notamment une remise à plat des systèmes de sécurité. Pas de moyens, pas de résultats. C'est aussi simple que ça.

Les budgets de la police ne permettaient pas de changer les gilets pare-balles vieillissants et laissaient des hommes en sang sur l'asphalte des villes. Cette fois-ci, c'était Dublin qui allait passer en « mode désagréable ». Mais il n'eut pas le temps, la pleureuse avait recommencé :

— Honnêtement, insista-t-il, je ne pouvais pas deviner. C'est incompréhensible. Comment ont-ils pu entrer ? Parvenir jusqu'à la salle en franchissant les protections ? S'approcher de la vitre sans être vus ? On a tous les systèmes de détection existants, périmétriques, volumétriques, sensibles aux vibrations, aux sons, au changement de température, et même au pourcentage de gaz carbonique dans l'air… C'est absurde !

Là, le conservateur, avec le détecteur de CO_2, venait de révéler une information classée « secret défense ».

— Je vous comprends, répondit Mallock. Difficile d'imaginer que quelqu'un puisse vouloir entrer dans un musée pour y dérober des toiles.

Sans même relever le sarcasme, Karlinski continua sa litanie.

— De quelle façon ont-ils pu faire exploser la vitrine ? Elle est indestructible. Admettons qu'ils y soient parvenus…

— Oui, soyons fous, admettons, continua Mallock, toujours dans le même esprit.

— Comment ont-ils pu s'échapper… après ? Avec toutes les mesures de sécurité ? Au moment de l'explosion, des dizaines de grilles sont tombées, les portes extérieures se sont fermées automatiquement. Et ils seraient parvenus à s'enfuir en emportant la toile ? Ça n'a aucun sens. C'est impossible. Notre sécurité est sans faille.

Mallock bougonna :

— Visiblement, elle a failli. Et vous aussi d'ailleurs, par la même occasion, monsieur le conservateur.

— Mais merde ! À la limite, on pouvait craindre un attentat ou une dégradation, mais pas un vol. Pas un vol. Qui voudrait dérober une œuvre pareille ? C'est invendable !

Mallock hésita à répondre. À quoi bon se lancer dans une polémique.

Ce fut Dublin, qui n'avait pas encore digéré l'histoire des subventions, qui s'y colla :

— Au contraire, monsieur le conservateur, je pense qu'il y a des dizaines et des dizaines de collectionneurs prêts à acquérir le tableau le plus célèbre du monde. Qatar, Russie, Chine, Amérique, les voleurs ont l'embarras du choix. Mieux, à mon avis, ils ont déjà leur acheteur. C'est la *Joconde*, réveillez-vous. Ce n'est pas une carte postale, c'est un trésor national.

— Une icône mondiale, renchérit Mallock. Pas l'une de vos bouboules noires à la con… Vous croyez quoi ? Même si l'on apprend demain qu'elle est au Koweït dans une collection privée, vous pensez que la France va envoyer ses troupes ?

Devant la violence de l'attaque conjuguée des deux policiers, Karlinski pâlit et choisit courageusement la lâcheté.

— De toute façon, tout cela n'est pas de mon ressort. Je vous laisse en discuter avec le responsable de la sécurité. Après tout, c'est lui qui…

— Où est-il, justement ?

Dublin ne souhaitait pas l'entendre terminer son renvoi de patate chaude.

— Il arrive. Il habite en banlieue, alors avec les encombrements… et puis il avait une course à faire avant de venir nous rejoindre.

— Rappelez-le pour lui dire qu'il ne se presse pas, on a tout notre temps, intervint de nouveau Amédée.

Et, comme c'était plus fort que lui, il ajouta :

— Ce n'est pas comme si on avait volé la *Joconde*.

Le commissaire avait sur le visage un sourire carnassier. Une envie de bouffer du conservateur à écharpe rouge montait gentiment depuis un petit quart d'heure. Jusqu'à présent, il l'avait seulement mordillé à la cuisse, ça ne suffisait pas à combler sa faim. C'était à la gorge qu'il s'apprêtait à attaquer, à la carotide, pour s'avaler une bonne giclée de sang, quand un nouveau représentant de la caste des planqués s'approcha d'eux.

— Otto Borg, attaché de cabinet du ministre de l'Intérieur et expert manager au ministère de la Culture, se présenta-t-il en souriant.

Venant du dehors, le fonctionnaire portait autour du cou, non pas une écharpe de frimeur, mais la serviette éponge avec laquelle il s'était essuyé pour ne pas polluer la scène de crime. Lunettes cerclées d'or, dodu, rose et blond, avec un début de calvitie, il ressemblait à l'Alsace, sa région d'origine. C'était lui qui avait alerté Dublin. Il semblait avoir pris la véritable dimension de l'événement, et ne perdit pas son temps en bavardages.

Se tournant vers les deux policiers, il demanda :

— On fait quoi ? Vous me dites, et je donne les ordres...

Dublin et Mallock se regardèrent une seconde pour savoir lequel allait répondre. Ce fut Amédée.

— Si l'on veut rester discrets, il faut en tout premier lieu établir une liste des gardiens et des employés. Je recommanderais de leur faire signer un document de confidentialité sur du papier à en-tête du ministère. Ce n'est pas vraiment légal, mais ça devrait les impressionner. Autre chose, ne pas oublier les gars du Samu. Même affairés autour du blessé, je serais bien étonné qu'ils ne se soient rendu compte de rien. De mon côté, j'ai déjà appelé l'une de nos équipes scientifiques pour qu'elle vienne procéder au plus vite aux différents relevés. Ils seront traités au 13. Pour les dépositions des témoins, je m'en occupe également. Mes hommes vont venir récupérer tous les enregistrements disponibles et les rapatrier. En recoupant vidéos et témoignages, on devrait pouvoir reconstituer le scénario des événements. On aura ça, disons, dans une douzaine d'heures.

— Pas mieux ? demanda Otto Borg, tout en faisant une petite grimace pour s'excuser de sa propre exigence.

Mallock regarda sa montre :

— On va essayer d'avoir le topo vers 21 heures, ce soir. Je vais également faire effectuer une fouille approfondie de cette salle et de celles par lesquelles ils seraient passés pour sortir. Même si ce n'est pas la théorie la plus vraisemblable, ils peuvent être repartis en cachant l'œuvre sur place, avec l'intention de venir la reprendre ultérieurement. De votre côté, il faut alerter la police de l'air et des frontières. Les douanes doivent être sur le pied de guerre, mais je suppose que c'est déjà fait ?

— J'ai en effet donné des ordres, mais je compte les renforcer en retournant au ministère.

— Si l'œuvre quitte le territoire, on est foutus, crut utile de préciser Dublin.

Borg lui répondit un « Je m'en doute, Dominique » qui renseigna Mallock sur le degré d'intimité entre les deux fonctionnaires. Tant mieux. S'ils se connaissaient si bien, ça faciliterait les échanges. Ils commencèrent d'ailleurs à parler en aparté.

Mallock décida de s'isoler pour joindre le 13. Il dut se baisser à plusieurs reprises. Les hommes du Service de Recherche en Police Scientifique venaient d'arriver et enrubannaient généreusement, du jaune et noir de la police scientifique, tous les accès à la salle des États.

Au calme, un peu plus loin, il appela ses bureaux. Ce n'est qu'en entendant le standardiste qu'il comprit son erreur :

— Hôtel de police de Paris, 36, quai des Orfèvres, j'écoute ?

— Pardon, je me trompe de maison.

Ce n'était pas la première fois qu'il appelait son ancienne adresse. Sans attendre de réaction, il composa le numéro du 13 tout en se promettant de le mettre enfin en mémoire.

— Hôtel de police de Paris-Notre-Dame, service du commissaire Mallock, qui demandez-vous ?

Wysiwyg[1] avait bien appris sa leçon. La petite-nièce de Bob[2], embauchée au 13 par népotisme aggravé, avait compris qu'elle devait compenser un intellect un peu limité par un travail appliqué.

— Coucou, Winona, passe-moi l'un des loustics, s'il te plaît.

— J'ai une Julie ou un Ken en magasin pour le moment...

Amédée sourit. On n'est jamais vraiment con quand on a de l'esprit.

— Je prendrais bien une petite Julie.

— C'est parti, patron.

En attendant, portable collé à l'oreille, Mallock se rapprocha d'un Karlinski boudeur et blessé, réfugié à l'entrée de la salle :

— Vous savez ce que c'est ? lui demanda-t-il en désignant de l'index toute une série de baguettes de bois, plus ou moins grosses, répandues sur le sol.

1. *What You See Is What You Get* : expression anglo-saxonne que l'équipe a donnée à Winona Daranne parce qu'il y a une parfaite adéquation entre son apparence, gentille et un peu simplette, et ce qu'elle est : gentille et un peu simplette.

2. Robert Daranne avait été le bras droit de Mallock dans les trois premières enquêtes.

Le conservateur fronça les sourcils et rajusta sa précieuse paire de lunettes avant de faire quelques pas vers l'endroit indiqué.

Une vague de tristesse lui courba un peu plus les épaules :

— En effet, monsieur le commissaire, ce sont différents éléments, mais qui appartiennent tous, appartenaient, devrais-je dire, au tableau.

Puis d'une voix monocorde trahissant l'explication maintes fois donnée :

— Vous n'êtes pas sans ignorer que la *Joconde* a été peinte sur un panneau de peuplier débité « en pleine planche », selon la terminologie consacrée. La meilleure qualité qui soit à l'époque. Cependant avec le temps, le support s'est peu à peu voilé jusqu'à présenter une déformation convexe jugée de plus en plus préoccupante par les différents experts qui se sont alors penchés sur la malade. En 1951, pour tenter d'y remédier, il a été décidé d'entourer l'œuvre d'un châssis de chêne. Très solide, ce renfort était également invisible, puisque dissimulé derrière le fameux cadre en bois sculpté, donné par la comtesse de Béarn en 1909. Manifestement, les voleurs ont préféré l'arracher.

— Merci pour l'explication mais désolé, je n'ai toujours pas mon compte, insista Mallock. Sauf erreur de calcul et si mes yeux sont bons, il y a douze morceaux de bois par terre. Donc, en dehors du cadre d'ornement et de la bordure de renfort, tous les deux brisés en quatre, il nous reste encore quatre segments de bois à identifier. S'ils ne font pas partie de l'œuvre ou de ce qui l'entourait, ils ont peut-être été amenés sur place par les cambrioleurs et, dans ce cas, il faudrait essayer de savoir pour quel…

— Non, non, ils font également partie du tableau. Ce sont les traverses horizontales apposées en 1970 sur la face arrière du panneau afin de s'assurer de la rigidité de l'œuvre, le châssis de chêne s'étant révélé insuffisant. Je suppose que les voleurs ont préféré ne conserver que le support de peuplier pour que ce soit…

— … plus léger et plus discret, termina Amédée alors que le bourdonnement de la voix de Julie résonnait dans son oreille.

— Allô, allô, patron ? Coucou ? Ici la Terre ?

Discrètement, Mallock demanda à la jeune capitaine de le rappeller avec son téléphone personnel.

Trois secondes. Sonnerie :

— Tu es bien sur ta ligne privée, maintenant ?

— Oui, comme vous me l'avez demandé. Pourquoi ? Que se passe-t-il ?

— La téléphonie du 13 n'est pas encore sécurisée, et on ne sait jamais avec ces fouines de journalistes. J'ai une nouvelle que l'on doit essayer de garder secrète un maximum de temps.

Puis Amédée annonça : « On a volé la *Joconde* », tout en se disant, une fois encore, que ça sonnait comme un film de série B. Il s'attendait à la surprise et à l'incrédulité de Julie, mais ce fut lui qui resta la bouche ouverte en entendant sa réaction :

— Oui, je sais.

— Quoi ! Que… Comment ça, tu sais ?

— Ben oui. Pour le secret, va falloir oublier, patron. Je pensais que c'était un canular. Mais un type qui se fait appeler « Dr Crâne », ou un truc comme ça, vient de diffuser une vidéo sur Internet. On le voit avec la *Joconde*, qu'il prétend avoir arrachée de son cadre cette nuit après avoir explosé la fameuse vitre de protection. Il doit revenir en direct pour donner plus de précisions. Alors, ce n'est pas une blague ?

— Une blague ? Non, impossible. Comment aurait-il été informé si vite ? Se procurer une réplique et monter son coup, s'il n'a pas fait partie des cambrioleurs ? Ça n'a aucun sens. C'est sorti à quelle heure ?

— Je ne sais pas trop. Pour tout vous dire, je ne l'ai pas vue personnellement, c'est un cousin qui vient de m'appeler de Corse pour me demander si j'étais sur l'affaire. Le type aurait planifié une nouvelle diffusion en streaming pour jeudi, 10 heures. Je vais essayer d'en savoir plus et je vous rappelle.

Mallock raccrocha. Devant sa mine défaite, Dublin lui demanda :

— Qu'est-ce qui se passe ?

— Un souci de moins sur nos frêles épaules.

— Tant mieux, mais encore ?

— Plus de problème de confidentialité, Dominique. À part nous, le reste du monde est au courant.

3

Plateau du Larzac

Il est des rêves dont on ne saurait sortir sans en sentir encore, sur le corps, l'effroyable morsure. Des cauchemars qui laissent, en se retirant dans la clarté lugubre du petit matin, griffures, épouvante et odeurs putrides. Plus souvent qu'à son tour, Erwan vivait, pire que la peur, l'effroi absolu des terreurs nocturnes. En ces moments-là, cœur, corps et âme souffraient ensemble, s'arrachant la gorge à hurler : « Pitié ! »

Durant ces épisodes, sirènes cannibales et sorcières pesteuses lui ouvraient le ventre afin d'y vomir le contenu de leurs ressentiments, en soupe et déjections acides. Quelquefois, elles se tenaient assises sur son estomac, plus lourdes que le bronze, attendant en tricotant des viscères qu'il suffoque et exhibe sa langue noire à un monde impassible.

Il y avait enfin, peut-être le plus terrifiant, les rondes d'effarements glacés durant lesquelles Lucifer en personne, gigantesque étron de charbon, se mettait à le faire tourner en le tenant par les pieds.

Il sentait alors le vent qui lui fouettait le visage. Mon Dieu, ce vent !

D'autres se seraient contentés de telles malédictions, mais pas lui. Pas de miséricorde pour Erwan, avait décidé Dieu. Les « rencontres » que le garçon allait faire désormais, en dehors de ses paniques nocturnes, seraient encore bien plus terribles.

La première fois que la chose arriva, Erwan venait d'avoir 3 ans. On l'avait retrouvé au milieu d'un champ d'épeautre, le bras gauche cassé et l'épaule droite démise. Il était entièrement nu, recouvert de sang et transi de froid. Fin février, en montagne, le thermomètre joue à passer et repasser devant le zéro.

On avait alors parlé de chutes, de rêve éveillé, de somnambulisme et du danger de la montagne. Quelqu'un avait évoqué l'idée d'attacher désormais le jeune Erwan à son lit. Mais c'était compliqué, alors on s'était efforcé d'oublier.

C'est bien aussi, l'oubli.

4

Même jour, retour au 13

Sans l'avalanche qui tombait sur Paris, Mallock aurait bien tenté de rallier le 13 à pied. Mais une fois dehors, devant l'entrée nord du Louvre, l'exploit lui était apparu comme impossible. Trottoirs et macadam étaient giflés brutalement. Alors, compte tenu de son aversion pour le métro et de sa peur de se tromper d'autobus, il s'apprêtait à commander un taxi lorsque Dublin lui proposa son chauffeur :

— Ça me déculpabilise. J'ai honte de bloquer un flic et une berline tous les jours pour ma petite personne.

Désormais bien à l'abri à bord de la voiture de son supérieur, Amédée attrapa son téléphone pour appeler son ami Sigismond et lui demander son avis.

Sigismond Gallucha, dit Sig ou la Galuche, ex-grand manitou de l'European-Press, 1,85 m, blond délavé avec un corps de catcheur et des yeux gris, était l'un des rares journalistes avec qui Mallock échangeait des infos en toute confiance. Dès qu'il avait un bon tuyau, ils en parlaient, à charge pour lui de le redistribuer aux plus méritants. Autre point commun, ils avaient longtemps partagé les coupes et les récompenses dans les concours de tir à l'arme de poing, squattant ensemble les premières places des compétitions internationales. Grand reporter pendant presque trente ans, Sig avait acquis une expérience redoutable pour tout ce qui touchait au terrorisme, aux affaires étrangères et au grand banditisme.

Qui aurait pu deviner que cet homme si charmant allait décider un beau jour de retrouver les trois racailles multirécidivistes qui avaient violé et tué sa fille, pour les plomber au 44 Magnum ?

— Dix-huit balles divisées par trois, six par tête de nœud, la justice des nombres à la place de celle des hommes, avait-il déclaré à son ami Mallock en l'appelant pour qu'il vienne l'arrêter.

Après sept ans de prison pour ce triple meurtre, miracle de la confusion des peines, Sig était enfin réapparu cette année en pleine forme, à la grande joie de son ami Mallock. Il faisait partie, avec Margot et Léon, de son trio d'amis confidents, ses informels *informants*. Il avait juré qu'il ne toucherait plus jamais à son Desert Eagle. Mieux, il l'avait remis, ainsi que toutes ses autres armes de tir, à son ami Mallock.

Amédée, qui savait parfois se comporter en être civilisé, lui demanda d'abord de ses nouvelles :

— Je vais, je vais… Enfin aussi bien que l'on va avec une constipation chronique et une collection d'hémorroïdes de toute beauté.

Il éclata d'un grand rire qui se termina par une toux sèche.

— Dites-moi, ça sent l'sapin.

Sans doute pour maintenir la distance minimale qui se doit d'exister entre un journaliste et un flic, malgré leur amitié, Mallock et lui se vouvoyaient.

— La fraîcheur légendaire des geôles de la République. Mais ne vous inquiétez pas, mon cher Mallock, je suis solide. Vous me vouliez quoi ?

Amédée se mit alors à raconter à Sigismond ce qui s'était passé au Louvre.

À la fin du récit, son ami ne lui posa qu'une question :

— Et votre hypothèse personnelle, ce serait quoi ?

— Vous me connaissez, Sig, je déteste donner dans l'hypothétique. Pour l'instant, on n'en sait rien. Il me reste la divine logique.

— Le divin d'Amédée, moi, j'achète ! lança Sigismond dans un grand rire.

— C'est hors de prix. Êtes-vous bien sûr d'en avoir les moyens ?

— Dites-moi, je jugerai après.

— Deux possibilités. Soit c'est un commando de pros au service d'un multimilliardaire russe ou arabe qui voulait se payer le plus cher sourire du monde. Là, on est mal barrés. Et puis, entre nous, pourquoi faire une vidéo ? Soit c'est un enlèvement.

— Un kidnapping ? Mais pourquoi ?

— Réfléchissez deux secondes. Une fois le tableau en leur possession, ils peuvent demander plein de trucs ! Pas seulement de l'argent, bien d'autres choses…

— Oh merde, murmura Sig, comprenant soudain toutes les possibilités derrière le « bien d'autres choses » de Mallock.

— Eh oui, tout à fait ça : « Oh merde ! » Ce serait une sacrée prise d'otage, non ? Souvenez-vous du vol de la salière en or massif de Cellini à Vienne, il y a une douzaine d'années. Elle était pourtant peu connue à l'époque et n'était estimée que dans les 50 millions d'euros, si j'ose dire. Eh bien, ça a foutu un sacré bordel. Pour la *Joconde*, on peut multiplier ce « sacré bordel » par 1 000. Elle est inestimable. Bon, je vous laisse réfléchir, j'arrive d'un moment à l'autre au 13.

— Au 13 ? Ah oui, c'est vrai, c'est fini, le 36.

— Eh oui. Tout a une fin. À bientôt…

— Attendez, attendez, c'est sous embargo, vos infos, ou je peux ?

— Vous pouvez. À charge de revanche, bien entendu. Je mets ça sur votre ardoise.

Sigismond eut juste le temps de le remercier avant que Mallock ne raccroche.

Énorme gifle, la pluie avait attendu la voiture et ses occupants au sortir du tunnel de la voie Georges-Pompidou. Impossible de voir à plus de trois mètres. Le chauffeur ralentit d'instinct et remit les essuie-glaces. En face d'eux, la pierre saumonée du Pont-Neuf brillait sous la pluie. Amédée repensa au grand déménagement.

Quitter le 36 avait été une sacrée affaire. Tant sur le plan matériel que moral. Les opérations s'étaient déroulées en son absence, pendant le mois d'août. Malgré la perspective de se rendre en un lieu plus vaste et agréable, l'équipe de Mallock avait eu l'impression désagréable d'être jetée hors du nid.

Le 13 de la rue du Cloître-Notre-Dame donnait à la fois sur la Seine, sur le jardin qui fleurissait à l'ombre de Notre-Dame et, au sud-est, sur un pont Saint-Louis désormais muni de plots électriques télescopiques, dit « anti-intrusion », pour permettre aux voitures du 13 de l'emprunter. C'était sur cette façade que l'on avait installé l'entrée principale et, tout en haut, le bureau du commissaire divisionnaire. L'ensemble avait été rénové de fond en comble avant d'y faire venir le nouveau service de police judiciaire de Mallock, baptisé C.A.S., pour Crimes et Affaires Sévères. Aux USA on parlait de *Violent Crimes*, *Major Crimes* ou *Serious Crimes*. C'est cette dernière notion qui avait été choisie pour la pertinence de l'acronyme ainsi formé. On avait simplement remplacé le « sérieux » par « sévère ». Crimes et Affaires Sérieux, ça n'aurait pas fait assez... sérieux.

De l'art pour les cochons, avait-on craché, ici et là. Et pour être honnête, que ça énerve certaines personnes de voir des policiers si bien logés n'avait pas été sans apporter un surcroît de satisfaction à Mallock. Il n'y avait pas que de bonnes pensées chrétiennes dans ce grand corps-là.

Le 36, que Dublin avait continué de diriger jusqu'à la fin de juillet, était censé partir aux Batignolles, l'ancien dépôt de la SNCF. Certains services resteraient dans le quartier, mais l'État avait déjà mis à disposition le 13 pour désengorger un peu le 36, en attendant le grand chambardement, dont la date reculait chaque année.

Durant ce mois d'août, Amédée, alors en plein bras de fer avec une sirène[1], avait chargé ses collaborateurs les plus proches de procéder aux installations des différents services, sous la direction de celui qui serait le chef officiel et directeur en titre : Dominique Dublin. Ce dernier, pour rester avec Mallock et son équipe, avait refusé le poste envié de DGP[2]. C'était une première dans la longue histoire de la police qui comptait, comme tout corps de l'État, son lot d'ambitieux.

1. *Les Larmes de Pancrace*, quatrième Chronique barbare.
2. Directeur général de la police.

Chauve, un peu plus âgé que Mallock, Dominique était petit et maigre, le plus souvent souriant, toujours parfaitement rasé et chaussé de lunettes fumées, si lourdes qu'elles traçaient des cavités de part et d'autre de l'arête de son nez, à l'endroit où les deux petits haricots transparents s'appuyaient. Le soir, ça finissait par être tout rouge, presque en sang. Plus d'une fois, Amédée lui avait conseillé d'en acheter d'autres, avec des verres plus légers. Il était d'accord, mais seulement quand il aurait perdu celles-là.

À l'instar de ses lunettes, Dublin avait toujours réussi à garder son petit monde, les mêmes hommes et femmes fidèles, et à les diriger – même Mallock, un exploit en soi – sans jamais avoir à élever la voix. C'était un type fiable, posé et constant, juste et attentif, pudique. Ces sept dernières années, il s'était occupé de son épouse, alors qu'elle disparaissait peu à peu dans la blancheur de leur lit, dévoré par le maudit crabe. Personne n'en avait jamais entendu parler. Il n'avait pris que deux jours de congé pour préparer l'enterrement de la femme de sa vie. Amédée, qui avait fini par mieux le connaître que quiconque, savait qu'il ne s'en remettrait jamais. Dominique venait de le rejoindre dans le club des inconsolables.

La voiture avait pris le pont au Change, à droite, quai de l'Horloge, puis à gauche rue de Harlay, place Dauphine, une autre merveille, encore à gauche, quai des Orfèvres, puis quai du Marché-Neuf, qui débouchait sur le parvis du miracle et la beauté fulgurante de la cathédrale en dentelles. Il ne restait plus qu'à longer l'édifice en prenant la rue du Cloître-Notre-Dame.

Certes, le chemin n'était pas direct, mais c'était un bonheur pour l'âme et les yeux. Le chauffeur de Dublin entra par le 15 de la rue. Comme tout ce qui composait les installations du 13, l'entrée du garage était protégée. Émeutes ou attentats, il fallait se tenir prêts. Ils durent franchir le système d'identification vidéo du premier portail, avant de passer à l'épreuve du code et de la double reconnaissance vocale et digitale du second.

La sécurité était l'un des maîtres mots de l'installation de ce nouveau « cœur » de la police judiciaire.

Le rez-de-chaussée et le premier étage avaient été affectés au SINOD[1], la nouvelle unité d'élite d'intervention de Paris dirigée par Armand d'Harcourt avec, au sous-sol, un garage comprenant des pompes à essence et des ponts de démontage, douze cellules d'urgence et une surface de cent quatre-vingts emplacements.

Au deuxième étage avait pris place le SREPS, en partie issu de l'IJ[2] du quai de l'Horloge. Ce service, dirigé par un drôle de personnage, Théodore de Bilteau, dit Théo, était chargé d'analyser empreintes, traces biologiques, poisons, particules, balles... mais avait également pour tâche le test et la mise en application rapide des toutes dernières technologies scientifiques.

Au troisième, on avait installé les ordinateurs ultra-performants et les services d'écoute du CCRII, Centre de Criminologie et de Recherche en Intelligence Informatique. À sa tête, une rousse aussi flamboyante que tourmentée : Zoé Köhler.

1. Service d'Intervention de Notre-Dame.
2. Identité Judiciaire.

Au quatrième, se trouvait la Première Unité de Sémiotique Criminelle d'Europe, la PUSC, où régnaient les sœurs Calmel. Avec un acronyme pareil, les deux beaux cerveaux qui en assuraient la direction avaient rapidement hérité d'un nouvel hypocoristique : « les pupuces », qui les changeait agréablement de l'ancien « les Caramels », qu'elles n'avaient jamais vraiment apprécié. Les jumelles de 33 ans, Kathy et Clémence, étaient respectivement psychiatre et linguiste de formation. Jolies, gentilles, blondes et tatouées comme de vieux marins, elles avaient un rôle central dans la nouvelle organisation.

Au-dessus du SREPS de Théo, du CCRII de Zoé et de la PUSC des « sœurs tatouées » s'étaient installés Mallock et son équipe, ainsi que Dublin et les services administratifs. Ils occupaient le cinquième et le sixième étage : une sorte de loggia circulaire donnant sur l'espace du dessous. Au-dessus du 6, luxe ultime, une grande terrasse dominait Paris avec vue sur la Seine et Notre-Dame. Quant à son attribution, chacun avait sa petite idée, mais ça restait de la compétence du seul Dublin. Il avait d'ores et déjà rejeté la proposition de piscine et de piste de danse mais, hormis la place réservée à une installation de défense active dernier cri et à un réseau radars, il n'avait pas encore mis son veto sur le projet d'un jardin d'agrément et de détente.

Dans l'optique de cette grande mutation, Mallock avait recruté. Son service devait s'étoffer pour faire face aux défis inédits d'une criminalité qui prenait tous les jours de nouveaux visages. Pour compléter son groupe de sang, sa main droite, qui n'était plus constitué que de Jules, Julie et Ken, et remplir les quatrième et cinquième places laissées vacantes par un licenciement et un suicide, Mallock avait officialisé deux petits nouveaux : « Jo », Marie Joséphine Maêcka-Demaya, une Martiniquaise surqualifiée, et William Habib Al Azred.

Inspecteur de police pendant sept ans avant de se faire titulariser professeur d'université, ce dernier avait finalement décidé de revenir à ses premières amours. Grand, maigre, peau brune, yeux verts et cheveux sable, cette sorte de palmier élancé sur une île déserte avait ses manies et un caractère bien à lui. En fac, il s'était construit une sacrée réputation. Pour s'assurer de la parfaite attention de ses élèves, il écrivait ses cours de la main droite, tandis que sa main gauche armée d'un chiffon effaçait le texte au fur et à mesure. L'envergure de ses bras, environ deux mètres entre ses deux mains tendues, permettait à une douzaine de mots d'être lus avant d'être réduits en poussière. En raison de son nom de famille, « Al Azred », et de son comportement extravagant, les étudiants l'avaient surnommé : « l'Arabe dément »[1].

Dès les premières semaines, dans l'équipe de Mallock, son intelligence et sa culture encyclopédique lui avaient valu un autre surnom : « Wik », diminutif tout à la fois de William, son prénom, et de Wikipédia.

— Ce type, c'est Internet et le Grand Larousse en un seul volume, avait lancé Julie.

— Avec reconnaissance vocale, avait ajouté Ken.

Ils ignoraient qu'Habib était victime d'une maladie orpheline : l'hypermnésie.

Amédée arriva à son étage vers 16 heures. Malgré un après-midi déjà bien entamé, il décida d'organiser la

1. Un personnage, prénommé Al Azred, est ainsi surnommé dans le *Necronomicon* de l'écrivain H. P. Lovecraft.

première réunion de ce que l'on appellerait plus tard : « L'affaire des rasoirs d'Ockham ».

Pour démarrer, ils entreprirent ensemble de lister tous les types d'enlèvement possibles. Au bout de deux heures, ils avaient aligné soixante-douze propositions. Ça commençait par la plus logique : une ligue d'activistes réclamant la restitution d'un certain nombre de trésors, égyptiens, grecs ou autres, contre le retour de Monna Lisa. Et ça allait jusqu'à la plus originale, émise par Ken : un groupuscule d'Arméniens exigeant la reconnaissance du génocide par les trois pays qui ne s'y étaient pas encore résignés, Royaume-Uni, Turquie et Israël. En passant par une opération financée par un prince des Émirats souhaitant posséder ce trésor artistique ultime pour sa collection personnelle. Mais l'hypothèse qui emporta le plus de suffrages à la fin de la réunion était, de loin, la plus évidente : un simple kidnapping contre de l'argent qui pourrait être demandé conjointement aux assurances et à l'État français.

C'est à ce moment-là que Jules, l'homme d'action du groupe, souleva un lièvre :

— Pas de chauvinisme mal placé. Entre nous, pour réussir une telle affaire, il faut bien mieux que nos racailles nationales. En dehors des vols de vieilles, de casses de supérettes et des viols de minettes, ils n'en touchent pas une… Ça frime un max, mais ils ne sont pas au niveau, nos gangsters.

— T'as raison. Pas plus d'couilles que d'cervelle. Y a plus un seul putain d'visage pâle capable d'attaquer un train dans notre pauvre France, s'indigna Julie.

Partant de ce constat amer, il fut décidé d'établir, pays par pays, une liste d'hommes et d'équipes assez experts pour concevoir et réussir un coup pareil. Jules et Julie, puisqu'ils avaient levé le lièvre, furent chargés de travailler avec Interpol. Wik et Jo eurent pour tâche de prendre contact avec le FBI. Ils devaient certainement être déjà au courant et avaient peut-être même des pistes. Quant à Ken, il se vit attribuer le territoire français et ses truands au rabais. Dans ce cadre, il se retrouva désigné pour passer tout son dimanche au Louvre afin d'assister aux recherches. L'extraction de l'œuvre restait l'énigme la plus insondable de cette affaire, elle-même inexplicable. Le mystère dans le mystère. La boule de gomme dans la boule de gomme.

C'est là que Mallock eut l'une de ses idées bizarres qu'il semblait se faire un plaisir de ne pas trop expliquer pour bien agacer son auditoire :

— Les ordures, Ken, regarde aussi les ordures.

— D'après vous, il l'aurait jetée dans la poubelle pour la récupérer après ?

— Non, les poubelles sont triées.

— Eh bien, alors ?

— Cherche des cendres, du bois brisé ou calciné.

Ses collaborateurs le regardèrent, interrogatifs.

— Mais pourquoi ? finit par demander Ken qui n'entendait pas se mettre à fouiller tous les fonds de cendriers sans une bonne raison.

Silence. Amédée réfléchissait encore. Ses intuitions arrivaient en vrac dans son crâne.

— Et s'ils ne l'avaient pas sortie, mais simplement détruite pour qu'on ne la retrouve pas ? finit-il par articuler.

Ses collaborateurs, habitués, attendirent la suite. Pas Jo :

— C'est absurde. Dans quel but ?

Les deux jeunes femmes restèrent bouche bée lorsque Mallock leur répondit le plus calmement du monde :

— Pour vendre plusieurs Monna Lisa, au lieu d'une seule.

— Plusieurs *Joconde* ?

— Oui, le marché est vaste, non ?

Wik fut le premier à comprendre l'idée de son patron et à réagir. Rien de ce qui concernait la petite et la grande histoire de la France ne lui était étranger.

— Je ne sais pas si c'est la même idée, patron, mais une légende a couru lors du premier vol de la *Joconde* en 1911. L'histoire s'est peut-être répétée, ou bien a donné des idées à ceux d'aujourd'hui.

Comme s'il avait des élèves obéissants et tout le temps du monde devant lui, Wik commença à raconter ce qui s'était passé à l'époque :

— Le voleur, un certain Vincenzo Peruggia, avait participé, en tant que vitrier, à la mise sous verre d'un certain nombre de tableaux célèbres, dont celui de Vinci. Connaissant parfaitement les systèmes d'accroche, quatre malheureux pitons, il s'est tout simplement rendu dans le « salon carré », quelques jours plus tard, pour récupérer l'œuvre. Il a, par la suite, conservé la *Joconde* pendant deux ans. Ça, ce sont les faits. Mais là où commence la légende, c'est lorsque l'on raconte qu'un faussaire argentin, Eduardo de Valfierno, aurait, afin de pouvoir vendre comme authentiques six copies du tableau réalisées avant le vol par un certain Yves Chaudron, demandé que l'original soit volé, condition essentielle pour rendre crédible son arnaque. L'Argentin ne se serait jamais préoccupé de récupérer l'original, qui dormait dans le double-fond d'une valise en bois blanc sous le lit de Peruggia, obligeant ce dernier à retourner en Italie pour la proposer un peu au hasard à la vente et en tirer enfin profit. C'est un antiquaire florentin, Alfredo Geri, qui l'a finalement dénoncé. On retrouve dans l'Histoire d'autres...

— OK, OK, abrège, lui lança Ken, impatient.

Le professeur ayant terminé, il se replongea dans son autre occupation favorite : le mutisme.

— Donc, patron, résuma Julie, vous pensez que cette fois-ci ils ont été encore plus loin dans cette logique de tarés ? Au lieu de s'encombrer de l'original et de risquer de se faire prendre avec, ils auraient réduit le panneau en petits morceaux avant de passer le tout au chalumeau ?

— Oui, parce qu'il fallait que le vol soit en quelque sorte consommé.

— Consumé, rectifia Ken, incapable de laisser passer un bon mot.

— Franchement, les enfants, je n'ai aucune certitude. Mais puisque Ken y va, autant qu'il regarde tout ça de très près. Une fois tous les déchets jetés, dans un ou deux jours, il n'y aura plus aucune trace. Alors plonge dans les cendriers, lèche le parquet et renifle les poubelles, mon bon Ken. On verra si j'ai vu juste ou de travers. Ah oui, une dernière chose, Jo et Julie, je vous charge d'éplucher la fameuse vidéo de cet... Ockham. Gros plans sur sa tronche et sur la *Joconde*, et retranscription de tout ce qu'il a dit. Ceci dit, et bien dit, on est samedi, il est tard. À vous de bosser, esclaves, le grand commissaire divisionnaire se casse.

Le trajet qui reliait le 13 à l'appartement de Mallock était deux fois plus court que celui qui allait, hier, du 36 à la rue du Bourg-Tibourg. Une dizaine de minutes. Désormais, Amédée n'avait plus qu'à sauter du gros caillou de l'île de la Cité à celui de l'île Saint-Louis, en regardant la Seine en contrebas. On faisait pire comme damnation quotidienne.

Alors, malgré la pluie qui n'avait pas cessé, et pour rafraîchir le contenu de son crâne en ébullition, le commissaire Amédée Mallock rentra chez lui à pied.

5

Jeudi 8 septembre

Mallock s'était réveillé en pensant à Margot.

Le lendemain de la fameuse disparition de Monna Lisa, il avait passé tout son dimanche avec sa Joconde personnelle. Discussions, câlins et ablutions. Ce matin, il se sentait bizarre. Lui, l'ours en chef, grand amateur d'hibernation et de dérélictions diverses, s'était réveillé gêné par la présence de la solitude à ses côtés. Pendant des années, le retour au célibat du lundi matin s'était toujours fait avec une sorte de satisfaction à peine dissimulée en constatant l'absence de la jeune personne qui avait partagé sa couche. Aujourd'hui, avec Margot, c'était le contraire.

Même le silence, dont il adorait l'intimité, avait perdu de son charme.

Margot Murat avait divorcé de son mari, elle ! S'était rendue libre, elle ! Bravant une belle-famille pour qui le divorce était une infamie, elle était parvenue à ses fins. Pour qui, sinon Amédée ? Alors que lui, le devin commissaire, n'avait pas même été capable d'inviter sa Monna

Lisa à rejoindre pour un CDD sa tanière du Bourg-Tibourg. Pas la moindre petite bague non plus, ni un « Je t'aime » lâché comme par étourderie.

Et si, tout bien pesé, Mallock n'était qu'un crétin patenté, doublé d'un indécrottable célibataire atrabilaire ?

Le téléphone l'empêcha de conclure en sa défaveur.

Il était 8 heures, c'était Sigismond :

— Le type qui se fait prénommer « Ockham » vient de m'appeler. Il revendique le vol de la *Joconde*.

— Pourquoi vous ?

— Vous n'avez pas vu mon article dans *Le Journal du Dimanche* ?

— Non, je ne suis pas sorti.

— J'ai profité des infos que vous m'aviez données pour faire un papier. Le type a vu mon nom, a contacté la publication, et le canard me l'a transmis.

— Comment savez-vous que ce n'est pas une blague ou un baltringue ?

— Il m'appelait justement pour me donner une preuve. « LA » preuve, m'a-t-il dit. Il veut visiblement faire authentifier son exploit. Malgré sa vidéo de samedi, certaines rumeurs ont commencé à se répandre sur une éventuelle supercherie.

— Une preuve physique ?

— Ouais. Il l'aurait déposée, coincée dans une anfractuosité d'un des murs entre le 33 et le 36 rue des Archanges, en haut du Sacré-Cœur.

— J'espère que vous n'avez…

— Bien sûr que non. Je n'allais pas risquer de contaminer le lieu ou l'objet. Je vous laisse opérer. Dépêchez-vous, il pleut des cordes, ça risque d'effacer des traces.

Mallock appela Théo pour qu'il fasse rapatrier l'objet et procède à tous les prélèvements utiles.

— T'as une heure pour me donner les résultats, lui précisa-t-il.

Théodore ne réagit même pas. Il commençait à bien comprendre comment Mallock fonctionnait.

Une heure plus tard, alors qu'Amédée allait franchir la porte de son appartement pour se diriger vers le 13, il rappela :

— J'ai vos réponses, commissaire.

— Déjà ! Je t'écoute.

— Primo : aucune trace ou empreinte sur place ou sur l'objet. Secundo : l'objet est un bocal. En regardant à travers, on peut apercevoir des morceaux de cristaux. Ce sont vraisemblablement des fragments de la vitre de sécurité qui protégeait la *Joconde*. Enfin, sur ce même bocal, il y a un titre : « Vitrine en croûte de sel » et, écrit également à l'encre violette, une sorte de sentence : « Tu ne mettras pas les monstres en cage. »

Mallock le remercia et sortit pour se rendre au 13.

Dehors, la pluie s'était installée, avançant, régulière et droite, en route pour un marathon qui avait de fortes chances de durer jusqu'à la nuit venue. 9 h 30, il fallait absolument que le commissaire se dépêche. Ockham avait planifié une nouvelle diffusion en streaming pour 10 heures. Qu'allait-il encore bien pouvoir leur dire ? Allait-on enfin connaître la nature de ses réclamations ? Quoi qu'il en soit, Mallock aurait préféré que cela se passe en privé, par sur les réseaux. Ça avait toutes les chances de rendre les négociations plus délicates.

Amédée s'arrêta devant le premier kiosque. Les journaux ne parlaient que de la disparition de la *Joconde*. Le « vol du siècle » était bien parti pour en faire remonter les ventes. Faute de pouvoir donner la moindre info exclusive, les journalistes avaient glosé autour de l'article de Sigismond et, pour attirer l'attention sur leur bel organe, s'étaient surpassés en matière de titre : « Smile on sale », « DaVinci entre les mains d'Al-Qaida », « Monna Lisa ne sourit plus », « Des dollars pour Léonard », « La vengeance du Pharaon », « Des sous pour un sourire », « Le Louvre orphelin ». Deux d'entre eux avaient remporté la palme : « Veni, Vidi, Vinci ! », la plus originale, et « Monna Lisa, fugue ou enlèvement ? », de loin la plus drôle.

La veille, les recherches menées dans les salles du Louvre, derrière les tableaux et dans toutes les planques possibles n'avaient rien donné. Pas de cendre non plus dans une poubelle ou un amoncellement de copeaux au fond d'un sac. Ça avait été rendu officiel six heures plus tôt, Monna Lisa n'était plus entre les murs du plus grand musée du monde. Son kidnappeur supposé avait confirmé, dans un mot accompagnant le bocal, vouloir être appelé « Dr Ockham », tout en acceptant les surnoms donnés à son maître, le moine d'Oxford : « Dr Invincible » ou « Venerabilis Inceptor » : le Vénérable Initiateur.

Enfin arrivé au 13, à la sortie de l'ascenseur, Mallock n'eut pas le temps de se diriger vers son bureau, Julie, qui l'attendait, lui sauta dessus.

— Venez vite, patron, ça va commencer.

Jules et Ken les rejoignirent et ils s'installèrent tous les quatre devant l'écran 27 pouces de Julie. Dans la fenêtre de streaming, dissimulée dans une demi-obscurité, on n'apercevait qu'une table recouverte d'une nappe. La caméra, munie d'un grand-angle, était placée en hauteur, surplombant ainsi toute la scène.

Les capitaines du Fort[1] se regardèrent :
— Qu'est-ce qu'ils foutent ?
— Je suppose qu'ils vont venir s'asseoir autour de cette table, tenta Ken.
— Pourquoi filmer de si haut ?
Brusquement, le tissu blanc s'envola, tiré par quelques fils invisibles. Et la lumière se fit.

Devant eux et quelques millions de personnes, le tableau de la *Joconde* apparut, posé horizontalement sur une planche, elle-même soutenue sans doute par des tréteaux. L'ensemble était éclairé à l'aide d'un spot ponctuel qui laissait le reste dans la pénombre.

Tous les agents et personnels présents au 13 étaient devant un écran pour observer l'événement. Quoi qu'il se passe, ce serait historique. À un moment ou à un autre, le Dr Ockham ou l'un de ses complices, l'équipe au complet peut-être, finirait par apparaître et s'expliquer. Demande de rançon ? Déclaration politique ? Tout était encore possible et tout avait été envisagé, sauf ce qui allait se passer.

Un peu partout sur la Terre, des centaines de milliers de personnes scrutaient l'obscurité pour tenter d'apercevoir l'un de ceux qui étaient parvenus à voler la *Joconde*. À quoi pouvaient-ils bien ressembler ? Qu'allaient-ils dire ou faire ? Certains s'attendaient à voir apparaître une série d'hommes cagoulés, debout devant un drapeau, réclamant la libération de camarades au nom d'une cause incertaine, d'autres, un type tout seul au visage et à la voix brouillée ânonnant les termes de la remise d'une rançon. Mais, kidnapping politique ou mafieux, à qui

1. « Fort Mallock » est le petit nom donné au service du commissaire.

allait-on réclamer l'argent ? Au Louvre, à l'État français... à l'Europe, au monde entier ? Et quel type de rançon ? Des billets, d'autres œuvres volées lors des colonisations, ou bien des prisonniers ? Pourquoi pas la reconnaissance d'un État palestinien ou l'indépendance de la Corse ? Quant à la menace, elle pouvait être de conserver à jamais le tableau, ou alors de lui faire subir le sort des Bouddhas de Bâmiyân, détruits à la dynamite. Qui oserait fusiller Monna Lisa à l'AK 47 ?

En ces temps de grande folie, les prétendants ne manquaient pas.

Soudain, une sorte de grand bec jaune apparut dans le halo de lumière. Son ombre traça une énorme griffe noire sur le chef-d'œuvre de Vinci.

— Qu'est-ce que c'était ? s'enquit Jo qui venait de les rejoindre.

— Aucune idée.

— Un bec, je crois. Un gros rostre en bois ou en plastique, lança Wik.

— Comme celui d'un toucan, ajouta Julie.

Brusquement deux bras apparurent ainsi que le haut d'un crâne. La partie jaune entraperçue était bien un bec, un énorme bec jaune citron qui prenait tout le visage. Ce qu'on apercevait du corps de l'homme était recouvert d'un latex brillant rouge foncé.

Mallock murmura :

— Thot !

— Qui ça ?

— La créature à tête d'ibis, un dieu égyptien, Thot. Ou bien Horus... ça ressemble aussi à un bec d'aigle...

Sans un mot, l'apparition entreprit alors d'attacher le tableau à l'aide d'étaux.

Julie grimaça :

— Putain, il va l'abîmer, l'enculé.

Sous le regard effaré de toute l'équipe, au lieu de commencer à parler et à édicter ses conditions, Thot-Horus alluma le moteur d'une scie électrique. Il s'approcha du tableau, s'exposant à la lumière et aux regards.

Il était maigre et se déplaçait de façon bizarre. Pire, tout son corps était déformé. D'abord sa tête, avec un crâne allongé vers l'arrière, comme celui des pharaons de la fin de la XVIIIe dynastie. Puis son tronc. Un dos bossu et, malgré une maigreur osseuse, un gros ventre pointu qui pendait jusqu'entre ses jambes.

— Polichinelle, bafouilla Jules.

— C'est lui, le Dr Ockham ? demanda Jo.

Au moment où la lame toucha la plaque de bois, un son strident résonna dans la pièce et de la sciure s'éleva dans les airs.

Une grande clameur monta dans le monde entier. Le fou était en train de découper l'œuvre la plus connue sur Terre. Blasphème, acte iconoclaste, comment pouvait-il oser ? Mais il s'arrêta aussi rapidement qu'il avait commencé. Il donnait l'impression d'hésiter. Il reposa l'engin et se mit à réfléchir. À moins qu'il ne fasse semblant. Il se retourna alors avant de disparaître dans l'obscurité.

Jo avait posé sa main sur l'épaule de Mallock. Il remarqua qu'elle tremblait. Il n'avait jamais senti la « gazelle » si terrifiée. C'était étrange. Il frissonna, pris à son tour d'une macabre prémonition.

Quand Ockham revint dans le champ, il tenait un chiffon. Il l'humecta d'un liquide transparent et commença à le passer sur l'œuvre. Au fur et à mesure qu'il tamponnait la Monna Lisa, le tableau retrouvait ses couleurs d'origine. Le spectacle était fascinant. Il procédait presque amoureusement, utilisant avec soin petits pinceaux et cotons tiges.

Puis tout changea de nouveau.

Alors même qu'il lui aurait fallu s'arrêter, il continua à frotter, ajoutant toujours plus de produit. Sous le regard pétrifié des amoureux de la *Joconde*, la peinture se mit à couler, les chairs s'assombrirent et des larmes verdâtres s'échappèrent des yeux de Monna Lisa.

Ockham s'arrêta, sembla hésiter, puis sortit à nouveau du champ de la caméra.

Lorsqu'il revint, il avait un rasoir à la main. L'un de ces coupe-choux que l'on utilise pour se raser « à l'ancienne ». Il posa par terre un bocal en verre et, sous les yeux hallucinés de milliers d'internautes, il se mit à racler la peinture.

Le bruit était désagréable, presque irréel. Régulièrement, il grattait le rasoir sur le bord du bocal, afin d'y déposer la peinture qui s'y était accumulée. Parfois de gros morceaux se détachaient et tombaient un peu plus loin. Il se penchait pour les récupérer et les mettre dans le pot.

Bientôt, il ne resta plus guère que le fameux sourire.

Pour la première fois, on entendit la voix d'Ockham. Elle était déformée, à la fois très grave et aiguë, sans aucun son dans les moyennes fréquences, celles d'une voix humaine normale :

— D'une œuvre, d'un corps, d'un homme, de ses souvenirs, ses rêves ou ses actes, il ne faut conserver que l'essentiel. De Dieu, le doigt qui dessina Adam ; du

Diable, le souffle ardent ; d'une noix, le cerneau ; et du crocus, le safran…

Pause. Tremblement hystérique de la pointe du bec.

— De l'océan, l'écume et le plancton ; de la femme, le ventre et le regard ; de l'homme, le meilleur et le pire. Mais franchement, braves gens, de cette œuvre, me faut-il vraiment conserver le sourire ?

Il poussa un profond soupir et, d'un coup de lame, racla la dernière partie encore intacte du tableau. Le rictus disparut de la surface de la Terre en deux passages de rasoir. Le Polichinelle reprit alors son chiffon, l'imbiba copieusement d'essence et termina de nettoyer la planche de bois. Très vite, le peuplier retrouva sa pureté d'origine.

Ockham reprit la parole :

— Un peu de cire pour nourrir ces fibres affamées, et voilà que renaît l'œuvre de Dieu. Écoutez et voyez. Tant de vents essoufflés, de rayons de lune, d'averses argentées et d'aubes assoupies ont façonné ce bois. Regardez-en les nœuds, les ors et les os, la chair soyeuse et les fibres, le miel et la réglisse. La perfection de ce morceau d'arbre, son dessin, est une leçon pour tout artiste. Jusqu'à ce jour, seul le peintre de Florence et ses assistants avaient eu l'intense bonheur d'observer ce chef-d'œuvre. Le voilà enfin restauré et, par la grâce d'Ockham, débarrassé de ses vernis, ses pigments et ses repentirs. Ainsi que du visage grimaçant d'une pute morte.

Ockham, les bras tremblants, tendait bien droit vers la caméra le panneau de peuplier qui avait, encore une heure auparavant, porté le chef-d'œuvre de Léonard de Vinci et le sourire de Monna Lisa.

— Ne vous inquiétez plus. Dès demain, je le retournerai à ses propriétaires, Louvre, vous et le roi de France, afin que chacun puisse à nouveau venir le contempler dans sa splendeur… enfin retrouvée.

Il le reposa sur la table et se pencha pour nettoyer le sol à l'aide d'une pelle et d'une balayette. Il mit les écailles de peinture ainsi récupérées dans le bocal, touilla le tout avec un pinceau et referma le récipient. Il y colla une étiquette sur laquelle était écrit : « Confiture de Joconde ».

Certes, il n'avait tué personne. Pas de sang versé ni de chair découpée. Pas de famille en pleurs. Et pourtant…

Du fin fond de la Chine jusqu'aux rives érodées de la vieille Europe, des plaines tièdes du Levant aux vents glacés de l'Est, on avait assisté à ce qui s'apparentait à un meurtre. L'assassinat d'un mythe et d'une adoration commune, un syncrétisme esthétique.

C'est cette unanimité-là que le dénommé Ockham venait de découper à coups de rasoir. Certes, il n'avait tué personne, mais l'effroi qu'il avait réussi à susciter n'en était que plus terrifiant.

6

Vendredi 9 septembre

Certains vivent pour l'argent, ou la recherche du pouvoir, d'autres pour l'amour, la quête d'une vérité éternelle ; Amédée, lui, n'avait longtemps vécu que pour le matin.

Le matin, c'était Thomas, son fils, et ses merveilleux babillages.

À son réveil, Tom ne pleurait jamais, il chantait. Des petits piaillements d'oiseaux comme des éclats de sourires, et quelques exercices de vocalise. Des « aheuuuu » et des « wizzzzzz ». Dès que Mallock posait le pied sur la première marche de l'escalier qui menait à la chambre de Thomas un demi-étage plus bas, son chant s'arrêtait : il avait entendu le craquement du bois sous le poids de papa. Debout dans son berceau, la tête penchée pour l'apercevoir le plus tôt possible, il attendait, l'espérait, vibrant d'impatience. Mallock faisait pareil. Il apparaissait, et repartait en arrière, ce qui déclenchait le rire de Tom. Le jeu pouvait durer un certain temps, puis Amédée descendait et l'attrapait dans ses bras.

Le bonheur, c'était cette étreinte-là.

Puis Tom était mort.

Les premiers jours, ce fut au sort qu'il avait laissé la responsabilité de décider. Devait-il insister ou rejoindre son amour dans la terre ? Alors, chaque lundi, avant de partir travailler pour une nouvelle semaine, une balle, un barillet, trois tours... le clic du chien dans la chambre vide, comme son cœur. Il avait fini par être hospitalisé. Il ne se souvenait de rien, ne voulait plus en parler. Pendant un an, il avait pleuré. Simplement pleuré, du matin au soir. Comme une sorte de passe-temps, de nouvelle respiration.

Puis, peu à peu, son corps avait cessé de trembler. Vide de larmes, il avait commencé à revoir les choses avec une netteté inédite. La nature était encore belle, avec des feuilles sur les arbres et des gens qui marchaient dans les rues vers de multiples ailleurs, sans doute un but. Lui, il avait compris qu'il avait perdu ce but. Nulle part où aller, plus de maison, puisque plus de Tom. Comment combler ce vide effroyable ?

Se rendre utile lui était alors apparu comme une solution acceptable bien que temporaire. Le provisoire avait duré jusqu'à ce qu'il rencontre Margot. Elle seule pourrait un jour, peut-être, repeupler sa maison. Elle, et le combat obstiné qu'il menait contre les barbares.

Ce matin-là, Mallock sortit de son appartement avec l'envie d'en découdre. Automne roux avec soleil. Dans les rouges, au cœur des ocres incarnats, il pressentit le sang.

Ockham, alias le Polichinelle, alias Dr Peste, à cause de son bec, était déjà entré dans le Livre des records : plus de 21 millions de « vues » en quarante-huit heures de sa vidéo le montrant en train de détruire la *Joconde*. Pas trop étonnant, mais triste, plus des trois quarts avaient « liké » le spectacle.

Aucun commentaire sur le pauvre Ivo bataillant contre la mort.

Les priorités et les enthousiasmes de ses contemporains ne laissaient pas de surprendre le commissaire. L'apparition miraculeuse d'un morceau inédit de Mozart faisait 4 300 visiteurs, un petit bébé rotant, 32 millions, un nouveau Rembrandt, 12 000, une femme lapidée, 50 millions, un poème inédit de Rimbaud, 1 600, un reporter décapité vivant, 106 millions, un inédit de George Harrison, 18 000, et une milliardaire décérébrée crashant sa Lamborghini contre une bitte d'amarrage, 90 millions de petits pouces en l'air. Rouge ou vert, qu'importe. On avait regardé. Car on ne jouissait désormais que par les yeux. Et par les autres.

Pourquoi la réalité grimaçait-elle, mentait-elle, se roulait-elle de plus en plus, chaque jour, dans la superficialité, l'abjection et le pathos ? Pourquoi tant de *likes* sur Ockham détruisant la *Joconde*, et si peu d'articles sur un artiste entre la vie et la mort ? Donnez-nous notre indignation de chaque jour, nos pleurs de crocodile et délivrez-nous du bien, *amen*.

Mallock était arrivé. Superbe entrée avec ouverture automatique sous le gros chiffre allumé : 13. La vieille Jaguar Type S 420 eut une fugace poussée d'orgueil, « Tout ça pour moi ! » sembla-t-elle s'exclamer de ses six pistons encore vaillants.

Une fois garé, Mallock monta directement au deuxième. Une clé fut nécessaire pour actionner l'ascenseur. C'était l'étage du SREPS. Si la science au service de la vérité avait un temple, ce serait ici désormais. Dublin, usant de ses prérogatives de grand patron, avait lui-même nommé le baron Théodore de Bilteau directeur du Service de Recherche en Police Scientifique du 13. Bien qu'il le connaisse depuis l'enfance, aucun soupçon de népotisme n'était envisageable.

Ce n'était pas non plus parce qu'il présentait bien. Loin de là. L'homme ressemblait à un SDF. Maigre comme un clou, il mesurait 1,60 m, arborait des lunettes rafistolées et portait plusieurs couches de vêtements élimés. L'hiver, il avait sur la tête une sorte de passe-montagne à oreilles qu'il semblait ne jamais vouloir quitter. Il se dégageait de l'ensemble une odeur indéfinissable. Rien à sauver, sinon, derrière les poils d'une barbe mitée, un très beau visage et des yeux bleus magnifiques.

En fait, on n'avait qu'une seule envie en le voyant, le déshabiller, le plonger dans un bon bain, puis le raser et le forcer à s'habiller correctement. Julie avait confié à Mallock que ça entrait tout à fait dans ses intentions, mais qu'elle attendait le bon moment. Jules et Joséphine s'étaient portés volontaires pour participer à l'attaque : « C'est pour son bien, il nous en sera reconnaissant », avait affirmé Jo.

Théodore achetait ses vêtements chez Emmaüs tout en vivant dans un hôtel particulier à Neuilly. Autre spécificité, et pas des moindres, il avait adopté trois enfants. Ni partisan de la décroissance ni harpagon, il consacrait son argent à leur éducation, et au salaire d'une nounou gouvernante ainsi que d'un précepteur. Il le faisait parce que c'était son honneur, un devoir, et son bonheur aussi. En tant que célibataire, l'adoption n'avait pas été aisée. On lui avait fait comprendre qu'il ne pourrait prendre que les laissés-pour-compte. Mais ça lui allait parfaitement. Continuer à vivre dans l'égoïsme d'une vie de château ne lui semblait compatible ni avec sa morale, ni avec son cœur.

La première fois qu'il s'était rendu à l'étranger pour adopter, il avait trouvé Noé. L'enfant était en position assise, complètement figé. Bien entendu, on ne savait pas ce qu'il avait. Il n'était pas impossible qu'il soit séropositif, mais pas question de le tester, c'était à prendre ou à laisser. Théo avait pris, et s'en félicitait tous les jours. Noé s'était révélé sain de corps et d'esprit, gentil et affectueux. À son deuxième voyage, on lui avait imposé de prendre deux enfants pour le prix d'un, comme avait dit en riant une infirmière. Difficiles à caser, les jumeaux étaient pensionnaires de l'orphelinat depuis plus d'un an. Jules et Jim étaient revenus dans les bagages de leur baron de papa, et ils n'arrêtaient pas de rire depuis.

— Coucou, Théo. Tu vas bien ?

— Plutôt oui. J'ai profité de ces vacances pour t... tout installer. Y avait un sacré bordel. Je crois que l'on a l'un des plus beaux labos d'Europe en équipement... Maintenant, j'aimerais bien p... p... pouvoir commencer à le t... tester !

Théo avait longtemps été bègue, et en gardait une certaine animosité vis-à-vis des moqueurs et des consonnes occlusives.

— Tu peux me montrer le bocal ?

Théodore le sortit d'une armoire métallique. C'était un récipient hermétique traditionnel de la marque Le Parfait, avec le fameux système de fermeture constitué d'une languette en caoutchouc, d'une partie en tige de fer et d'un bouchon épais moulé dans le même verre que le reste du récipient. À l'intérieur, bloqués au milieu d'un lit de gros sel, il y avait des morceaux du verre de la vitrine censée protéger l'œuvre de Vinci.

À l'encre violette, sur une étiquette, était écrit : « Vitrine en croûte de sel » et le précepte N° 1 : « Attention : c'est en montrant les monstres qu'ils le deviennent ».

— Ça veut dire quoi ? demanda Théo.

Mallock n'essaya même pas :

— On verra ça avec lui quand on l'aura chopé.

Déjà, avec la précision de l'habitude, Théodore enfonçait une pince pour attraper un morceau de verre et le poser sous l'un de ses microscopes.

— Merci d'avoir fait si vite. Tu me téléphones les résultats complémentaires, ou tu montes me voir, comme tu veux.

— OK, patron, c'est comme si c'était fait.

Alors que Mallock repartait vers l'ascenseur, celui-ci s'ouvrit sur l'un des gars du SINOD, l'unité d'élite du rez-de-chaussée.

Il était monté chercher Mallock :

— Ah, commissaire, on vient de déposer ce paquet pour vous. Je ne voulais pas que ça traîne…

— Mais comment l'avez-vous eu ?

— Un coursier l'a apporté, pourquoi ?

— C'était l'un des nôtres ?

— Non.

— Vous avez fait une copie de sa pièce d'identité ?

— Non plus.

L'homme avait encore le petit sourire qu'il arborait en sortant de l'ascenseur.

Amédée réalisa brutalement que les procédures de sécurité n'étaient pas encore toutes en place. Le pipeline devait être complet pour que ça fonctionne.

— Et si c'était une bombe, vous continueriez à sourire ? demanda-t-il non sans une certaine cruauté.

Le type comprit soudain son erreur. Il avait cru bien faire. C'était marqué « URGENT » dessus, en grandes lettres rouges. Il bafouilla des excuses. Mais Mallock était déjà penché sur le colis.

Il avait sa petite idée.

Presque une certitude.

En deux ou trois gestes, il découpa le carton au cutter et sortit l'objet. Le nouveau bocal provenait bien d'Ockham. Toujours à l'encre violette était marqué : « Confiture de *Joconde* ». Et dessous : « Précepte N° 2 : Tu réduiras les icônes à ce qu'elles sont : de la confiture pour cochons. »

7

Mercredi 14 septembre

Bien entendu, la destruction de la *Joconde* faisait la une de tous les journaux. Et, comme d'habitude, l'indignation était générale. Contre le conservateur, contre le gouvernement, contre tous ceux que l'on pouvait rendre responsables, de près ou de loin. Par conséquent la police et son représentant le plus zélé du moment : Amédée Mallock. Dehors, les lions étaient lâchés et les loups chassaient en meutes ; il avait intérêt à raser les murs. Le lynchage avait, de tout temps, été l'une des occupations préférées de l'être humain. Pierres, coups de poing, parpaings, briques ou tweets, qu'importe, l'essentiel était de détruire le singulier pour innocenter le pluriel.

Curieusement, la fascination pour Ockham, le monstre énigmatique, devançait la rage que l'on aurait dû éprouver à son encontre. La peur viendrait, mais plus tard. Pour l'instant, on s'interrogeait sur ses motivations et sur le sens à donner à cet acte iconoclaste.

Faisant dans l'historique et le culturel, les médias redonnèrent à manger, matin et soir, sa dose de génie-Vinci au petit peuple, toujours gourmand d'adoration facile et de superlatifs. « Même détruite, la *Joconde* serait immortelle, voire bien plus », avait déclaré, de son côté, le ministre de la Culture, laissant à chacun le soin d'imaginer ce que pouvait donner en nombre de siècles le « bien plus qu'immortel » du haut fonctionnaire.

Dans ce grand foutoir, un vieux bonhomme venu parler de la crue centennale de 1910 n'eut pas vraiment le temps d'expliquer sa théorie mettant en garde Paris et sa région contre une Seine qu'il jugeait prête à sortir de son lit. De quoi se mêlait-il ? Le guignol de la météo, grand maître des éléments devant l'Éternel, s'était fait un plaisir de le ridiculiser pour avoir osé empiéter sur ses prérogatives.

— Cher monsieur, nous sommes bien mieux placés que vous pour surveiller le ciel ainsi que les fleuves de notre beau pays. Aucune crue en vue, désolé.

Et pourtant.

Au Fort, Jules, Julie, Jo et Ken s'étaient retrouvés pour le petit déjeuner dans la salle de réunion.

Jo lança :

— J'ai du mal avec cette histoire d'arnaque. Maintenant que l'on a vu Ockham détruire la *Joconde*, cette hypothèse de copies est-elle encore d'actualité ?

— Non, dit Ken.

— Oui, fit Jules en même temps.

— Ça dépend, ajouta Julie.

Jo éclata de rire.

— Ah ben, c'est plus clair maintenant.

— Mais non, insista Ken, la toile étant détruite, il n'y a plus de négociation possible avec d'éventuels acheteurs.

— Tout d'abord, reprit Julie, ce n'est pas une toile, mais un panneau, nuance. Secundo, grand couillon, qui te dit que c'était bien l'original ? Sa mise en scène en Mondovision numérique peut très bien n'avoir eu qu'un seul but : nous décourager de rechercher l'œuvre. Ça permet également de rassurer les différents acheteurs, leur faire comprendre que, la *Joconde* étant officiellement détruite, ils ne seraient pas inquiétés. Dans cette optique, l'équipe de cet enculé d'Ockham de mes deux a certainement prévu son coup depuis un bon moment. Non seulement pour trouver une faille et monter un plan, peut-être avec des complicités dans le personnel du Louvre, mais aussi pour fabriquer les copies en en faisant des contrefaçons de qualité irréprochable.

— Donc, ce qu'il aurait détruit devant nous était un faux.

— Oui, à moins que…

— À moins que quoi ?

Julie compléta sa pensée :

— Eh bien, à moins qu'il n'ait détruit l'original, tout compte fait.

Levée de boucliers.

— Non, alors là, je ne marche plus.

— Moi non plus. Ton raisonnement se tenait, mais…

— Attendez, attendez. Comprenez-moi. En fait, qu'est-ce qu'il en a à foutre de l'œuvre originale ?

— La vendre ?

— Mais non, trop dangereux, comme de se promener avec. Qu'est-ce qu'il en a à foutre, répéta-t-elle, puisqu'il a les copies. La garder pour qu'on puisse faire des comparaisons ? Non, c'est avec les faux qu'il va faire fortune.

— Alors, on a bien assisté à la destruction du vrai Vinci ?

— Oui… ou non, les deux sans doute, prononça tranquillement Julie.

— Arrête, tu nous fais du Mallock.

Ken n'avait pas tort. À force de le fréquenter, ses capitaines se surprenaient parfois à en copier ses tics.

— Attendons l'analyse du bocal, conclut Jo avec sobriété.

Il y eut alors un long silence, chacun remâchant les différentes hypothèses. Puis Jules, taiseux mais gourmand, rompit la séance de concentration :

— Quelqu'un veut le dernier croissant ?

Le soir même, les médias annoncèrent au journal télévisé la réaffectation d'un certain nombre de fonctionnaires, la transmutation magique de deux ou trois fusibles proches du gouvernement et le licenciement sec du conservateur du Louvre. Un limogeage cruel dans le plus pur style fonction publique Ve République.

Georges Karlinski réapparaîtrait discrètement dans dix ou douze mois à Rome, comme directeur de la Villa Médicis, ou comme sous-préfet quelque part, conseiller de la présidence à Radio France ou rapporteur en chef au Conseil économique, social et environnemental.

Plus de peur que de mal.

8

Jeudi 15 septembre
Hôpital de l'Hôtel-Dieu

Des masses d'eau venaient battre violemment trottoirs, arbres et réverbères. Julie et Mallock avançaient, bras dessus bras dessous, coiffés d'un parapluie de taille XXL. Serrée contre son patron, réglant son allure sur la sienne, la jeune capitaine souriait. La pluie s'intensifiait. *Rien à craindre*, se disait-elle, *tant que je tiens le bras de l'ours*. Comme Ken, Jo ou Jules, l'amitié qu'ils avaient pour leur patron s'était transformée en affection et en une confiance sans faille.

— Vous ne royez pa… temps…

— Pardon ?

L'averse faisait maintenant tant de bruit qu'ils ne parvenaient plus à s'entendre. Ils étaient d'ailleurs les seuls à continuer à avancer ainsi tranquillement, au pas en plein milieu du trottoir. Les autres passants s'étaient réfugiés dans les cafés alentour, sous les porches en pierre ou dans le ventre généreux de la cathédrale.

— Vous ne croyez pas qu'il serait temps de nous rendre à l'ennemi ? hurla Julie.

— Jamais de la vie. Plutôt finir mouillés jusqu'à l'os.

— Noyés, coulés, vous voulez dire, patron.

— C'est vrai qu'il ne reste plus beaucoup d'air entre les gouttes.

— On fait quoi ?

— Courons !

Quand ils débarquèrent enfin, aussi trempés qu'essoufflés, dans le vaste vestibule de l'hôpital, la femme d'Ivo les attendait.

Julie et Mallock l'avaient déjà aperçue sur les vidéos de surveillance du Louvre. Elle avait débarqué au moment où le Samu emmenait son mari à l'Hôtel-Dieu. La pauvre femme était au-delà du chagrin, effondrée, entre la prostration et l'hystérie. Amédée avait fait le rapprochement entre son visage et celui, livide, de Yoko Ono, la nuit de l'assassinat de Lennon. Un artiste que l'on assassine alors qu'il est au sommet de son art, c'est comme un enfant qui meurt. Au-delà de la peine commune à tous, il y a les promesses de merveilles à venir qui s'éteignent, laissant autant d'interrogations que de frustrations.

Une semaine s'était écoulée depuis le vol et la destruction de la *Joconde*, mais surtout, pour elle, la tentative de meurtre de son mari. Violaine ne s'en était pas encore remise. Sa femme et complice, comme elle disait aux journalistes, ressemblait encore à un bien triste fantôme, une silhouette d'inquiétude sur des chevilles fragiles. Déjà maigre de nature, elle semblait avoir disparu de la surface de la terre. 1,65 m, des cheveux blancs et des yeux or clair, son visage blafard se confondait avec les murs de l'hôpital.

Mallock s'approcha d'elle pour lui serrer la main. Elle n'avait aucun bracelet et pas la moindre bague aux doigts, juste un petit tatouage incarnat représentant une araignée sur le dessus du poignet droit.

— Je vous attendais. On y va.

Voix blanche et tremblante. Sa gorge était encore enserrée dans une tenaille de peur.

— On vous suit. Des nouvelles ?

— L'opération s'est bien passée, mais il est loin d'être hors de danger. Il est encore en salle de réveil.

Mallock se retint de demander ce qu'Ivo avait dit, si tant est qu'il ait déjà pu parler. Chaque chose en son temps. Ils marchaient maintenant tous les trois dans les grands couloirs de l'hôpital et seraient bientôt au chevet d'Ivo. Avec un peu de chance, il pourrait le lui demander directement.

Autant les godillots de Julie restaient silencieux, autant les talons aiguilles de Violaine faisaient un vacarme de tous les diables, répercuté par les hautes voûtes de l'édifice ancien. Abattue mais toujours élégante, elle portait un chemisier en dentelle, une longue jupe bordeaux, presque noire, et un manteau de couturier rouge brodé de dessins colorés, fleurs et animaux exotiques.

Grande joie pour Violaine, son Ivo venait de quitter la salle de réveil et avait été transféré dans une chambre.

Nouvelle marche.

Claquement de talons.

Ascenseur vers la galerie supérieure.

Et la sécurité ? pensa soudain Mallock.

Toujours prêt à mordre, il dut remettre en poche son coup de gueule. La « garde » spéciale qu'il avait exigée pour assurer la protection de la victime avait bien suivi le déménagement. Pas moins de quatre policiers, dont deux en civil, saluèrent Amédée à son arrivée devant la porte de la chambre du plasticien.

Ivo dormait. Visage et cheveux blancs sur draps blancs. Violaine le réveilla. Elle avait trop envie de l'embrasser. Pas le moindre doute, ces deux-là s'aimaient. Julie et Mallock surent retenir leur impatience.

Ivo avait les mêmes grands yeux ocre lumineux que sa femme et le même sourire teinté d'anciennes tristesses. Il regarda Mallock pendant quelques secondes. Il avait les yeux cernés de fatigue.

— Que puis-je pour vous… monsieur le commissaire ? lui lança-t-il d'une voix éteinte.

Mallock sourit. Il commençait à avoir l'habitude de se faire « détroncher ». Ivo avait la voix encore faible, rendue rocailleuse par le temps qu'il avait passé avec un tuyau d'oxygène dans la gorge.

— J'ai suivi vos différentes aventures ces dernières années. Difficile de trouver un journal sans tomber sur une photo de vous.

— Vous exagérez, je n'ai pas encore fait la couverture de *Télé 7 Jours*, spécial mots croisés.

Ivo eut un petit rire douloureux.

— Moi non plus. Là, vous évoquez le nirvana de la notoriété.

— Puis-je vous poser une question ?

— Est-ce que mes œuvres vont voir leurs cotes monter ?

Mallock ne s'attendait pas à ces traits d'esprit.

— Eh ben, dites donc, ça vous a mis en pleine forme de vous faire tirer dessus !

— Avoir fait la nique à la grande faucheuse m'a mis dans une sorte d'allégresse, de jubilation, même… quasi post mortem.

Mallock réitéra sa demande :

— Puis-je vous interroger dès maintenant, en attendant une déposition en bonne et due forme dans nos locaux, lorsque vous irez mieux ?

— Essayons. Je ne vous promets rien. Je frime un peu, mais je suis dans le coton.

Julie démarra un minuscule magnéto numérique, cadeau de Mallock pour Noël.

— Que vous rappelez-vous ? C'est important.

Ivo redevint sombre. Les souvenirs de l'attaque étaient bien moins amusants que sa renaissance.

— Lorsque c'est arrivé, j'étais complètement absorbé par ma peinture. J'en vérifiais le moindre détail. Je crois que j'étais inquiet de ne pas savoir rendre hommage à Léonard de Vinci, et de passer pour un gros nul juste capable de faire fabriquer de bêtes boules noires.

Moment de silence. Ivo reprenait des forces. Parler lui était encore difficile.

— Je me promenais donc de ma chaise à la balustrade en bois qui entoure Monna Lisa, quand j'ai entendu un énorme bruit derrière moi. Un peu comme la chute de plusieurs sacs de céréales sur le parquet de la salle. Je ne le jurerais pas, mais il m'a semblé que les mecs qui m'ont alors entouré venaient du plafond, enfin de la grande verrière.

— Vous avez vu des cordes ?

— J'en ai l'impression, mais je ne pourrai pas l'affirmer. J'étais trop surpris. Et puis, j'ai eu une sacrée trouille. Les types avaient une allure effrayante. Sans parler du gaz qui avait commencé à se répandre… enfin, je crois.

— Un gaz ? Il était de quelle couleur ? Il sentait quoi ? Vous avez ressenti une gêne à la gorge ? Aux poumons, peut-être ?

Violaine regardait son Ivo, inquiète. Sa respiration s'était faite plus rapide et sa bouche n'avait plus de couleur. Elle lui apporta un verre d'eau et glissa une paille entre ses lèvres.

Mallock reformula :

— Pourriez-vous essayer de nous décrire vos assaillants ?

— Une sorte de cauchemar. Ils étaient maigres, presque squelettiques, habillés de latex luisant, écarlate, avec des masques à gaz sur le visage, sauf un qui était encore plus bizarre…

Ivo chercha en regardant vers le plafond le souvenir de ce moment. Le blanc de ses yeux était uniformément jaune. La violence de l'attaque, comme de l'opération, avait laissé des traces.

— Comment dire… c'était une sorte de Polichinelle, mais il avait un énorme bec à la place du visage, comme ce dieu égyptien à tête d'ibis ou les médecins qui soignaient la mort noire au Moyen Âge.

Ivo faisait allusion aux longs becs blancs recourbés que portaient les « docteurs de peste ». Leurs « becs-de-corbin » étaient remplis d'herbes aromatiques censées les protéger des miasmes et les aider à supporter les odeurs putrides des bubons et des corps en décomposition.

— C'est la dernière chose que j'ai vue avant que le gaz m'endorme : cette abomination en train de s'approcher de moi. Quelques secondes avant l'arrivée de ces tarés, ma vie n'était que silence, beauté. Et puis l'horreur.

Pour la deuxième fois, Ivo s'arrêta. Il était plus blanc que ses draps.

Mais il reprit :

— Quant à mon cœur et au coup de feu, je n'en ai pas le moindre souvenir, l'ordure a dû me tirer dessus pendant que j'étais évanoui.

Le créateur des *Sphaera Obscura* se mit alors à trembler.

— Et ce gaz ? insista Mallock. Excusez-moi d'y revenir, mais il avait une odeur particulière ? Une couleur, peut-être ?

— C'est la dernière question, commissaire, indiqua Violaine avec une fermeté presque brutale.

— Ne t'inquiète pas, Vio. Ça va. Non, je ne l'ai pas vu ni senti, en fait. J'étais déjà dans les pommes.

— Et vos assaillants, vous diriez qu'ils étaient combien ?

— Cinq ou six, plus le type avec le bec.

Ivo était exténué. De grosses gouttes de sueur recouvraient son front. Un petit lac s'était également formé sous son cou. C'est à cet instant qu'apparut le professeur N'go Massa, le grand Noir aux yeux bleus qui l'avait opéré.

— On ferme, lança-t-il, posté à la porte.

— On vous laisse tranquilles. Merci infiniment, conclut Mallock avant de quitter la chambre sous le regard sévère du médecin.

Le plasticien, par miracle, allait sans doute échapper à la mort. Pour une fois, le destin avait été clément, un bon point pour lui. C'était assez rare pour le noter.

Dehors, la pluie avait été remplacée par un de ces soleils d'automne aux ocres solennels.

Dans cette lumière, Mallock et Julie reprirent la direction du 13.

9

Vendredi 16 septembre

Louis Bastien Vidal était le plus grand philosophe français vivant. Ou du moins le croyait-il, du haut de son incommensurable suffisance. Il avait fait partie de ce qu'on avait appelé les « nouveaux philosophes », dénomination inventée dans la foulée du succès de l'appellation : « beaujolais nouveau ». Grand défonceur de portes ouvertes, apôtre infatigable de la bien-pensance la plus bobo-benoîte, phare ringard à jabot, matamore, milliardaire gaucho-pacifiste et va-t-en-guerre humaniste, le crétin de Tarascon accompagnait, depuis plus de quarante ans, l'enfouissement de son pays dans l'irréalité molle d'un politiquement correct fait d'hypocrisies, d'indignations et de miracles aux alouettes.

Avant de pousser la porte de RTL et de s'enfoncer dans la jungle parisienne, le plus grand philosophe français vivant remonta le col de sa veste et passa ses doigts dans sa chevelure romantique. Son chauffeur étant malade, à la guerre comme à la guerre, il avait fait commander un taxi.

Il ne prêta pas la moindre attention au conducteur :

— 96, boulevard Saint-Germain !

Sans plus rien regarder autour de lui, LBV, *Le BaVard*, comme l'appelaient ses amis en son absence, se plongea dans son smartphone pour s'enquérir des dernières nouvelles le concernant. Il attendait toujours une médaille ou un prix, la reconnaissance mondiale, une chronique emphatique sur l'un de ses livres ou sur la pièce de théâtre qu'il avait écrite à sa propre gloire.

Lorsque le taxi coupa son moteur, Louis Bastien Vidal releva la tête. Le véhicule avait fait halte dans une petite rue obscure, au fond d'un cul-de-sac.

— Je vous ai dit boulevard Saint-Germain !

Sans répondre, le chauffeur sortit, se retourna et jeta quelque chose à l'intérieur de la voiture, avant de la verrouiller. Un gaz envahit l'habitacle. Le plus grand philosophe français vivant hurla. Il aurait bien tenté de demander pitié, mais il était déjà à moitié inconscient. La portière arrière s'ouvrit et une sorte de polichinelle en latex grenat muni d'un masque à gaz s'engouffra à l'intérieur. Il tenait entre les mains une sorte de coupe-choux à poignée de nacre.

Une demi-heure plus tard, d'étranges illuminations finirent par réveiller LBV. Lorsqu'il ouvrit les yeux, il ne comprit pas tout de suite ce qui lui était arrivé. Il était étendu sur le sol et avait très froid.

Une terrible douleur envahissait son crâne.

Autour de lui, en cercle, une trentaine de photographes faisaient crépiter leurs flashs. Aux bruits de motos et de crissements de pneus, le philosophe comprit qu'il en arrivait d'autres. Il se sentit partagé entre le soulagement de ne pas avoir été égorgé et l'horrible perspective de se retrouver le lendemain à la une des journaux, avec une légende du genre : « Trop d'Smirnoff tue l'philosophe. » On allait encore se payer sa tête.

Voulant reprendre contenance, il se releva alors en titubant et, d'un mouvement machinal, entreprit de se recoiffer.

Ses doigts se figèrent.

Pas de longues boucles à recoiffer, pas de crâne soyeux. Rien qu'une horrible sensation.

Celle de la chair à vif.

Pendant qu'il dormait, le Polichinelle l'avait scalpé.

Mouillé, privé de ses poils, terrorisé, le plus grand philosophe français vivant se pissa dessus.

10

Lundi 19 septembre

Il prétendait ne pas l'avoir fait exprès, mais Dublin avait commandé, pour la salle de conférences, une table « ronde ». Devant les remarques amusées et les allusions perfides qui s'en étaient suivies, il avait tenté de se justifier. Mais voilà, une table de forme circulaire, en haut d'un immeuble forteresse, avec douze participants pour y chasser les méchants, avec des enquêtes en guise de quête, forcément, ça rappelait quelque chose.

— C'est une coïncidence, rien d'autre. On avait calculé avec Julie que, pour les grandes réunions, on serait douze. Jules, Ken, Jo, Wik et elle, plus les sœurs Calmel, Théo, Köhler et le commandant d'Harcourt. Avec Mallock et moi, ça fait bien douze personnes. Et puis, de toute façon, c'est n'importe quoi. Les chevaliers de la table ronde n'étaient pas douze. Vous confondez avec les apôtres.

Pas d'illusion : lorsqu'ils l'apprendraient, les journalistes se payeraient leur tête en parlant des « chevaliers du 13 », et en rebaptisant Fort Mallock : « Fort Camelote » avec un « e ». Certes, Amédée était parvenu plus souvent que d'autres à retirer l'épée du rocher et à en pourfendre des criminels, mais de là à en faire un Arthur moderne…

Pour amplifier la coïncidence avec la légende arthurienne, la salle de réunion était attenante à celle des armes et armures, une pièce où étaient rangés gilets pare-balles, pistolets automatiques et tout l'arsenal du groupe. S'y trouvait également la porte de l'ascenseur sécurisé qui menait au sous-sol et aux voitures de l'équipe : leurs fidèles destriers, en quelque sorte.

Mallock et ses chevaliers… la saga de Camelot venait de s'immiscer dans la légende naissante qui entourait le commissaire et son « Fort Mallock ». Pas de quoi rougir. On faisait pire comme comparaison.

En pénétrant pour la première fois dans la salle qui donnait sur l'arrière de Notre-Dame, tout le monde eut l'impression d'entrer un peu dans l'Histoire. Une histoire qui se construirait jour après jour, mais finirait bien par devenir légende, ne serait-ce que par la grâce de la patine du temps.

Mallock détestait jouer les maîtres de cérémonie, mais il se fit violence :

— Il est 16 heures, et je vous souhaite donc la bienvenue dans cette salle somptueuse qui a déjà fait couler beaucoup d'encre, notamment à cause de cette mirifique table ronde choisie avec soin par notre directeur bien-aimé.

Tout le monde applaudit Dominique Dublin.

— Première prise de parole, première mise en boîte, vous avez donc tous le droit de faire un vœu, messieurs et dames du 13, déclara Dublin, bon prince.

Les cinq capitaines, Jules, Julie, Ken, Jo et Wik, ainsi que les chefs de service des cinq étages, Théo, Arnaud, Zoé, Clémence et Kathy, se regardèrent. Chacun fit donc un vœu, le même sans doute ou quelque chose d'approchant.

— J'avais l'intention de vous faire un petit rappel sur qui était, historiquement, Ockham, nom derrière lequel se cache l'espèce de polichinelle que nous avons vu à l'œuvre il y a une quinzaine de jours. Mais, comme nous avons désormais, à demeure, notre Wikipédia personnel, autant lui laisser la parole.

Wik attaqua son exposé sans la moindre hésitation :

— Guillaume d'Ockham ou d'Occam, les deux orthographes sont admises, a vécu entre la fin du XIIIe et le début du XIVe. À la fois moine, logicien, théologien et philosophe, il appartenait à l'ordre des franciscains. Il était considéré en Angleterre comme le maître de l'école scolastique nominaliste, en concurrence directe avec la *subordination thomiste* et la *déduction scotiste*. Pour faire simple, il rejetait les spéculations métaphysiques et privilégiait les faits sur le raisonnement, notamment dans l'analyse du discours.

Clémence l'interrompit, c'était son domaine :

— C'est la fameuse *lingua mentalis*. Ockham a, en quelque sorte, inventé une philosophie du langage, d'après l'idée d'un discours cérébral. Pour lui, les mots se rapportent de façon secondaire aux choses par l'intermédiaire de concepts mentaux, le rapport du vocable à l'abstraction psychique étant dupliqué par l'analogie du mot écrit à la parole.

— Ben voyons, ironisa Jules, rétif à tout intellectualisme.

— Il en découle le fameux principe du « rasoir d'Ockham », reprit le grand Kabyle en levant la paume de sa main droite pour signifier qu'il *n'en-avait-pas-fini-silence-dans-la-classe !* On retrouve ce raisonnement chez tous les designers : « *Less is best* » ou « *Less is more* ». Ce que certains ont appelé le « principe de parcimonie », la recherche permanente de la synthèse la plus… « légère ». Le « *Frustra fit per plura quod potest fieri per pauciora*[1] » de Guillaume d'Ockham chasse sur les mêmes terres de la pensée. Cela fait du franciscain d'Oxford un précurseur pour tout un tas de choses. Encore aujourd'hui, six siècles plus tard, on s'inspire de ses principes, dans le domaine de la programmation ou de l'intelligence artificielle.

— Pas faux, confirma Ken, soudain impliqué dans une démonstration qui commençait à singulièrement l'ennuyer. Une ligne de code performante doit être la plus courte possible. Ça économise de l'espace et du temps de traitement. Donc, je pratique le rasoir d'Ockham sans le savoir ? Comme Monsieur Jourdain, la prose.

— « Quoi ! quand je dis : Nicole, apportez-moi mes pantoufles, et me donnez mon bonnet de nuit, c'est de la prose ? Oui, monsieur. Par ma foi, il y a plus de quarante ans que je dis de la prose sans que j'en susse rien, et je vous suis le plus obligé du monde de m'avoir appris cela[2] », récita Julie.

Amédée lui accorda un rapide sourire avant de se tourner vers le baron en loques.

1. « C'est en vain que l'on fait à plusieurs ce que l'on peut faire seul. »

2. *Le Bourgeois gentilhomme*, Molière.

— À toi, Théo. *Quid* des bocaux et de leurs contenus ?

Le scientifique se leva à son tour.

— C'est comme tu veux, mais tu peux rester assis.

— P... p... pas vraiment. Assis, j'ai les yeux à la hauteur de la table, c'est seulement quand je me mets debout que j'ai l'air assis. On ne rit p... pas !

Il enchaîna :

— P... p... pas de surprise pour le premier bocal, celui sur lequel était inscrit : « Vitrine en croûte de sel ». Le morceau de verre que j'en ai extrait faisait bien p... partie de la vitrine de p... protection de la *Joconde*. C'est non seulement la même composition, mais dessus, il y avait les mêmes substances que l'explosif utilisé. J'ai été p... plus loin. Comme j'avais le temps, en attendant le retour pour le second b... b... bocal, j'ai fait rechercher et rapatrier plusieurs autres éclats de verre, deux cent trente-sept pour être précis, et j'en ai même t... trouvé un dont l'un des côtés correspondait. On a donc une certitude absolue.

Dublin lui avait promis qu'avec Théo le job serait bien fait.

— J'ai également p... p... procédé à l'analyse du bocal. Aucune dactyloscopie, ni la moindre matière sur le verre. Sous les anneaux en fer, j'ai retrouvé des t... t... traces de chlorure et d'hypochlorite de sodium.

— Propre, le gars, conclut Mallock. Merci, Théo.

— Je n'ai pas t... terminé. J'ai analysé aussi le gros sel dans lequel le morceau de verre s'était baladé.

Ce genre d'initiative enchantait Amédée.

— Même si cela ne nous apporte p... p... pas grand-chose pour l'instant, par recoupement, ça p... pourrait p'têt bien « causer » un jour. D'autant plus que, vu les résultats, ce n'est pas du courant. J'vous la fais courte ou vous voulez la t... totale ?

Mauvaises fréquentations ou désir d'intégration ? Parfois, le bon baron se mettait à parler peuple.

— Entre les deux, ce serait possible ?

— Pas de problème. Cette fleur de sel, après analyse, provient de Salies-de-Béarn. C'est une gemme blanche qui est exploitée depuis l'âge de Bronze. Elle est issue d'une source qui jaillit des entrailles des P... P... Pyrénées.

— Et on peut avoir le nom exact de la source ? demanda Julie, taquine, en se tournant vers Wik.

— Reine Jeanne d'Oraàs, répondit ce dernier sans hésiter.

Avant d'ajouter :

— Pendant que j'y suis, on ne devrait pas dire fleur de sel mais affleure de sel. Car il s'agit en fait de...

Mais l'esprit d'Amédée venait de quitter la conversation. Il avait été troublé par le nom de la ville : Salies-de-Béarn. Avant de se retrouver en Normandie, son père et ses ascendants avaient cultivé la terre du Béarn, y élevant vaches et canards. Mallock était souvent retourné en Bretagne, berceau de la famille de sa mère, mais le destin l'avait toujours détourné de cet autre pèlerinage : Salies-de-Béarn. Derrière ce nom se débattaient, flous, des éclats d'émotion, souvenirs électriques, champs acidulés, soleil et sucre, grains de blé mâchés et rue pentue avec, au bout, une fille pendue à une balancelle bleue. Et puis l'hôtel vide et froid, tatoué de robes grises, clouté d'araignées. La mare aux grenouilles, les vers qui se tordent et, de la fillette, les boucles blondes. L'âcre peau des cassis volés, aussi.

— C'est l'un des rares sels qui ne proviennent pas de l'évaporation de la mer, avait conclu Wik sans s'être rendu compte de l'absence de Mallock.

— D'où alors ? demanda Amédée, distrait.

— D'eaux souterraines, reprit Théo, dix fois plus salées et d'une bien plus grande richesse en oligo-éléments. Ce sel est également recherché par les professionnels de la salaison pour ses propriétés hygroscopiques, la facilité de pénétration du sel dans les…

— On s'en fout. Conclusion ?

— Elle sera d'ordre géographique, annonça pompeusement le baron, qui avait retrouvé son langage châtié. Le sel récupéré dans le bocal peut fort bien avoir été acheté dans l'une des rares épiceries fines qui en proposent, et que je me suis fait un devoir de lister en annexe de mon rapport : douze à Paris, et une t… t… trentaine sur le reste du t… t… territoire. En gastronomie, malgré son coût, les chefs en sont de grands consommateurs. Mais il se peut qu'Ockham soit passé en acheter sur place à Salies-de-Béarn, parce qu'il a une maison dans le coin, par exemple. Hypothèse, bien entendu.

— Merci, Théo. Ça nous fait une jolie petite piste de plus à entrer dans l'ordi pour recoupement. Ken et Zoé, vous vous en chargerez. Et pas de moues de mépris. Croyez-moi, on ne sait jamais ce qui va nous servir par la suite. Mieux, c'est souvent les pistes les plus foireuses qui font les grandes découvertes.

Des couples avaient été formés, par compétences et affinités, pour faciliter la communication entre le Fort à proprement dit et les différents étages. Jo avec Théo, Julie avec les sœurs tatouées, Jules avec d'Harcourt au rez-de-chaussée, Zoé avec Ken, pour tout ce qui touchait à l'informatique et aux bases de données.

Ces derniers entreprirent de faire le point sur leur travail :

— Pour l'instant, on est surtout partis à la chasse aux adresses IP, suite à la fameuse diffusion en streaming du docteur. C'est dans le genre : mission impossible. Ockham a une sacrée flèche dans son équipe. Je ne vais pas tout vous expliquer, mais il s'agit d'IP miroir, d'algorithmes de réplication d'hardware WRT, de « routeur oignon » et de multiplication de VPN. En un mot, ça permet au message de passer tout autour du globe sans pratiquement avoir à poser le pied par terre. Il envoie des données tout en restant sans adresse IP.

— Mais encore ? Combien de temps vous faut-il pour remonter la trace ?

— Impossible à savoir. Ce n'est pas comme dans les films où l'on aperçoit tous les pays sur une belle mappemonde rétro-éclairée avec un gros point rouge déjà indiqué pour chaque VPN. Au contraire, ce n'est que lorsque l'on arrive au dernier proxy que l'on sait combien la partie adverse en a utilisé. Pas avant. Qui plus est, si les serveurs sont sécurisés, ce qui me semble évident, il nous faudra à chaque fois *brute-forcer* les *passwords* pour accéder aux listings des IP. On a des algorithmes sympas, mais en face, c'est du lourd. Avec eux, on est dans le *deep web* et les réseaux maillés. En attendant de trouver la bonne méthode, avec Zoé, on a nettoyé la prise de voix d'Ockham pour pouvoir la donner à analyser à nos p'tites puces.

Clémence et Kathy sourirent. Elles savaient qu'elles n'échapperaient pas à ce sobriquet. Ça, ou les « sœurs tatouées », ça leur convenait.

— On verra ça tout à l'heure ou demain, répliqua Mallock qui connaissait la difficulté de suivre les raisonnements sémantiques des sœurs. Restons à l'étage de Zoé.

Mais, encore une fois, ce fut Ken qui parla à sa place. Personne ne s'en offusqua, tout le monde savait pourquoi.

Son nom de famille, Köhler, avait déteint sur son caractère. Pas méchante, Zoé, mais elle était toujours... *en colère*. Contre la vie, les injustices, les motards ou les moustiques, les objets mobiles ou immobiles, les cons, toujours, et souvent contre elle-même. Si, devant un ordinateur, elle parvenait à se calmer et redevenait une princesse, en réunion, elle s'énervait très vite, ne tolérant pas la moindre contradiction. Ken, qui avait appris à la connaître avant même qu'elle ne soit nommée au 13, répondait le plus souvent à sa place :

— Ockham, ou un de ses sbires, a utilisé un logiciel pour changer d'adresse IP à la volée, ainsi qu'un truc plus sioux qui consiste à squatter pendant quelques secondes des ordinateurs de particuliers configurés en serveur. C'est rapide et ça ne laisse que peu de traces. Normalement, ça devrait buguer en streaming et générer des coupes. Mais il n'y en a pas eu. Y a donc un truc en plus qui permettrait d'émuler. C'est là qu'il faut chercher, car là aussi, il a de l'avance sur nous.

Zoé bougonna. Cette affirmation vexante ne lui convenait pas...

— Je pense surtout que cette ordure utilise TOR ou iTupi[1], et des protocoles plus... exotiques que ceux qui sont à notre disposition pour l'instant à cause de lois stupides, mais on va le coincer.

— Des protocoles inconnus ? osa demander Amédée.

— Rien ne m'est « inconnu » comme vous dites, mais il y en a un sacré paquet. On est obligés de tous les essayer. C'est un « black hot » mais j'en ai coincé d'autres. Pas

1. *TOR Browser, the « Onion Router »*, littéralement « le routeur oignon », rend anonyme l'utilisation d'Internet en créant un réseau maillé, où chaque utilisateur connecté représente un nœud du réseau.

d'inquiétude. *Little Brother* et moi, on réussira, lança-t-elle avec un début de sourire.

Little Brother était le nom qu'elle donnait à son installation personnelle d'écoute et d'espionnage numérique.

— Je peux t... t... terminer ?

C'était la petite voix de Théo, qui n'entendait pas écourter son exposé.

— La parole est donnée à son excellence le baron Théodore de Bilteau, annonça Ken.

— Vous êtes bien aimable, rétorqua Théo sans perdre contenance. Il est bon parfois que la simple roture soit rappelée aux devoirs de sa condition. Je ne vous ai donc pas encore parlé de l'autre bocal, enchaîna-t-il sans laisser à Ken le temps de répliquer. Celui qui contient les restes de l'œuvre de Vinci.

— Le N° 2, précisa Mallock, celui qu'Ockham a lui-même baptisé : « Confiture de *Joconde* ». C'est de loin le plus important dans la mesure où il peut nous permettre de savoir si c'est bien la véritable *Joconde* qui a été détruite.

Amédée tenta alors de se résumer afin que tout le monde ait les mêmes bases de réflexion :

— Il y a trois possibilités. Soit c'est un taré qui a dérobé puis démoli la *Joconde*, soit il n'est pas si fou que ça et, après l'avoir volée, il a mis en scène la destruction d'un faux afin de pouvoir écouler tranquillement l'œuvre originale. Troisième hypothèse, et là ça devient plus subtil, il a détruit la vraie, son but étant de toute façon d'en vendre « des » reproductions. En discutant de cette théorie la semaine dernière avec Otto Borg, l'attaché de cabinet du ministre de l'Intérieur et expert manager à la Culture, on a fait une estimation rapide. D'après lui, aujourd'hui, il y aurait environ cinquante personnes ou organismes susceptibles d'acheter la *Joconde*, quitte à ne jamais la montrer. Pour le seul plaisir des yeux ou pour flatter leur ego. En la leur vendant à chacun 10 millions d'euros, ce qui n'est rien pour une œuvre inestimable comme celle-ci, Ockham et son équipe se feraient près d'un demi-milliard.

— Mais ça ne répond pas à la question. Est-ce la vraie *Joconde* qui a été…

— Patience, Julie. Si ce brave docteur nous a envoyé sa… « confiture de *Joconde* », c'est bien qu'il s'attendait à ce que nous l'analysions pour en connaître la teneur, non ? Si cet Ockham est un fou, c'est pour authentifier son forfait et la destruction de l'œuvre ; si c'est un escroc, c'est pour que nous nous rendions compte qu'il ne s'agit que de vulgaires pigments plus ou moins contemporains. Il savait que cette information filtrerait, en même temps que les recherches d'une *Joconde* encore bien vivante, si j'ose dire, reprendraient. Ce qui ferait accroire à chaque possesseur des copies qu'il avait bien, lui, l'original. C'est donc notre Théo, avec les résultats de son analyse, qui va nous éclairer et nous orienter vers l'une ou l'autre des hypothèses. Alors, une première question, cher baron : est-ce bien… conclusif ?

Théo grimaça.

— Prenons les choses dans l'ordre. Je réponds « oui » à l'authenticité concernant les p… pigments. La d… d… datation au carbone 14, qui nous a retardés de près de quinze jours, est formelle…

— Quinze jours ? Ils prennent leur temps !

— C'est le minimum, Julie. Quand on procède au comptage du carbone 14 résiduel, il faut éliminer t… toute une série de… d… d… dérives p… possibles, ce qu'on appelle les « effets » : réservoir marin, fluvial ou lacustre, eau dure, vieille coquille ou vieux bois, et puis il faut également tenir compte des modifications créées par le volcanisme, les essais atomiques et les émissions de carbone. Donc, pour en revenir à nos échantillons, ils datent effectivement de la bonne époque. Idem pour les t… t… traces de vernis et de liants, ainsi que pour les p… particules de bois du châssis retrouvés au fond. D'autre part, grâce à l'analyse spectroscopique IR, on peut confirmer que c'est compatible avec la période historique présumée. J'ai fait faire également, sur un morceau de p… peinture, une évaluation des propriétés physiques de la matière. P… p… p… p… afin de vous expliquer en deux mots, à l'aide d… d'un d… d… duroflexomètre, j'ai mesuré l'élasticité de la couche de p… peinture. C'était également concluant.

— Donc c'est bien la vraie *Joconde* qui a donc été détruite. Il est donc inutile de la rechercher et on a donc affaire à un fou furieux, décida Julie.

— Peut-être ou peut-être pas. En tout cas, bien trop de « donc », Julie. Pour en être certain, il faudrait passer l'œuvre à la lumière de Wood et aux monochromatiques, ainsi qu'à la réflectographie à infrarouge. Et ça ne peut se faire que sur une œuvre encore intacte, certainement p… p… pas en pièces détachées. Sans parler de l'analyse microscopique des marques de vieillissement de la couche de p… peinture et des différents niveaux de craquelures. Impossible avec la… « confiture ».

— Il n'empêche que le contenu du bocal en question prouve que…

— Rien du tout, bougonna Mallock à l'intention de Julie. Ce sont peut-être les restes de la pauvre Monna Lisa, mais peut-être aussi ceux d'un tableau de la même époque détruit pour l'occasion. Toutes les théories restent en course. Ce qui ne nous arrange guère. C'est ça, Théo ?

Désormais silencieux, le baron se grattait l'oreille, embarrassé.

— Tu as quelque chose à ajouter ?

— Oui, mais ça reste une simple supposition de ma part. Je n'affirme rien.

— On t'écoute, parle sans crainte, petit nobliau, la guillotine attendra, se vengea enfin Ken.

Théo, trop concentré sur ce qu'il allait dire, ne releva pas.

— Voilà, il faut savoir que Vinci avait une technique bien à lui qui n'a jamais révélé tous ses secrets. Ce procédé, que les experts appellent sfumato[1], consistait à peindre en couches extrêmement fines. Le peintre florentin décrivait sa technique comme « sans lignes ni contours, à la façon de la fumée ou au-delà du plan focal ». Il faisait un travail de chimiste pour mettre au point des glacis organiques contenant très peu de pigment. Sur les ombres du visage, le fameux sourire notamment, on peut retrouver par endroits dix-huit ou dix-neuf couches.

— Et alors ?

— Chacune de ces couches de glacis ne fait que 2 micromètres, c'est-à-dire deux millièmes de millimètres. L'ensemble peut donc atteindre, au plus, 40 micromètres. Pour vous donner une idée, c'est deux fois moins épais que le diamètre d'un cheveu de la vraie Monna Lisa, quelle qu'en soit la véritable identité.

— Donc ?

— Eh bien, je vois mal comment, commissaire, si c'était bien les restes de l'original, nous aurions pu retrouver dans le bocal qu'il nous a envoyé un morceau de peinture assez épais pour pouvoir en calculer l'élasticité,

1. Dérivé de *fumo*, en italien : « fumée », « léger », « évanescent ».

ainsi que je l'ai fait à l'aide du duroflexomètre. Sauf, je me dois d'être honnête, pour quelques endroits plus denses, c'est contraire à ce que l'on sait de la technique employée par le maître florentin.

Sacrément bien pensé, songea Mallock.

— Putain, on est mal, conclut Julie.

11

Plateau du Larzac

Une deuxième « rencontre » avec les grands hommes gris eut lieu trois ans plus tard. Erwan fut retrouvé ensanglanté dans son lit. En observant les traces de pas autour de la maison familiale, on en déduisit que le petit avait dû rentrer à pied, sans doute dans une crise de somnambulisme, après l'agression. Son corps était couvert d'étranges lésions. Des petits carrés de peau avaient été découpés et enlevés, puis les blessures, cautérisées. Autour des parties génitales, on avait repéré des ecchymoses et des plaies. Y avait-il eu viol ? Aucune substance séminale n'avait été trouvée.

Erwan venait d'avoir 6 ans le 28 février. L'affaire du petit Grégory était encore dans toutes les mémoires. Kidnappé, il avait lui aussi été retrouvé, mais mort. La gendarmerie avait été mise sur la sellette, accusée d'avoir bâclé le travail. Alors, pour satisfaire la famille et l'opinion publique, le juge avait fait procéder à l'arrestation de tous les violeurs récidivistes en villégiature dans la région.

Après un rapide interrogatoire, ils avaient été rendus à leurs… occupations. L'un d'entre eux ne serait enfin arrêté et jugé que l'année d'après pour le meurtre de quatre jeunes filles. Un autre pour le viol et la lapidation de deux garçons. Il fallait bien ça pour que la justice se donne le mal de venir poser son gros cul dans un prétoire et faire le job.

On évoqua également l'automutilation. Ce trouble du comportement eut de loin la faveur des corps médical et juridique, loin devant la supputation de l'existence de petits hommes verts ou d'un violeur insaisissable à pulsion triennale.

12

Mardi 20 septembre

Il était encore tôt. Mallock décida de se donner du temps pour terminer d'installer ses invités : Sanson et Salomé. Il s'en voulait. Depuis son emménagement au 13 et l'affaire de la *Joconde*, il les avait négligés. Certes, il avait déjà fait l'essentiel en les installant dans la chambre d'amis, mais il savait bien que le couple avait envie de pouvoir mieux s'ébattre, y compris au salon.

Les deux gerbilles, puisqu'il s'agissait d'elles, étaient revenues d'Andernos dans le coffre de sa vieille Jaguar. Le cadeau de Max Balesta[1], juge à Bordeaux, comprenait également un parcours personnel pour les petites chéries, avec couloirs, montées et courbes, à travers lesquels Attila et Athéna, les gerbilles du juge, auraient adoré se promener. De son côté, Amédée s'était fait livrer en plus un toboggan transparent ainsi qu'une roue qui n'attendaient que son bon vouloir.

1. *Les Larmes de Pancrace*, quatrième Chronique barbare.

Arrivé au 13 une bonne heure plus tard, Mallock donna le coup d'envoi de la deuxième réunion en s'adressant cette fois-ci à Kathy.

— Alors, et nos sœurs tatouées ? Où en sont-elles avec le discours du fou furieux ?

La belle sémio-criminologiste le gratifia d'un grand sourire. Ses bras et le haut de sa poitrine étaient, en partie, recouverts de tatouages.

— Grâce à Zoé et Ken qui ont « nettoyé » les différentes prises de voix de leurs encodages, on a eu, ces dix derniers jours, de quoi travailler.

— Nous avons retrouvé et remonté des fréquences moyennes, et annulé les graves et les aigus, l'interrompit Zoé. Mais, pour la vitesse, on ne peut que supputer. À un tempo de 90, on a un baryton aux tempes argentées et à la voix d'or, à 140, la Castafiore !

— Je dirais même plus : la Castrafiore, ajouta Ken.

Dublin interrompit les rires d'une main.

— Concernant l'analyse sémantique ? demanda Mallock à Clémence.

— Là, on a déjà pas mal de choses à raconter.

Les jumelles avaient eu un parcours atypique. Elles avaient séjourné aux États-Unis pour travailler ensemble sur la sémantique du criminel. Comment, lors de prises d'otages, décrypter les réelles volontés de l'agresseur en analysant son discours ? Tout devait être pris en compte : « pronominalisation », « dissonances cognitives », « SFDU : la signifiance des figures de discours utilisées »... Comment, pour sortir de la crise, trouver le « PDC : point de congruence » ? Celui qui permettrait de satisfaire toutes les demandes et contradictions ? Ces mêmes analyses servaient également à étudier les mots laissés ou envoyés par les tueurs en série, ainsi que les conversations téléphoniques entre truands. Elles continuaient encore aujourd'hui à mettre au point une méthodologie permettant d'aboutir à l'élaboration de l'« empreinte syntaxique » d'un individu, ainsi que de son « ADN sémantique ». D'après elles, aucune personne ne possédait le même vocable, ni la même façon de parler. La redondance de certains articles ou figures de style, l'analyse ethno-qualitative du vocabulaire, les défauts d'articulation et l'accent devaient pouvoir, à terme, permettre d'identifier une personne, des origines sociales et/ou géographiques, en analysant un minimum de cent vingt unités signifiantes dans un discours ou un écrit.

De l'autre côté de l'Atlantique, la SUFCA, *Semantic Unit For Criminal Arrestation*, extension du *Centre for Forensic Linguistics*, situé à Aston, venait tout juste d'être créée sous leur impulsion. En contrepartie, les Américains avaient aidé Clémence à renforcer ses connaissances en psychomorphologie comportementale. La PMC ne prenait pas en compte le discours, mais tout le reste : les expressions du visage, les microtics, les battements du cœur, la sudation, les mouvements du corps, des doigts, des mains, des jambes, des épaules... Elles avaient également travaillé avec les professeurs Kong Long et de Trencavel, qui avaient si bien aidé Mallock lors d'une enquête précédente[1], parvenant à séparer la vérité du mensonge, le vécu du songe.

Le discours du Dr Ockham, à peu près nettoyé, avait été chargé sur l'ordinateur central du Fort.

D'un clic, Clémence l'envoya sur les baffles de la salle :

— Écoutez bien ce qu'il dit : « Un peu de cire pour nourrir ces fibres affamées, et voilà que renaît l'œuvre de

1. *Le Cimetière des hirondelles*, troisième Chronique barbare.

Dieu. Écoutez et voyez. Tant de vents essoufflés, de rayons de lune, d'averses argentées et d'aubes assoupies ont façonné ce bois. Regardez-en les nœuds, les ors et les os, la chair soyeuse et les fibres, le miel et la réglisse. La perfection de ce morceau d'arbre, son dessin, est une leçon pour tout artiste. Jusqu'à ce jour, seul le peintre de Florence et ses assistants avaient eu l'intense bonheur d'observer ce chef-d'œuvre. Le voilà enfin restauré et, par la grâce d'Ockham, débarrassé de ses vernis, ses pigments et ses repentirs. Ainsi que du visage grimaçant d'une pute morte. »

» Et la deuxième intervention : « Ne vous inquiétez plus. Dès demain, je le retournerai à ses propriétaires, Louvre, vous et le roi de France, afin que chacun puisse à nouveau venir le contempler… dans sa splendeur… enfin retrouvée. »

» Alors, tout d'abord, « l'attribution » du discours. Très important. La personne parle-t-elle sa propre langue, avec sa sémantique et sa syntaxe personnelles, ou lit-elle quelque chose d'écrit par quelqu'un d'autre, à la culture différente ? Dans le cas présent, c'est bien son discours. Mieux encore, il parle en direct. Malgré le masque, on a pu faire correspondre les mouvements de la mâchoire du bas et des muscles du cou.

— OK, mais comment sais-tu que c'est bien son discours ? Il peut le réciter ?

— Ce sont surtout les « absences et accrochages » qui nous confirment ou pas « l'attribution », monsieur le commissaire. L'absence d'hésitation, d'appréhension et de glissement de silence entre deux morphèmes. Quand on a « trop bien » appris un texte pour ne pas se tromper, on glisse parfois entre deux mots, on « mange » des articulations parce qu'on les a prononcées trop souvent. Dans le cas contraire, c'est-à-dire un texte pas suffisamment su, on accroche à certains mots, on les régurgite avec maladresse. Sans parler des verbes ou des déclinaisons rarement employés, et qui ne trouvent pas leur place naturelle sur un palais étranger.

Kathy prit la suite de sa sœur :

— Dès lors, on peut tirer des conclusions de l'utilisation de mots de niveau 9, comme de termes appartenant à des métalangages, ainsi que de la richesse métaphorique de l'ensemble. En l'occurrence, on a ici affaire à une syntaxe qui se rapproche plus de « l'axe de la combinaison », c'est-à-dire le choix d'un mot pour sa capacité à se « multiplier » à l'ensemble, donc à l'enrichir, que de « l'axe de la sélection », la simple addition-apposition de morphèmes sans souci du contexte ou de la subtilité combinatoire du sens global.

— En un mot comme en cent, reprit l'autre jumelle, ce type a reçu une éducation de très haut niveau, et possède une grande capacité rhétorique.

— On peut dire que ses avenues linguistiques sont riches et bien entretenues ? intervint Mallock.

— C'est tout à fait ça, sourit Kathy. On peut également détecter une colère retenue, car il y a bien trop de décalage entre le sens de certains mots et leur prononciation. D'infimes vibrations de rage peuvent être enregistrées sur des articles innocents, succédant à des mots chargés, prononcés eux, sans tension apparente. L'homme est cultivé, très intelligent et, s'il n'est pas lui-même artiste, il y aspire. Ne serait-ce qu'en volant des tableaux.

— En fait, il ne l'a pas seulement volé. L'acte le plus significatif, c'est qu'il l'ait détruit, ajouta sa sœur. Une autre façon de posséder, voire de créer. On peut même s'attendre à ce qu'il recommence. Car on ne se construit pas un tel personnage, un tel discours par hasard. Ça vient de très loin.

Jo, la belle et grande Black, silencieuse depuis le début, murmura :

— *Serial painting killer*, un tueur en série de... tableaux ?

— On peut dire ça comme ça, approuva Clémence.

— On n'est pas très avancés. Les conclusions du PUSC vont à l'encontre de celles du SREPS, lança Dublin.

— Pas tout à fait, monsieur le directeur, il nous reste à dire un mot sur l'incident de vendredi.

Mallock n'appelait Dublin « Dominique » que lorsqu'ils étaient seuls ou en petit comité. Une vieille habitude devenue obsolète mais qui avait survécu aux années.

— Un mot sur notre philosophe national et son scalp. J'ai relu la description qu'il a faite de son agresseur, ça ressemble sacrément à Ockham, certes, sans le bec. Mais il portait un masque à gaz pour se protéger. Alors, pourquoi s'est-il attaqué à cet homme ? Quel rapport cela peut-il bien avoir avec le vol de la *Joconde* ? Si c'est un nouvel acte de folie, d'attaque « artistique », on doit repartir vers la piste du Polichinelle taré.

Wik reprit la parole.

— Et si le philosophe avait été dans le coup pour la *Joconde* ? Je vous rappelle que Guillaume Apollinaire avait été inquiété en son temps et même arrêté lors du vol de 1910. Cinq jours en taule, loin du pont Mirabeau, pour le poète. Lors de la perquisition chez lui, on a retrouvé une statuette primitive phénicienne effectivement dérobée au Louvre par son propre secrétaire, un dénommé Pieret.

Y aurait-il eu complicité, ici encore ? Volonté d'accomplir un acte, sinon crapuleux, disons politique ?

— Pas les couilles, répondit Julie. Il se prend déjà pour Hugo et Socrate réunis, n'allons pas lui rajouter Apollinaire et Rambo.

Ils se regardèrent tous, souriants mais un peu décontenancés. Quelle étrange affaire pour étrenner la table ronde. Le 13 n'était-il pas censé ne s'occuper que de crimes de sang ? D'un autre côté dans C.A.S., il n'y avait pas que Crime, il y avait Affaire Sévère également.

Si personne n'était encore passé de vie à trépas, Monna Lisa avait été assassinée à coups de rasoir.

Un sacré cas d'école pour le C.A.S.

13

Mercredi 21 septembre

L'arlequin savait varier les plaisirs.

Ce matin-là, ce fut chez Mallock qu'il déposa sa dernière livraison. Pour être exact, Amédée la reçut des petites mains noir et rose d'Anita. La gentille Mauricienne, qui était au service de son commissaire depuis bientôt vingt ans, avait ramassé l'objet, déposé devant la porte, avant de s'annoncer en appuyant sur le bouton de la sonnette.

— Mais pourquoi continuez-vous à sonner, Anita ? Vous êtes enregistrée, vous avez la clé et les codes. Vous pouvez entrer. Vous êtes même l'une des seules à en avoir le droit…

— Oh, là, là ! je sais, mais non, non… Ça me fait bien trop peur, toutes ces alarmes. Je suis sûre de déclencher les foudres du Seigneur, si j'essaye de passer. Je préfère vous embêter.

— Vous ne m'embêtez jamais, Anita.

Grand sourire ivoire illuminant la vaste lune noire de son visage. Anita sentait le savon, la bienveillance et la noix de coco. Mallock la soulagea de son paquet, le soupesa et en devina le contenu : un nouveau bocal !

Peut-être un peu trop lourd ?

Grande vague de peur : une bombe ?

Si Anita avait compris les craintes de son patron, il se serait retrouvé avec la petite mais replète Mauricienne à ranimer. Il resta donc très calme et fit semblant de rien. Autant mourir dans la dignité.

Toutefois, il n'allait pas attendre d'être au 13 pour en avoir le cœur net. Il demanda à Anita d'aller faire la salle de bains au rez-de-chaussée, et monta les escaliers avec le colis suspect. D'un simple coup d'œil passé par une ouverture faite à l'aide d'un Exacto, il mit fin à la grande trouille du matin. Soulagement, il n'aurait pas à prévenir la brigade de déminage, ni même à présenter ses excuses à la prochaine réunion de copropriété pour le vacarme, ses tripes répandues dans les parties communes et les dommages structurels causés à l'immeuble.

Au 13, Théo procéda au déballage complet du nouveau bocal. Sur l'étiquette, Ockham avait écrit : « Soupe aux cheveux ». Le précepte N° 3 disait : « Sachez que les plumes des paons n'ont pas même vertu à en dissimuler le trou du cul. »

À l'intérieur du récipient, des cheveux de différentes couleurs nageaient dans une sorte de brouet où l'on reconnaissait : carottes, navets, poireaux, pommes de terre et haricots.

— Toujours son humour bizarre, commenta Théo.

— Oui, il inverse l'expression : « Arriver comme un cheveu sur la soupe. » Là, c'est la soupe qui est... incongrue.

— Minestrone ? avança Théo.

— Garbure plutôt, rectifia Amédée.

— Je vais séparer les scalps de la soupe. On verra bien après.

— Pour les cheveux, tu devrais normalement en trouver de trois types différents. Ceux de LBV, ceux du chroniqueur de Canal et ceux de Pirreli, les deux attaques du week-end. Jules s'occupe en ce moment même de recueillir le témoignage du journaleux, Ken prend la déposition du philosophe et Julie celui du *baveux*.

Ce dernier, propriétaire d'une imposante chevelure tirant sur le violet, s'était fait une spécialité de racler les fonds de prison pour y dégoter les cas les plus indéfendables. Dans la foulée, il écumait les plateaux de télévision pour y fourguer les livres-vérités qui découlaient de son édifiante expérience de la condition humaine. Tout, surtout un tel sacerdoce, avait un prix. Charles W. Pirreli, qui avait bien compris la faim insatiable du peuple et des médias pour l'indignation et les causes à la con, s'adonnait désormais au mouvement perpétuel : la transformation opportuniste et sélective de ses vertueuses colères en livres-étrons. Rien ne se perd, tout se transforme, surtout l'ignoble.

Mallock eut à peine le temps de rejoindre son bureau que Théo le rappelait :

— Patron, j'ai commencé, et je peux déjà vous dire qu'il n'y a pas trois chevelures différentes, mais deux fois plus. Six gugusses.

— Gugusses ?

— Oui, que des mâles !

Ockham n'avait pas chômé. Mais alors, pourquoi n'y avait-il eu que trois plaintes déposées ? La réponse vint avec la question : la honte ! Ceux qui s'étaient déclarés y avaient été obligés. Louis Bastien Vidal, notre philosophe, car il avait été photographié. L'avocat, parce qu'il avait dû estimer que toute pub était bonne à prendre. Et enfin le chroniqueur, dont la soudaine absence à l'écran ne pouvait pas ne pas donner lieu à un minimum d'explications.

Mais qui étaient les autres ? Pour comprendre les desseins d'Ockham, il était important de les identifier.

— J'aurai leur ADN demain soir, annonça Théo. Peau, kératinocytes, sang, bulbe, j'ai tout ce qu'il me faut.

— Peut-être, mais à moins qu'ils ne soient fichés, ça ne nous donnera rien.

— Ben non !

— Alors, tu feras quoi dans ce cas, mon pauvre Théo ?

— Si je suis coincé et sans solution ?

— Oui.

— Facile. Je monterai direct au sixième pour demander au patron, un certain commissaire Mallock ; il a réponse à tout, paraît-il. Non ? On m'aurait menti ?

Amédée lui accorda un petit rire, mais le cœur n'y était pas. Il en avait un peu marre de ces enquêtes étranges auxquelles il semblait abonné. Encore une fois, il avait deux ou trois trains de retard sur un cerveau apparemment mieux préparé que le sien.

Revenu dans son bureau, Mallock regarda au-dehors.

Seine, Opéra, Sacré-Cœur, c'était bien Paris qui s'exposait ainsi, avec la grande cicatrice d'eau et les bateaux-mouches aux vitres rutilantes qui lui passaient dessus. La semaine de son arrivée, presque trente ans plus tôt, il avait été invité par l'un de ses collègues à faire un tour à bord de ces embarcations à touristes.

Dans sa petite tête de péquenot, pensant toujours à l'animal et au végétal avant l'humain, il s'était imaginé que le nom de ces bateaux aux vitres multiples venait de leur ressemblance avec les yeux à facettes des muscomorphes. Son ami l'avait détrompé en lui racontant l'histoire de M. Jean-Sébastien Mouche. Ce dernier, collaborateur d'Haussmann et fondateur d'une police de renseignement, aurait donné naissance au mot « mouchard ». Il aurait également dessiné les bateaux qui portent désormais son nom. Mais, en histoire comme en science, une vérité chasse l'autre : Léon lui avait appris que cette jolie légende n'était rien d'autre qu'un formidable « hoax ». L'homme qui avait relancé la commercialisation de ces bateaux en 1951 avait engagé un journaliste[1] afin qu'il invente ce personnage et en rédige une biographie bidon. En fait, la dénomination « bateau-mouche » datait de 1867. Pour faire visiter Paris, les organisateurs de l'Exposition universelle avaient eu besoin d'embarcations et avaient, dans ce but, monté un concours. Le modèle retenu ayant été fabriqué dans un atelier basé à Lyon, dans le quartier de la Mouche, le nom était resté.

— La vérité se trouve rarement en surface, Amédée. Il faut peler l'oignon. Sous ton idée d'œil de mouche, il y avait M. Mouche ; dessous, et seulement dessous, la véritable histoire et le nom de l'atelier.

Pourquoi Mallock repensait-il, à cet instant, à cette remarque de son ami ? Chercher dessous pour y trouver quoi ? Regarder derrière les choses ? Il tenta de forcer un

1. Robert Escarpit, à la demande de Jean Bruel.

peu les portes de son esprit avant d'abandonner. Ça viendrait en son temps.

Il balaya une nouvelle fois du regard le paysage, celui du jardin en contrebas : trottoirs, bosquets et bancs. Une vieille habitude. À chaque enquête, il se surprenait à vérifier régulièrement, sans pouvoir s'en empêcher, que le monstre qu'il avait en ligne de mire n'était pas en train de le surveiller sous ses propres fenêtres.

Rassuré, il appela Sigismond.

— J'ai un avis et un service à te demander.

— Quelqu'un à trucider ? Ça commence à me manquer.

La Galuche avait toujours eu un humour bien à lui. Son mémorable sautage de plomb n'avait rien arrangé.

— Trop de trous du cul, pas assez de balles, comme disait Dirty Harry, je vais me contenter d'un service. Peux-tu venir m'interviewer et t'organiser pour que ta prose et mes confidences passent rapidement dans deux ou trois journaux ?

— Une interview de Mallock, tu plaisantes ? Ils vont se battre pour l'avoir. Mais d'abord explique-moi ce que tu as dans le crâne.

Amédée lui parla des scalps et des personnes qui ne s'étaient pas signalées. Il ne voyait qu'un seul moyen de les faire sortir du bois : publier un article sur Ockham qui se terminerait par un appel aux victimes leur demandant de venir témoigner contre la promesse d'un parfait anonymat.

— C'est d'accord, tu penses bien. Mais pourquoi ne fais-tu pas appel à Margot ?

— Notre… relation est de plus en plus… connue. Je préfère la garder pour des scoops plus importants.

— Je ne sais pas trop comment je dois prendre ça. L'amour avant l'amitié, je suppose ?

Mallock laissa le silence répondre à sa place.

— T'es au 13 demain ? reprit Sig.

— Non, je dois passer avec Jo faire des relevés au Louvre. Je veux réexaminer le sol, des taches noires en particulier.

— Alors, après-demain. Le matin ?

— OK.

— Tu crois vraiment que ça va suffire à faire sortir les autres victimes du bois ?

— Laissez venir à moi les petits tondus. On leur fera bien comprendre dans l'interview que ceux qui seront découverts après, sans nous avoir prévenus, auront le droit à une exposition médiatique de premier ordre.

Sigismond éclata de rire :

— T'as toujours été un homme sans pitié !

— Comme toi. Sévère, mais rustre, rétorqua Mallock.

14

Vendredi 23 septembre

« Un demi-milliard », ça tournait dans sa tête depuis le réveil. Depuis qu'il avait eu l'étrange idée d'allumer la télé. Le tirage de l'Euro Millions annonçait une cagnotte record, un demi-milliard pour un pauvre gars qui allait bientôt découvrir ce que l'envie, la jalousie et l'avidité occasionnent comme dégâts. « Un demi-milliard » : le mot magique était écrit partout, sorte de scapulaire sacré. Collé sur les contremarches des métros, tatoué sur le cul des bus, en petit dans les bars, en géant sur les boulevards. « Un demi-milliard : saisissez votre chance ! » Ça lui faisait penser à la somme que les kidnappeurs de la *Joconde* pourraient réclamer selon ses calculs. Un demi-milliard, une bien étrange litanie.

Mais il avait d'autres soucis, tout aussi préoccupants.

Ces trois derniers jours, de nouveaux raids capillaires avaient fait la une des journaux. Le Dr Ockham avait ciblé quatre patrons du CAC 40, leur arrachant le haut du crâne, ce qui l'avait fait entrer, sans autre forme de procès, dans le club très envié des « Héros de la classe ouvrière », libérateurs et bienfaiteurs du peuple. Pour mieux porter cet agresseur aux nues, certains journalistes s'étaient employés à charger la mule, récoltant tout ce qu'ils avaient pu sur la vie privée de ces riches victimes. Ils n'avaient pas hésité une seconde à aller jusqu'au sordide et à l'hypothétique le plus fumeux au nom de « la liberté d'expression ».

Le Dr Ockham avait également scalpé, avec la même sauvagerie, les patrons de deux des principales centrales syndicales, ainsi qu'un histrion bobo-écolo-mégalo à moustache. Mais là, surprise, ces mêmes médias s'étaient interdit d'en parler, au nom du « respect de la vie privée ».

D'autres journaux avaient surnommé Ockham « l'Indien » ou « Jeronimo ». Ils étaient tous tombés d'accord pour condamner la violence de ses attaques, quelles qu'en fussent les cibles. De son côté, un mensuel féminin, qui avait annoncé un « Spécial implants capillaires », avait vu son tirage tripler. Autre voix discordante : le conservateur du Louvre. Désormais sur un siège éjectable, ce vieux trotskiste de cœur avait bien du mal à célébrer à sa juste valeur le nouveau révolutionnaire à bec jaune en vogue. Surtout que ses amis et collègues s'étaient chargés de lui rappeler que, dans la même situation, en 1911, le directeur du Louvre avait remis sa démission, lui.

De leur côté, Ivo et Violaine ne décoléraient pas :

— J'ai beaucoup de mal à considérer qu'une personne qui essaye de tuer son prochain, moi en l'occurrence, puis détruit par plaisir une œuvre d'art appartenant à l'humanité, et enfin, martyrise des inconnus en leur arrachant la peau du crâne, puisse être un héros à vos yeux, avait-il lancé lors d'une émission télévisée à un chroniqueur tout excité.

C'était sa toute première sortie, qu'il effectuait en dépit des recommandations de N'Go. Il était encore fiévreux et tout tremblant, blafard sous le fard pourtant généreux du maquillage.

— Alors là, vous m'étonnez, monsieur Ivo. Pas vous ! Pas l'homme d'art et de provocation. Ce qu'il faut voir ici, c'est le personnage haut en couleur, drôle et attachant dans sa lutte contre l'art officiel, et certaines sommités douteuses de la haute finance dont il pourrait même couper et réduire les têtes sans que cela ne m'empêche personnellement de dormir. Voire couper les couilles à quelques curés pédophiles. À bas la culotte, à bas la calotte, on ne fait pas d'omelette sans casser des vieux, trouva-t-il amusant d'ajouter.

On avait alors assisté à une scène délicieuse. Violaine s'était tranquillement levée de son siège pour s'approcher du chronico-crétin à tête de fouine. Avant qu'il n'ait eu le temps de comprendre, elle l'avait gratifié d'une superbe paire de gifles.

Parfois, y a plus de mots.

Dehors, après deux journées d'accalmie, la pluie avait repris de plus belle. On commençait même à parler de risque d'inondations dans quatre régions, dont l'Île-de-France. Mais, pour l'instant, fascinés par un championnat de foot et excités par les exploits de « Jeronimo », les gens s'en foutaient.

Mallock passa la journée du vendredi à monter et descendre entre les étages du 13. C'était un autre aspect positif de cette nouvelle installation. Sans même s'en rendre compte, il refaisait enfin de la gymnastique.

Vers 16 heures, il eut droit à un appel furieux.

— Où en êtes-vous, commissaire ? L'ordure a-t-elle été appréhendée ?

Louis Bastien Vidal ne s'était même pas donné la peine de se présenter ni de dire bonjour.

— Cher monsieur, j'ai votre déposition sur mon bureau, comme celle de toutes les victimes. Dès que j'en saurai plus, vous en serez informé.

Mais ça ne suffisait pas à LBV, qui tenta :

— Oui, j'ai vu votre clown. Mais savez-vous bien qui je suis ?

— C'est-à-dire ?

— Quelqu'un que vous avez intérêt à prendre en considération, commissaire.

— Rassurez-vous, je prends chaque victime en considération, monsieur, c'est même une obsession chez moi.

— Ne faites pas semblant de ne pas comprendre. J'exige de connaître dès à présent tout, absolument tout, ce que vous savez sur cet enculé. Et ne me servez pas les réponses toutes faites que vous réservez au *vulgum pecus*.

— L'enquête est en cours, mais puisque vous insistez, je peux vous donner une toute dernière information : vous êtes en train de me faire perdre mon temps.

— Faites très attention, monsieur le commissaire divisionnaire, si vous voulez le rester et ne pas vous retrouver à la circulation au trou du cul du monde. J'ai le bras long.

Mallock hésita une seconde, mais la tentation était trop forte :

— Et les cheveux courts, lui répondit-il en essayant de garder son sérieux. D'ailleurs, si vous voulez, on a conservé votre touffe ici. Bien à l'abri dans du formol. Passez donc la chercher un matin.

Et il raccrocha sans attendre, comme un gamin après une farce téléphonique.

IN-COR-RI-GI-BLE, aurait dit ce bon vieux Léon, s'il avait été témoin de la conversation.

« Un demi-milliard : saisissez votre chance ! »

Pourquoi n'arrêtait-il pas de penser au Loto et aux boules chiffrées rebondissant comme des malheureuses dans leur prison de verre ?

À cause d'Ivo et de ses sphères ?

Le plasticien avait envahi la planète avec ses énormes boules noires. Elles étaient numérotées et leurs « titres » étaient tirés de ce qu'elles reflétaient à l'endroit et au moment de leur installation. Elles n'existaient donc que mises en place, et ne pouvaient en changer sans perdre leur identité. Un concept de plasticien brillant, qui avait séduit un nombre impressionnant de pays et de musées. Celle qui était installée devant la Bourse de New York s'intitulait : « Wall-Street, traders affairés montant des marches, agents de police bleus et taxis jaunes ». Celle qui se trouvait sous la tour Eiffel et qui en reflétait les piliers : « Arches et poutrelles de la tour, ascenseur rouge, vendeurs noirs et touristes en longues files patientes ».

D'un simple mouvement de main, on pouvait les faire tourner sur leur axe vertical. Elles continuaient alors à refléter les mêmes choses au même endroit. Seules les légères déformations de la surface faisaient passer comme une série de vagues tremblantes sur la vie ainsi réfléchie. Les peintres s'inspiraient du réel, le symbolisaient ou tentaient de s'en approcher, certains se spécialisaient dans les paysages, d'autres dans les portraits ; les sphères d'Ivo faisaient mieux, elles reflétaient le monde autour d'elles, et le mettaient à jour. Toute personne s'approchant de l'œuvre en devenait partie prenante.

Comme les oiseaux, la neige ou la pluie. Les robes rouges ou les chapeaux. Tous égaux.

Il était 19 h 20, le déluge venait juste de faire une pause. Mallock décida d'en profiter pour regagner ses pénates. À peine dehors, ça recommença : le « demi-milliard » tournoyait encore dans sa tête.

Au milieu du pont Louis-Philippe, il marqua le pas. Pourtant, il n'avait fait que traverser le pont Saint-Louis et remonter la rue Jean-du-Bellay. Encore quelques pas et il prendrait pied rive droite. Encore la rue des Barres et il serait chez lui.

Alors pourquoi ce sentiment d'oppression ?

Il se sentit obligé de s'arrêter à la terrasse du café Louis-Philippe. Sous son velum vert d'eau, l'établissement arborait un large calicot noir et blanc proposant d'organiser « Noces et Banquets ». Mallock décida de se contenter d'une demi-pression. Une fantastique appréhension lui coupait le souffle. Sa bière avalée, il commanda un double whisky. Il avait la gorge serrée et le ventre noué. Sa peur était d'autant plus grande qu'il connaissait le taux de réussite de ses prémonitions même sans en comprendre toujours l'origine. Son cœur se mit à battre plus fort. Quelqu'un proche de lui allait mourir, ou était en train de souffrir.

Au même instant, coup de vent, grand empressement des passants… les arbres au bord de la Seine se mirent à chavirer, tandis que des milliers de clous transperçaient la surface du fleuve. Mallock dut quitter sa terrasse pour s'abriter à l'intérieur de l'établissement.

Récréation salvatrice. Un peu partout, les piétons se précipitèrent dans le café en s'ébrouant. Encombrement de corps, de rires et de commandes, la jeune serveuse se trouva vite débordée. Dans une convivialité improvisée, aussi bruyante que souriante, tout le monde se mit à parler à tout le monde, s'envoyant des blagues sur le temps, les coiffures dévastées et les odeurs de chien mouillé.

Même Mallock parvint à sortir de sa bulle d'angoisse.

Six membres d'un chœur voisin qui avaient trouvé refuge aux tables du fond commencèrent à chanter :

L'amour est un oiseau rebelle
Que nul ne peut apprivoiser
Et c'est bien en vain qu'on l'appelle
S'il lui convient de refuser…

Tout le monde se tut, et le patron baissa le son de l'énorme écran plat qui trônait au fond de la salle. Le meuble roi, braillard lors des grands tournois de tennis ou de foot, avait enfin trouvé son maître : M. Alexandre-César-Léopold Bizet.

Tout ce petit monde chantait ou sirotait son chocolat chaud, un grand sourire aux lèvres. Au sol, les mares se réunissaient pour se raconter des histoires d'étang.

La serveuse entreprit elle aussi de fredonner *Carmen*.

Alors que les yeux d'Amédée restaient fixés sur l'écran désormais muet, ses oreilles se consacraient au chœur vibrant :

L'amour est enfant de bohème
Il n'a jamais, jamais connu de loi
Si tu ne m'aimes pas je t'aime…

À la télévision, le générique d'entrée de l'Euro Millions avait laissé la place à un couple de présentateurs à dents bleues : « Le grand jour, le grand moment, jamais dans l'histoire… » Mallock eut soudain l'impression que son crâne s'était rempli de milliers d'araignées. Son cœur frappait violemment contre ses côtes.

Dans le café, tous continuaient à célébrer Bizet :

Si tu ne m'aimes pas je t'aime
Et si je t'aime, prends garde à toi
Prends garde à toi !

C'est eux qui lui avaient fait penser à Margot. Depuis quelques mois, elle chantait Mozart, Verdi et Offenbach. Depuis quelques mois, il se sentait de plus en plus proche d'elle.

Et il avait peur.

Sa première femme, Marie-Luce Lilou, la maman de Thomas, avec laquelle il avait convolé en 1985, avait été retrouvée morte.

— Overdose, désolé, avait dit l'interne.

Overdose de cocaïne. Amédée avait retrouvé le dealer et l'avait laissé dans la rue entre la vie et la mort.

« Overdose, désolé ! », il avait pleuré sa Lilou, plus que belle mais avec l'intelligence d'un clou. Elle, si fière de ce jeune et brillant commissaire qui savait tout. Et lui, tout étonné de pouvoir contempler chaque matin et exhiber chaque nuit une femme aussi sublime. « Overdose, désolé ! » À l'époque, poussé par elle, le gros ours sortait tous les soirs. La moindre apparition de la belle et de la bête dans un lieu public créait un certain remous dans la foule. Ça flattait son petit orgueil de mâle et lui procurait une forme de reconnaissance. Lui, le paysan aux parents fous, lourd, crotté et mal dans sa peau, il avait la plus jolie et la plus élégante des poupées. Une poupée qui lui avait donné un enfant. Mais, trois mois après la naissance de

Tom, en proie à une dépression post-partum, Lilou avait été retrouvée morte.

Puis il y avait eu Amélie.

Tête en l'air, la petite infirmière avait toujours le regard un peu vague, le front plissé, comme si elle réfléchissait en permanence à ce qu'elle pouvait bien avoir oublié. Elle était charmante, gaie, intelligente. Pour cette femme, Mallock s'était dit qu'il pourrait enfin rompre la solitude dans laquelle la mort de Tom l'avait plongé.

Le destin et un monstre avaient alors comploté pour qu'il en soit autrement.

« Jamais deux sans trois » : une horrible petite voix vibrait dans sa tête depuis plusieurs jours.

Après Lilou et Amélie, le sort ou le Polichinelle seraient-ils assez féroces pour s'en prendre à Margot ?

Sur l'écran, les boules blanches et noires se mirent à sautiller, se refusant à dévoiler leur nombre. Fasciné, Mallock lut : « 33 », « 7 », « 42 », « 37 », s'accrochant aux chiffres pour tenter de vider son esprit. Une seule pensée l'occupait. Il s'en était longtemps défendu, mais il fallait bien qu'il se fasse à cette idée : Mallock aimait Margot.

15

Vendredi 23 septembre

Avec la reine Margot, au début, ça avait été plutôt facile. Puis, forcément, ça s'était compliqué. Alors, comme elle voulait que ça dure encore, et que lui n'y était pas opposé, ils avaient fini par passer des accords bilatéraux de non-agression, Mallock s'engageant par exemple à lui téléphoner au moins une fois par semaine à condition qu'elle ne l'appelle pas tous les jours.

Un rendez-vous sur deux serait « crapuleux » et se déroulerait chez Amédée. Elle resterait dormir jusqu'au matin à condition d'être réveillée à 7 heures pour un petit déjeuner complet avec toast beurré, confiture d'abricot ou de myrtille, plus orange pressée sans pulpe. Dans la série des « Contrats Pros », elle s'était engagée à ne rien publier sur son commissaire ou l'une de ses enquêtes avant de lui en avoir parlé. De son côté, Amédée avait la stricte interdiction de dévoiler, à l'exclusion de Sigismond, une info d'importance à une ou un autre journaliste qu'elle, tout du moins sans l'avoir informée et lui avoir donné toutes les « raisons claires et circonstanciées » justifiant une telle trahison.

Mais le contrat le plus important concernait le statut marital de Margot. Toute jeune, elle avait épousé Mathieu, comte du Mas de Plaissac et chevalier d'industrie. Peut-être parce qu'il se faisait appeler simplement Dumas et ne parlait jamais ni de son sang bleu, ni de sa fortune. Et puis parce qu'il était gentil, patient et particulièrement attentionné. Elle avait accepté cette passion qu'il avait pour elle, comme une assurance tendresse sur le futur, un refuge entre deux guerres.

Et, au début, elle avait été heureuse avec lui.

Pas assez cependant pour abandonner son métier de journaliste, et certainement pas pour lui donner des héritiers.

Peu à peu, le décalage entre la réalité de ses voyages en pays de misère et la luxueuse douceur de sa vie de château avait eu sur Margot un effet dévastateur. Elle avait bien essayé de se convaincre qu'elle s'habituerait, mais ce fut le contraire. On ne passe pas, en quelques heures, d'une dégustation de grand cru, dans l'obscurité apaisante d'une cave, à un enfant découpé à la machette en plein soleil, du moins sans cligner des yeux ni développer une formidable colère. En Margot, peut-être parce qu'elle avait voulu la nier, cette rage avait grandi et s'était transformée en un ressentiment vis-à-vis de l'espèce humaine en général, et de son mari en particulier. Elle s'était jugée et condamnée elle-même, comme étant la plus coupable de tous, une sorte d'agent double, traître aux deux camps.

C'est en pleine crise existentielle qu'elle avait rencontré Amédée.

Le regard absinthe et l'humanité touchante du commissaire l'avaient bouleversée. Tout était trop large chez cet homme : son cœur, ses costumes, ses mains, ses colères, sa gentillesse ou sa tristesse, son putain de caractère… Amédée ressemblait à un chêne centenaire, encore vert, avec un tronc en flammes et des branches énigmatiques. De grandes feuilles douées d'ombre.

Personne au monde n'avait eu un tel effet sur elle. C'était seulement auprès de lui, à l'abri des choses qui coupent, qu'elle acceptait d'être fragile, protégée, mortelle et chaude. Elle aimait sa compassion, sa façon de marcher dans les rues enneigées et sa force végétale.

Pour Mathieu Dumas, comte du Mas, la séparation posait de gros problèmes. On ne divorçait pas chez les Plaissac, ça ne se faisait pas. Alors il lui avait demandé d'accepter une sorte d'union libre, au moins jusqu'à ce que ses parents disparaissent. Elle continuerait à être officiellement sa femme et à participer aux grands dîners officiels, mais serait libre de vivre où et avec qui elle souhaitait. Cette solution qui ne plaisait ni à elle, ni à lui, ni même à Mallock, avait donc été adoptée à l'unanimité, jusqu'au décès de Marguerite du Mas de Plaissac, la mère de Mathieu. Six mois plus tard, Margot avait enfin divorcé.

Les contrats régissant la relation entre la reine Margot et le commissaire Mallock étaient un petit jeu entre eux, comme la poignée de main qu'ils échangeaient en public en s'appelant, avec le plus grand sérieux : « mademoiselle » et « monsieur le commissaire ». Il avait juste changé le nom de « contrat » par celui de « pacte » depuis que Léon avait sorti, éléphant dans le magasin de porcelaines matrimoniales :

— Après tous ces contrats, il ne restera plus que le contrat de mariage.

Dans le café, tout le monde chantait, ou du moins, essayait :

L'oiseau que tu croyais surprendre
Battit de l'aile et s'envola
L'amour est loin, tu peux l'attendre
Tu ne l'attends plus, il est là
Tout autour de toi, vite, vite
Il vient, s'en va, puis il revient
Tu crois le tenir, il t'évite,
Tu crois l'éviter, il te tient
L'amour est enfant de bohème
Il n'a jamais, jamais connu de loi...

C'était devenu un joyeux brouhaha, avec paroles approximatives et notes dissonantes.

L'année précédente, prise d'une de ces envies dont les femmes ont le secret, Margot Murat avait décidé de rejoindre un chœur. Le fait qu'elle n'eût jamais chanté de sa vie et qu'elle ne connût pas le solfège ne l'avait pas empêchée de se présenter à une audition. À la surprise générale, celle d'Amédée et la sienne, elle avait été reçue et faisait désormais partie du chœur du conservatoire Notre-Dame, en tant que *mezzo-soprano*.

À côté de Mallock, figé par la peur, deux femmes discutaient au comptoir en haussant le ton pour parvenir à s'entendre :

— Depuis lundi, je n'arrête pas de bâiller, se plaignait l'une d'elles.

— C'est parce que t'as faim.

— Non, justement, je n'ai absolument pas envie de manger.

— Si, et c'est ton estomac qui bâille, en fait !

Amédée essaya de se faire une image de la chose, un estomac avec une bouche grande ouverte, avant de renoncer.

Lui, dans un coin, il avait le souffle court, le cœur douloureux et la gorge nouée. Non, ce n'était pas possible. Si Margot était morte, pourquoi respirait-il encore ?

Lorsqu'il se décida enfin à saisir son téléphone, ses doigts tremblaient. Impossible de composer le numéro de Sigismond. Si quelqu'un savait, ce serait lui. Il réessaya en se demandant s'il parviendrait seulement à parler.

À son intention, au même moment, le chœur improvisé lança haut et fort la fin du morceau :

Prends garde à toi !

La Galuche fut, comme d'habitude, d'une efficacité remarquable. En deux ou trois coups de fil, il parvint à joindre Margot. La jeune femme venait d'atterrir au Caire, après trois semaines dans le Sud saharien à chercher vainement à prendre contact avec les talibans. Elle rêvait de rencontrer les membres d'AQMI[1] afin d'interviewer le général touareg du régiment Youssef Ben Tachfine. El Kairaouani Abou Abdelhamid al-Kidali. Plus de vingt jours de promesses de rendez-vous, d'annulations et de traversées du désert avant de se décider à repartir au Caire avant de filer vers Paris.

Ce fut elle qui rappela Mallock depuis son hôtel :

— Tu étais inquiet ?

Mallock était trop heureux pour s'énerver. Il sortit malgré la pluie pour échapper au chant, une tentative vouée à l'échec de *Carmina Burana*.

— Disons que je ne suis pas complètement mécontent d'entendre enfin ta voix.

1. Al-Qaida au Maghreb islamique.

Il n'allait quand même pas lui dire qu'il venait d'avoir l'une des pires crises de panique de sa vie.

— Désolé, mais nos... accompagnateurs ont confisqué nos cellulaires, il y a dix jours. Ils avaient peur de tout. Principalement d'une triangulation satellite et d'une attaque de drone.

— Tu vas bien ?

Parfois, il fallait faire simple.

— Toute nue et toute bronzée, osa-t-elle lui répondre.

— Comment ça, toute nue ? s'enquit-il, soupçonneux.

— Je sors de ma douche.

L'ours eut envie de donner un violent coup de patte. Elle était donc déjà à l'hôtel et avait pris le temps de se laver. Elle aurait pu l'appeler dès son atterrissage.

— Bon, eh bien, sèche-toi. On se verra à Paris.

Margot raccrocha en souriant. Dix minutes plus tard, le téléphone sonna à nouveau. C'était lui.

— La prochaine fois, appelle-moi dès que tu peux. Pas après t'être douchée ou restaurée. C'est rapide, juste : « Je vais bien », ça me suffira.

— Tu t'es donc inquiété pour moi, l'ours ?

— Arrête avec ça, évidemment que…

Puis il hésita. N'était-ce pas trop compromettant ? Mais il se rappela alors les reproches qu'il s'était faits sur le peu de signes extérieurs de tendresse qu'il s'autorisait.

— Je te dois l'une des pires crises de panique de ma vie… Je t'ai vue morte, espèce d'idiote ! avoua-t-il.

Bizarrement, Margot lui demanda :

— Quand ?

— Comment ça, quand ? Il y a environ une heure. Pourquoi ? Ça change quelque chose ?

— Non, non, rien. Excuse-moi, je ferai plus attention désormais.

Margot raccrocha, rêveuse.

Amédée, même s'il s'en défendait, était très… particulier. Elle avait préféré ne rien lui dire mais, avant d'atterrir au Caire, l'avion avait brutalement décroché. De 40 000 pieds, son altitude de croisière, il était tombé comme une feuille jusqu'à 7 000. Pendant ces dix minutes, tout le monde, y compris le pilote, avait vu la mort en face. Et, au même moment, dans son café, à plusieurs centaines de kilomètres, Amédée s'était mis à trembler de peur pour elle.

Margot s'entoura la tête avec l'une des énormes serviettes blanches de l'hôtel. Elle savait qu'ils étaient faits l'un pour l'autre. Mallock et Margot, c'était une sorte d'évidence. Elle l'avait su dès qu'elle l'avait vu. Ou peut-être même avant ?

Elle frotta énergiquement ses cheveux en pensant à lui. Assise au bord du lit, elle sourit.

16

Plateau du Larzac

Soudain, l'un des monstres s'approcha.

Toujours cette puissante odeur d'ammoniaque et de caoutchouc brûlé.

Le matin même, il lui avait enfoncé une gigantesque aiguille de l'entrée de la verge jusqu'à la base de la gorge. Maintenant, il semblait s'intéresser à ses dents. Il était penché sur lui, et son long cou translucide tremblait, comme s'il avait froid ou bien mangeait quelque chose. L'alien était hideux, avec ses membres arachnéens et sa peau grise granuleuse, recouverte d'une bave bleutée dans laquelle de petites larves cuivrées nageaient.

Il possédait deux grands yeux insectoïdes, pas de nez, mais un trou d'où coulait une morve orange, fluorescente, finissant sa course dans une bouche parfaitement circulaire armée de plusieurs rangées de dents, comme une sorte de lamproie.

L'horreur lui enfonça brutalement les doigts dans la bouche.

Sa peau avait un goût d'excrément et d'huître. Nul besoin d'outil : après avoir refermé sa main sur une molaire du fond, il se mit à tirer en tournant brutalement. Craquement, jet de sang, la dent sortit d'entre les lèvres d'Erwan avec une partie de ses racines.

De douleur, le jeune paysan s'évanouit.

Ce jour-là, Erwan avait 9 ans et c'était son troisième enlèvement. Un tous les trois ans, le 28 février, jour de son anniversaire. Il se sentait toujours aussi démuni, toujours aussi terrorisé. Avec cette fois-ci l'envie de se suicider pour échapper au supplice. Mais à 9 ans, on ne sait pas comment.

Les monstres, de leurs côtés, n'avaient pas changé.

Il aurait pu les crayonner avec la précision d'un entomologiste emperruqué dessinant pour la toute première fois un machaon à queue d'hirondelle. Mais à quoi bon, pour qui ? Il avait simplement noté un élément qui lui avait échappé auparavant, ils étaient un peu bossus et avaient, pour certains d'entre eux, les plus vieux, une espèce de ventre ou de poche de graisse qui leur tombait sur les parties génitales.

Oui, à quoi bon crayonner ces monstres ?

Personne ne l'avait jamais vraiment cru, et cette nouvelle *abduction*, puisque tel était le terme retenu par les Anglo-Saxons, ne changerait rien à l'affaire. Depuis le deuxième « événement », pour tenter de se rassurer et parallèlement à la piste du déséquilibré, on avait commencé à parler d'épilepsie, de crises temporales, voire de troubles mentaux.

Une seule envie pour tous : retrouver la terre ferme du rationnel et ne pas chercher plus loin.

Sans que personne ne s'en rende compte, pas même lui, Erwan commençait à s'enfermer dans une rage sourde contre ses bourreaux certes, mais également ses proches et le monde entier, un monde sans cœur qui le laissait seul lutter contre l'indicible.

17

Lundi 26 septembre

Mallock partit presser le jus d'une capsule pour se faire du café, et mit deux oranges dans le percolateur, ou le contraire.

Il avait mal dormi et n'était pas bien réveillé.

Trop tôt pour sortir.

Alors, allumer la télé ?

Toujours cette fascination pour l'information, ce vilain petit mensonge. Au matin, deux nouvelles d'importance occupaient l'écran : la mort d'un savant ayant réinventé notre vision du monde et la sortie des mémoires d'une vedette de la téléréalité. L'homme a besoin d'icônes. Petite conne ou grand homme, qu'importe, son besoin de divinités n'avait jamais cessé, que ce fût pour les frotter contre son ventre dans un but de fertilité, ou pour les fracasser sur le mur de ses frustrations.

Amédée éteignit le poste et regarda au-dehors.

Rêvait-il encore ?

Le jour était-il en train de changer d'avis et de retourner à la nuit ? En quelques minutes, l'obscurité avait envahi Paris.

À l'intérieur de son appartement, le commissaire se cognait aux meubles, sans même songer à allumer une lampe. Triple déclenchement d'éclairs. Mallock repensa à Ockham. Était-ce une nouvelle diablerie du Polichinelle ? En regardant par la fenêtre, il en eut confirmation. Le jour était en train de tomber sur la capitale. Il eut juste le temps de se raisonner avant que le tonnerre fasse trembler toutes les vitres.

Simplement une bourrasque, couillon de superstitieux, aucune sorcellerie là-dedans. Tout heureux, Mallock ouvrit ses fenêtres. Mais ça ne lui suffit pas. Grand amateur d'orages devant l'Éternel, il s'habilla rapidement pour sortir et pouvoir en profiter pleinement. Déchirures, éboulements de pierres, avalanches d'eau et de son, la capitale vibrait de cette brutale attaque de la nature venant la laver de ses péchés. 9 heures, il serait en avance pour son rendez-vous. Qu'importe, le ciel n'attend pas. Il enfila son trench-coat de détective américain et sortit sous la pluie.

Dehors, des nuances saumonées avaient remplacé l'anthracite uni des débuts d'orage. Les pierres avaient, ici et là, des reflets citron pâle. Arrivé au milieu de la place, Mallock regarda sur sa droite pour voir si Léon n'était pas en chemin.

Les cheveux trempés, il entra seul dans le bar de son ami Marius.

— Oh, môssieur le commissaire, quel honneur de vous voir en mon humble estaminet !

— Tu m'installes en terrasse ?

Le gros homme ne chercha pas à discuter, il connaissait les goûts bizarres de son voisin de flic. Sous le velum côté place, il installa une petite table et deux chaises.

— Tu prendras quoi ? Par ce temps de chien et ce froid de gueux, tu vas sans doute me commander une margarita grand lagoon. Avec ou sans le petit parasol ?

— Thé au lait et deux croissants, grand malade. Au fait, j'attends deux invités, manque une chaise !

Léon et Sigismond arrivèrent ensemble. Inutile de les présenter, ils se connaissaient bien. Autant le vieux Juif avait le poil pratiquement sec – sa librairie était sise rue des Mauvais-Garçons dans le même bloc d'immeubles –, autant le journaliste faisait peine à voir. Il aurait fallu inventer un autre terme que « trempé » pour qualifier son état.

— Je me suis garé à Perpette-les-Oies, juste au moment où ça a commencé à tomber.

Il imita alors le chien en train de s'ébrouer, couvrant ses amis de gouttes de pluie.

— Arrête, sale gosse, protesta Léon.

— T'as peur pour ta mise en plis, rétorqua Sigismond en riant.

— Exactement, ma chevelure, le toit en quelque sorte, est la dernière partie en bon état de ce chef-d'œuvre en péril que je suis devenu.

— Mon Dieu, quel temps !

Sig, les doigts écartés, peignait en arrière ses cheveux trempés.

— Souvenez-vous de la grande crue de 1910. Elle est dite « centennale ». Moi, je parie que l'on ne va pas tarder à être envahis par la Seine.

— T'inquiète, Léon, on a fait des travaux, depuis.

— On devait. Et puis on a oublié, comme d'habitude.

— On verra bien. De toute façon, on n'y peut que dalle, résuma Sig.

Les trois amis, protégés par le velum bleu du P'Tibourg, entreprirent de parler d'un sujet bien plus passionnant : Ockham. Le fameux Polichinelle et la *Joconde*. Amédée aimait bien organiser des petits déjeuners informels avec Léon, Sig et Margot pour réfléchir avec eux d'une façon différente et avoir leur avis de... civils en dehors du 36, ou du 13, maintenant. Aujourd'hui, ils ne seraient que tous les trois. Margot ne rentrait à Paris que le lendemain.

Pour les laisser libres de réfléchir à leur aise, Mallock ne leur exposa que l'essentiel des faits. Ceux qui étaient de l'ordre de la certitude.

— Alors, à votre avis, c'est un fou furieux ou c'est une arnaque ?

— Oh tu sais, moi, répondit immédiatement Léon, je trouve qu'entre deux maux, il faut toujours choisir le pire. Pas d'illusion, donc pas de déception. Un pli que j'ai pris comme ça, depuis que je suis tout petit !

Léon, qui avait connu l'horreur des camps d'extermination, faisait toujours preuve d'un humour noir parfois gênant pour les autres. Il avait appelé ça son « devoir d'en rire ».

— Franchement, tu leur as pardonné, à ces enculés ?

Mallock se figea, gêné par l'impudeur de la question. Il y en avait toujours des « comme ça », des jeteurs de pavés dans la mare, des gentils lourdauds comme Sigismond.

Léon ne se déroba pas, il laissa seulement passer deux ou trois secondes.

— Tu sais, Sig, il y a un moment où le désespoir et la colère perdent de leurs charmes. Je crois en fait que j'ai voulu reprendre le cours de ma vie... ne pas me condamner à une sorte de double peine : souffrir après avoir souffert, et surtout ne pas laisser saigner mes plaies pour continuer à me faire plaindre par des zigotos de ton espèce.

Léon prit le temps de jeter un regard vers la rue et reprit :

— Je crois que ce sont les circonstances qui font l'homme. Pile et face, noir et blanc, nous sommes tous bourreaux et brebis. Bottes et pantoufles, si tu préfères.

— Tu n'en souffres plus ?

Décidément, c'était plus fort que lui. Tic de journaliste ? Sigismond ne pouvait s'empêcher d'insister lourdement là où ça faisait mal.

Léon réfléchit avant de lâcher :

— Le pardon guérit l'avenir, pas le passé.

Seul son Léon, après ce qu'il avait vécu, était capable d'une telle pensée. Amédée sentit son cœur se serrer.

Mais pas pour longtemps :

— Ça en jette, hein ? Ça, c'est le genre d'aphorisme qui tue sa race, comme diraient les jeunes. Je vais me le garder dans un coin pour un usage ultérieur. Faut pas gâcher.

— Et pour ces messieurs, ce sera quoi ?

Le patron était revenu prendre la commande des deux nouveaux arrivants.

— Comme d'habitude, Marius, fit Léon.

— Moi, un café sans caféine. *Because* mon cœur, crut bon d'expliquer Sigismond.

À ce moment-là, un curieux sourire se dessina sur le visage de Léon.

Mallock le regarda, surpris :

— Tu penses à quoi ?

— À qui, tu veux dire...

Au même instant, Mallock sentit une main se glisser le long de son épaule et une bouche se poser sur son cou. Odeur délicieuse. Avant même de se retourner, il sut que Margot était là.

— Une autre chaise, patron, lança Sigismond.

Mais c'était inutile, Marius arrivait déjà avec le nécessaire « pour la Princesse ».

Amédée la trouva sublime. Normal, elle était sublime. Ses yeux bleus bridés, ses petites pommettes, ce joli menton un peu prognathe, ses dents blanches irrégulières, tout était encore magnifié par la perfection d'une peau bronzée.

— Mais qu'il est beau, mon commissaire !

— Je te préviens que je ne sens plus le sable chaud, fallait revenir plus tôt.

— Pas grave. Franchement, le sable, j'ai donné.

Mallock fit un effort :

— Quelle délicieuse surprise ! Tu es vraiment extrêmement trop superbe ! lui déclara-t-il.

— Patron, lança Léon à Marius, vous avez des chambres ? Ça semble urgent. On a là un couple de pigeons prêts pour la reproduction.

Margot tapa gentiment le vieux libraire.

— Tu te tais, vieux pervers.

Amédée résuma le vol de la *Joconde*, les scalps et les dernières exactions d'Ockham. Puis la discussion démarra sur les preuves qui auraient pu étayer telle ou telle théorie concernant la nature exacte du cambriolage.

Rien de bien nouveau ne sortit de leurs réflexions jusqu'au moment où Léon fit remarquer :

— Je ne sais pas si vous êtes au courant, mais ce qui se passe en ce moment au Louvre va dans le sens des déclarations d'Ockham sur la valeur fantasmatique, historique voire hystérique de cette œuvre... immortelle.

Il y avait beaucoup d'ironie dans sa voix.

— En 1911, dès le lendemain du vol et durant les jours suivants, il s'est formé une queue tout le long de la rue de Rivoli. Les visiteurs patientaient parfois plusieurs heures pour passer devant... les quatre clous restés accrochés au mur. Ils étaient bien ballots à l'époque, me direz-vous ? Eh bien, figurez-vous que le même phénomène se reproduit en ce moment. La salle des États a été rouverte en partie hier après-midi et, rebelote, il y a foule devant la vitrine vide, ou plus exactement le ruban noir et jaune de scène de crime qui sépare la salle en deux. Intéressant, non ? Ou affligeant, à vous de voir.

Mallock ressentit alors ce petit chatouillis particulier qui lui frottait le fond du crâne et le prévenait de l'imminence d'une de ces fameuses, parfois fumeuses, illuminations.

— Chut, deux secondes, ça me donne une idée.

— Quoi, les clous ?

— Non.

— La queue ?

— Non, le panneau.

— Comment ça, le panneau ?

— Souvenez-vous, Ockham avait promis de renvoyer le panneau au Louvre, la plaque de bois sur laquelle Vinci avait peint sa Monna Lisa, après qu'il l'aurait parfaitement nettoyée. Il voulait que le musée la remette au même endroit, comme si rien n'était arrivé.

— Et ?

— Et il ne l'a pas fait.

— Et ?

— À ton avis qu'est-ce qui aurait pu nous permettre d'être parfaitement sûrs de l'authenticité, ou non, du tableau qu'il a détruit ?

— Le panneau, confirma Léon. Ton service, ou celui du Louvre, l'aurait certainement daté.

— Et on aurait pu également vérifier la structure, bien connue, des différentes veines et nœuds du bois en récupérant l'une des radiographies, compléta Mallock.

— Tu en tires quelle conclusion ? insista Margot.

— Si c'était vraiment la version « Polichinelle fou furieux », il n'aurait eu aucune raison de ne pas renvoyer le panneau comme il s'y était engagé. Donc, pour moi, c'est l'autre hypothèse.

— Laquelle ? insista Margot, qui avait du mal à s'y retrouver.

— Celle de l'escroquerie.

Mallock leur expliqua alors sa théorie. Celle de la vente de plusieurs faux fit sourire d'aise Margot.

— Alors ça, ce serait une histoire géniale. J'ai le droit de publier ?

— Certainement pas. Je te dirai quand. D'autant plus que, honnêtement, je n'y crois pas plus que ça. En fait, je n'en sais rien, mais le type me semble plus fou que structuré.

— Excuse-moi, mais pour parvenir à embarquer la *Joconde*, il faut une sacrée organisation. D'un autre côté, scalper ainsi des gens dénote une âme bien dérangée. T'as devant toi une sacrée synthèse !

Mallock bougonna. Elle avait raison.

— Entre nous, je m'attendais vraiment à ce qu'il ait détruit la vraie *Joconde*. Pourquoi enchaîner ce vol et…

— Pour l'argent, tout simplement, l'interrompit Sig.

— Trop facile. Ce type est dangereux. Il cherche autre chose.

— La gloire ? proposa Sig.

Mallock réfléchit :

— Oui, ça, j'y crois plus.

— Mais ?

— Mais quoi ?

— Je te connais, toi et tes silences, y a un « mais », non ?

Amédée lui sourit.

— Oui, un grand « mais ».

— Les scalps ?

— Certes.

— Mais ? insista-t-il.

— Eh bien, cette péripétie capillaire risque fort de n'être qu'une mise en bouche.

— Péripétie capillaire ! Tu plaisantes, l'interrompit Margot. C'est quand même un peu violent, non ? Et puis notre « bonobobo-philosophico-mégalo » a repris du poil de la bête, et tu vas voir que…

— C'est vexant pour les singes.

— C'est ça, fais ton malin. Attention : l'histrion blessé dans son orgueil peut être fatal à l'homme de bien. Dès qu'il va sortir de sa clinique, le trouduc va faire un foin du diable, remuer les médias et secouer ses réseaux. Et peut-être bien tes puces, aussi.

— T'inquiète, c'est déjà fait. Il m'a appelé au bureau. Mais, franchement, je me fous royalement de ce type. Mon problème, c'est ce qu'il y a derrière ces coups de rasoir. Je ne crois pas une seule seconde qu'Ockham, ou le Polichinelle, appelle-le comme tu veux, va s'arrêter. Au contraire, j'ai l'impression que ce n'est qu'un… échauffement.

— Il pourrait être plus clair, notre commissaire ? lui demanda Léon.

— Comment vous expliquer ?

Mallock serra les lèvres et regarda dans le vide, en haut à droite.

— Ce n'est peut-être pas une arme, ce rasoir.

— Ce serait quoi alors ?

— Un stylo. Quelque chose avec lequel il écrit.

— À l'encre rouge alors, compléta Margot.

Tous les quatre restèrent silencieux deux minutes avant que Mallock reprenne :

— En attendant de pouvoir vous en dire plus, j'ai une seconde énigme pour vous.

Amédée sortit alors une série de photos et les étala.

— Je me suis rendu au Louvre avec Jo samedi avant qu'ils effacent tout. On a pris des photos et ça n'a pas été facile.

L'avant-veille, 24 septembre, Jo avait rejoint son patron dans la salle des États encore fermée. Mallock était le nez sur le sol en train de renifler une trace :

— On se régale, patron ?

En se relevant, Amédée avait une nouvelle fois été saisi par la beauté de son nouveau capitaine. Mais il y avait quelque chose d'étrange ce jour-là. Normalement, elle se maquillait subtilement, afin de ne pas trop attirer l'attention. Là, rien, pas la moindre trace de rouge à lèvres ou de mascara, pas l'ombre d'un fond de teint.

Jo avait répondu à la question silencieuse de son commissaire :

— J'ai rendez-vous avec le Kaiser en fin d'après-midi pour un *shooting*. Il préfère que j'arrive comme ça, « comme une toile vierge », m'a-t-il dit avec son accent autrichien. Il choisit d'abord la tenue qu'il veut que je porte, et après il me fait maquiller à sa convenance par son équipe. Le résultat est toujours beau et surprenant. Franchement, personne ne peut me reconnaître sur ses photos.

— Tant mieux. Tu sais que ton... activité n'est qu'une tolérance. Je ne suis pas certain de pouvoir continuer à te laisser faire si ça commence à se savoir.

— Je sais, je sais. Pour l'instant, j'ai besoin d'argent, mais s'il faut arrêter, j'arrêterai. Pas de problème.

À la place des *Noces de Cana*, la toile de sept mètres sur dix partie en rénovation, il y avait une petite affiche expliquant l'absence de l'œuvre de Véronèse et donnant la date de son retour au sein de la grande salle. Rien d'équivalent à l'emplacement de la défunte Monna Lisa. Un instant, Mallock s'était demandé si les responsables du Louvre n'auraient pas dû mettre un voile noir sur ce qu'il restait de la vitrine et inviter les visiteurs du musée à passer respectueusement devant pour y déposer des fleurs. Veillée funèbre, défilé de pleurs. Et puis grande pompe et grandes orgues, comme celles que l'on réserve aux reines, aux poètes et aux dictateurs.

— C'est ça que vous reniflez, patron ?

Jo avait déjà ouvert sa mallette et commencé à gratter le sol avec une sorte d'Exacto.

— Oui, prends plusieurs échantillons de cette matière sombre. Tu verras, il y en a un peu partout autour de la vitrine.

— Pour vous, c'est quoi ?

Mallock, sans hésiter, avait répondu :

— Des marques de semelles de rangers commando. Tu vois ? Les grosses chaussures noires d'intervention ?

En s'activant tout autour pour placer les explosifs, ils ont certainement « taché » le parquet. C'est l'effet « bottes cirées », un grand classique. Ne laisse jamais entrer un commando chez toi sans le déshabiller avant, Jo.

— Entendu, chef. Je n'oublierai pas le conseil, chef !

— Maintenant, le plus difficile. Il va falloir m'aider à prendre des clichés. Il faut faire ça aujourd'hui. Ils rouvrent la moitié de la salle dès demain, pour permettre le passage.

Mallock avait apporté un appareil muni d'un objectif macro. Aucun problème pour prendre de très gros plans, mais il y avait une bonne cinquantaine de traces. Dur pour son dos.

— Je règle l'appareil, je te montre et puis je te laisse faire pour les autres.

— On les numérote ?

— Je n'y avais pas pensé, mais tu as raison. Qui sait, ce seront peut-être les traces de leurs grolles qui auront raison d'eux et de leur Polichinelle en chef.

Pendant la demi-heure suivante, le silence avait régné. Jo prenant les gros plans de chacune des traces, et Mallock cherchant une combine pour photographier l'ensemble. Le plafond et sa verrière étaient largement assez hauts pour faire un tel cliché, mais comment rester en l'air pendant qu'il prenait la photo ?

Le gardien qui les surveillait leur avait proposé :

— Et si vous me confiiez votre appareil, commissaire ? J'ai accès à la verrière. Je peux y monter et me mettre parfaitement à l'aplomb.

— Je suppose que vous supposez que l'on peut supposer que je suis trop gros pour supposer le faire moi-même ?

Le jeune homme avait rougi.

— Non, enfin, je ne sais pas. Mais je suis en tout cas bien plus léger et le chemin pour parvenir sur le toit n'est pas aisé...

— Pour quelqu'un de mon âge ? avait demandé Mallock sans sourire.

— Absolument pas. Ce n'est pas ce que je... je...

— On se détend, je plaisante, l'avait rassuré Amédée. C'est très gentil de vous proposer. Tout coup de main est le bienvenu dans cette affaire. Mais puisque je vous prête mon appareil, fort coûteux au demeurant, laissez-moi donc votre montre en gage, on n'est jamais assez prudent.

Cette fois-ci le gardien ne s'était pas laissé prendre.

Retour au présent, c'était l'ensemble de ces clichés tirés au format 24 × 30 que Mallock venait de disposer sur trois tables du bistro rassemblées par Sig.

— Alors, les résultats des analyses ? s'enquit Léon qui piaffait d'impatience.

— C'est un mélange spécial de cirage et de caoutchouc. Une seule provenance : l'armée.

— L'armée ?

— Ne nous emballons pas. On peut facilement se procurer des bottes de type commando aux puces ou sur Internet.

— Quand même, c'est bizarre, insista Margot qui se voyait déjà devant une affaire d'État avec complot et prix Pulitzer au bout du chemin.

— On se concentre, les enfants, insista Mallock. Comme ça, sans réfléchir, vous voyez quoi ?

— Des traces de godasses, dit la Galuche.

— De gros cils dessinés, tenta Margot.

— Pas mieux, termina Léon.

— Rien ne vous choque dans la photo de l'ensemble ?

Comme un seul homme, ils se penchèrent sur l'un des clichés représentant, vus du ciel, les alentours de la vitrine. Grosse concentration. Si Amédée avait posé la question comme ça, il devait avoir sa petite idée.

Il insista :

— Dites-vous que c'est théoriquement le résultat du piétinement d'un certain nombre de personnes.

Finalement, ce fut Sig qui réagit le premier :

— Aucune trace n'en recouvre une autre.

— Exactement. Et vous trouvez ça normal ? Trois ou quatre membres d'un commando qui se croisent dans la nuit essaient de tuer quelqu'un, font exploser une vitrine blindée, arrachent un panneau, font disparaître un tableau et j'en passe… Et durant tout ce temps, jamais les semelles des uns n'auraient recouvert celles d'un autre, pour en effacer une partie, la gommer, tracer une ligne la croisant, ou la maculer ? C'est impossible.

— Mais alors, ça devient de plus en plus délirant, cette histoire. Qu'est-ce que tu veux que ce soit ?

— Aucune idée, répondit Amédée, je comptais justement sur vous pour m'éclairer et m'ouvrir de nouveaux horizons. Je suis complètement vide.

Mallock vide d'idées, voilà autre chose, pensèrent ses trois amis en se reculant au fond de leurs chaises pour réfléchir.

— Ils reprennent quelque chose, les squatters du fond ? C'est l'heure du petit jaune.

Tout le monde acquiesça, sauf Mallock qui, pour une fois, se révolta :

— Je ne veux pas te faire de peine, Marius, mais je…

— Je sais, je sais, monsieur le commissaire ne se mélange pas au petit peuple. Monsieur le commissaire a des goûts de luxe. Un pur malt, comme d'habitude, pour monsieur le commissaire. Ça roule.

— Pour moi aussi, eut le courage de demander Sigismond à la dernière minute.

Léon n'avait rien dit. Ni pour ni contre le pastis. Il était complètement absorbé par les photos qu'il faisait passer l'une après l'autre entre ses mains.

— J'ai une théorie, finit-il par prononcer très lentement.

Mallock attendit. Il savait qu'il fallait parfois être patient lorsque venait de naître une belle idée toute tremblante, encore recouverte de son placenta cervical. Il convenait de ne pas forcer les choses, de laisser la nature suivre son cours et l'idée s'habituer à la lumière du jour.

— Une écriture, finit par accoucher Léon.

Tout le monde le regarda. De quoi parlait-il ?

— Ça pourrait être des fragments de lettres. Peut-être l'alphabet cyrillique, ou hébreux.

Le cerveau d'Amédée était reparti. Il adorait être ainsi relancé par de si belles hypothèses. Admettons que chaque tracé soit une partie de lettre, qu'est-ce que le Polichinelle avait bien pu écrire ? Pourquoi ? Pour qui ?

Immédiatement, il pensa que c'était un message à son intention. Sinon, pourquoi le coder ? Et en faire une sorte d'énigme dans l'énigme ? Ockham le mettait au défi. C'était toujours le même petit jeu, le même orgueil qui les poussait à défier la police, et sans doute Mallock, puisque c'était bien à lui que le Dr Invincible avait envoyé ses bocaux.

— Une phrase pour expliquer son geste ? lança Sig.

— Un nom, proposa Léon.

— Un indice qui te conduirait au prochain crime, tenta Margot.

— Oui. Ou bien, simplement une dédicace. Sur le sol de son crime, tel un peintre au bas de sa toile, il a déposé sa signature, lâcha Mallock à son tour.

18

Mardi 11 octobre

Amédée regardait l'océan pendant qu'il se retirait. Trois minutes plus tôt, une dernière vague était venue lui lécher les pieds, puis plus rien. La mer reculait désormais à toute allure vers l'horizon, découvrant dans sa fuite des armées de crabes brutalement exhibés à la gourmandise des mouettes.

Mallock décida d'avancer sur cette immense vallée salée. Passant entre les crachats furieux des couteaux, ses pieds s'enfoncèrent dans un sable dur et froid. Dans sa grosse main, il y avait les petits doigts de Thomas.

Car, souvent, dans ses rêves, son Tom était là.

Sans la moindre sommation, l'Atlantique avait pris la décision de quitter les rives de l'ouest de la France. Dans un désert de pierres moussues, de sable et d'algues évanouies, des troupeaux d'huîtres, de palourdes et de crevettes cherchaient un nouvel abri. Puis ce furent les poissons eux-mêmes qui se retrouvèrent piégés. Maquereaux chromés, méduses et raies mantas, rien ne découragea l'océan dans sa fuite en arrière. Ni les sécrétions noires des calamars, ni le galop paniqué des hippocampes, pas plus que les pinces furibondes des homards.

Amédée et Thomas passèrent au pied d'une caravelle aux mats arrachés. La sirène en bois de la proue, tournée vers eux, tenta de les prévenir. Mais de quoi ? Ils ne s'arrêtèrent que lorsqu'ils furent parvenus à la limite entre la plate-forme atlantique et l'abyssale noirceur de la fosse sous-marine. Il y avait là une sorte de rambarde formée par l'accumulation de squelettes de baleines. Leurs immenses os blafards étaient alignés sur plusieurs kilomètres.

Devant le commissaire et son fils mort, les abysses étaient, à leur tour, en train de se vider de leur réserve de vagues. Quel infernal trou s'était ouvert tout au fond !

— Papa, c'est le diable qui a retiré le bouchon ?

Mallock n'eut pas le temps de répondre, les choses s'étaient inversées. Non seulement les abysses se remplissaient à nouveau, mais un autre phénomène l'accompagnait désormais : la création d'une immense vague, un colossal mur d'eau.

Amédée attrapa la main de Thomas et se mit à courir vers le rivage. Était-ce seulement utile ? Avait-il la moindre chance ? Ce tsunami-là n'avait pas l'intention de noyer le rivage et quelques villages, ni même les grandes villes de la côte, il était programmé pour atteindre Paris.

Heureusement, Amédée et Thomas étaient déjà parvenus, par la grâce du rêve, jusqu'à la capitale, jusqu'au pied même de la tour Eiffel. Ils en grimpaient les escaliers quatre à quatre.

— Encore un effort, mon Tom, la tour est en poutres métalliques, l'eau passera au travers.

Arrivés essoufflés tout en haut, ils se retournèrent vers le sud, la grande vague les avait suivis. Elle formait comme une barre argentée entre le ciel et le sol. Fascinés, ils la regardèrent s'approcher d'eux. À leurs pieds, la capitale s'effritait comme une vulgaire maquette en allumettes. Lorsqu'elle ne fut plus qu'à quelques centaines de mètres, ils durent lever la tête pour continuer à la regarder. Mallock estima la hauteur de la vague. Elle était pratiquement deux fois plus haute que la tour. Dans le mur d'eau on voyait remonter des immeubles, des forêts, des paquebots et des autobus, un ruban d'autoroute aussi, lisse et noir comme de la réglisse.

Au sommet du tsunami, des gerbes d'écume, peuplées de mouettes et de pétroliers contrariés, brillaient au soleil. L'Arc de Triomphe lança l'Obélisque au loin, tel un arc sa flèche.

Mallock partit s'abriter à l'intérieur de la cage d'ascenseur. Utilisant tout ce qu'il put trouver, il attacha son Tom aux poutrelles.

— Quand je te le dis, tu prends une grande inspiration. Il faudra tenir le maximum de temps. Derrière la grande vague, l'eau doit être plus basse, on pourra à nouveau respirer.

Fracas infernal. Vibrations cyclopéennes. Le monstre était sur eux. Dans cet enfer, Mallock retrouva une prière. Depuis combien de temps n'avait-il pas récité son acte de contrition ? Au moment où il ne fut plus capable de retenir sa respiration, laissant Tom derrière lui, Amédée se réveilla.

Vivre sans Thomas, ou plutôt avec Tom, son amour enfoui sous terre, tel serait, jusqu'à son dernier souffle, le supplice de Mallock.

19

Matin du mercredi 12 octobre

Douche, petit déjeuner. À 9 heures, lorsque Mallock parvint au 13, l'ambiance y était étrangement calme. À part les enquêtes courantes, et Ockham, bien entendu, il y avait si peu d'affaires d'importance qu'Amédée avait fait rouvrir un ou deux « frigos » répondant à la nouvelle vocation du C.A.S. C'était Théo qui s'en occupait en premier, car on commençait systématiquement par les recherches ADN, afin de soumettre les anciens échantillons aux nouvelles machines d'identification. Le passage de l'analyse en STR[1] à l'analyse SNP[2] changeait vraiment la donne.

Ce calme apparent, que l'on sentait un peu partout, y compris dans les journaux, était lié à la brusque disparition du Polichinelle. Ça faisait pratiquement deux semaines que le Docteur n'avait plus donné de nouvelles.

1. *Short Tandem Repeats.*
2. *Single Nucleotide Polymorphism.*

Ce qui suffisait à certains pour se féliciter déjà de l'aspect dissuasif des dispositifs mis en place.

— Cette trêve de quinze jours est plus que significative. Ce fameux Ockham, s'il existe encore, se méfie, et il a bien raison. Nos services sont en vigilance orange, et sa prochaine apparition sera la dernière.

C'était le ministre de la Justice en personne qui avait fanfaronné ainsi à la télévision, au grand dam de Dublin et de Mallock.

— Quel con ! avait résumé le patron d'Amédée.

— Mais non, prends-en de la graine. Il va gagner ainsi quinze points de popularité dans les sondages, et lorsque Ockham va recommencer, les Français n'ayant aucune mémoire, il rejouera les matamores et reprendra encore quinze points. Tout un métier.

Dublin avait regardé Mallock.

— Parce que, d'après toi, il va recommencer ?

— Ces deux semaines pourraient bien être le calme avant la tempête. Avant les tsunamis, la mer se retire, le vent tombe, les animaux se taisent... Et puis, la grande vague arrive et emporte tout.

Mallock ne précisa pas qu'il venait de le rêver. Il avait déjà une réputation d'illuminé, autant ne pas en rajouter. Il se demanda simplement si la tour Eiffel avait résisté, là-bas, dans son univers à lui.

Dans l'encadrement de la porte, Théo les regardait sans oser entrer.

— Viens, tu as trouvé quelque chose ?

Sans dire un mot, Théodore de Bilteau avança dans la pièce et déposa un bocal sur le vaste bureau en verre de Mallock.

— On vient juste de le recevoir. C'était posé sur le muret, en face de l'entrée.

Amédée le souleva afin de mieux l'observer.

Dans un mélange de formol et d'éthanol, où l'on voyait flotter des feuilles de laurier et des petits oignons, Ockham – qui d'autre ? – avait disposé des doigts humains bien rangés les uns contre les autres, verticalement. Sur l'étiquette du bocal, le Polichinelle avait inscrit : « Pervers au vinaigre », suivi de l'un de ses apophtegmes : « Tu ne toucheras pas aux enfants avec des pensées sales. » Le précepte était numéroté : « 4 ».

Mallock reposa précautionneusement le récipient de verre.

Sur son bureau, après s'être agités, les dix doigts reprirent leur immobilité.

— Voilà la réponse à ce crétin de ministre. La trêve aura été de courte durée, soupira Dublin.

Pratiquement au même instant, les téléphones de Mallock, Dublin et Théo sonnèrent. Trois informateurs différents, une même nouvelle : on venait d'hospitaliser Sergueï Bloch, le pédophile récidiviste. Six condamnations, seize années de prison, six remises en liberté. Institutions déficientes, avocats avides de gloire, juges sans jugeote, il était en liberté malgré quarante atteintes à la pudeur, douze viols, dont celui d'une femme plongée à jamais dans le coma, cinq enlèvements avec violences et séquestration, et deux meurtres d'enfants dont il avait été disculpé au bénéfice du doute.

C'était le comble. Seul un autre criminel avait eu le courage et la détermination d'agir. Sacrément malin de sa part. Son acte, pourtant d'une grande cruauté, allait encore lui attirer la sympathie.

Même la mienne, pensa silencieusement Mallock, avant de décider :

— Bon, je vous laisse, je passe voir l'amputé. Il a peut-être vu quelque chose.

Arrivé à l'hôpital, devant le lit du pervers en question, Amédée ne put s'empêcher d'avoir un bref élan d'estime pour le docteur qui avait ainsi « opéré » les mains de l'ordure. Approbation et dégoût, les deux intimement mêlés. Et ce ne serait pas la dernière fois. Sergueï Bloch était allongé, aussi pâle que ses draps. Ses avant-bras se terminaient désormais par des moignons enrubannés de pansements.

Mallock lui posa les cinq questions pour lesquelles il était venu :

— À quoi ressemblait-il ?

En pleurnichant, le violeur fit la description d'une sorte de polichinelle en latex rouge.

— Il a parlé ?

— Non.

— Il n'a jamais retiré son masque ?

— Non.

— Sa voix, tu as entendu sa voix ?

— Non.

— Une odeur ?

Bloch réfléchit un instant :

— Peut-être, le caoutchouc... et la peinture, ajouta-t-il.

Au moment de repartir, Mallock se rapprocha du lit et se pencha à l'oreille de Sergueï pour lui poser une question subsidiaire :

— Comment vas-tu t'astiquer maintenant, sale con ?

20

Soir du mercredi 12 octobre

Léon lui avait demandé de passer à sa librairie.

— J'ai une idée à t'exposer.

— Je t'invite à dîner ?

— Non, j'ai de quoi. Et puis, tu n'as toujours pas vu mon nouvel appartement.

— Entendu. 21 heures ?

— Ah non. Moi, à 22 heures, je dors. Essaye d'arriver vers 19 heures.

Léon, dont la librairie était au 7, rue des Mauvais-Garçons, tout à côté de l'appartement d'Amédée, avait peu à peu racheté tout l'immeuble. Chaque étage ne faisait qu'une cinquantaine de mètres carrés, y compris la cage d'escalier, et Léon avait d'abord commencé par habiter juste au-dessus de son magasin. Bien entendu, les livres avaient fini par le chasser. Pas contrariant, il leur avait laissé la place et s'était installé dans sa nouvelle acquisition : le deuxième étage. Quatre ans plus tard, le même phénomène s'était produit. Il avait alors attendu que le troisième se libère, et ainsi de suite…

C'était maintenant une sorte d'élytre, une spirale gigantesque composée de rangées de livres, que Léon « Scheinberg » Galène avait peu à peu construite autour de lui. Famille décimée, enfance dans des camps, amours extravagantes… cette carapace de papier, le vieil homme escargot l'avait échafaudée inconsciemment, mais pour les meilleures raisons du monde.

L'année précédente, il avait complété son œuvre et terminé sa coquille. Son appartement privé occupait désormais le dernier étage du 7. Et c'était celui-ci qu'il voulait faire découvrir à son ami commissaire.

Possédant maintenant tout l'immeuble, et donc la cage d'escalier, Léon l'avait également recouverte de bibliothèques. On ne voyait plus le moindre bout de mur.

— T'as pas peur que l'immeuble s'effondre ? Ça représente des tonnes, ce… papier ?

— Attention, commissaire. Comme il ne convient pas de prononcer « ficelle » sur un bateau, ici, c'est le mot « papier » qui est tabou. Nous n'avons autour de nous que des « feuilles », des « pages », des « manuscrits », des « textes », des « écrits », des « ouvrages », des « incunables », des « grimoires », des « histoires », des…

— OK, OK, pas d'papier, j'ai pigé !

— Ceci dit : oui, en bon Gaulois, je crains que le ciel ne me tombe sur la tête. Pas les murs. On est dans le Marais, c'est de l'épais. Par contre, mes parquets pourraient bien céder un jour. Mais t'imagines la belle mort pour ton Léon ? Enfoui sous des tonnes de livres ? Et pratiquement que des chefs-d'œuvre ? Alors non, même pas peur.

C'est en riant qu'ils pénétrèrent enfin au dernier étage. Pas le moindre bouquin. Une surface claire, avec, côté fenêtres, une table où Léon avait déjà installé deux couverts.

— Tu nous as fait quoi ? lui demanda Mallock, gourmand.

— Une de tes recettes. Ta version des spaghettis bolognaise.

Amédée eut un petit pincement au cœur. C'était un plat qu'il avait inventé pour Thomas, pour parvenir à lui faire manger de la viande. Un peu bizarre, son fils avait eu comme déjeuner préféré de grandes feuilles de salade simplement salées. « Sale petite limace », l'appelait alors Mallock en le chatouillant pour le voir se tordre sur le divan.

Comme tous les enfants, Tom aimait aussi les pâtes : « Tu fais des mouilles, papa, s'il te plaît ? » lui demandait-il régulièrement. Alors Mallock avait trouvé une idée.

Il faisait cuire longuement dans du cidre une poule, grosse et vieille, avec moult poireaux, carottes, navets, trois piments oiseaux et un bouquet aromatique. Il y ajoutait alors l'élément essentiel : un ou deux filets mignons de porc. Une fois cuits et refroidis, il suffisait de les « effiler ». La fibre tout en longueur de la viande en faisait des sortes de spaghettis beiges qu'il n'avait plus qu'à mélanger aux pâtes, cuites *al dente*. Dans une grande poêle, il faisait revenir piments, gingembre et ail dans de l'huile d'olive, et y plongeait les spaghettis de porc et les « mouilles ». Il servait le résultat à son petit Thomas, la fourchette dressée, l'œil pétillant.

Léon avait réussi son pari, c'était bon. Même si, pour Amédée, les pâtes avaient trop perdu de leur fermeté. Dans sa recette originelle, il convenait que le rôle de la

« mâche » soit assuré par les spaghettis de blé et non par ceux de porc, devenus eux, complètement fondants.

Mais, inutile de froisser son hôte :

— Alors, cette idée ?

— Dans tous les livres policiers, une phrase revient : « À qui profite le crime ? »

— En effet, c'est souvent un aspect des choses à ne pas perdre de vue. Quoiqu'il puisse y avoir beaucoup de signifiés différents dans la notion de profit.

— Ah, parle-moi correct ! Pas de linguistique ici après 18 heures.

— Plusieurs sens, dirons-nous. Ça peut être financier, certes, mais c'est parfois d'ordre psychologique ou moral. Mais à quoi penses-tu ?

— Aux institutions, lança Léon en engloutissant une énorme bouchée de pâtes gorgées d'huile.

Il fit signe à Mallock de patienter, paume droite levée, en mâchant goulûment, signe qu'il jurait de s'expliquer dès que la chose qui encombrait sa bouche serait avalée. Ce qui fut fait.

— Je pense aux autres musées, en fait. Tu dois savoir que ces grandes institutions culturelles ne sont pas financées que par leurs États respectifs. Les grands musées sont devenus d'énormes structures, employant des milliers de personnes. Un bon directeur est désormais, avant tout, un financier, un collecteur d'oseille. Pour parvenir à monter les expositions *blockbusters* qui attirent vraiment le peuple et font de l'argent, il faut acquérir des œuvres, se faire donner ou prêter des collections et trouver des partenaires. Les musées ne sont pas sans armes, mais ils se battent tous avec les mêmes : *endowment*, dotations ou dations, qui permettent de réduire les obligations fiscales par la cession d'art. Le mécénat d'entreprise stagne mais compense encore le désengagement de l'État, alors les musées font la danse du ventre devant les fondations. L'inflation du marché de l'art les oblige à rechercher des ressources de plus en plus importantes, et c'est le cercle vicieux. Plus tu es grand, plus tu es doté et célèbre, plus tu as des collections d'exception, et plus ton musée sera visité. Plus tu gagneras de l'argent, plus les sponsors seront intéressés, et plus les fondations ou même les héritiers de collections seront enclins à te confier leurs trésors.

— Et ?

— Et plus le musée pourra agrandir ses installations, mettre en valeur les collections et ceux qui les sponsorisent ou les prêtent… en toute sécurité, bien entendu !

Léon avait bien insisté sur cette dernière phrase tout en sauçant son assiette avec un morceau d'une délicieuse baguette.

Mallock le regarda, étonné :

— Tu soupçonnes les autres musées ? C'est ça ?

Léon essuya l'huile qui lui avait coulé sur le menton.

— Je dis simplement qu'après cette histoire, le vol de la *Joconde*, le Louvre vient de perdre plus qu'une œuvre inestimable, une partie de sa crédibilité. Personnellement, si je l'avais encore, j'aurais hésité à leur confier mon Matisse.

Mallock jeta un œil sur la peinture qui trônait au centre du mur du salon. La *Femme au lilas* qui y était accrochée n'était plus qu'une reproduction. Léon s'était finalement décidé à la vendre au début des années 80. C'était grâce à elle qu'il avait pu acquérir l'immeuble et le remplir de ses trésors.

Léon avait suivi le regard de son ami, et sa pensée aussi :

— Tu sais, il y a un rapport entre ce que tu regardes et notre pauvre *Joconde*. L'œuvre qui, comme tu le sais, avait été volée à mes parents, s'était retrouvée en glorieuse compagnie sur le mur du bourreau de la Pologne : Hans Michael Frank. Ce charmant petit monsieur l'avait accrochée à côté de la *Dame à l'Ermine*, d'un certain Léonard de Vinci, chef-d'œuvre appartenant aux Czartoryski, la famille princière polonaise qui a, elle aussi, été envoyée dans les camps. Ce superbe Vinci et un splendide paysage de Rembrandt ont été retrouvés par les *monuments men*[1] dans la mine de sel de Merkers. Comme mon Matisse, ils ont échappé à l'ordre Néron[2]. La troisième merveille détenue par les Czartoryski, un autoportrait de Raphael, n'a toujours pas été retrouvée à ce jour.

— Je m'en occuperai plus tard, à chacun son tour, lui répondit Mallock.

Imagination sans fin du destin, ce qu'il venait de lancer comme une plaisanterie n'en serait bientôt plus une.

— Pour l'instant, revenons-en à tes soupçons. La *Joconde* a été détruite. Tu vois un musée faire une chose pareille ?

— Tu vas encore me trouver cynique, mais cette destruction va justement dans le sens de ma thèse. Il n'était pas question de l'accrocher où que ce soit, alors autant la faire disparaître. Au lieu d'agir en cachette, en procédant ainsi, d'une façon aussi spectaculaire et traumatisante, ceux qui l'ont décidé n'ont fait que rendre la destruction, et donc le vol, et donc la responsabilité du Louvre, encore plus prégnant. Ils ont mis en scène l'incurie du musée français, envoyant ainsi un message au

1. Corps d'engagés dédié à la « sauvegarde de l'art, des monuments et des archives » sous les ordres de George L. Stout, qui souffla l'idée des *monuments men* à Roosevelt.

2. Ordre de destruction donné en mars 1945 par Hitler.

monde entier : ne leur confiez pas votre argent ou vos œuvres.

— Et comment veux-tu que je suive une piste pareille ? Je débarque au British Museum et je passe à tabac le directeur ? Puis je fais pareil au Metropolitan, à la Tate, au MoMA ? C'est ça ?

— N'oublie pas le Prado, l'Ermitage et la Galerie des Offices à Florence, ajouta Léon. Je ne t'ai jamais dit que ce serait facile. Simplement, ça me semble répondre au mieux à la phrase : « À qui profite le crime ? » Non ?

Rien à redire, Léon avait marqué un point. Mais, aux yeux rationnels de Mallock, l'aspect « complotiste » d'une telle hypothèse, comme les multiples implications gouvernementales difficilement gérables qu'elle impliquait, ne pouvait en faire « la » piste prioritaire. Il allait la laisser s'ébattre autour de lui, lui donner toutes ses chances, mais en laisse. Enquêter dès aujourd'hui aurait nécessité bien plus de moyens et d'influence qu'il n'en avait. Même s'il les détestait, Mallock connaissait ses limites.

Pour le dessert, Léon avait tenté un soufflé au Grand Marnier, autre spécialité de son ami commissaire. Amédée fut sympa, il termina son assiette sans faire de commentaires.

21

Jeudi 13 octobre, au 13

En fin de matinée, Wik et Jo débarquèrent dans le bureau de Mallock avec un drôle de sourire. Enfin, surtout Jo. Habib, l'Arabe dément, alias Wik, ne souriait que les années bissextiles et seulement si l'on se mettait à trois pour le chatouiller.

— Vous nous aviez caché ça, patron ?

— Certes, je n'en doute pas, mais c'est à quel sujet ?

— Vous nous aviez confié la tâche de joindre le FBI pour qu'ils nous donnent une liste de personnes, ou plutôt d'équipes, à même de monter un coup comme celui du vol de la *Joconde*.

— Oui, et alors ?

— Vous ne nous aviez pas dit que vous connaissiez du beau monde là-bas. Rien de moins que les numéros 2 et 4 du FBI.

Mallock fronça les sourcils. Il ne voyait pas à quoi Jo faisait allusion.

— Tom Marvin et Angelina Allen, ça ne vous dit rien ?

— Si, si, mais ils n'étaient pas à de tels postes lorsque l'on s'est rencontrés. Ils étaient simples agents, enfin je crois. C'est vrai qu'aucun de vous deux n'était encore dans mon équipe lorsqu'ils sont venus nous voir à l'époque du Maquilleur. Je les connais depuis très longtemps en fait.

Six ans après la naissance de Tom, Dominique Dublin et le ministère des Affaires étrangères avaient confié à Mallock une mission aux États-Unis : l'affaire NAP, Necros Allan Poe. Ils avaient eu besoin d'un Français. Il avait travaillé sur place, dans le cadre du *Behavioral Science Unit* et du *Violent Criminal Apprehension Program*, en collaboration avec diverses personnes du FBI, dont un certain Tom Marvin, qu'il avait retrouvé plus tard à Paris, ainsi que son bras droit, à l'époque : Angelina Allen[1]. Là-bas, la mission s'était bien passée, bien que ce fût un véritable supplice pour papa Amédée, qui ne supportait pas de rester éloigné de son fils plus de trois jours.

Le retour avait été tragique. Tom avait été enlevé. On avait retrouvé son corps calciné au fond d'un ravin. Amédée se souvenait vaguement d'avoir fait un pas, ouvert désespérément la bouche, avant de sentir son corps se briser sur les dalles glacées de l'aéroport.

— C'est incroyable, je ne le crois pas. Numéro 2 du FBI. Toujours sur le coup, ce bon vieux Marvin !

— On pourrait dire également : « Toujours aussi macho, le commissaire Mallock. »

— Et pourquoi donc, M'ame Jo ?

1. *Les Visages de Dieu* et *Le Massacre des innocents*, Chroniques barbares N° 1 et 2.

— Parce que c'est Angelina la *number two*, pas votre Tom. Lui, il est derrière, en numéro 4. Même pas dans les trois premiers, la honte.

— Normal, les femmes ont toujours été des arrivistes cruelles et sans scrupules, lâcha Amédée sans l'ombre d'un sourire.

Jo, bien trop fine mouche, ne se laissa pas attraper par une ruse aussi grossière. Elle continua sans sourciller :

— *Anyway*, ils nous ont promis de s'y mettre très rapidement et nous font préparer une liste de gangs internationaux capables, selon eux, de voler notre Monna Lisa. Ça fait une quinzaine de jours. On devrait avoir toutes les listes vendredi matin pour notre réunion. C'est toujours vendredi, au fait ?

— Oui. D'ailleurs, confirme-le aux autres.

— Autre chose, reprit Jo, Tom Marvin nous a confié son nouveau numéro personnel pour vous. Il aurait d'autres informations « pour vos yeux seulement », en français dans le texte. Il parle drôlement bien, le gars.

— Sa mère était normande, ça aide.

Jo et Wik étaient repartis. Ce dernier n'avait même pas ouvert la bouche. C'est rare et précieux, quelqu'un qui la ferme lorsqu'il n'a rien d'important à dire.

L'image de Marvin lui revint en tête.

Tom avait les cheveux argentés, une barbe toute blanche, une bouche épaisse et des paupières tombantes à la Lee Marvin, un air de famille qui allait curieusement bien avec le patronyme. Il devait maintenant avoir dans les soixante et quelques berges. La toute première fois que Mallock l'avait rencontré, il était le bras droit du type chargé du dossier NAP, un certain Scott Amish, surnommé Scottish parce qu'il avait des chiens, la truffe aiguisée et la queue plutôt leste rapport aux gonzesses.

Mallock se tourna vers la vieille lampe art déco qu'il trimbalait avec lui depuis une éternité.

— Tous les trois, on n'est plus de la première jeunesse, hein ?

Cette manie qu'il avait de parler aux objets ne datait pas d'hier. Elle avait commencé quand il était jeune. Au départ, dans la ferme parentale, il discutait avec les animaux et les végétaux, jusqu'à leur demander leur avis et partager ses états d'âme. Il estimait alors, et n'avait pas vraiment changé d'opinion depuis, que briser le cou d'un lapin ou égorger un cochon qu'on a nourri au biberon méritaient non seulement des excuses, mais quelques explications.

Terriblement seul durant cette période, Amédée avait entrepris un long dialogue avec la commode pansue de sa chambre. Il lui parlait de ses parents et de sa peur, la peur qu'il avait d'eux, de leur folie aussi. De tous ces monologues, de la qualité des silences qui s'ensuivaient, il en avait déduit que les meubles étaient de parfaits confidents, qui eux, à la différence de ses amis animaux, ne risquaient pas de finir égorgés ou en soupe. Ni de vous dénoncer.

Mallock avait continué à entretenir cette relation intime avec les objets. Seulement le faisait-il plus discrètement. Il avait déjà une réputation d'aruspice, autant ne pas être surpris en train de se confier à une tasse, ou à sa vieille lampe. Certains murmurent aux oreilles des chevaux, Mallock marmottait questions et mots doux aux arbres, aux cendriers ou aux cadavres.

Plus grave encore : Amédée s'entretenait de temps à autre avec Mallock. Lorsque le raisonnable s'opposait au rationnel, dans une sorte de schizophrénie assumée, il s'apportait alors à lui-même la contradiction. Il était son plus fidèle détracteur, celui avec qui il partageait tout, surtout le grand brouhaha des doutes.

Il était midi, quelle heure était-il aux USA ? Amédée attrapa son iPhone. 6 heures, indiquait l'engin. Ça faisait tôt, se dit-il d'abord. Puis il se souvint de l'âge de Tom. Après 60 ans, on se réveille à l'aube ou on est mort.

— Allô, mon cher Amédée, comment vas-tu ?

Le français de Tom Marvin était toujours aussi bon. En revanche, son accent s'était détérioré.

— Bravo pour ta promotion.

— Félicite plutôt Angelina, elle est numéro 2 maintenant.

— Sympa de lui avoir laissé ta place.

— Sacré Français, toujours aussi maso !

— Macho, Tom, macho.

L'Américain s'éclaircit la gorge.

— Est-ce que cette ligne est sécurisée ?

— Attends deux secondes.

Mallock appela Zoé la rousse qui lui confirma qu'il pouvait désormais parler sans crainte. Toutes les installations et filtrages étaient en service.

Il reprit Tom en ligne :

— T'as du lourd à me raconter ?

— On peut dire ça. *Heavy as hell.*

— Tu as trouvé des pistes sérieuses pour le vol de la *Joconde* ? Une équipe internationale, je suppose ?

— Oui, mais non. En fait, je ne parle pas de ça.

— De quoi, alors ?

— Tu ne vas pas me croire, mais j'ai du neuf concernant ton Polichinelle, le fameux Ockham.

— Quel rapport avec les US ?

— On a mis l'embargo là-dessus mais, depuis une… comment tu dis *fortnight* ?

— Quinzaine. Quinzaine de jours…

— Eh bien, depuis une quinzaine, et ça ne m'amuse vraiment pas, ce n'est plus seulement ton Polichinelle, c'est devenu aussi le nôtre, commissaire !

22

Vendredi 14 octobre

La deuxième réunion de la table ronde, troisième séance de travail sur le cas Ockham, commença à 15 heures. Seul Arnaud d'Harcourt, le chef du SINOD, yeux gris, 1,99 m, teint bronzé et cheveux blancs et rasés, s'était fait porter pâle. Amédée se demanda s'il ne convenait pas de poser une épée ou une arme de poing à sa place pour signifier sa présence spirituelle.

Mallock attaqua :

— On commence par toi, Zoé. Où en es-tu ?

— Je suis en train de finaliser un nouveau prototype, une sorte de filet à poisson virtuel.

— Essaye de faire simple, lui intima Amédée.

— Rien de plus simple, rétorqua-t-elle, ça consiste à activer un réseau qui est comme une sorte de toile tissée avec un grand nombre d'adresses IP, façon TOR, et le mettre en veille permanente. En fait, j'en mets plusieurs les uns derrière les autres. Si le poisson passe par l'un des filets, il n'est pas arrêté, mais il déclenche une sorte de vibration. C'est le même principe que l'araignée avec sa toile. Je suis au centre et j'attends que ça bouge. En fait, j'ai une ligne de code qui se détache de l'adresse et vient me prévenir. Chaque vibration me rapproche un peu plus de l'adresse finale. Je me suis bien fait comprendre ?

— Parfaitement ! mentit Amédée. Et on peut espérer les premiers résultats pour…

— Quand je les aurai, lâcha la délicieuse Zoé.

— Prions donc pour que tu sois à la hauteur de la tâche, lui asséna à son tour Mallock.

— Bon, Théo ? À toi…

Théodore de Bilteau leva sa petite carcasse. Tout le monde remarqua qu'il était un peu moins mal habillé que d'habitude, deux couches de vêtements au lieu de cinq, des lunettes sans scotch et une simple casquette de base-ball, même pas sale, sur le crâne. Le sommet de l'élégance pour le baron désargenté.

— Je commençais singulièrement à m'ennuyer, lorsque le patron m'a confié les doigts de Sergueï Bloch à analyser. Première chose, ce type, le Dr Ockham, est un grand malade. Je ne vous parle pas de la composition de la mixture dans laquelle il a mis les doigts, mais de ce qu'il a fait subir à Bloch. Pour votre information, il lui a d'abord arraché les ongles au rasoir. Le Sergueï a dû souffrir le martyre. Deuxième révélation fournie par ce bocal : l'écriture que j'ai relevée et analysée n'est pas la même que les autres fois.

Le baron laissa le temps à ses collègues de digérer l'information.

— L'encre est la même, reprit-il, l'étiquette est la même, mais l'écriture est, comment dire, plus élégante. Même s'il s'agit ici encore d'un graphisme forcé par un changement de main, cette personne est plus habile que la première. Mais je laisse nos « Puces » analyser tout ça.

Clémence confirma d'un sourire, Kathy d'un signe discret.

— D'un autre côté, on se doutait bien qu'il avait une équipe, commenta Ken.

— Oui, mais de là à laisser à l'un de ses hommes l'honneur d'écrire son message, ça me semble étrange.

— Je suis d'accord avec Julie. Ces textes participent de son délire ou de son projet artistique, selon l'angle que l'on prend. Ils sont l'expression directe du Docteur, son message au monde. Pourquoi laisser ainsi quelqu'un les rédiger à sa place ?

— Et s'il était blessé ? S'il avait été blessé lors d'une nouvelle attaque ?

Dublin venait de marquer un point.

Mallock se gratta la tête avant de lancer :

— Bon… visiblement, il est temps pour moi de vous parler des USA. Les informations que je vais vous divulguer sont sous embargo jusqu'à midi.

— Mais quel embargo ? Je ne suis au courant de rien.

— Désolé, Dom… monsieur le directeur, mais il ne s'agit pas du territoire français, c'est le FBI qui m'a confié ces informations.

Dublin bougonna :

— Vous auriez quand même pu…

Amédée continua :

— Notre Ockham ne semble pas être resté tranquille. Pour une raison qui nous échappe encore, il est parti exercer ses talents aux États-Unis. New York, Chicago et San Francisco, le périple classique du Français à la découverte de l'Amérique. Problème, il n'a pas fait que du tourisme. Il a scalpé une personne dans chacune de ces villes. Et pas n'importe qui.

Il montra à l'assemblée les photos des trois victimes. Un acteur pour midinettes camé jusqu'aux yeux, une fille de milliardaire décérébrée et une des plus célèbres présentatrices télé de la planète mise en cause dans une histoire de détournement de fonds.

— Nom de Dieu ! résuma assez justement Julie.

— C'est pour ça qu'il est allé là-bas. Pour avoir des victimes mondialement connues et devenir célèbre lui aussi.

— Bien vu, Jo. Surtout qu'il ne s'est pas arrêté là.

Mallock hésitait. Tout le monde attendait la suite.

— Histoire d'optimiser ses déplacements, il a scalpé un rabbin à New York, coupable de trafic d'organes. À Chicago, un avocat évangéliste, spécialisé dans le vice de procédure et travaillant pour la Mafia. Et à San Francisco, un imam aux épouses bien trop jeunes. Ockham n'a plus aucune limite. Les réseaux et les médias vont se déchaîner.

— On est mal, dit Ken. Plus rien ne sera pareil pour lui.

— Ni pour nous, ajouta Jo.

— Attention, il a encore le beau rôle. Comme avec Sergueï Bloch en France, le bonhomme joue les vengeurs masqués. Même si c'est violent, la plupart des gens vont l'approuver.

— C'est peut-être un *copy-cat*. Ce ne sont pas les meurtriers tarés qui manquent aux USA.

— A-t-il renvoyé des bocaux, comme chez nous ? interrogea Julie.

Mallock se baissa pour attraper un paquet.

— Il faut croire qu'il n'aime que moi. Il vient de m'envoyer ça avec un mot. Je vous lis : « Cher commissaire, j'ai pris la liberté de vous rapporter un petit souvenir de mon échappée aux USA. Je garde les autres pour un usage très particulier qui, j'en suis sûr, vous enchantera. »

Il le posa au centre de la table et l'ouvrit.

— Regardez bien, on devrait publier la photo de ce récipient, ça calmerait peut-être les admirateurs de ce fou furieux.

Au milieu de la table dans un bocal en verre, on pouvait apercevoir, flottant dans un mélange huileux, un scalp humain, avec sa peau écorchée, ses cheveux collés, une langue et deux oreilles. Des perles de sang coagulé formaient des points de suspension... Le bocal N° 5 portait comme intitulé « Crinière de visage pâle en escabèche et ses morceaux choisis ». Le précepte disait, toujours avec le même humour grotesque : « Il ne saurait être donné de date limite de consommation à la vengeance du juste. »

Julie remarqua :

— On est vendredi. Il semble abonné à ce jour pour envoyer ses bocaux, non ?

Elle avait raison. Y avait-il une logique ?

— Il livre son travail avant de partir en week-end, lança Ken en une tentative désespérée de détendre l'atmosphère.

Mais personne n'eut envie de rire. Tous avaient compris qu'Ockham n'en était qu'au début de sa terrifiante croisade. Le rasoir bien aiguisé, il allait continuer à prélever des organes, scalper, défigurer ou pire encore, jusqu'à ce que quelqu'un parvienne à l'identifier.

23

Plateau du Larzac

À 12 ans, Erwan fut enlevé pour la quatrième fois. Il s'éleva dans les airs, dans une grande sensation de froid. Puis se réveilla, le ventre vide. Littéralement vide... Ses viscères étaient enfermés dans différents aquariums autour de lui.

Un pour le foie, l'autre pour le grand serpent des intestins, un plus large pour les poumons, un pour l'estomac et un pour le cœur. Dans l'espèce de mare que formait alors son tronc évidé, les créatures aux yeux globuleux avaient versé un liquide gélatineux dans lequel nageaient de minuscules poulpes pourpres. À bien y regarder, ils semblaient avoir été mis là pour en nettoyer les rives. Leurs tentacules venaient s'y coller puis s'en détachaient en produisant des bruits de succion. La douleur était intolérable et Erwan aurait certainement hurlé si l'on n'avait pas non plus démonté la partie supérieure de son anatomie. Ses cordes vocales avaient été coupées et déposées dans un récipient métallique, comme sa langue et ses dents. Ses yeux flottaient dans un bocal un peu en hauteur et, terreur ultime, il voyait encore à travers eux, constatant l'horrible démembrement de ce qui avait été son corps.

Autour de lui, les êtres immondes s'affairaient en poussant des grognements grinçants, des couinements et d'autres bruits abjects. Bientôt, ils le reconstruiraient, Lego humide de chair et de sang, non sans en avoir conservé de petits morceaux dans des bocaux. La mort n'était pas au programme. Ni elle, ni le secours de toute autre femelle.

À chaque enlèvement, c'était pire.

Aujourd'hui, il ne parvenait même pas à se concentrer pour ne voir que son propre reflet dans les yeux des monstres. Il était, lui-même, devenu monstre. Bientôt, ils le remonteraient et le redéposeraient parmi les herbes désertes, pantelant, ivre de douleur et d'incompréhension.

Jusqu'à la prochaine fois.

Les savants qui l'examinèrent à son retour accouchèrent d'une idée qui remporta un franc succès. Les mots plaqués sur une maladie, prétendument identifiée, étaient si alambiqués qu'ils convainquirent et enthousiasmèrent tout le monde, hormis l'intéressé.

Erwan fut diagnostiqué comme ayant des « rêves hallucinatoires, hypnagogiques et hypnopompiques ». Il s'agissait, pour l'exprimer simplement, de rêves éveillés, l'un se déclenchant en début de sommeil, l'autre en état de semi-réveil.

D'une simple « hallucinose », au nom ronflant : « syndrome de Charles Bonnet », on passa vite à la notion plus inquiétante d'interprétation délirante et à l'hallucination pure et dure. Les « apparitions » hypnagogiques, qui touchaient l'ensemble des sens, le goût, la vue, l'odorat, l'ouïe, ou le toucher, aboutissaient chez Erwan, selon les savants docteurs, au phénomène d'« illusion ». En substance, une mauvaise explication de la réalité perçue, renforcée par le refus du malade de reconnaître que son interprétation était imaginaire.

Ce dernier point était d'importance, car c'était dans l'insistance même d'Erwan à ne pas identifier ou reconnaître l'aspect hallucinatoire de ses visions que résidait son affection. Et, par conséquent, l'obligation d'envisager désormais sérieusement son isolement dans une clinique spécialisée s'il persistait « dans son erreur », disait son père, « à ne pas entendre raison », insistait sa mère. À 15 ans, ce fut chose faite.

24

Lundi 17 octobre
En canot sur la Seine

À bord du canot de la Fluv[1], Mallock avait l'impression de se noyer. En tenue de plongée, les policiers souffraient bien moins qu'Amédée, trempé comme une soupe. On ne pouvait plus parler de pluie, ni même d'averse, « déluge » aurait été plus approprié. Autour de lui, sautant sur les vagues, deux autres pneumatiques et l'une des vedettes de la Brigade fluviale tentaient de repérer et de capturer ce qu'Ockham venait de jeter du haut du pont au Change. Le pont qui se situait au niveau du Palais de justice.

Poussées par la puissance de leurs moteurs, les embarcations luttaient contre la force inhabituelle du courant et le remous des vagues :

— Je suis vraiment inquiet de l'évolution de la Seine en ce moment, hurla Loïc Danet, brigadier-chef de la Fluviale.

1. Nom donné à la Brigade fluviale.

— Vous craignez quoi ?

— Regardez la puissance du courant et le niveau de l'eau. Le fleuve est déchaîné. Je ne sais pas jusqu'où il va monter.

À cet instant, le devenir de la Seine n'était pas vraiment le souci majeur de Mallock. Concentré sur son centre de gravité, il essayait de rester à bord. Finir à la baille présentait trop d'inconvénients : le froid, le ridicule et éventuellement la noyade. L'avant du canot se cabrait furieusement avant de replonger à l'assaut du fleuve en en frappant violemment la surface. Visiblement, ces deux-là ne s'appréciaient pas. Autre inquiétude pour le commissaire : que ses genoux résistent à ses coups de boutoir répétés. Vis-à-vis de ses collègues de la Fluviale, le commandant Mallock n'allait tout de même pas demander grâce et s'effondrer au fond de l'embarcation avant d'être parvenu à remonter ce qui était sans doute le nouveau bocal d'Ockham. Il fallait faire vite avant que celui-ci ne disparaisse dans le courant ou ne se fracasse sur l'une des piles des ponts qui traversaient la Seine.

— Là ! hurla l'un des hommes de Danet.

Un œil entraîné était requis pour apercevoir quelque chose à travers un tel rideau de pluie.

— C'était à la surface d'une vague à moins de trente mètres, et à 11 heures, précisa-t-il en criant pour couvrir la clameur enrouée des moteurs.

— Vous avez vu à quoi ça ressemblait ?

Mallock voulait savoir si le Polichinelle avait bien protégé son envoi. Bien qu'il fasse attention, un criminel commet toujours une erreur. Un nouveau bocal signifiait une nouvelle chance de l'attraper.

— J'ai eu l'impression qu'il s'agissait d'une caisse métallique entourée de deux ou trois bouées de sauvetage, de type paquebot.

Une vague plus énervée faillit jeter Mallock dans les bras de son interlocuteur. Il était un peu rassuré. Même dans une Seine en pleine ébullition, le colis devrait pouvoir résister.

Il avait passé avec succès le Pont-Neuf, le pont des Arts, celui du Carrousel, le pont Royal, la passerelle Léopold-Sédar-Senghor, le pont de la Concorde, le pont Alexandre-III aux chevaux dorés, et celui des Invalides menant aux Champs-Élysées. Il avait même tapé au pied du zouave du pont de l'Alma, avant de franchir sans encombre la pile Debilly et le pont d'Iéna, au pied de la tour Eiffel.

Le canot pneumatique de la Fluv passa sous le pont de Bir-Hakeim au moment où un métro l'empruntait. Cette ligne, la 6, avait une importance vitale pour Paris. Elle était dite « stratégique » car prévue pour être toujours « hors d'eau » en cas d'inondation. Elle pouvait rester ouverte dans son intégralité et permettait de traverser la capitale de Nation à Charles-de-Gaulle.

En passant dessous, le colis du Polichinelle en profita pour prendre le mauvais côté du terre-plein. Pour le suivre, il aurait fallu passer à gauche de l'allée des Cygnes, mais c'était en sens interdit. Le brigadier-chef décida de changer de tactique et de prendre de l'avance sur l'objet. Les embarcations de la Fluv foncèrent par la droite, passèrent le pont de Grenelle, et attendirent, à l'abri de la pluie, sous le pont Mirabeau.

Dès qu'elle fut repérée, les trois canots entourèrent la cible avec une parfaite coordination. Hors de question de mettre des hommes à l'eau. À cette vitesse, les bois flottants emportés par le fleuve étaient synonymes de danger.

Au bout de dix minutes, piégé par les boudins pneumatiques des canots, le paquet d'Ockham fut remonté à bord de l'embarcation du brigadier. Mallock se pencha sur le colis apparemment intact. Il repoussa l'envie de l'ouvrir sous une telle pluie. Patience.

Après avoir remercié toute l'équipe, il mit donc le paquet dans son coffre et repartit en voiture jusqu'au 13. C'est à ce moment-là qu'il se rendit compte qu'il avait mal au cœur.

— Putain, le mal de mer à Paris, maugréa Mallock.

Avenue de New-York, au niveau du musée d'Art moderne, la pluie redoubla. Ses essuie-glaces n'étant pas assez puissants, il ralentit et se fit klaxonner. Il ouvrit la fenêtre, colla son gyrophare sur le toit et, pour le plaisir, diminua encore sa vitesse.

Le commissaire n'avait pas encore atteint le degré de sagesse nécessaire et suffisant à la conduite d'un véhicule en milieu urbain. Et puis, ce n'était pas le moment de l'emmerder, il était sur les nerfs. Il avait écouté la radio et les informations ce matin-là. Très naturellement la psychose était montée d'un cran. Inutile d'en vouloir aux médias. Certes, ils ne feraient jamais rien pour arranger les choses, mais la réalité était là : un ou plusieurs fous furieux se promenaient en liberté. La seule chose qui empêchait encore la panique d'envahir les villes et les campagnes résidait dans le fait bien établi que le Polichinelle choisissait précisément ses victimes à l'intérieur de corporations bien ciblées. Il n'avait amputé qu'une certaine catégorie d'individus bien identifiés, comme on disait pompeusement : des personnalités.

Bizarre, ce terme, songea Amédée en reprenant une vitesse plus normale, *comme si les personnes sans notoriété en étaient dépourvues ?* Quoi qu'il en soit, c'était eux désormais, la cible. Ceux que Mallock appelait ironiquement les « p'tits Paul ». Sans pour autant être complètement rassuré, le p'tit peuple, lui, n'avait pas encore sombré dans la panique.

Chacun son tour.

Dès qu'un des leurs passerait sous les rasoirs d'Ockham, tout changerait.

25

Lundi 17 octobre
Retour au 13

Au 13, Jules et Julie, prévenus de son arrivée, l'attendaient.

— Patron, je voulais vous prévenir. Essayez de rester naturel lorsque vous verrez Théo.

— Qu'est-ce qu'il a ? Il est encore plus mal attifé que d'habitude ?

— Non, tout le contraire. On n'a pas osé lui demander. Soit il va à un enterrement, soit il a un rendez-vous galant.

— À ce point ?

— Vous allez voir.

De fait, le baron était habillé comme un prince. Costume sombre avec gilet, chemise à manchettes, cravate de soie. Encore plus exceptionnel, il était rasé, coiffé et ne portait rien pour se réchauffer le crâne.

— Attention, tu risques de te salir, Théo, dit sobrement Mallock en déposant le paquet plein de pluie.

Sans un mot, le biologiste enfila deux blouses l'une sur l'autre et s'attaqua au colis. D'abord couper les ficelles qui retenaient les bouées, puis les mètres de Gaffer argenté qu'Ockham avait mis autour du cylindre métallique qui devait a priori contenir le nouveau bocal. Avant de l'ouvrir, il prit le temps de référencer et mettre en sac les éléments retirés du colis.

Mallock, qui était resté patient, en profita :

— Tu n'as pas de problème, Théo ?

— Non, aucun. Ou plutôt, pas vraiment.

— Je ne t'ai jamais vu aussi bien sapé. Rien de grave ?

Il hésita un peu.

— Je tiens simplement à faire bonne impression.

Mallock se détendit :

— Elle s'appelle comment ?

— Geneviève Gradouille.

Surtout ne pas faire de réflexion vexante, songea Julie, décidée pour une fois à ne pas se moquer de son petit camarade.

— Premier rendez-vous ?

— Eh oui !

— Et elle est mignonne ? risqua-t-elle de sa voix la plus douce.

— Oh oui, enfin, je sais pas trop. En tout cas autant qu'on peut l'être à bientôt 70 ans.

Il termina de numéroter le douzième bout de Gaffer, sans se douter de l'état d'accablement dans lequel cette dernière précision avait mis les personnes présentes.

— Si elle est gentille, c'est le principal, finit par lâcher Julie.

— Manquerait plus qu'elle morde, murmura Mallock.

En relevant la tête, Théo, qui n'avait entendu que Julie, précisa :

— J'espère qu'elle le sera, j'avoue que je suis un peu dans mes petits souliers.

— On a tous été à ta place, le rassura Julie.

— Ah non, toi, ça m'étonnerait.

— Et pourquoi ?

— T'as pas d'enfant, si ?

— Euh, non. Enfin, pas encore. Mais quel rapport ?

Julie et Mallock ne comprenaient plus rien.

— Mme Gradouille est la directrice de l'école de Noé, et je n'ai pas envie de me retrouver convoqué à chaque incartade de mon fils. C'est important d'être en bons termes avec elle.

— C'est son entrée au CP, ça compte.

Grand soulagement général, alors que Théodore ajoutait :

— Et puis, dans deux ans, je vais certainement mettre mes jumeaux dans le même établissement. Autant partir sur de bonnes bases avec la grande patronne, non ?

Le cylindre fut enfin ouvert, et les mains gantées de Théo en sortirent le bocal. Il était plongé à ras bord dans un tas de frites en polystyrène.

Mallock et Julie s'approchèrent.

Ça correspondait parfaitement aux attaques enregistrées la semaine précédente sur des avocats et des juges. Le choix du pont au Change, le plus proche du Palais de justice de Paris, n'était pas gratuit, comme tout ce que faisait Ockham.

Au centre, dans une gélatine dorée où flottait une brunoise de carottes, navets et petits pois, surnageaient, telles des limaces immobilisées dans de l'ambre, des bouts de langues humaines.

Sur l'étiquette du bocal : « Aspic de langue », le précepte N° 6 énonçait dans le style inimitable d'Ockham : « Tout ce que vous plaiderez sera retenu contre vous. »

26

Vendredi 28 octobre

Articles 28 et 48 de la Constitution : l'Assemblée ne siège pas en permanence. Elle tient séance chaque semaine le matin, l'après-midi et la soirée du mardi, ainsi que l'après-midi et la soirée du mercredi, ainsi que le matin, l'après-midi et la soirée du jeudi.

La pression était montée d'un cran. Pour toute autre personne que Dublin et Mallock, elle aurait été insupportable. Un jeune commissaire en aurait perdu ses cheveux, ses illusions et l'envie de continuer. Préfets, parquet, ministres se relayaient désormais pour appeler le 13. Ils tombaient sur le ventre mou de Dublin qui, après les avoir écoutés sagement, les renvoyait à leurs chères études. Pour les plus violents, il leur proposait de « ne surtout pas hésiter à décharger le 13 de l'affaire. Nous comprendrions parfaitement ».

Pendant ce temps, Mallock tentait de suivre toutes les pistes en même temps.

Les résultats des analyses du dernier envoi d'Ockham étaient tombés la veille au soir. Rien sur les scotchs, aucune empreinte sur les bouées, rien dans le cylindre et pas la moindre trace d'ADN dans le bocal, à part, bien entendu, celles des malheureux hommes de robe.

Dès 8 heures, par correction, Mallock appela le brigadier-chef Loïc Danet.

Ce dernier était en plein boulot :

— On est en train d'évacuer les parkings le long du fleuve, précisa-t-il à Amédée, après que ce dernier l'eut mis au courant des détails concernant leur trouvaille commune. Dès demain, on va relever les plaques d'immatriculation pour appeler les propriétaires et, mardi ou mercredi, on fera intervenir des grues pour enlever les voitures restantes.

— C'est si grave que ça ?

— Je ne sais pas. Personne n'a l'air de vouloir donner l'alerte, mais, pour moi, la Seine nous réserve une belle crue.

En raccrochant, Mallock regarda sa montre. Il était 9 heures et on était vendredi, jour traditionnellement choisi par le Polichinelle. 9 h 05. Et si, pour une deuxième fois, Ockham n'avait rien à envoyer au commissaire ? Déjà, le 21, ils n'avaient rien reçu. 9 h 10. Secrètement, il était partagé. Certes, ces livraisons le mettaient dans une situation de plus en plus délicate. 9 h 15. Les « Que fait la police ? » et les « Ockham ridiculise Mallock » fleurissaient dans tous les journaux. « Le commissaire s'est-il endormi dans ses superbes locaux du 13 ? » demandait *Le Monde*. « Amédée, la belle endormie », titrait *Libé*. 9 h 20. Mais d'un autre côté, sans nouvelle livraison, la dernière n'ayant donné aucun indice, il se retrouverait démuni. 9 h 25. N'était-il pas encore préférable, tout compte fait, d'affronter la presse en recevant un nouveau cadeau d'Ockham ?

C'était pour cela qu'Amédée regardait sa montre toutes les cinq minutes.

En une demi-heure, Mallock fit une lecture rapide des différents témoignages et dépositions recueillis par son équipe. À chaque fois, le même manque d'information et pas le moindre élément à prendre en compte pour tenter un portrait-robot du ou des agresseurs. Simplement son apparence extérieure, cette tenue de Polichinelle invraisemblable. Également sa grande capacité à échapper aux caméras de surveillance dans les rues de la capitale. Il était évident qu'il ne se promenait pas couvert des pieds à la tête de latex rouge, mais quel pouvait bien être son déguisement de fuite ?

Amédée avait mis Jo sur cette recherche précise, en lui demandant de visionner les bandes-vidéo juste après les… interventions d'Ockham. Peut-être une silhouette apparaîtrait-elle à plusieurs reprises ? Si c'était le cas, faute de mieux, ça leur servirait de portrait-robot.

Vers 10 heures, Wik vint le prévenir :

— Vous ne devinerez jamais où il a déposé son bocal cette fois-ci ?

— Tout est possible avec lui. Accouche !

— Sur le « perchoir » de l'Assemblée nationale.

— Sur le bureau du président de l'Assemblée nationale ?

— Oui, en plein milieu de l'hémicycle.

— Oh le con ! Mais quand ? Comment ? Il doit y avoir du monde à cette heure ?

Comme il devait le faire avec ses élèves les moins doués la veille, l'ex-professeur d'université répondit patiemment aux questions.

— Quand ? Sans doute durant la nuit. Comment ? On ne sait pas encore, mais probablement avec une complicité intérieure. Quant à la foule de députés, les séances n'ont lieu que les mardis, mercredis et jeudis. Les deux journées entourant les week-ends sont laissées libres pour permettre à nos élus d'aller dans leurs circonscriptions travailler autour de leur piscine.

— Tu as donné des ordres pour faire rapatrier le bocal ?

Wik regarda Mallock, un peu surpris :

— Certainement pas sans vous en avoir parlé avant. Vous ne voulez pas faire quelques clichés sur place et aller le chercher vous-même ? C'est pas n'importe où. Et c'est pas n'importe qui.

Amédée réfléchit.

— OK, on fait un aller-retour.

— Vous avez besoin de moi ?

— Pas envie d'y aller tout seul, répondit Mallock en se levant de son fauteuil.

Cinq minutes plus tard, la Jaguar du commissaire pointait fièrement son nez dans la rue du Cloître-Notre-Dame, désormais interdite au stationnement au niveau du jardin et du 13. Preuve de confiance ou amour du risque, Mallock avait accepté que Wik la conduise : « Je n'ai jamais pris le volant de ce genre de voiture », avait-il fini par avouer en prenant la rue de Rivoli. Désormais inquiet, Mallock regardait son nouveau capitaine se débrouiller dans la circulation dense de la place des Pyramides.

Certaines légendes couraient à son sujet, et il n'y avait jamais eu dans la police un type qui ait quitté la grande maison pour devenir professeur d'université, avant d'y revenir.

William Habib Azregh Al Azred Ben Amazigh, dit Wik, était d'origine berbère, un lointain descendant des Almoravides qui avaient créé Marrakech au XIe siècle. Les Azred Ben Amazigh n'avaient connu que le nomadisme jusqu'à leur immigration en France. Le choc ! Plus de dromadaires, mais un périphérique où tournaient en rond des caravanes d'hommes en retard, plus de Sahara, mais Paris-plage, plus de silence mystique, mais un vacarme hystérique.

Soucieux que son fils s'intègre à ce nouveau pays, le père d'Habib l'avait dirigé vers le métier de policier. Le jeune homme avait réussi tous ses concours haut la main. Il était entré très tôt dans la police, tout en continuant à préparer et à passer d'autres diplômes.

Plusieurs choses viendraient expliquer plus tard tant cet appétit de connaissance que son attrait irrésistible pour la réussite.

Les deux policiers étaient attendus. Pas seulement par le commissaire du 7e arrondissement, mais également par un représentant du préfet et par les numéros 2 et 3 du ministère de l'Intérieur. Deux hypothèses : soit ils craignaient quelque chose de grave concernant un élu, soit ils savaient quelque chose.

Au même instant, essoufflé, le président de la Première Chambre apparut :

— Bonjour, messieurs, des nouvelles ?

Mallock, sans trop se soucier de serrer des mains, était déjà courbé sur le paquet laissé sans doute par un complice d'Ockham. Dessus était inscrit au marqueur : « Ne pas toucher. À l'attention du commissaire Mallock. »

L'ouvrir, ou attendre d'être rentré pour savoir ? Sagesse ou curiosité ? Normalement, Amédée aurait embarqué le colis pour l'apporter à Théo, mais dans cette histoire, il était dit que rien ne serait normal.

Il prit dans sa poche une paire de gants en nitrile, plus résistants. Car il se méfiait, et à raison, des « farces » que pouvait lui réserver le Polichinelle. Quatre coups de Laguiole aux quatre coins, et la boîte s'ouvrit comme une sorte de fleur vénéneuse.

Vénéneuse, elle l'était bel et bien.

En transparence, Mallock aperçut six oreilles fraîchement coupées. Tout autour, ce qui ressemblait à un mélange de persil et d'échalotes. Le titre du bocal était : « Oreilles de cochons vinaigrette ». Quant au précepte, le N° 7, il conseillait non sans un certain bon sens : « On ne décide pas au nom de ceux que l'on n'écoute pas. »

Mallock se retourna immédiatement vers le président de l'Assemblée :

— Vous savez quelque chose ?

— Oui. Un de nos députés et son attaché parlementaire avaient en effet disparu dans le train qui les ramenait vers leur ville d'attache durant la nuit.

— Avaient ?

— On les a retrouvés errant sur le ballast, il y a une heure.

— Sans oreilles ? demanda Mallock en se disant qu'il n'aurait jamais pensé devoir poser ce genre de question un jour.

— D'après ce que j'en sais, les plaies auraient été cautérisées, et ils portaient des bandages autour du crâne.

Toujours pas de mort, nota simplement Amédée.

— Et l'autre paire d'oreilles ?

— On n'en sait rien pour l'instant. J'ai demandé aux différents secrétariats de battre le rappel. Dès que j'ai un nom, je vous le dis.

Puis le président sembla hésiter. L'émotion déformait ses traits :

— En tout cas, monsieur Mallock, je ne vous félicite pas. Ces oreilles sont le triste trophée de votre échec.

Pendant un instant, Amédée songea à l'envoyer promener, et le faire bénéficier pleinement de son bon caractère. *Comme Ockham, je me contenterai des oreilles. Les queues, ça sera pour la prochaine fois, si tant est que nos élus en soient pourvus.*

Heureusement, il changea d'avis et se tut.

L'homme en face de lui était plus bouleversé qu'insultant. Et il n'avait pas complètement tort. Aussi insaisissable que soit le Polichinelle, c'était au 13 de résoudre le problème. Ockham venait de toucher aux représentants de l'Institution. On montait carrément d'un cran. Même improductifs, les dessaisissements et les mises aux rancarts allaient pleuvoir.

Mallock avait failli, c'était désormais au Moloch politico-médiatique de réclamer son tribut de chair.

27

Mardi 8 novembre

Depuis huit jours, la panique au sein des ministères et des diverses administrations « consternées » était à son comble. Tout le monde voulant se couvrir et chacun ayant peur de se retrouver dans la peau d'un fusible, ça tirait à boulets rouges dans tous les sens. Délations, procès en incompétence, justifications, lancers de patates chaudes, ils n'étaient en fait d'accord que sur une chose : pour eux, le plus simple et le plus efficace consisterait à virer le principal responsable, en l'occurrence le commissaire Mallock.

Les tire-au-flanc veulent toujours la peau du franc-tireur, la règle est immuable. Mais voilà, c'était une arme à double tranchant, un « *one shot*, que l'on pouvait se reprendre en pleine tronche », avait précisé en privé le ministre de la Justice. À moins de parvenir, par miracle, à débusquer Ockham dans les quinze jours qui suivraient cette éviction, ceux-là mêmes qui avaient réclamé la tête du commissaire s'empresseraient de faire remarquer la stupidité d'un tel limogeage. Pire, il faudrait se mettre de nouveau à genoux – ce n'était pas la première fois – pour demander « au roi des emmerdeurs » de bien vouloir revenir à son poste. Ce genre d'aller-retour finissait par coûter cher à l'administration, car Amédée, par principe, en profitait chaque fois pour renégocier son salaire.

Pendant que tout cet aréopage affûtait son tir, Dublin s'était courageusement mis aux commandes du service de relations publiques du Fort, permettant ainsi à Mallock de poursuivre l'enquête. La répartition des tâches dans ces moments-là était vitale et, entre eux deux, fonctionnait à merveille. Sans le dévouement de Dominique, le commissaire aurait perdu une grande partie de son énergie et sa patience.

Effet pervers, en s'exposant, Dublin devint rapidement le nouveau prétendant au licenciement réclamé en fanfare par le peuple, acte sacrificiel qui permettrait au gouvernement de relâcher la pression médiatique.

Au même instant, au 13, un son étrange enflait, provenant du dehors.

Une armée de frelons ?

À une telle altitude ?

Un hélicoptère ?

Une attaque ?

Mallock se précipita vers la fenêtre.

Le temps d'adapter ses yeux à la lumière extérieure, et il parvint à cibler la provenance du bruit. Un drone à six pales traversait le petit jardin qui étalait ses verts et ses fleurs derrière Notre-Dame. Peut-être s'agissait-il simplement d'un photographe en train de prendre des photos aériennes. En tout cas, la machine volante se dirigeait vers le 13.

En panique, sa mémoire lui rappela qu'un engin de même famille avait déposé une bombe sur le toit de l'ambassade de Turquie à Londres, six mois auparavant. En explosant, le C4 avait fait une vingtaine de morts.

Sans même qu'il s'en soit rendu compte, Mallock avait sorti son arme et visait le drone. Mais il n'eut pas à prendre la décision, trois déflagrations résonnèrent dans la rue du Cloître-Notre-Dame. Disloqué, le petit hélicoptère tomba dans les broussailles en contrebas.

Amédée traversa à toute allure la salle de conférences, la salle d'armes et descendit par l'ascenseur d'urgence.

Dans le jardin, l'équipe du SINOD était déjà arrivée.

— Beau tir, les gars, lança-t-il.

Arnaud d'Harcourt était sur place. Pour le principe, Amédée posa la question :

— Et si c'est un simple engin de photographie ?

Le commandant haussa les épaules.

— Et si ça avait fait exploser l'immeuble ? Il faut choisir la décision la moins pire, rarement la meilleure.

Polémique inutile, Mallock était d'accord.

Ils se penchèrent tous les deux sur les restes de l'engin. Quatre des six moteurs avaient été arrachés de leur axe. Une telle machine, télécommandée sur plusieurs kilomètres, pouvait transporter jusqu'à dix kilos de charge pendant une bonne vingtaine de minutes. Inutile d'essayer de courir après le pilote.

Attachée sous le ventre de l'insecte, une grosse boîte métallique concentrait désormais sur elle tous les regards.

Qu'y avait-il à l'intérieur ?

— On établit un périmètre de sécurité, annonça d'Harcourt à voix haute. Que tout le monde quitte le jardin !

Une petite foule s'était déjà agglutinée tout autour, jusque dans la rue, à quelques mètres du drone. Mallock aida les policiers à sécuriser les alentours puis soudain, sans que personne n'ait le temps de le retenir, il repassa le cordon de sécurité pour foncer directement vers le drone disloqué.

— Commissaire, revenez, c'est dangereux ! hurla Arnaud d'Harcourt.

— Patron, c'est de la folie ! lança Jo.

Mais sur place, Amédée était déjà accroupi. Malgré le poids du drone, il en retourna la carcasse accidentée. Un horrible grincement de tôle contrariée imposa le silence aux oiseaux. Faisant fi des injonctions de d'Harcourt qui s'époumonait dans son mégaphone, Mallock continua à trifouiller l'engin de mort. Jo, n'écoutant que son courage, l'avait rejoint :

— Vous êtes fou. Je peux vous aider ?

Son patron était en danger, et c'était plus fort qu'elle. Amédée n'eut le temps ni de lui répondre, ni de la rassurer : dans un grand fracas la boîte s'ouvrit. Derrière les barrières de protection, d'instinct, tout le monde s'accroupit. Certains portèrent leurs mains aux oreilles.

Rien.

Rien que le retour fracassant du silence. Moineaux, mésanges et tourterelles avaient repris leurs chants. Amédée se releva en tenant quelque chose.

Arnaud d'Harcourt parvint à sa hauteur :

— Mais t'es malade ?

Sous le coup de l'émotion le commandant avait tutoyé Mallock, ce que son éducation à base de sang bleu l'avait empêché de faire jusqu'à ce jour.

— Rassure-toi, je ne suis pas fou… En tout cas, pas complètement. J'avais aperçu quelque chose d'écrit sur l'un des côtés de la boîte. Le temps d'arriver à la sortie du jardin, j'ai reconnu l'encre et fait le rapprochement. Ça ne pouvait être qu'un paquet venant d'Ockham.

— Et vous trouvez ça rassurant ?

La bienséance du vouvoiement avait repris ses droits.

— Oui. Je commence à le connaître un peu. Il trouve toujours une nouvelle façon de me faire parvenir ses bocaux. Et j'en attendais un, suite aux récentes attaques contre des journalistes cette semaine. Et tu vois, c'est bien ça.

Discrètement, Mallock laissa le commandant du SINOD jeter un œil. Sur l'étiquette était marqué : « Couilles d'âne aux marrons, petits pois et leur purée de carte de presse ». Le précepte N° 8 affirmait : « Tu ne laisseras personne couper ni tes couilles ni ton texte. »

Les testicules en question, baignant non dans du sang mais dans du vin rouge, pour respecter la recette berrichonne, étaient celles de trois journalistes : un présentateur de JT, un de radio et un de presse écrite.

Le commandant du SINOD n'était pas pour autant calmé :

— Et qu'est-ce qui t'assure que « ton » Ockham ne va pas t'envoyer un jour un bocal plein d'explosifs ?

Mallock dut se rendre à l'évidence : d'Harcourt avait raison.

Ces « actes de barbarie sans nom » avaient été perpétrés durant les dernières vingt-quatre heures. Autant dire que le Dr Ockham, hier encore héros du petit peuple, avait en ce matin de novembre perdu de sa popularité auprès de ceux-là mêmes qui lui avaient jusque-là servi la soupe. Comment avait-il pu se permettre d'oublier la règle numéro 1 d'une bonne communication ? On peut cracher sur tout le monde, insulter patrons, pape et popes, uriner dans la rue ou sur le visage de Jésus, mais jamais, au grand jamais, toucher à un seul cheveu d'un des membres de l'élite morale de la démocratie, seul garant de sa liberté : le journaliste.

Comme un seul homme, la confrérie n'eut de mots assez forts pour exploiter le filon : « Cet acte ignoble n'a pas de précédents dans l'Histoire. » « En muselant l'un d'entre nous, c'est à toute la liberté d'expression que ce personnage s'attaque. » « Rien ne saura nous faire taire, nous continuerons à dénoncer les magouilles et les injustices, où que ce soit dans le monde. » Le fait que les trois journalistes en question n'aient jamais quitté l'Hexagone sauf pour leurs vacances, et qu'ils n'aient enfoncé que des portes ouvertes ne gêna aucun collègue pour les porter aux nues. Il y eut également défilés et dessins de presse vibrants d'allégories, de crayons et stylos ensanglantés, de machines à écrire fusillées, et autres symboles emphatiques.

Le Dr Ockham passa instantanément de « héros de la classe populaire » à « petit nazillon pervers ».

Ce qui était, somme toute, moins bien.

28

Mercredi 9 novembre

En Europe et dans le monde entier, les artistes de rue s'étaient emparés de celui qui possédait à leurs yeux tous les atouts d'un nouveau mythe. Ça avait commencé discrètement, puis le phénomène avait connu une accélération de grande ampleur. Partout, sur les murs des maisons, les façades d'immeubles officiels, à même le trottoir, dans les couloirs de métro, la silhouette du Polichinelle version Ockham fleurissait.

Travaillée au pochoir, peinte à la brosse, bombée ou même en mosaïque, la silhouette du Dr Invincible, avec son ventre, sa bosse et son grand bec jaune, était devenue une image « héroïque » pour de nombreuses personnes. De l'artiste qui en appréciait l'approche aux anarchistes qui se reconnaissaient dans son discours, en passant par le peuple qui adorait tout autant frissonner que voir ses dirigeants trembler. L'aspect à la fois horrifique, graphique et comique de ses actes avait permis à Ockham de bénéficier, non seulement d'une notoriété sans pareille, mais d'un fort élan de sympathie, certes mêlé de crainte.

Si la psychose avait atteint Hollywood et les milieux les plus fortunés de New York et de Los Angeles, en ce qui concerne le peuple, le Polichinelle avait, en trois mois, rejoint les figures du Che, de Marilyn ou de James Dean, mais aussi de Nosferatu, de Freddy ou de Jason.

Quant à lui, Mallock prétendait ne pas avoir d'états d'âme, ni de pulsion esthétisante mal placée. Même s'il n'y avait pas encore eu à proprement parler mort d'homme, Ockham avait scalpé et amputé son prochain. Il considérait donc le Docteur comme un assassin en puissance et le traquait comme tel. Il se gardait bien d'exposer aux autres comme à lui-même la sympathie qu'il ne pouvait s'empêcher d'éprouver par instants pour l'individu. Une empathie pernicieuse qui ne devait en aucun cas affaiblir sa détermination à le mettre hors d'état de nuire.

Le vrai problème ? Le seul en fait : il commençait à être à court d'idées.

Dès la première heure, en ce mercredi 9 novembre, il lança la recherche CPC pour le bocal « journalistes-testicules », la même étude qu'il avait déjà ordonnée pour les « scalps-histrions », les « langues-baveux » et les « oreilles-politiques ». L'élaboration de listings de : Coïncidences et Points Communs, était l'une des toutes premières techniques qu'il avait personnellement mises au point dès qu'il avait décidé de faire de l'informatique une alliée privilégiée dans sa lutte contre le crime. Depuis, c'était devenu une pratique courante, presque systématique, au Fort.

Ken et Zoé étaient en première ligne et connaissaient bien leur affaire. Ce qui n'empêcha pas Mallock de recommencer son brief :

— On recherche donc tous les points communs qui pourraient relier les personnes appartenant à un même bocal. Sont-ils nés dans la même ville ? Ont-ils un ami commun ? Un coiffeur ? Tout, jusqu'à la marque de leur voiture ou de leur montre. Ont-ils participé à un même concours, il y a vingt ans, fréquenté le même bistrot...

Chaque type de CPC était quantifié de 1 à 3. Être né dans le même village valait un 3, avoir le même âge, un 2, et avoir le même écrivain favori, un 1. Compte tenu du nombre de questions, on pouvait monter jusqu'à 200 points. La note de 40 déclenchait une enquête plus poussée.

— Il faut considérer chaque bocal comme un univers clos, dans un premier temps. Aucune pollution biologique ou informatique ne doit venir de l'extérieur ou de vos propres connaissances des autres bocaux. Dans un second temps, dès que l'on aura les résultats pour nos amis journalistes, on procédera à un recoupement inter-bocal.

— On va croiser politiciens, avocats et journaleux, toutes ces bébêtes-là ensemble ? Quelle horreur. Y vont faire plein de bébés baveux...

— Et des « 40 » à la pelle, ajouta Zoé.

— Eh bien, tant mieux. On est en grande demande de pistes.

Vers 19 heures, Amédée quitta enfin le 13.

Après avoir épuisé le rationnel et mis en route toutes les technologies rassurantes qu'il avait instituées pour parvenir, toujours plus vite, à ratisser le champ du possible, il ne lui restait plus qu'à laisser un peu de place aux pouvoirs... magiques. Ceux qu'il parquait précautionneusement au plus profond de lui, enchaînés aux parois de son crâne. Pour les atteindre, une seule clé, fort dangereuse : l'opium. Et si un jour il n'en revenait pas ? S'il restait en pays de vésanie, embourbé à jamais dans la même folie qui avait emporté sa mère et son père ?

Qu'importe. Il avait désespérément besoin de pistes à explorer, d'indices nouveaux et de cette quatrième dimension que la drogue lui offrait.

Il avait déjà bien trop tergiversé.

Ce serait pour ce soir.

Derrière le placard, dans une fente aménagée dans le mur, il retrouva l'ancienne boîte en fer. Puis il sortit de la vitrine du salon une pipe cloisonnée, en ivoire et jade. Vieil habitué, il écourta le cérémonial. Et, trois minutes plus tard, il se retrouva avec la pâte noire, plantée au bout d'une longue aiguille. Après lui avoir donné la forme d'un petit cône percé, il l'avait posée sur l'orifice en terre du *badudan*. Elle se mit à grésiller.

Braise. Il aspira profondément. La fumée du *candu* était douce et légèrement amère. Remède à toutes ses inhibitions, l'opium le forçait à lâcher prise et permettait à ses visions de venir ronronner entre ses jambes. Ça n'était pas une habitude, plutôt un dernier recours.

À la mort de son fils, devant une douleur qui semblait n'avoir ni remède ni limite, il avait été initié. Opos, *papaver somniferum*, la morphine pour lutter contre la mort et le désespoir. Il n'y recourait que lorsque les grandes marées de tristesse revenaient ou qu'il souhaitait, comme aujourd'hui, libérer ses intuitions, les laisser courir en liberté, en une symphonie chaotique.

Dès les premières inhalations, il sentit son corps s'abandonner.

La démarche du Polichinelle était étrange. Il avançait par brusques accélérations. Son poids n'était pas celui d'un homme. Et les dalles du musée se fendaient à chacun de ses pas. Amédée les entendait éclater dans une sorte d'explosion suivie d'un crissement désagréable, lorsque les parties brisées se frottaient convulsivement en une dernière étreinte. Arrivé devant une Joconde *dix fois plus grande que nature, il se mit à la repeindre en blanc. Puis il attrapa, dans un panier de pêche en plastique posé à ses pieds, des oreilles ou des langues encore frétillantes. Il les cloua alors en rangées régulières, en prenant soin de bien les aligner. Elles se mirent à suinter, le sang traçant de belles verticales parallèles qui s'arrêtaient au bas du tableau. Le monstre se recula puis revint vers son œuvre pour la signer. Un simple « O » avec un point au centre pour Ockham. Deux langues et une oreille avaient pris la décision de s'échapper et rampaient désespérément pour s'éloigner du monstre. Il les rattrapa, les remit dans son panier et se dirigea vers une autre salle.*

Chaque pièce contenait une autre Joconde, *plus ou moins grande.*

Soudain, il n'eut plus rien à accrocher. Sa corbeille en plastique était vide. Il se dirigea alors vers un grand escalier qui menait à un espace d'exposition circulaire. Au centre il y avait l'une des Sphaera Obscura *d'Ivo. Le docteur Polichinelle s'en approcha jusqu'à s'y refléter.*

Mais il y avait pire.

Depuis le début de son rêve éveillé, Mallock suivait le monstre, laissant quelques mètres de sécurité entre eux. Il se rendit soudain compte que son reflet à lui était aussi dans la boule derrière celui d'Ockham. Heureusement, le Docteur était trop occupé par sa propre image pour regarder autre chose. Il attrapa l'un des rasoirs et donna un léger coup sur la sphère. Ballon de baudruche, elle éclata brutalement, déversant son contenu sur le sol dans un grand bruit d'eau. C'était du sang, et des milliers de nez, de langues et d'oreilles, ainsi que différents organes internes, des doigts et des sexes humains qui se mirent à dévaler le grand escalier du Louvre.

Les narines produisaient des bulles, les langues léchaient le sol, les bouches tentaient de respirer pendant que les yeux rebondissaient. Les oreilles, quant à elles, tentaient de s'échapper en sautant en l'air, deux par deux, comme des poissons volants.

Ockham, le rasoir encore en main, se retourna brusquement vers Mallock :

— Tu crois que je t'ai pas vu, commissaire ? Tu viens me chercher jusque dans mes rêves. Est-ce bien raisonnable ?

Amédée s'arracha de son cauchemar tandis que le rasoir du Docteur commençait à lui taillader le visage. La douleur était tellement forte et l'impression si palpable qu'il se rendit jusqu'à la salle de bains pour se passer de l'eau sur la figure.

Sans se l'avouer, il voulait vérifier l'absence de coupures sur ses joues.

29

Vendredi 11 novembre

Drapeaux.
Célébration.
Soldat inconnu.
Arc de triomphe.
Sonnerie aux morts.

Miracle, pour une fois, il ne pleuvait pas sur Paris. Ce matin-là, alors que l'embellie faisait briller les décorations sur la poitrine du dernier poilu, Dublin s'était rendu à l'invitation d'Otto Borg afin de faire le point sur l'affaire du vol de la *Joconde*, ou du moins le croyait-il !

En arrivant dans le petit salon qui servait de salle d'attente, Dominique attrapa un ancien exemplaire d'une revue déposée là à l'intention des visiteurs : *Art et musée*. En l'ouvrant, il tomba sur un article consacré à Ivo et à ses *Sphaera Obscura*. Titré : « Le paradigme perdu », l'article encensait l'œuvre du plasticien, la considérant comme l'aboutissement de la pensée artistique conceptuelle contemporaine.

« Toujours, à tout jamais, ces sphères rendront compte du monde qui les entoure, sans jamais vieillir, sans subir l'instantanéité subjective et éphémère d'une peinture ou d'une photographie, sans avoir, non plus, à renoncer à la force de leur iconicité, à leur fonction narratrice, sans subir l'épreuve du temps. Sphère et Terre, globe terrestre et sombre miroir de nous, leur puissance conceptuelle restera à jamais intouchée. Œuvres tout à la fois pleinement figuratives et totalement symboliques, parfaitement abstraites tout autant qu'hyperréalistes, lumineuses car obscures, véritables oxymores visuels, les *Sphaera Obscura* d'Ivo ne seraient-elles pas le Saint-Graal de l'art ? Son paradigme retrouvé ? » interrogeait le critique d'art.

Pas. Bruit de porte. Otto Borg vint lui-même chercher Dublin. L'attaché de cabinet du ministre de l'Intérieur et expert manager au ministère de la Culture avait fait montre d'une grande patience. Depuis sa rencontre au Louvre avec Dublin et Mallock au mois de septembre, à part deux ou trois appels téléphoniques, il leur avait fichu une paix royale.

— Je tenais à vous remercier de nous avoir laissés travailler tranquillement, commença Dublin, vite interrompu par Otto Borg.

— Je me dois d'être complètement sincère avec vous, monsieur le directeur. S'il y avait eu le moindre espoir de retrouver la *Joconde* autrement qu'en pièces détachées, je me serais montré bien plus pressant… limite… casse-couilles.

« Borg », étymologiquement, signifiait forteresse. Il en avait la masse imposante. Son corps débordait de partout. Une obésité qui tirait sur chacun de ses boutons de chemise et avait découragé son col d'accomplir le tour complet de son cou de taureau. Pour un « presque ministre » de la République, le fonctionnaire manquait singulièrement d'élégance.

— Ah, l'éternelle question, doit-on se fier aux apparences ? lança Otto à Dublin. Je suis en effet en manque de régime.

— Je ne…

— Je suis persuadé que le fait d'être connu dans son apparence extérieure entraîne inconsciemment un homme à vivre en reflet dans un miroir de son moi véritable, selon l'expression de Werfel, à adopter dans chaque geste un certain style, et avec cette modification de la tenue extérieure se perdent ordinairement la cordialité, la liberté et l'insouciance de la nature intime[1].

Dominique resta la bouche ouverte. Le gros blond à lunettes l'avait complètement décontenancé.

— Vous n'êtes pas d'accord ?

— Si, bafouilla Dublin. Je ne m'attendais pas à une telle…

— Une telle érudition ? C'est ça ? Venant d'un si gros bonhomme ?

Brutalement, Dominique comprit qu'il s'était fait balader.

— Je m'ennuie tellement qu'il faut bien que je m'amuse parfois. C'est mon côté Alsacien lourdaud, choucroute, knacks et kartoffels.

Otto Borg redevint sérieux.

— En fait, je tentais de vous décontracter un peu, avant de vous annoncer la raison pour laquelle j'avais besoin de vous voir sans témoins.

L'inquiétude de Dublin monta d'un cran.

1. Stefan Zweig, *Le Monde d'hier*.

— Le 13 est spécialisé dans la recherche des criminels. On est bien d'accord ?

— Oui, les enquêtes de police et la résolution des actes criminels.

— *Actus reus atque mens rea !*

— Oui, c'est tout à fait ça : un acte coupable avec l'intention de le commettre. Vous y ajoutez beaucoup de larmes et de sang, et vous vous rapprochez de mon cher petit quotidien. Pour être exact, on parle maintenant pour notre équipe de C.A.S., c'est-à-dire de Crimes et Affaires Sévères.

— Eh bien, justement, nous y voilà, je souhaitais vous parler de crimes et d'affaires au quotidien. De crimes potentiels. D'une situation de grand danger en fait… Votre « sévères » colle bien aussi à la situation à venir.

Dublin se redressa sur sa chaise, inquiet.

— Vous voulez parler des prochaines exactions d'Ockham ? Si vous avez des informations, on est plus que preneurs. On nage un peu dans…

— Non, non. Rien à voir avec le Polichinelle.

— Mais alors, de quoi s'agit-il ?

— Malheureusement, mon cher Dublin, comme les trains, une catastrophe peut en cacher une autre.

Otto Borg cherchait visiblement ses mots, la meilleure façon possible de balancer sa bombe. Dominique s'était déjà figé dans son fauteuil, prêt à recevoir un nouveau direct au foie.

— Très peu de gens sont au courant. On n'est même pas tous d'accord. Mais, personnellement, je dois me préparer au pire. Et, dans cette optique, vous prévenir. Une précision, je ne suis que le bras armé d'un *triumvirat* qui vient de se former pour faire face à la menace : le préfet, le maire et moi-même, sans parler du ministre de l'Intérieur, bien entendu.

Otto Borg expliqua enfin la raison pour laquelle il avait souhaité rencontrer le directeur du 13 en toute discrétion.

En sortant du ministère, vingt minutes plus tard, Dominique Dublin jura. Il ne manquait plus que ça. Oui, comme les trains, une calamité pouvait en cacher une autre, Borg avait bien raison.

Brusquement, Ockham n'était plus la priorité.

Un autre danger, plus dévastateur, menaçait la capitale et ses occupants.

LIVRE II

30

Jeudi 17 novembre

Satisfait, Bruno Karly cala ses fesses dans le siège en cuir de sa Range-Rover. Son cynisme ne lui posait aucun problème. Pas plus que son avidité ou son impudeur. Tout cela était enterré dans une seule et même conviction : les autres feraient pareil s'ils étaient à sa place. Sa survie était à ce prix. Pour tout conserver, argent, gloire et beauté, il avait appris à parler le politiquement correct sans le moindre accent et pratiquait quotidiennement indignation sélective et charité médiatisée.

À 4 heures pile, Karly pénétra dans son garage. Cinq autres voitures rutilantes attendaient le bon vouloir de l'éternel chanteur à minettes. Il monta à l'étage, vers sa chambre. Seul. Son troisième mariage venait de se terminer comme les autres. Avocats, insultes, témoignages bidon. Grand déchirement d'enfants et d'argent.

Ce soir-là, ou plutôt ce matin-là, il avait hésité à embarquer avec lui une paire de petites nanas mineures, mais il était trop fatigué. Et ça, ça l'agaçait. Comme le commun des mortels, malgré tout son fric, il vieillissait.

Regard furtif dans le miroir. Il lui fallait absolument rester beau. Son ego et ses ventes l'exigeaient.

Une odeur bizarre imprégnait le velours damassé qui recouvrait les murs de sa chambre, un mélange de caoutchouc brûlé et de moutarde. Trop affairé à se dévisager dans le miroir, il n'y prêta pas attention. Soudain, toutes les lumières s'éteignirent et la porte s'ouvrit sur une stupéfiante apparition : un polichinelle en latex écarlate muni d'un masque à gaz. Entre ses mains, il avait une bouteille d'où sortait un nuage dense et jaunâtre.

Un son déformé sortit du masque :

— Une dernière petite chanson, le chanteur ?

Karly ne parvint pas à hurler. Ni même à protester. Ses poumons le brûlaient et sa gorge était en feu.

Ses yeux se brouillèrent et il s'évanouit.

Lorsqu'il se réveilla, il était allongé sur le sol de marbre de la salle de bains-sauna-hammam qui jouxtait sa chambre. En essayant de bouger, il se rendit compte que sa peau avait été collée aux carreaux du sol.

À la hauteur de sa bouche, faisant le tour de sa tête, un Gaffer argenté l'empêchait de parler.

Karly savait ce que le voleur de la *Joconde* était capable de faire. Il avait suivi ses exploits et s'en était même amusé. Il avait trouvé le personnage « absolument génial ». Les langues d'avocats et les oreilles de députés, « inouïes ». Les couilles de journalistes, « irrésistibles ».

Aujourd'hui, il devait sans doute avoir changé quelque peu d'avis alors que le bon Docteur tournait autour de lui avec deux rasoirs à poignée d'ébène et une sorte d'élégance ambiguë.

Une voix fortement altérée, aux basses profondes, sortit du grand bec jaune :

— Et si je te coupais les doigts ? C'est bien, ça, les doigts, non ? Tu continuerais à vivre, mais tu arrêterais de massacrer ces pianos et ces guitares qui ne t'ont rien fait.

Comme une mouche frictionne ses pattes avant, le Polichinelle aiguisait ses rasoirs en les frottant l'un contre l'autre.

— Et tes cordes vocales ? Muet, tu serais moins navrant ?

Il s'accroupit alors à la hauteur du visage de sa proie et fit glisser l'une de ses lames le long des cils du chanteur.

— Tes yeux, alors ? Tu ne vois rien de ce qui se passe autour de toi. À part toi. Ils ne sauraient te manquer, hein ? Un simple passage de rasoir pour retirer les paupières, un coup de cuillère, et hop !

Bruno avait les yeux exorbités. Le rasoir, en passant sur ses cils, avait produit un léger bruissement métallique. Imperceptible. Effrayant.

— Suis-je bête ! La bouche. Qu'en penses-tu ? Tu as sucé tellement de bites et léché tellement de culs, avalé tant de couleuvres pour réussir, qu'il serait peut-être temps de la mettre à la retraite, non ? Montre-moi ces jolies lèvres-là.

D'un geste brusque, Ockham arracha le Gaffer.

En proie à une terreur sans nom, BK, comme on l'appelait dans la profession, ne put se retenir. Son estomac se retourna et tout ressortit, caviar, alcool, poudre blanche et bile jaunâtre. Comme il ne pouvait pas se tourner sur le côté, ses vomissements dégoulinèrent, chauds, sur son cou et dans ses yeux.

Il se mit à pleurer de douleur et de désespoir :

— Je vous en supplie, je vous donnerai tout.

Ockham fit semblant de réfléchir avant de redresser la tête et reprendre :

— Tes couilles. C'est bien, ça, tes couilles ? En fait, elles ne te sont pas vraiment utiles. Et puis, entre nous, ça t'éviterait la tentation de continuer à procréer. T'as fait assez de conneries comme ça, non ?

Mouvements hystériques de Bruno que le Polichinelle avait à nouveau réduit au silence en lui remettant l'adhésif sur la bouche.

— Non plus ? T'es marrant, toi. J'ai plus d'idées. Tu critiques, tu critiques, mais tu proposes rien.

Puis, comme pris par une nouvelle intuition :

— Ta bite ! C'est ça : ta bite. Tu en as largement profité. On m'a même parlé de deux viols sur mineures qui t'auraient coûté une petite fortune à « négocier ». Allez ! Je m'en vais dès maintenant te libérer de la tentation.

Sans plus attendre, il attrapa l'engin entre deux doigts. Et, de l'autre main, commença à couper…

Karly se démena avec l'énergie du désespoir.

Brusquement, dans un bruit de déchirure et de tissu mouillé, son bras droit se détacha, laissant, collé au sol, un grand morceau d'épiderme. Dans un même élan de peur panique son autre bras et le haut de son dos furent à leur tour arrachés du marbre. Là aussi, des lambeaux de peau y restèrent, solidaires avec la colle néoprène que le Polichinelle avait utilisée pour maintenir le chanteur.

Ockham s'approcha et, sans effort, fit retomber Bruno par terre. À grands coups d'adhésif, il immobilisa à nouveau les membres qui s'étaient libérés, désormais à vif.

— C'est malin, tu m'as fait bouger à un moment très délicat. Regarde, ton sexe est tout bizarre maintenant.

L'organe saignait abondamment.

— Zut, zut, va falloir rattraper le coup.

Il s'empara alors d'une ficelle en nylon, fit un garrot à la base du membre flasque et, d'un coup de rasoir, le trancha dans un grand éclat de liquide rouge.

Il le jeta alors, satisfait, dans une poubelle à ses pieds.

— Voilà déjà une bonne chose de faite. Maintenant, on passe à quoi ?

Les bras croisés, le menton appuyé sur ses gants ensanglantés, le Polichinelle réfléchissait tout haut :

— Tu ne vois pas un autre organe dont tu n'aurais pas l'utilité ? Comme ça, pendant qu'on y est ?

La giclure de sang avait dessiné une large diagonale sur le beau carrelage du chanteur. Maintenant, elle redescendait à la verticale, traçant lentement des parallèles jusqu'au sol.

— Ton cœur ! Voilà, ce qui ne t'a pas servi. Ce poids inutile encombre tes viscères. À quoi sert ce pseudocœur de faux-cul d'enfoiré de faussaire que tu exhibes lors de tes *prime times* du samedi ?

La rage retenue d'Ockham, autant que sa folie, faisaient vibrer sa voix.

— À convaincre les truffes que t'es pas un Tartuffe ? Leur faire croire que t'es philanthrope, ma salope ? T'inquiète, t'as fait fort. T'as pas loupé la moindre messe caritative, le moindre hommage au moindre chanteur mort. Le regard de cocker triste, la voix rauque et la larme à l'œil, t'es venu vendre ta soupe, ma louloute. En mode humanitaire, putain d'hypocrite. Pas un *prime* sans ta gueule, pas un samedi sans que tu viennes, encore et encore, marchander tes charmes à la télévision. T'as pas assez de fric depuis tout ce temps passé à venir nous casser les couilles ? On ne part pas avec son argent. Est-ce que tu comprends ? Une fois dans l'trou, on disparaît de la lumière et des mémoires. Mais sois heureux. En tant que chanteur mort, tu es désormais assuré d'un nombre respectable de *prime*. Du moins tant que tu rapporteras de la tune à tes ayants droit et que d'autres connards dans ton genre s'amuseront à faire des duos avec tes vieilles vidéos.

La faïence de la pièce faisait résonner la voie électronique d'Ockham, lui conférant un léger écho.

— Dans quelques jours, les mêmes vers de terre qui dévorent en ce moment même le plus pauvre des pauvres à l'autre bout du monde vont venir te bouffer la langue, les orbites et la bite. Ah non, c'est vrai, pas elle, elle est dans la poubelle. Bon, ben, c'est pas tout, ton temps sur terre est écoulé. On va faire les comptes, si tu le veux bien. C'est le grand jour de l'addition…

Et il ajouta, pour la rime :

— Ducon !

Bruno avait atteint un niveau de terreur abjecte. L'odeur de sa sueur et de ses autres humeurs avait envahi la salle de bains. Son ventre lâcha et ses excréments, en se répandant, augmentèrent la puanteur.

Le Polichinelle le regarda en fronçant les sourcils.

— Y sent pas bon, le chanteur.

Il éclata d'un rire de dément tout en s'asseyant à cheval sur le ventre du pauvre Bruno :

— Prêt ? Respire un bon coup, tu risques de ne plus trop pouvoir après…

De toutes ses forces, le Polichinelle pratiqua deux incisions dans la partie gauche du torse. La victime hurla, moitié de douleur, moitié de terreur, et sombra dans l'inconscience. Sans même y faire attention, Ockham continua sa besogne. Il enfonça ses mains dans la cage thoracique de Bruno et, d'un coup sec, lui brisa deux côtes.

Il dut cependant reprendre un rasoir pour découper les parties qui étaient encore restées attachées.

— C'est qu'elles résistent, les côtelettes du p'tit mâle de ces dames, lança-t-il en balançant deux bouts d'os dans la poubelle où bavait encore le pénis.

En replongeant brutalement ses mains dans le corps de Bruno, il lui griffa le cœur.

— Ouvre bien les yeux, chanteur, je vais te montrer l'organe magique entre tous. Il doit être tout neuf, tu t'en es pas servi. C'est en lui que l'on trouve bienveillance et empathie.

Ockham s'arrêta, sembla réfléchir, cherchant ses mots.

Il reprit :

— Cet organe, petit con, c'est notre grande voile, à nous les humains, la voile et le vent qui la pousse.

Bruits de succion, arrachement. Il sortit enfin le cœur en criant, triomphant :

— Voilà le secret de la vie !

Dégoulinant de sang, le muscle cardiaque battait entre les mains d'Ockham, tandis que BK, décédé, cherchait hagard, de l'autre côté de la vie, où diable on avait pu installer sa loge.

31

Plateau du Larzac

Passer une grande partie de sa quatorzième année enfermé dans une maison « spécialisée » ne fut pas pour Erwan une épreuve, il avait vécu pire. Ce fut même là, durant cette période, qu'il changea du tout au tout. Il se mit à organiser calmement ses journées, au grand soulagement de sa famille et du directeur de l'établissement, tout étonné de l'efficacité de cet enfermement.

Pour Erwan, un seul mot d'ordre : *Mens sana in corpore sano*. Il se muscla jusqu'à transformer son corps en une véritable arme. Matin et soir, il extirpait de force l'eau de son corps, faisait saigner ses mains et saturait ses muscles. Tentative dérisoire de se défendre lors du prochain enlèvement ? Pas vraiment. Sans le savoir encore, c'était contre ses semblables, la race humaine, qu'il s'apprêtait à combattre.

Dans la journée, il écrivait et dessinait. Là aussi, sans aucune modération. Il crayonnait des figures étranges, parfois avec son visage à l'intérieur, parfois sans. Il en mettait sur tous les murs, en couvrait aussi le plafond, corroborant ainsi sans le vouloir le diagnostic qui l'avait enfermé là où il était.

— Vous connaissez Erwan ?

— Quel Erwan ?

— Le patient de la chambre 52.

— Non, je ne vois pas.

— Mais si, celui qui dessine toute la journée. Celui qui fait une fixation sur les compas.

— Ah oui, celui-là. Mon Dieu, le pauvre petit...

Qui aurait pu penser qu'il en ferait non seulement son métier, mais sa fortune ? Certainement pas ses infirmiers. Sinon, ils ne les auraient pas régulièrement jetés dans les poubelles de l'asile.

Peu à peu, alors qu'il s'habituait à la solitude et à l'introspection, sa vision de la vie et de la nature humaine changea. On naît seul et on reste seul. Compter sur les « moutons crétins » était pire qu'une erreur : la preuve d'une grande faiblesse et d'une infinie stupidité. Durant ces presque douze mois passés en dehors du monde, ses certitudes changèrent du tout au tout. Peu à peu, il passa de l'idée d'ignorer les autres à celle de les considérer comme des ennemis. Et de l'idée de leur en vouloir à celle, éventuellement, si la possibilité lui en était donnée un jour, de le leur faire comprendre, si besoin était par la force. « Leur ouvrir les paupières à coups de rasoir » fut la première métaphore qu'il accepta de laisser parvenir jusqu'à lui.

Faute de croire encore à la compréhension ou au soutien des hommes, Erwan décida de s'en remettre à

Dieu. Tout le long du parc, il se construisit un chemin de croix imaginaire. Tel arbre biscornu étant la cinquième station, celle où Simon de Cyrène aide Jésus à porter sa croix, telle source, la sixième station, où sainte Véronique essuie le visage de Jésus, tel vieux cabanon à outils, la dixième, où Jésus est dépouillé de ses vêtements avant d'être cloué sur la croix. Avec l'aide des médications et du vin dont il subtilisait un verre avant de faire son parcours divin, Erwan entra dans une période de profond mysticisme.

Sa chambre se transforma en cellule de moine. Il ne fallait rien qui puisse le distraire de son dialogue avec le divin. Sur ses murs, plus le moindre dessin. Dans sa chambre, plus de vêtements, juste un lit et une chaise. S'il avait pu, il aurait porté une robe de bure.

Il se mit à écrire et à lire surtout, mais pas n'importe quoi. La Bible, bien entendu, mais surtout les écrits de philosophes religieux comme Nicolas Malebranche ou Teilhard de Chardin. Une idée l'obsédait : le temps et les hommes avaient tout pollué, pas seulement la nature, mais les idées. Il lui fallait rechercher les œuvres les plus anciennes, les plus élevées et les plus hermétiques. Plus il remonterait à la source, plus l'eau serait pure.

C'est durant cette poursuite spirituelle que, par un incroyable concours de circonstances, il découvrit les œuvres de deux moines. Le premier, le frère dominicain Hieronymus Savonarola, le fascina un temps. Sa haine de la corruption et sa quête de pureté résonnaient en lui comme une évidence. Mais ce fut le second, Guillaume d'Ockham, frère franciscain, qui le subjugua. Ses thèses et ses réflexions eurent sur Erwan une résonance particulière, définitive. Preuve que le divin était présent auprès de lui, il avait trouvé deux des livres du « Grand Initiateur » sur l'un des bancs du parc. Avant de se suicider, un patient de l'asile les avait posés là. À son intention ?

Autre signe du ciel, s'il en fallait encore, il découvrit une trace des théories du moine dans un roman de l'un de ses auteurs de jeunesse favoris : Antoine de Saint-Exupéry. Ses enlèvements vers les étoiles l'avaient rapproché du personnage du Petit Prince. Dans l'un de ses livres[1], l'aviateur avait écrit : « Il semble que la perfection soit atteinte non quand il n'y a plus rien à ajouter, mais quand il n'y a plus rien à retrancher. » Une proposition qui recoupait parfaitement les théories du Grand Initiateur d'Oxford et qui apparut dans le cerveau d'Erwan comme un nouveau signe du ciel.

Il faut dire qu'à cette époque il en voyait partout.

En ligne directe avec Dieu, Jésus ou la vierge Marie, il s'était mis à s'entretenir avec eux, du matin au soir. Le Saint Esprit était le vent, les arbres et les branches, les bras de Dieu, les hautes herbes, les cheveux de son fils ; quant à ses larmes, elles étaient celles de Marie, ses pleurs de mère qu'elle laissait couler par ses yeux d'enfant, afin qu'il en sente toute la tiédeur compassionnelle sur ses joues.

Ils répondirent à ses demandes. Tous les trois. Oui, ils le croyaient, et oui, ils le protégeraient désormais. Ils intimeraient l'ordre aux extraterrestres de le laisser tranquille. Il n'avait plus rien à craindre.

Erwan serait sans doute entré dans les ordres s'il n'avait pas été de nouveau enlevé au sortir de la clinique,

1. *Terre des hommes*, chapitre III, « L'avion ».

perdant du jour au lendemain sa foi et trois merveilleux confidents.

À la place, la honte revint, celle d'être, tous les trois ans, le pantin de monstres gris et la risée des moutons crétins.

32

Vendredi 18 novembre

Dès le lendemain de l'assassinat de Bruno Karly, un type trempé, guitare pourrie en bandoulière, se présenta pour livrer le nouveau bocal. La pluie était en train de passer de « problème » à « catastrophe », quittant la météo à la fin du JT pour faire l'ouverture des journaux. Une sorte de consécration. Inondations à répétition dans le Var et dans les Pyrénées, torrents de boue, villages sinistrés, coupures d'électricité, l'eau, qui avait fait si cruellement défaut pendant l'été, semblait par sa profusion vouloir montrer aux hommes le peu de cas qu'elle faisait de leurs désidératas caractériels et de leur présence accidentelle sur Terre.

Ken se précipita sur le malheureux messager comme la pauvreté sur le monde, le bombardant de questions : quelle tête avait la personne qui lui avait donné le colis ? Comment était-elle habillée ? Quelle était sa taille ? Était-elle blanche, noire, maghrébine ? Comment avait-elle été payée ? Dégageait-il une odeur particulière ? Où cela s'était-il passé ? Et ses yeux, de quelle couleur étaient-ils ?

Amédée dut calmer les ardeurs de Ken avant qu'il ne soumette carrément le pauvre garçon à la question en utilisant des moyens plus… moyenâgeux comme l'araignée espagnole, la fourche de l'hérétique, le scaphisme ou la chaise de Judas.

— Prends sa déposition et laisse-le partir. Il n'a certainement rien vu. Ockham est bien trop malin pour se laisser piéger.

Ken n'en démordait pas :

— Souvenez-vous de ce que nous disait Bob. Il faut suivre les pistes les plus modestes, rester dans le concret et sur le terrain. C'est souvent les plans les plus foireux qui aboutissent.

— Crois-moi, je n'oublie pas Bob. Je ne l'oublierai jamais.

Lourd silence entre eux[1].

— Je ne t'ai jamais dit de laisser tomber. Simplement de ne pas « tirer sur le messager ». Vérifie tranquillement le profil du gars. Et surtout, la prochaine fois, fais d'abord gaffe au bocal.

— Gaffe à quoi ? Aux empreintes ? Vous me prenez pour un bleu-bite ?

— Mais non, couillon, gaffe à son contenu. Ce taré d'Ockham peut nous habituer à recevoir ses colis puis, un jour, les remplir d'explosifs.

Kenji Kô Kuroda – on écrivait son nom « K3 » sur les rapports internes du Fort, mais on l'appelait Ken, parfois Barbie à ses risques et périls – repartit en bougonnant :

1. Voir *Le Cimetière des hirondelles*, troisième Chronique barbare.

— Même plus l'droit de bousculer un p'tit chanteur mouillé de rien du tout… On sait plus s'amuser dans la police… J'aurais dû faire tueur ou sniper, il y a moins de contraintes et bien plus de satisfactions… Et puis, on voit du pays.

Mallock, impatient, rejoignit Théo à son étage où le nouveau cadeau d'Ockham avait été transporté.

Dûment ganté, il ouvrit lui-même le premier carton, encore une fois plein à ras bord des mêmes frites en polystyrène. Il laissa ensuite Théo découper précautionneusement le papier kraft marron qui entourait le paquet, et le poser sur un plastique pour analyse ultérieure. Il sortit enfin le flacon.

D'un même mouvement, Mallock et lui se penchèrent pour déchiffrer la nouvelle inscription. Sur l'étiquette on pouvait lire : « Cœur de chanteur au champagne ». Le précepte N° 9 disait : « Tu n'exhiberas pas ton cœur comme on montre son cul. » Ils se tournèrent alors vers le contenu. Ils eurent alors tous les deux le même léger mouvement de recul. Une grimace aussi. Le verre du bocal faisait loupe et le cœur du chanteur semblait cogner aux parois, comme pour réclamer sa libération. Le myocarde, épongé de son sang, était presque jaune. Contrairement au champagne devenu rosé, dans lequel baignait le muscle cardiaque. Dans le bocal remontaient encore quelques petites bulles orphelines.

— Mon Dieu, quel malade !

C'était la première fois que le baron exprimait ainsi ses sentiments. D'habitude, il se concentrait sur les analyses, et sur la meilleure façon de transmettre ses conclusions.

Théo rajusta son horrible casquette avant de lâcher :

— P… p… putain, il est vraiment sans p… p… pitié !

— Ce n'est pas le p… p… premier enculé dont tu vois le travail ?

Mallock avait bégayé, sinon par solidarité, du moins par mimétisme.

Théo continua :

— Non, mais il y a quelque chose d'implacable, mais aussi de c… cohérent dans la t… t… terreur qu'il diffuse. Une sorte de rationalité, de discernement horrifique, derrière chacun de ses actes… Ils sont con… condamnables, mais ils sont également un peu…

Il marqua un deuxième temps d'arrêt.

— Je ne voudrais pas vous choquer, patron, mais je pensais « motivés ». Même si c'est d'une cruauté infinie, il a des mobiles, des raisons… On dirait qu'il est dans une recherche effrénée d'une sorte de vertu absolue. Il ne s'attaque en fait qu'à des gens qui trahissent cet idéal…

Mallock l'interrompit, une autre question se posait au sujet du cœur du chanteur.

— À ton avis, l'a-t-il arraché post-mortem ?

— Il faudra vérifier avec Mordome qui a le reste du corps, mais…

Mallock le coupa à nouveau :

— En tout cas, cette fois-ci, il a tué. Rien ne sera plus pareil. Jusqu'à présent, non seulement il n'ôtait pas la vie, mais il soignait ses victimes après les avoir mutilées.

— Il a changé. Il est devenu plus cruel. C'est étrange, non ?

— Non, Théo, je ne crois pas. C'était l'hypothèse optimiste que l'on pouvait avoir. Plus maintenant. Pour rester psychologiquement cohérent, il semble désormais qu'il ne les empêchait de mourir que pour une seule raison : qu'ils assument leurs mutilations, qu'ils expient.

Théo demeura silencieux, Mallock continua :

— Ce type joue les justiciers, mais d'un type bien particulier. Il est parti à la chasse aux vices. Il est en guerre contre une société qui en fait commerce. Le visage de la *Joconde* entièrement décollée de son support et détruite symboliserait sa haine pour nos pulsions iconolâtres. Les doigts du violeur, notre faiblesse à punir ceux qui menacent nos enfants. Les cheveux, le règne et la puissance de l'apparence. Les langues, notre acceptation du mensonge comme langue officielle. Les oreilles, notre surdité aux maux des plus faibles…

— C'est lui qui dit ça, ou c'est vous, chef ? Sans vouloir vous manquer de respect.

Théo et lui avaient eu une conversation à ce sujet lors d'un dîner bien arrosé, peu avant qu'il ne l'embauche. Mallock s'était laissé aller à lui révéler ses « obsessions » sur l'état de la société. De son côté, pour ne pas être en reste, le baron lui avait confié les difficultés qu'il avait eues pour réaliser son rêve à lui : adopter des enfants.

Amédée avoua :

— Coupable, mon cher baron ! Je dois reconnaître que je partage, pour partie, certaines des positions ou préceptes émis par le Dr Ockham, mais attention, j'en réprouve les décrets d'application.

— En public, il faudra faire mieux que « réprouver », si vous ne voulez pas d'emmerdes.

— T'inquiète, Théo, je condamnerai avec la dernière énergie. Je me déclarerai confondu par l'horreur et révulsé par ces méthodes de torture qui « rappellent les périodes les plus sombres de notre Histoire ». Ça ira ou faudra que j'en mette encore un peu plus ?

Théo regarda longuement Mallock. Il ne le connaissait que depuis quelques semaines et son cynisme lui était encore étranger.

Il répondit à son étonnement muet :

— Pour Oscar Wilde, le cynisme consiste à voir les choses telles qu'elles sont et non telles qu'elles devraient être. Dans notre métier, ce n'est pas une option, ou un choix philosophique, c'est une obligation professionnelle.

— Vous êtes un anarchiste qui s'ignore.

— Qui t'a dit que je l'ignorais, Théo ? Non, non : « Ni Dieu, ni maître, et pas de chaussettes avec des sandales », ce sont là mes seules véritables croyances. Tu sais, l'anar en moi ne dort jamais que d'un œil, même si je lui demande la plus grande des discrétions lorsque je suis entre ces vénérables murs.

— Mon Dieu, c'est un anar qui est chargé de maintenir l'ordre, conclut Théodore de Bilteau, moitié atterré, moitié amusé. Nous voilà bien !

Mallock quitta le deuxième étage avec une impression de malaise. Il se sentait coupable de sa réaction, comme de ses propos. Un jeune homme était mort de façon abjecte, personne ne méritait ça. Il poussa un profond soupir en s'affaissant dans le fauteuil de son bureau. Mais qu'arrivait-il à son humanité pour qu'il continue ainsi à plaisanter avec le cœur d'un homme sur son bureau ?

33

Mercredi 23 novembre

C'est seulement, lorsque l'eau sort du lit des rivières, qu'elle déborde du bulletin météo pour venir s'écouler entre les doigts de pieds du téléspectateur avachi dans sa soupe, qu'elle peut voler la vedette aux autres actualités.

Ce matin-là, les spécialistes parlaient « d'un niveau préoccupant des nappes phréatiques ». Dans certains départements, les rivières avaient commencé à se répandre dans les champs. On redoutait que les inondations et les glissements de terrain ne se généralisent sur tout le territoire.

Trop sèche ou trop arrosée, la terre de France était comme ses occupants, jamais contente. Mais pour Paris, « rien à craindre », avait déclaré les présentateurs météo, ces espèces de clones propres sur eux ânonnant les mêmes approximations nuageuses. « Contrairement aux crues torrentielles catastrophiques qui ravagent trop souvent nos belles régions du Sud, les débordements de la Seine ont un grand avantage qui leur retire toute dangerosité : on les voit venir de loin. » Sur la deuxième chaîne, on avait même précisé que plus de deux douzaines d'agents du service Risques Naturels de la direction régionale de l'Environnement suivaient trois cent soixante-cinq jours par an le niveau des cours d'eau. Étaient-ils postés en hauteur ? Munis de jumelles ou de longues-vues ? Habillés en indiens ? Communiquaient-ils entre eux par signaux de fumée ?

Des questions restaient posées, mais le Parisien était rassuré.

Ce matin-là, après dix jours d'averses continues, Amédée se décida enfin à utiliser cet instrument barbare, ces ombrelles en toile cirée construites au départ pour écorcher l'œil de ses voisins : le parapluie. Il avait jeté son dévolu sur un modèle discret, rouge, jaune et vert, taille XXXL, prévu pour le golf, avec une poignée en tête de canard.

En passant sur le pont Saint-Louis, il repensa au brigadier de la Fluv : le niveau de la Seine avait réellement monté. Dans les deux mètres, jugea-t-il en habitué.

Là-bas, en contrebas, le Zouave aurait pu déjà avoir les bottes mouillées. Heureusement pour lui, depuis 1974, année de réouverture du pont de l'Alma, la statue d'André-Louis Gody[1] avait été replacée plus haut sur l'édifice rénové.

Couché à 3 heures après une trop longue *jaffe* avec des potes, Mallock avait décidé de se venger tout à la fois du sort, de son obédience forcée au pouvoir et de la tristesse qui ploie le monde, en ne débarquant au Fort que vers midi.

1. Soldat de la guerre de Crimée ayant servi de modèle à la statue de Georges Diebolt.

Revenus de leurs vacances cocotiers, Violaine et Ivo l'attendaient dans son bureau.

— Ils ont tous les deux terminé leur déposition officielle, j'ai pensé que je pouvais les faire patienter chez vous, annonça Jo avec une pointe de doute dans la voix.

— T'as bien fait.

Mallock fut surpris par la beauté du couple, ou du moins son charisme. Violaine était vêtue comme à son habitude dans des camaïeux de rouge et de violet, du pourpre cardinal au rouge Rembrandt. Elle connaissait la puissance de l'image et avait choisi la couleur de ses robes et de ses cheveux pour aller avec son prénom. Il fallait bien ça pour lutter avec la formidable notoriété de son mari, exister à ses côtés. Ivo, totalement transfiguré après son séjour dans l'au-delà, était habillé en blanc des pieds à la tête, baskets, costume et chemise. Le teint hâlé, ce n'était plus la même personne que le gisant livide à qui Mallock avait arraché quelques mots il y avait un peu plus de deux mois.

— En voilà une métamorphose !

— Je suis beau, hein ? Non ? Franchement ?

Violaine lança dans un grand éclat de rire :

— Et si modeste, en plus.

— Tu sais, Vio, la modestie n'est rien d'autre qu'une ruse de faux-cul visant à se faire flatter deux fois.

Jo se joignit aux rires avant de se rendre compte qu'elle était peut-être censée aller bosser. Elle posa sur le bureau de Mallock la déposition de M. et Mme Kœnigstein, nom de famille d'Ivo, et partit sur la pointe des pieds. Ce qu'elle réussit parfaitement à faire malgré des talons compensés de quatorze centimètres. Tout un art.

Mallock fit servir des cafés et le couple commença à lui raconter son voyage vers les contrées ensoleillées.

— Ah oui, se souvint-il brusquement, j'avais une autre raison que votre déposition pour souhaiter vous revoir, en fait… Avant de partir, vous m'aviez bien dit avoir une petite idée concernant Ockham ?

Ivo l'avait en effet appelé pour lui demander l'autorisation de quitter le sol français. Mallock y avait vu d'autant moins d'inconvénient qu'il le préférait loin de France. On ne savait jamais, Ockham pouvait vouloir rattraper sa maladresse et lui tirer à nouveau dessus. Ivo restait l'un des principaux témoins, après tout. À cette occasion, le plasticien lui avait confié avoir une idée qu'il se proposait de travailler lorsqu'il serait allongé sur les plages paradisiaques des îles du même nom.

— Moi ? Non, je ne vois pas.

— Mais si, vous m'avez dit un truc du genre : « J'ai une idée de piste, je vais la faire mûrir au soleil. »

Mallock se rendit soudain compte qu'Ivo le faisait marcher.

— Bon, bon, je vais ressortir les bottins et le faire s'allonger tranquillos, l'artiste. Bien travaillé à l'ancienne, je ne devrais pas en avoir pour trop longtemps. Sortez cinq minutes, madame, s'il vous plaît, je vous le rends rapidement. Certes, avec des yeux de panda, mais avec encore l'essentiel de sa mobilité… enfin, j'espère.

— Vous n'êtes pas crédible dans le rôle du méchant, commissaire, s'amusa Violaine.

— Ne pas se méprendre, chère madame, l'ours a des griffes et pas d'états d'âme. Alors, c'est quoi, cette fameuse idée, monsieur Kœnigstein ?

En s'entendant appeler par son nom de famille, le plasticien redevint sérieux.

— Je projette peut-être, mais je crois, enfin j'ai l'impression, que ce déjà légendaire Ockham travaille dans le même domaine que nous. Tout me semble étrangement lié à l'art contemporain. J'ai suivi l'histoire : les bocaux, les langues, les scalps et toutes ces horreurs. Si on retire, pour la grâce de l'argument, le côté macabre... je dirais même immonde de ces actes, on ne peut s'empêcher d'évoquer Arman et ses *accumulations*, ou les *compressions* de César, que son âme reste en paix au paradis des sculpteurs. Mais c'est un classique chez les plasticiens. Du premier d'entre eux, Marcel Duchamp, jusqu'aux plus récents, les *nounours* et *poupées* d'Annette Messager ou les amoncellements d'ordures de Tim Noble et Sue Webster. On peut également faire un parallèle avec les quatre-vingt-dix conserves, les *Merdes d'artistes* de Piero Manzoni. On n'est pas loin d'Ockham et de sa « marmelade de Joconde », non ?

Mallock se rappela son rêve sous opium, avec les collages d'oreilles. Cette pensée l'avait traversé aussi. Mais le fait qu'un homme de l'art en parle aujourd'hui, références à l'appui, donnait à cette direction une nouvelle crédibilité.

— Ce serait donc un artiste, d'après vous ?

— Disons que sa démarche est artistique. S'il n'est pas plasticien lui-même, c'est un *natural*. Il a ça dans le sang, si j'ose dire. Mieux que Monsieur Jourdain, lui, il fait de l'art sans s'en apercevoir.

Peu importeraient les précautions oratoires qu'Ivo prendrait maintenant, Mallock s'était fait une religion. La piste de l'artiste devait impérativement être explorée. Il savait déjà qui il allait mettre dessus : Wik.

Une quinzaine d'années auparavant, tout en rejoignant les rangs de la police, William Habib Al Azred avait continué à suivre des études. Suivre et même dépasser, comme les espoirs que son père avait mis en lui. Soucieux de s'intégrer et de planter toujours plus profondément les pieux de sa tente dans le bitume parisien, il avait commencé par une maîtrise d'histoire, puis un CAPES de français qui avait abouti à une agrégation de lettres et de philosophie. Il avait alors donné sa démission des forces de l'ordre pour prendre un poste prestigieux en culture générale à la Sorbonne. Il n'y avait pas d'arbres dans le désert, et Habib avait été littéralement fasciné par ceux qu'il avait découverts en France. Pour ne pas avoir à reprendre les errances nomades de sa tribu, il avait choisi de devenir sa propre plante vivace en encrant profondément, par le biais de la connaissance, ses racines dans le sol. Le secret de son succès avait un nom : l'hypermnésie, à laquelle s'étaient ajoutées des compétences eidétiques. En classe, lorsque ses professeurs avaient remarqué ce don, Habib en avait été traumatisé. Il était convaincu que cette curieuse capacité de son cerveau, outre l'isolement auquel elle le forçait, était responsable de l'étonnante coloration de ses cheveux. Il s'était imaginé que les racines de sa tignasse devaient, d'une étrange et dégoûtante façon, tremper directement dans sa cervelle, sans doute rousse elle aussi, ou bien rouge, gorgée de sang.

Aujourd'hui, cette hypermnésie était une force et une particularité qu'il acceptait, car elle lui avait permis d'acquérir assez de culture pour se rendre irrésistible aux yeux de Mallock, lorsqu'il était venu lui demander de rejoindre le Fort.

Oui, Wik serait parfait pour enquêter sur les domaines artistiques et culturels.

— Un plasticien du macabre, conclut Amédée, en réponse aux soupçons d'Ivo, moi, ça me va bien.

— Oui, un artiste un peu dérangé comme moi, mais en plus... véhément, lança Ivo en souriant.

— Il n'y a rien de drôle.

Violaine, elle, ne trouvait toujours pas ça amusant. Tant qu'Ockham serait dans la nature, son Ivo risquait sa vie. Qu'il puisse avoir la bêtise d'en rire la rendait folle de rage.

— Vous venez de faire votre déposition, vous ne craignez plus rien, tenta Mallock. C'est trop tard pour Ockham.

— Et pourquoi donc ? insista Violaine.

— J'ai dit tout ce que j'avais vu, Vio. Il n'y a plus d'intérêt pour lui à revenir à l'attaque. J'étais au mauvais endroit au mauvais moment, et ça s'arrête là. N'est-ce pas, commissaire ?

Mallock se retrouvait au milieu de cette situation fort peu envieuse, à éviter à tout prix : la querelle de couple.

— Il t'a tiré une balle en plein cœur. Il ne t'est pas venu à l'idée que ça faisait partie de son acte... créatif, au même titre que détruire la *Joconde* ?

Ivo risqua un éclat de rire :

— Trop mignon, ma petite Vio, tu me considères donc comme un chef-d'œuvre ? Ça va changer le rapport de force entre nous lors de notre prochaine prise de...

Prudent, Mallock s'était fait discret. Le combat était féroce et il ne voulait pas prendre une balle perdue.

Il finit cependant par proposer :

— Si cela peut vous rassurer, je peux vous faire affecter une protection. Ça ne va pas être facile, car on a dû mettre en place des dispositifs un peu partout. Politiques, artistes, journalistes, on ne sait plus où donner de la tête.

— Inutile, lança alors Ivo d'un ton ferme. C'est à Violaine de retrouver la raison. Mettez vos hommes là où ils seront utiles. L'idée d'avoir des chiens de garde à mes basques me révulse littéralement. Si Ockham revient à la charge, je suis prévenu et je saurai l'accueillir.

Fanfaronnade, mais pas seulement. La patience d'Ivo avait ses limites.

Violaine le comprit et s'approcha de lui :

— Ne t'énerve pas, on fera comme tu veux.

34

Jeudi 24 novembre

Tout le monde était présent pour l'enterrement du chanteur : chœur de pleureuses, grosses huiles et huîtres creuses, journalistes à potin, décérébrés à popotin, chroniqueurs gais et prédateurs tristes, le ban et l'arrière-ban de l'inutile et du vain.

Pas de trêve de la part de l'époux d'Héra[1] et, par voie de conséquence, plus un poil de sec chez les rats. La pluie ne fut pas complice de cette mascarade, et les célébrités se retrouvèrent rapidement plus près de la noyade que du simple rhume. Un peu partout, des duels de parapluies tentèrent alors de départager les belligérants venus présenter leurs respects, non pas au défunt, mais aux objectifs aussi nombreux que larmoyants de la Sainte Église cathodique.

La foule était littéralement envahie par un nombre paranoïaque de flics en civil ou en uniforme, de CRS

1. Femme de Zeus.

en armures, et de soldats enjolivés de pistolets automatiques. Ajoutant à la confusion, un amoncellement invraisemblable de barricades antiémeutes avaient été installé dans tous les sens. Faute de contenir les larmes, elles bloquaient efficacement l'avancée harmonieuse et liquide des corps vers quelque endroit que ce fût.

Il ne s'en serait vanté pour rien au monde, mais Amédée était le principal responsable de ce superbe foutoir.

La veille au soir, dans un cauchemar, il avait vu le Dr Invincible envoyer des boules de bowling dans la foule du convoi funéraire. Elles roulaient dans un bruit de tonnerre, faisaient tomber des corps puis explosaient en projetant des centaines de morceaux de victimes, oreilles, mains, viscères… Au réveil, Mallock s'était posé la question : devait-il croire à ce rêve et lancer une alerte ? Rien de précis ne confortait l'hypothèse d'une telle attaque. Mais rien ne disait le contraire. Mieux, il y avait là une certaine logique. Le monstre était en pleine escalade, et il allait avoir à sa disposition un beau concentré d'enfoirés. L'occasion était trop belle, et son rêve, bien loin d'être absurde. Visions, prémonitions ou intuitions, qu'importe. Ce qui traversait l'esprit d'Amédée était souvent le fait d'un cerveau plus compétent que son propriétaire. Lui et ses cellules gliales, ses neurones et ses axones, contrairement à Mallock, s'était rarement trompé.

Donc Amédée avait crié au loup.

Ça n'avait pas été très difficile de convaincre les hautes instances. Il avait prétendu avoir des indices graves et concordants qui lui faisaient craindre que le Dr Invincible n'intervienne lors de la cérémonie funéraire. Cela lui avait été confirmé par deux coups de fil anonymes précisant qu'il pourrait s'agir d'explosif, ce qui avait entraîné immédiatement le plan Machin Bidule et le déploiement de la brigade antiterroriste. Avec autant de beau monde sur place, il n'était pas question de prendre le moindre risque.

En regardant le bordel qu'il avait déclenché, Amédée se demanda, avec un sourire coupable, comment serait vécue la chose, s'il avouait avec un grand sourire qu'il n'avait reçu aucune information spécifique de qui que ce soit, mais qu'il avait simplement rêvé ?

Sûr, ça les fâcherait.

Il n'y avait que Mallock pour prendre au sérieux les images de ses rêves. Et encore, pas toujours.

Les larmes des filles et les pleurs de crocodile tombaient ensemble, abondamment et verticalement, pour rejoindre la rivière de pluie au sol.

Aujourd'hui, nul doute, on faisait dans l'humide.

On allait bientôt migrer de l'église au cimetière. Là-bas, les caméras de télévision seraient interdites. Ça deviendrait dès lors bien moins intéressant. L'armée des rats commença sa retraite. Certains s'accrochèrent encore. Les photographes allaient continuer à mitrailler autour du cercueil, et les pages de *Paris Match* valaient de l'or, surtout si l'on était pris à pleurer devant la tombe de quelqu'un de si populaire. Une partie des rongeurs à queue rose prit son courage à deux mains, rechargea son sac à larmes et suivit le convoi.

Mallock s'était surpris à plusieurs reprises à regarder autour de lui pour débusquer le fameux joueur de bowling de ses rêves, un polichinelle rouge en train de lancer ses boules sur la foule. La boule, c'est lui qui la perdait.

Faut dire qu'il commençait à en avoir marre d'hériter des « têtes de lard »[1].

1. Jargon policier : les affaires difficiles à résoudre.

Courage. Une heure plus tard, il se retrouva sans trop savoir comment autour du catafalque. Pire, dans les tout premiers rangs. Il y avait devant lui trois femmes : la mère et les deux sœurs. Le visage déformé par la peine, chacune d'entre elles était enfermée dans son chagrin, le souvenir intime de ce qu'il avait été pour elle.

Mallock s'en voulut de son indifférence. Ce chanteur n'avait pas été un ange, loin s'en faut, mais la douleur de ces trois femmes lui redonnait sa part d'humanité.

Trois femmes en larmes sous la pluie, c'était de ça que Mallock avait besoin. Depuis le début de l'enquête, de curieux sentiments s'étaient insinués jusqu'à son cœur, lui mettant l'âme de travers. Dans cette affaire, il n'y avait pas eu mort d'homme, et Mallock n'avait pas eu son compte d'enfer. Pas assez de sang, de pintes de larmes et de livres de chair pour qu'il parte en guerre. Ockham s'était toujours débrouillé pour susciter chez lui une forme d'attraction due en grande partie à la pertinence iconoclaste de sa démarche.

Mallock, comme la plupart des hommes, avait une sympathie naturelle vis-à-vis des gens qui pensaient comme lui. Désormais, le Dr Ockham et ses disciples faisaient trop de dégâts pour qu'un commissaire de la République lui trouve la moindre circonstance atténuante.

Trois femmes en pleurs au milieu d'un cimetière venaient de lui remettre les idées en place.

35

Vendredi 25 novembre

Nouvelle farce macabre du Docteur.

Ce matin-là, il mit aux enchères les scalps des trois personnalités qu'il avait attaquées aux États-Unis. Chaque trophée était présenté à la vente dans l'un des désormais célèbres bocaux *Le Parfait*. Un cachet en cire rouge scellait le mécanisme métallique, et un texte était joint pour authentifier l'œuvre.

Sur l'écran d'accueil du site, les trois jarres transparentes étaient présentées alignées. Pour ajouter un élément supplémentaire à cette mise en scène, et son argumentation sur la pourriture généralisée de nos sociétés, le « trophée N° 01/12 » était précédé d'une étoile jaune, le « trophée N° 02/12 » de la croix chrétienne peinte dans le rouge des croisés, et le « trophée N° 03/12 », à droite de l'écran, du croissant vert de l'Islam.

Même douleur, même châtiment, mais trois couleurs, trois emblèmes, tous blêmes et tous pourris. Pas de jaloux.

C'est le chiffre 12 qui inquiéta Mallock, bien plus que la mise en scène macabre. La série n'était donc pas terminée ? Connaissant le zèle et le perfectionnisme macabre d'Ockham, neuf autres personnalités pouvaient s'attendre à être scalpées dans les jours à venir.

D'après ce qui était inscrit dessous, les scalps du rabbin trafiquant d'organes, de l'avocat évangéliste véreux et de l'imam pédophile avaient été… « plongés, après un travail soigné de tannage dans les règles de l'art, dans un fluide de conservation, un mélange de 35 % de formaldéhyde et d'un fluide d'accompagnement : glycol et phénol. La pérennité de l'œuvre peut être garantie pour une période allant d'un à deux siècles. Il est recommandé à l'heureux propriétaire d'éviter de trop exposer son trophée à la lumière du soleil. »

Le prix de départ, « prix de réserve » de la mise aux enchères, était de 100 000 dollars. Pour bien corser la chose et le grotesque avoué de l'entreprise, la somme serait à verser à l'une des dix fondations caritatives dont la liste était jointe. Sitôt le virement effectué, l'acheteur recevrait son colis dans les vingt-quatre heures par FedEx, UPS, DHL, TNT ou autres. Autant de pistes à suivre. Il précisait enfin que les musées, au même titre que les particuliers, étaient invités à participer. « Il y aura douze œuvres en tout, pas une de plus », était-il précisé pour les collectionneurs. « La Scalpation s'arrêtera au douzième modèle. » Avec l'humour macabre qui faisait sa signature, il s'engageait également à ne pas éditer « plusieurs scalps d'une même personne ». Il ajoutait à la fin, écrit en gras et en rouge : « Le site et l'auteur s'engagent à garder strictement anonymes les différents participants à cette mise en vente. »

Dans un premier temps, tout le monde s'entendit pour ne pas valider un tel acte de barbarie en se joignant aux adjudications. Les différents musées et grandes galeries internationales s'appelèrent frénétiquement pour s'assurer que le concurrent n'allait pas se laisser tenter. Ce furent les collectionneurs privés qui mirent le feu aux poudres. Les pays se renvoyèrent la responsabilité. La rumeur accusa d'abord les Japonais, puis les milliardaires du Golfe. L'Angleterre fut aussi mise sur la sellette à travers l'un de ses plus célèbres musées. Quoi qu'il en soit, à midi, les bonnes résolutions s'étaient envolées. Et le compteur des enchères dépassa le million de dollars.

Ockham devait être mort de rire. Ils étaient en train de lui donner raison. On vivait dans un monde sans autre valeur que la notoriété, sans autre morale, sans autre logique que celle de l'argent. Sa démonstration était implacable. Qui était le monstre : l'ordure qui avait mérité d'être scalpée, le « scalpeur » lui-même, ou ceux qui se battaient pour valider son acte et en acheter le fruit sanglant ?

La vente se termina à 18 heures sur une somme globale de 4,5 millions de dollars : 2 millions pour le rabbin, 900 000 pour l'évangéliste et 1,6 million pour l'imam. Les beaux esprits et les chantres du politiquement correct se déchaînèrent alors pour « dénoncer » avec la plus grande fermeté l'aspect ignoble de l'opération. Certains d'entre eux durent déchanter lorsque à 19 heures Ockham publia, à la stupeur générale, l'intégralité des noms des participants aux enchères, dont la plupart des « indignés » faisaient partie, bien entendu. Il ne garda secrète que l'identité des trois acheteurs pour « ne pas tuer le marché ».

Durant toute la journée, Mallock avait suivi la nouvelle folie du Docteur sans se décider vraiment à en rire. Non qu'il ne trouvât pas cela extrêmement cocasse, mais parce que son sens de l'humour commençait sérieusement à s'émousser.

36

Dimanche 27 novembre

Le futur est de l'histoire ancienne. Bien trop souvent, devant Mallock, c'était le passé qui se dressait. Ce matin-là, Amédée s'était réveillé avec, une fois encore, la mort de Thomas en lui et tout autour de lui, comme une odeur.

Le lendemain de l'enterrement de son fils, il était revenu travailler. Comme si de rien n'était. Pendant un mois, il avait fait semblant, semblant d'habiter le présent, d'être présent, d'aller, avec les autres, à la chasse aux méchants. Semblant d'être le commissaire Mallock. D'y croire encore. Ne pas être déjà mort.

Sa voix chevrotait, comme ses mains et tous les objets qu'il prenait entre ses doigts. Amédée, la gorge douloureuse et l'esprit saturé de pensées étranges, vibrait tout le temps, même en dormant. Au Fort, le commissaire n'était plus rien qu'un grand tremblement.

Il avait finalement été hospitalisé et n'était réapparu qu'un an plus tard. De cette année-là, il n'avait jamais parlé. Absorbé par un gigantesque trou noir, il en était revenu. Pour beaucoup, c'était une preuve supplémentaire des pouvoirs hors normes du commissaire. De sa folie aussi.

Pendant les années suivantes, il avait, comme on dit, « fait son deuil ». Tu parles d'une farce, avait-il hurlé un jour, « on fait son lit », « on fait pitié » ou « on fait semblant » ; le deuil est un coureur solitaire, un marathonien, il marche à son pas sans connaître la longueur du chemin.

Tous les soirs, pendant trois ans, jusqu'à ce qu'il finisse par s'endormir, Mallock pleura.

Il pleurait encore.

Il n'est pire souvenir que celui qui se refuse à mourir.

Au même moment, à quelques centaines de mètres de là, un Rimmex 200 F[1] progressait sur ses quatre chenilles vers le grand portail de Notre-Dame. À distance de l'engin, Jean Juste, démineur de son état, en contrôlait l'avance avec la dextérité de l'habitude.

Le portail de la cathédrale était en grand danger. Le paquet repéré pouvait contenir du Semtex, du C4 ou toute autre variante. Les statues situées sur les ébrasements avaient déjà subi la rage des révolutionnaires de 1789, ce qu'il en restait devait absolument être protégé. Une explosion de grande amplitude pourrait fort bien atteindre les superbes linteaux représentant le Jugement dernier, l'archange saint Michel pesant l'âme des ressuscitants, ou le *Christ au tympan*. Marie ou saint Jean, ainsi

1. Robot télécommandé servant à analyser et faire détoner à distance des colis suspects.

que les voussures, occupées par la grande fresque céleste, n'étaient pas non plus hors de danger.

Les alertes aux colis piégés étaient désormais quotidiennes. Depuis le début de la semaine, Jean et les autres démineurs du laboratoire central de la préfecture de police avaient fait exploser pas moins de trente-neuf valises, onze poubelles et dix-sept colis suspects. Aujourd'hui, comme souvent ces derniers temps, la pluie rendait l'approche délicate. Les chenilles patinaient dans les flaques d'eau rendues huileuses par les vapeurs d'essence et la pollution générale de la capitale.

Heureusement pour Mallock, et pour l'enquête de façon générale, Jo passait par là, après sa garde dominicale. Elle montra sa carte de capitaine de police, avant de s'approcher de Jean Juste et de son écran de contrôle. En voyant apparaître le bas d'un bocal et un morceau d'étiquette, elle comprit : ni la cathédrale ni les touristes ne risquaient, a priori, quoi que ce soit. Elle expliqua au démineur de quoi il s'agissait. Après avoir continué par acquit de conscience à dégager le paquet pour s'assurer de son contenu, il posa sa télécommande et, bravant la pluie, se dirigea vers le portail.

Contre une signature sur un reçu où était agrafé un Polaroid de l'objet saisi, il le remit à Jo qui, sacrifiant le reste de son dimanche, repartit vers le 13.

Une heure plus tard, Théo avait fait sécher l'étiquette, désormais détachée du bocal, et tentait de déchiffrer l'inscription délavée.

— Alors, tu lis quoi, toi ?

Jo, qui avait d'abord eu l'intention de déposer l'objet et rentrer vite chez elle, s'était attardée. Les femmes sont curieuses, les flics aussi, alors les femmes flics !

— Ma foi, nous avons ici quelque chose de fort étrange, lui répondit le baron.

— C'est toujours étrange, non ?

— Oui, mais là, il a franchi un cap dans le grotesque. Si je lis bien le titre, c'est : « Nez-Potisme ».

— Et le précepte ? Il a écrit quoi ?

— Bizarre également, surréaliste, dirais-je. Précepte N° 10 : « Tu ne te moucheras pas la bouche pleine. » Vous comprenez quoi, Joséphine ?

Théo était très impressionné par la Martiniquaise. Elle était grande, belle, superbement habillée. Lui, c'était tout le contraire.

— Si je relie ce précepte à la notion de népotisme, ça peut vouloir dire quelque chose comme : « Tu ne viendras pas pleurer que tu as du mal à te faire un prénom ou à réussir dans la vie, quand tu as déjà tout, dont un nom, pour t'y aider. » Il s'attaque au copinage, aux réseaux et au corporatisme qui remplacent compétence et équité.

— Oui, approuva Théo. Mais ça peut également être perçu comme une charge contre les diktats de l'apparence, la victoire du paraître sur l'être… En tout cas, on est bien dans la continuité de ce qu'il nous a envoyé jusqu'ici.

— Et c'est quoi exactement ? demanda Jo en se penchant vers le bocal.

Théo le fit légèrement bouger avant de lancer :

— Des nez. Quatre bouts de nez coupés, sans doute au rasoir. Mannequins ou célébrités, on le saura vite.

« Nez-potisme », le calembour horrifique était une première dans les annales criminelles. Comme beaucoup de choses décidément lorsqu'il s'agissait d'Ockham.

Sur le trajet jusqu'à son appartement, Jo continua à ruminer les mêmes pensées sombres. Elle aussi était une privilégiée. Elle aussi avait profité de son physique. Dès demain, elle préviendrait ceux qui comptaient encore sur elle pour leurs défilés ou leurs publicités. C'en était fini de sa double vie : paillettes et mitraillette, colifichets et pistolets, fric et flic. Cette décision irrévocable était l'aboutissement d'une longue réflexion, rien d'autre. Jamais Jo n'aurait accepté de reconnaître que l'horrible bocal d'Ockham et les quatre nez qu'elle venait d'y voir aient pu avoir la moindre influence sur sa détermination à changer de vie.

Elle y pensait depuis plus d'une année. Encore une dizaine de prises de vue avec le Kaiser et elle arrêterait complètement le mannequinat. Elle aurait alors remboursé l'argent que ses parents lui avaient prêté, et son studio serait à elle. Elle se débrouillerait ensuite avec sa solde de capitaine. L'argent ne l'intéressait pas, elle voulait servir. Se rendre utile. Tout le contraire de ce qu'elle trouvait dans les métiers de la mode, où le fric côtoyait la morgue. À part la créativité extravagante d'un Kaiser ou le travail des artisans, tout le reste n'était qu'infinie vanité.

Arrivée à la station des Sablons, la belle prit la rue d'Orléans qui donnait dans sa rue. Sur Neuilly, la pluie s'était un peu calmée et la lumière pointait, argentant immeubles et passants.

37

Lundi 28 novembre

La cote de la Seine est mesurée selon l'échelle dite d'Austerlitz. Le « zéro » de cette échelle est fixé à 25,92 m NGF-IGN69. À 3,30 m, fermeture des voies sur berges. À 4,30 m, plus aucune navigation ne sera autorisée sur la Seine. À 6 m, le plan Neptune est déclenché.

Matin tout noir. Douze degrés perdus durant la nuit. Grosse envie d'hiberner pour l'ours divisionnaire. En guise de consolation, la neige avait remplacé la pluie. Mallock eut l'intuition que la journée serait longue. Comme un jour sans fin, ou comme un jour sans pain ? Dans une demi-heure, le commissaire aurait rendez-vous avec l'ensemble de son équipe. Café, nuage de lait, biscotte et jus d'orange. Douche, grognements, médicaments. Mallock passa enfin la porte de son appartement.

Jo, en arrivant dans son bureau, retira son manteau. Douceur, élégance et féminité. Le commissaire adorait les femmes. Les regarder était un spectacle dont on ne saurait se lasser et un remède puissant contre le mal de vivre.

Julie et Théo les rejoignirent pour discuter du contenu du dernier bocal. Les « nez » appartenaient à une présentatrice fille de présentateur, une chanteuse fille de producteur, un acteur fils d'acteur, et à une actrice fille de... productrice. Toujours aussi cruel et bouffon, Ockham n'avait prononcé qu'une seule phrase à chaque amputation, la même : « Pleure pas. Comme ça, tu ne ressembleras plus à ton papa. »

— D'après les deux victimes que j'ai déjà pu interroger, il semble qu'il fasse passer sa voix à travers un modulateur planqué dans son espèce de rostre. Comme d'habitude, impossible de savoir si c'est une femme ou un homme.

Mallock regarda Julie, tout étonné. Il n'avait jamais envisagé que ça puisse être une femme.

— Qu'est-ce qui te fait penser à une femme ?

— Rien de spécial. Mais rien dans l'autre sens non plus. La colère n'est pas une exclusivité masculine. De plus, Ockham ne semble pas si grand que ça.

— Où en sommes-nous à ce propos ?

— Ken a récupéré les films des caméras de surveillance sur les lieux d'« intervention » d'Ockham et, avec Zoé, ils sont en train d'analyser. Ils...

— Laisse tomber, Julie, je verrai ça avec eux en fin de journée. Pour les nez, autre chose ?

— Pas pour l'instant. Je vais aller prendre la déposition du dernier, l'acteur. Il aura peut-être plus de choses à nous dire.

— J'ai une question, intervint Théo. Comment un seul homme ou une seule femme peut-il commettre quatre agressions en une seule nuit ?

— En étant plusieurs, répondit Mallock, plus tranquillement qu'il ne l'était réellement.

— Putain ! Plusieurs putains d'enculés planqués sous une même putain de panoplie à la con.

Petite, Julie s'était vu interdire le moindre gros mot. Depuis, elle se rattrapait.

L'idée de « plusieurs putains d'enculés » était terrifiante. En se multipliant ainsi, non seulement le Polichinelle augmentait son pouvoir de nuisance, mais il délayait les pistes, brouillait les traces et enchevêtrait le fil des recoupements. Pire, ça pouvait fort bien susciter des vocations. La multiplication de *copy-cats* en France comme à travers le monde était désormais plus qu'une possibilité, une forte probabilité.

Ses collaborateurs partis, Mallock plongea son regard dans une Seine bistre et tourmentée. Du ciel, la neige tombait, blanche, couleur d'œil.

Vol de *Joconde*, tentative de meurtre au Louvre, armée de tarés bossus en latex rouge et bec d'ibis découpant au rasoir des morceaux d'humains, ça ressemblait plus à une BD de Blake et Mortimer ou à une enquête d'Harry Dickson qu'à une affaire classique du 36. Était-ce dû à la nouvelle adresse, et à ce fameux 13 ?

À 11 heures, Wik débarqua avec Jo et une pile de documents concernant sa recherche sur « Ockham-artiste ».

— Vous avez jusqu'à midi et demi pile, j'ai faim et je compte bien me restaurer, les enfants.

— Laissez-moi au moins le temps de vous expliquer notre méthodologie, protesta Jo, sinon, vous allez essayer de comprendre tout seul, et ça va vous énerver.

Elle n'avait pas tort.

— Vas-y…

— Avec Wik, on a utilisé toutes les sources qui se présentaient à nous. Partant du principe que l'on recherchait, deux-points ouvrez les guillemets : « un artiste refoulé » ou « un artiste aigri ». On a « fusionné » plusieurs bases de données. Celle du fisc, la nôtre et celle de la « maison des artistes ». On y a également ajouté les résidents des galeries et les participants aux grands salons d'art. Pour finir, on a qualifié chacun des candidats selon trois critères : notoriété, cote et proximité.

— Proximité ?

— En fait, c'est l'élément dont je me suis personnellement occupée. L'art a toujours été une sorte de religion dans ma famille, et Wik a préféré me faire confiance. J'ai mis dans cette notion de « proximité artistique » l'esprit de l'œuvre. Plus ça s'apparentait au « travail » d'Ockham, plus j'ai donné à l'artiste une note importante : 10 étoiles au maximum, comme pour la cote.

Wik tendit un premier tableau à Mallock.

— Tout en haut, on a les cibles les plus intéressantes. C'est-à-dire celles qui ont les notes les plus basses en notoriété, parallèlement à un nombre d'étoiles important en matière de proximité stylistique de l'œuvre.

Amédée sourit.

— On est en plein dans le subjectif. Vous en avez conscience ?

— Oui, mais ça me semble inévitable, rétorqua Wik. On a croisé les cinq cents premiers résultats avec nos propres fichiers, et…

— On s'est dit en effet qu'un homme, à ce point « en colère » contre les autres hommes et la société, avait certainement commis, auparavant, quelques… « impairs » au regard de la loi, expliqua Jo sans craindre d'interrompre Wik, qui reprit…

— Nous avons ensuite épluché et nettoyé la base selon différents critères, comme la présence sur le territoire au moment des faits en croisant avec le fichier des compagnies aériennes et celui des douanes, et l'on est arrivés à une liste plus pointue comportant quatre-vingt-douze noms. Cet après-midi, avec Jo, on va briefer les gars qui vont aller sur le terrain avec nous pour interviewer les impétrants… En trois jours, on aura des résultats. Je vous propose de vous faire mon rapport vendredi ? Il est midi, vous avez tout le temps de vous rendre à votre déjeuner. Bon appétit, patron.

Mallock sourit. Habib était toujours aussi concis.

— Beau boulot, Wik. Merci, ma petite Jo. Vendredi, ce sera parfait.

Il les regarda sortir de son bureau. Jo se retourna à la dernière seconde pour lui faire un clin d'œil affectueux. La délicieuse Martiniquaise savait l'effet qu'elle faisait aux hommes, de face comme de dos.

Dehors, l'évanescence des flocons, faute de parvenir à s'accrocher au sol, nappait les toits des immeubles et des automobiles. Mallock décida d'aller se restaurer dans un *sushi bar* sur l'île. Un des rares tenus par des Japonais et avec, les bons jours, du « toro »[1] en coulisse.

Au moment du thé vert, qu'il sucrait en l'accompagnant de pâte de haricot rouge, Julie l'appela.

— Je viens d'interroger le quatrième amputé, on se dirige bien vers la piste de plusieurs Docteurs.

1. La partie ventrale la plus grasse du thon, de couleur rose.

— Comment sais-tu ça ? Le jeune acteur t'a fait une description vraiment différente des autres ?

— Non, non, mais lui et le précédent ont été… mutilés au sécateur, pas au rasoir. Ce serait étonnant que notre bon Docteur boude son arme favorite, non ?

— Oui, en effet. C'est bizarre… Bon, rentre au 13, j'ai envie que tu me racontes tout ça en détail.

— Puis-je me permettre de signaler à mon commissaire que même les petites Julie se livrent parfois à cette curieuse occupation consistant à fermer les yeux et à pousser un roupillon en émettant un léger ronron charmant. Pour vous la faire simple : je suis de faction depuis hier midi.

— Désolé, j'ai plus trop vos emplois du temps en tête. N'hésite pas à me le rappeler.

— Plutôt deux fois qu'une. Toute occasion de vous contredire est précieuse, chef.

Café. Addition. Marche sous la pluie. À son retour au 13, Ken et Zoé l'attendaient.

— Y a du positif ? demanda Mallock.

Amédée l'angoissé commençait à se faire des cheveux. La prochaine attaque d'Ockham risquait de battre encore des records de cruauté. Après les scalps, les langues, les couilles, les oreilles, les nez et les cœurs, que pouvait-il encore prélever ? Amédée eut l'image d'un énorme bocal, livré devant la porte du 13, entièrement rempli d'intestins fumants.

Zoé, de son côté, regardait Ken, sans trop savoir quoi dire.

— Très positif, chef, précisa ce dernier. On va vous présenter deux données concrètes que l'on peut qualifier d'avancées.

— Je t'écoute.

— On est pratiquement sûrs qu'il y a, au maximum, deux Ockham.

— Pas plus ?

Ken hésita.

— Je dirais qu'on en est certains à 80 %.

Zoé voulut réagir. Elle, elle en était sûre à 100 %. Du moins voulait-elle le paraître aux yeux du commissaire. Ken lui fit signe de ne rien dire.

— Et l'autre… avancée ? continua Mallock.

— Eh bien, on connaît maintenant son déguisement.

— Tout le monde le connaît. Qu'est-ce que tu racontes ?

— Non, je parle de son déguisement de… d'extraction. J'utilise le singulier, même si…

— Continue.

— On a une idée très précise de la tenue qu'il met pour s'enfuir. En l'occurrence, un pantalon noir, un imperméable beige, des lunettes et un chapeau marron foncé.

— Je peux voir ?

Ken et Zoé s'assirent devant le grand écran qui occupait le côté gauche du bureau de Mallock. Code pour rejoindre l'ethernet sécurisé, re-code pour l'accès réservé au serveur, et troisième identification pour atteindre le dossier partagé que la belle rousse coléreuse et le souriant Ken avaient fait ensemble.

— On a relevé toutes les bandes correspondant aux endroits où Ockham s'était baladé. Deux cent quatre-vingt-douze heures de vidéo. On les a regardées, ou plus exactement fait visionner. Comme vous voyez, on a bien son profil qui passe plusieurs fois. C'est en quelque sorte sa tenue civile.

— Et sinon ?

— Sinon, pas de miracle. À aucun moment il n'a retiré ses lunettes ou une partie de son déguisement. Mais on a eu une autre idée. Zoé a fait passer les principaux passages où on le voyait assez clairement, sur un programme morphologique 3D. On voulait dessiner sa silhouette, connaître son poids, et…

— Laisse-moi expliquer, l'interrompit Zoé. En identifiant différents éléments référentiels du décor, comme la hauteur d'un panneau de signalisation, la taille d'une boîte aux lettres ou celle d'une bouteille de Perrier, notre logiciel fabrique sa propre grille de lecture en perspective. Toute personne passant dans son champ est mesurée en tenant compte de l'endroit où elle se trouve.

— On a donc la taille exacte de monsieur le Docteur Ockham, lança victorieusement Ken. 1,73 m.

— Mais pourquoi alors dites-vous qu'il y aurait une « ou » deux personnes ?

— C'est un problème de variable, reprit Zoé. Ça devient un peu compliqué. Je ne sais pas si…

— Je mets un troisième neurone en route, ça devrait suffire.

Sans percevoir l'ironie de Mallock, Köhler insista :

— Essayez de me suivre. J'ai forcé le calcul en augmentant les tolérances. À son taux initial, on avait deux résultats : 1,71/72 m et 1,73/74 m, ce qui pouvait alors correspondre à deux personnes. Mais les vidéos sont, comme souvent, de mauvaise qualité, quelques pixels ou le bruit généré par l'obscurité peuvent tout brouiller. Alors on a diminué légèrement la performance demandée au programme pour mieux correspondre aux images.

— Et là, il nous a craché : 1,73 m, et un poids de 80 kg, précisa Ken.

— Donc une seule personne ?

— Oui et non. Personnellement, je reste sur le premier calcul : 1,71/72 m et 1,73/74 m.

On était bien avancé. Mallock n'insista pas.

— Et pour le déguisement ?

— Ça a été plus facile, reprit Ken. En fait, le crédit en revient aux petites mains, ce sont elles qui ont fait le gros travail de visionnage. Elles nous ont apporté un dossier de 430 Gigas contenant les principales vidéos correspondant aux « sorties ou entrées d'attaque », seulement celles où l'on apercevait le profil du suspect en tenue de « raseur de murs ». Le reste a été facile. On a utilisé un programme qui compile les plans différents d'un même individu pris de plusieurs endroits. Là, c'était l'idéal, on l'avait sous toutes les coutures. Ça nous a donné le gars en relief, couleurs, 3D.

Zoé posa devant Mallock le portrait d'Ockham dans sa tenue… civile, celle qu'il mettait pour parvenir sur les lieux de ses exactions et en repartir. La silhouette faisait un peu démodée, genre détective privé errant dans le New York des années 50, la clope au bec sous une nuit pluvieuse.

— OK, mais d'où il le sort, ce déguisement ? Il l'apporte comment sur le lieu de ses forfaits ?

Zoé et Ken restèrent muets.

— Alors là, aucune idée, avoua ce dernier comme à regret.

Il se rendit compte qu'il n'avait pas été assez loin dans ses recherches. Mallock avait l'art de mettre le doigt où ça fait mal.

— Je suppose qu'il arrive habillé de la même façon ? insista Amédée. Alors où est sa tenue d'Arlequin ? Et après ? Il refait apparaître son chapeau et le reste par un tour de magie ? Vous n'avez rien remarqué sur les vêtements ?

Zoé et Ken s'approchèrent de la photo principale, en haute définition.

Après quelques minutes, Zoé tenta :

— Les habits sont très fripés ?

— Bien vu. Et donc…

— Je pense qu'il arrive en costume de ville avec sa panoplie de Polichinelle enfilée en dessous, bosse et ventre dégonflés. Une fois sur place, dans un coin discret, il retire ses vêtements civils et s'en sert pour gonfler ses… « attributs », l'imperméable dans le dos, le chapeau et le pantalon sur le ventre, ou le contraire. Une fois qu'il a terminé de jouer du rasoir, il fait la même opération dans le sens inverse, et peut ainsi sortir et se fondre dans la foule.

— En fait, c'est comme un magicien, il utilise des accessoires et des déguisements, fit remarquer Ken.

— Oui, ça s'apparente à du transformisme, conclut Mallock, soudain songeur.

Des ordres furent donnés pour que la silhouette d'Ockham « en civil » soit diffusée dans tous les commissariats de l'Hexagone. Sans trop d'illusions. Il y avait bien peu de chances pour qu'Ockham utilise encore son déguisement de détective. C'était déjà assez étonnant qu'il l'ait gardé si longtemps. Ça pouvait dénoter un grand mépris pour les capacités de la police ou une trop grande confiance en lui. Mallock opta pour les deux.

38

Mardi 29 novembre

Fermeture des voies sur berges en fonction de la montée des eaux
Tronçon 1 : pont Royal/pont de l'Alma, à 3,20 m
Tronçon 2 : Tuileries/Mazas, à 3,45 m
Tronçon 3 : pont du Garigliano/pont de Bir-Hakeim, à 3,70 m
Tronçon 4 : voie d'évitement Valhubert, à 4,35 m
Tronçon 5 : voie sous le pont National, à 4,80 m
Tronçon 6 : voie Mazas, à 5,90 m
Tronçon 7 : souterrain Citroën-Cévennes, à 6,10 m

Zéro degré sur Paris. Ça aurait pu ressembler à l'hiver, et pourquoi pas à Noël, si la crue de la Seine n'était pas venue gâcher la fête. Après avoir attendu la dernière minute, les instances responsables de la capitale ne pouvaient plus reculer.

La veille, Dublin lui avait enfin parlé de sa rencontre avec Otto Borg. Ce dernier venait de lui passer un nouveau coup de fil. La Seine avait atteint les cinq mètres de hauteur de crue au quai de la Tournelle, nouvelle référence depuis que le Zouave avait été déplacé. L'heure était venue de déclencher le plan Neptune. Le 13 n'était pas directement impliqué dans l'opération, ou très peu, lui avait précisé le haut fonctionnaire. Les grandes décisions seraient prises au QG de crise, dans les sous-sols de la préfecture de police, au sein de la zone de défense de l'Île-de-France placée sous la responsabilité du préfet. « Il nous reste une petite dizaine de jours devant nous, lui avait précisé Otto. C'est ce qu'on appelle dans notre jargon à la con une *crise à cinétique lente*. En l'occurrence, une grosse emmerde qui monte progressivement, et qui nous laisse, a priori, le temps de nous organiser. »

Café avec sucrettes, nuage de lait ; après avoir raccroché avec Dublin, Mallock ouvrit un streaming radio sur son ordinateur. Madame le préfet, le maire de Paris à ses côtés, y faisait une déclaration :

— Tout est parfaitement sous contrôle. Outre les pompiers et la police, plus de 10 000 hommes – éviter le terme de militaires lui avait semblé malin – sont en train d'être mobilisés sur Paris pour renforcer et faciliter la circulation, l'acheminement de l'eau potable et des produits de première nécessité, pourvoir aux transports médicaux et à la parfaite évacuation des déchets. Ils vont tout faire pour que les Parisiens n'aient en aucune façon à souffrir de cette crue. Les milit… hommes mobilisés sont là également pour surveiller les bâtiments qui auront été évacués, gérer les liaisons Paris-Banlieue.

— Il s'agit en quelque sorte d'organiser la continuité de la vie *en mode très légèrement dégradé*, avait-elle conclu.

Mallock eut un grand sourire. L'art de l'euphémisme dans la haute administration faisait parfois son régal.

Il consacra son après-midi à faire le point sur les différentes pistes et les attaques d'Ockham. En comptant les scalpés, il avait fait un mort et une trentaine de victimes. Tous les témoignages furent relus et mis en parallèle, chaque indice répertorié. Un travail relativement rapide, puisqu'il n'y avait ni empreintes, ni traces d'ADN, ni même la moindre poussière. En fait, seuls les bocaux auraient pu parler. Mais ils étaient restés muets. Les Le Parfait étaient un modèle extrêmement répandu en France. Tout le monde pouvait s'en procurer dans n'importe quelle droguerie, si on n'en avait pas déjà une collection dans ses placards.

Alors que Mallock s'apprêtait à rentrer se coucher, Zoé et Julie débarquèrent en trombe. Il était minuit dix.

— Il semblerait que notre loustic prépare une nouvelle intervention.

— Ça commence quand ?

Julie se tourna vers Zoé.

— À minuit pile. « Minuit, l'heure du crime », c'est tout ce qu'il a dit, précisa Zoé tout en réglant l'ordinateur de Mallock sur le bon IP.

Sur l'écran, le spectacle était étrange.

Ils mirent un certain temps à comprendre qu'ils étaient en train de regarder l'image d'une caméra portée, une vue subjective d'une petite rue, peu lumineuse. Mais de quelle ville ? Le porteur de la GoPro marchait du pas régulier d'un simple promeneur. Parfois un café encore ouvert éclairait le sol devant lui, sans que l'on puisse pour autant identifier l'établissement.

— Vous pensez comme moi ?

Zoé confirma :

— Oui, ça doit être Ockham qui se balade avec ça sur la tête. Quel grand malade !

— Mais il veut nous montrer quoi, cet enculé ? demanda tout haut Julie.

Mallock n'eut pas le temps de lui répondre. Ockham apparut en pied, enveloppé dans son imperméable. Son image était reflétée par un grand miroir placé dans la partie droite de la vitrine d'un marchand de vêtements et de chaussures. Seule différence avec les photos que l'on avait de lui, entre ses lunettes noires et son chapeau de feutre marron, était attachée une micro-caméra. Sans rien dire, alors que la neige se remettait à tomber, la silhouette commença à se déshabiller. Comme Mallock l'avait supposé, sa tenue rouge de Polichinelle était en dessous. Il termina sa mue par le bourrage de ses bosses et la pose de son horrible bec. Cette fois-ci, il n'était pas en plastique ou en papier mâché jaune, mais en métal damasquiné.

Le monstre recommença à marcher.

Le grand-angle de la caméra permettait de voir toute la rue, côté droit et côté gauche en même temps. La longueur du bec était telle que le rostre monstrueux apparaissait en plein milieu de l'écran, le coupant en deux. Bien différent des autres fois, il ne se recourbait pas, mais continuait tout droit comme la pointe d'une épée. Difficile de l'affirmer sur la seule foi de la vidéo, mais il semblait être en argent, guilloché de volutes comme les canons des armes précieuses du XVIIIe. Sur le moment personne ne releva cette dissemblance, ni ne lui donna l'importance qu'elle méritait.

Malgré l'heure tardive, des centaines de milliers d'internautes étaient en ligne sur le site.

— On en est à plus d'un million, annonça Zoé.

— Oui, et aucun flic en vue, ajouta Julie.

— Il semble avoir choisi un endroit particulièrement désert, entre la ville et sa banlieue…

Mallock essayait de reconnaître quelque chose.

— On peut tenter d'identifier le lieu par les volumes des rues et des immeubles ? Avec Google, peut-être ?

Mais à l'instant où Zoé allait lui répondre, une jeune femme apparut sur l'écran. Tout en marchant, dans la semi-obscurité de la rue, elle cherchait quelque chose dans son sac. Une lumière l'éclaira et un même cri jaillit dans les locaux du 13 :

— Jo !

L'attaque eut lieu avec une effroyable rapidité. Le Polichinelle se précipita sur la jeune femme et la poignarda avec son bec en métal. Trois violents coups de tête dans le dos. Joséphine se courba en arrière en hurlant de douleur. Quand elle parvint à se retourner vers son attaquant, ses yeux étaient emplis d'un mélange de souffrance, d'incompréhension et de terreur.

D'un seul mouvement, le rostre monstrueux lui arracha deux doigts et un morceau de joue. Puis il rentra dans sa bouche et lui déchira la langue.

Mallock hurla :

— Faites le repérage, vite ! Elle a sûrement son portable avec elle !

Zoé et Ken se précipitèrent, quittant l'écran. Ockham, après avoir crevé les yeux de sa victime, lui brisait maintenant les dents. Zoé et Julie fondirent en larmes. Corbeau sur un cadavre de pendu, la sauvagerie du Polichinelle semblait ne pas connaître de limite. Joséphine s'effondra par terre. Le monstre s'agenouilla à son tour, glissa sa tête entre ses longues jambes et y enfonça son rostre. Va-et-vient écœurant, cunnilingus cannibale, grotesque simulacre de copulation.

Le Polichinelle sortit alors son rasoir et remonta vers le haut du corps de Joséphine tout en l'éventrant. Arrivé au niveau de son visage, il l'égorgea.

L'attaque avait été foudroyante. Lorsqu'il se redressa, le corps du monstre tremblait encore d'excitation. L'image, retransmise par la petite caméra toujours attachée à son crâne, vibrait à son rythme.

Son bec frémissant était passé du gris métal au rouge sang, un rouge cuivré, rouillé comme un soleil d'horizon.

Il reprit sa marche.

Hormis la litanie ânonnée par Zoé, le silence à l'intérieur du 13 était assourdissant. Inclusion des corps et des cœurs dans un même bloc d'effarement. Chagrin, rage, terreur, tous ces sentiments ne faisaient plus qu'un, formant une masse compacte et douloureuse dans laquelle toute l'équipe de Mallock était maintenant enfermée. Il n'y avait aucun mot, aucun verbe, aucune phrase qui puisse être prononcée. Rien qui saurait soulager, expliquer ou compenser ; il fallait simplement attendre que l'un d'entre eux parvienne à sortir de cette sidération dans laquelle les avait plongés l'acte immonde auquel venait de se livrer Ockham devant les yeux de trois millions d'internautes.

Arrivé dans l'ombre d'une contre-allée bordée d'arbres, le Polichinelle arracha la GoPro qu'il avait sur le front. Elle tomba sur une pierre et, tout en continuant de filmer, roula sous un arbre. Il n'y avait plus rien qu'une image de travers avec une feuille morte en gros plan et la neige qui tombait dessus. Un coup de vent bougea légèrement la caméra. La mise au point se fit alors sur le fond de la rue. Derrière un rideau de flocons, on apercevait une forêt et un bout de bâtiment.

Trois minutes s'écoulèrent.

Dans le bureau de Mallock, tout le monde pleurait.

Brusquement, une silhouette réapparut à l'écran. D'abord ses baskets, puis tout son corps. Il semblait chercher quelque chose par terre. Un vêtement oublié ?

C'est à ce moment-là qu'au loin un couple entra dans le champ. Il les aperçut, hésita puis prit la fuite. On le vit partant à grands pas vers ce qui, malgré l'obscurité, semblait être un bois. Il était en tenue complète de joggeur, écouteurs blancs aux oreilles et sac à dos bien rempli.

Ils étaient en train de regarder Ockham s'enfuir, avec sa tenue qu'il avait récupérée. Aucun espoir d'ADN. La caméra le filma jusqu'au bout, puis refit le point sur le bâtiment entraperçu, se brouilla un peu et s'éteignit.

Plus de communication.

Heureusement, Julie avait eu le temps d'identifier l'endroit :

— C'est au bois de Boulogne. C'est l'une des deux maisons jumelles au bout du boulevard des Sablons. Jo habite à deux pas, rue Dulud, au numéro…

Mais sa voix fut interrompue par un sanglot.

Ken appela d'Harcourt pour lancer l'intervention.

Sur Internet, on en était à 3 958 932 *likes*, avec une courte avance des pouces rouges sur les verts.

39

Matin du mercredi 30 novembre

Mallock et son équipe eurent du mal à entrer dans Neuilly. Jalouse de la publicité donnée à la pluie et aux inondations, la neige avait envahi les rues et les trottoirs. À partir de la porte Maillot, elle tombait dru sur une couche glissante d'une bonne trentaine de centimètres. Qui aurait voulu se promener par un temps pareil ?

Personne, sauf une belle Joséphine, simplement pour rentrer chez elle, au chaud.

Mallock n'était pas près de se pardonner. Si seulement il l'avait obligée à toujours porter son arme. Lui, un as du tir, ne l'avait jamais emmenée au stand pour vérifier ses capacités et lui donner des conseils… Aucun entraînement au combat non plus. Tous les membres de son groupe de sang étaient surentraînés, pourquoi avait-il oublié Jo ? Ce genre de questions et de « si » ne cesserait de venir le hanter, se rajoutant à tous les autres remords, regrets et nostalgies qui le tenaient éveillé.

Parvenir jusqu'à la scène du crime releva de l'exploit. Des dizaines de voitures, motos et cars de régie étaient déjà sur place. Plus proches du lieu et moins figés que les policiers du 13 par l'horreur et la tristesse, ils les avaient devancés.

L'équipe du Fort dut abandonner les voitures de fonction pour parcourir les derniers mètres. D'un ciel bas, d'énormes flocons descendaient, lents et nobles, sans se soucier le moins du monde de la frénésie des hommes.

Arrivé enfin sur les lieux, non sans avoir injurié le maximum de personnes, Mallock parvint jusqu'au corps massacré de Jo.

Une formidable douleur le saisit à la gorge.

Il la revit lorsqu'elle était venue le rejoindre à Andernos durant l'été. Douleur. Et une vision : elle dans le soleil aquitain, chevilles d'or, cou de bronze, bracelets d'argent. Beauté qui marche à l'ombre des arbres dans des graviers crissants. Mon Dieu, tout ce sang. Elle, la veille, avançant simple et hautaine, chef-d'œuvre de Dieu pour une beauté du diable. Et puis son calme aussi. Son âme et sa démarche de reine africaine. Sa gentillesse et son intelligence. Un miracle aux longues jambes. Ces mêmes jambes, désormais écartées, souillées, lacérées.

Il ne restait plus grand-chose du visage de Jo. L'œil gauche avait été transpercé, et le droit, à moitié fendu, coulait encore lentement sur sa joue. En lieu et place de ses sublimes lèvres, Amédée aperçut une sorte de faille sombre où brillaient des dents accidentées. Seul le nez était intact. Ce qui rendait le reste du visage plus dramatique encore.

Mallock n'eut pas la force de continuer son analyse du corps.

Sommes-nous seulement vivants ? Plus que la somme de nos muscles ? Que le réseau de nos veines et de nos os articulés ? Autre chose qu'une marionnette biologique de haute précision ? C'était quoi, ce grand rêve collectif ?

Un éclair fit hurler les couleurs obscènes qui tachaient le corps de Jo. Pour assurer son coup et doubler le cliché, le photographe de presse repoussa Mallock. De face et au-dessus, l'effet serait encore plus vendeur. Il n'eut pas le temps de comprendre ce qui lui arrivait. Amédée lui arracha l'appareil et l'envoya valser. Puis il se retourna vers l'individu pour lui asséner une formidable baffe. La caméra retomba sur la glace avec un bruit de verre brisé.

Mallock n'avait aucunement le droit de se comporter ainsi, mais le photographe avait franchi les limites de la scène de crime, ainsi que celles, bien plus floues, de la décence. Un partout, la balle au centre.

Amédée ne continua pas la partie.

Sa douleur à la poitrine et sa rage dans le cœur lui ordonnaient de rentrer rapidement se reposer, lécher ses plaies, et tenter de se calmer à coups de whisky ou autres denrées moins balisées.

Arnaud et six membres du SINOD étaient arrivés sur place, un peu avant eux.

Ken et Jules lui proposèrent :

— Rentrez, patron, on est assez, et vous avez une tête à faire peur ! On s'occupe de tout.

Mallock bafouilla un « Merci, les gars » avant de prendre place dans l'une des voitures du 13. Il hésita alors. Devait-il passer par les urgences ? La douleur dans sa poitrine et le long de son bras gauche était devenue intense. Il connaissait bien ce signe.

Mais il décida de se fier au sort, relancer les dés et tenter le diable. Au destin, le choix du chemin. Dans sa tête, inconsciemment peut-être, Amédée venait de mettre son âme sur la grande balance. Hormis Ockham, si quelqu'un était coupable de la mort de Jo, c'était lui. Négligence, mise en péril de la vie d'autrui, mauvaise évaluation des risques : le commissaire était coupable. Qu'il paye !

40

Plateau du Larzac

C'est à 18 ans qu'Erwan subit son avant-dernier enlèvement.

Pour lui, ça faisait sept, car il avait acquis la certitude d'avoir été enlevé une première fois dès sa naissance. Peut-être même analysé dans le ventre de sa mère. Pourquoi n'avait-elle jamais rien dit, dans ce cas ? Pourquoi ne le soutenait-elle pas lorsqu'il parlait de ses « abductions », puisque tel était le terme consacré que l'on donnait de l'autre côté de l'Atlantique à ces terrifiants événements ? Et puis, même si elle n'y croyait pas, même si elle avait oublié, pourquoi ne l'aidait-elle pas ? Était-ce digne d'une mère que de se rallier ainsi aux autres contre son propre fils ? À moins que l'avis des « moutons crétins » et l'opinion qu'ils avaient d'elle soient plus importants que l'amour de son enfant.

Ce sixième épisode, conscient, fut pour Erwan le plus cruel. Non qu'il eût plus souffert ou subi de nouveaux sévices plus humiliants encore, mais parce qu'il avait fait naître en lui le doute.

On ne l'avait pas retrouvé errant dans un champ, comme d'habitude, mais dans sa propre chambre, porte et fenêtres fermées. Pourquoi les monstres se seraient-ils donné le mal de venir le prendre dans son lit puis de l'y ramener gentiment, au risque d'être découverts ?

Erwan avait trouvé une explication qu'il jugeait plus que plausible, rationnelle : la volonté des extraterrestres de semer justement le doute en lui et le décrédibiliser aux yeux de ses semblables. Mais il n'en était plus aussi sûr. Et s'il n'était, en effet, qu'un malade ? Un pauvre fou en plein délire ? S'ils avaient tous raison ?

Les résultats des IRM avaient montré des anomalies, des contrastes inquiétants et un début de tumeur ressemblant à une minuscule araignée.

Au lieu de le rassurer, ces nouvelles données l'avaient amené à détester, bien plus que les monstres gris qui l'avaient enlevé, le troupeau de « moutons crétins » qui tenaient absolument à le maintenir enfermé, sans espoir, dans sa folie, et l'asile qui allait avec.

Comment pouvaient-ils savoir quoi que ce soit ? Qui les avait faits rois ? Docteurs et spécialistes ne faisaient-ils pas que répéter bêtement ce qu'on leur avait fourré dans le crâne depuis le premier jour de leur jardin d'enfant hospitalier ? De tout temps, pour Erwan, on donnait à ces perroquets bornés, arrogants et sans grande imagination un pouvoir et une science qu'ils étaient loin d'avoir.

Par peur de passer pour « étranges » aux yeux de la société des savants, ses proches, famille et amis avaient condamné Erwan à la maladie. Pour eux désormais, ces « histoires » d'enlèvements étaient officiellement devenues les délires d'un enfant un peu dérangé, avec un crabe dans la tête, qu'il convenait de soigner. Pour preuve : l'année qu'il avait passée en « clinique » lorsqu'il avait 14 ans. Et les lignes qu'il s'était mis à dessiner frénétiquement grâce aux compas en plastique que l'on avait fini par lui laisser de guerre lasse.

41

Mercredi 30 novembre

Mallock s'était endormi avec ses deux gerbilles sur la poitrine. À son réveil, Jo était encore morte. Dans la solitude de son appartement, il poussa un grondement d'ours blessé, puis il se mit à jurer tout seul, comme un fou furieux. Sueurs froides, étourdissements. Il se précipita vers la salle de bains où il se mit à vomir tripes et boyaux. Son corps tremblait. Sa peau était glacée. Sans pouvoir s'en empêcher, sans même le vouloir, il s'effondra. Le dos appuyé contre la baignoire, il pleura la mort de son amie Marie Joséphine Maëcka-Demaya.

Longue douche chaude. Alcool. Musique.

Avant de partir, il chercha Sanson et Salomé. Pourvu qu'il ne les ait pas blessés en se retournant dans son lit. Effrayées par les cris du gros ours, les deux gerbilles s'étaient prudemment réfugiées dans leur cage. Mallock changea leur eau, leur disposa des fruits secs et leur murmura des mots tendres, même si c'était un peu à lui-même qu'il les destinait.

Son répondeur clignotait.
Il l'ignora, et sortit.

Grands pourvoyeurs de crue, dans le massif du Mont-Blanc, Tacul, Leschaux et Talèfre avançaient vers le bas de la vallée en dégueulant leurs eaux bleues par leurs bouches empierrées.

Rue de Rivoli, loin de ces moraines glacières, les derniers tas de neige agglutinée dérivaient dans des caniveaux gorgés de pluie. Plus loin, la Seine avait encore monté. Un courant beige en fripait violemment la surface. Sur le macadam, il n'y avait plus la moindre trace de glace. Le temps s'était brutalement réchauffé. En cette triste journée, le thermomètre atteindrait même les 18° vers midi, battant le record du 16 décembre 1989.

Mallock était sorti sans manteau. Il s'en félicita. Le vendeur du kiosque à l'entrée du boulevard du Palais l'interpella :

— Commissaire, je ne sais pas si vous avez vu. Ça vient juste d'arriver.

Le gars lui tendit la toute dernière édition du *Figaro*. Outre le terrible assassinat de la nuit décrit en détail, le journal publiait un document qu'il avait reçu au petit matin du Polichinelle : « L'ultimatum d'Ockham ».

Au travers de ce document rédigé dans la même langue ampoulée et comminatoire, l'arlequin sanglant faisait savoir à la terre entière et à la France en particulier, le détail de ses intentions meurtrières :

« Je me confère par le présent acte toute liberté, droit et devoir d'assassiner ou de mutiler tout individu qui sera vu dans la lucarne durant les trois prochains jours. Toute personne faisant fi de ces instructions et préférant à sa vie son lobby, son ego ou la promo de son disque se verra couchée sur ma liste... Cette périodicité de soixante-douze heures sera automatiquement reconduite jusqu'à ce qu'il en soit décidé autrement... »

Mallock se rendit compte qu'il avait continué à marcher tout en lisant, et qu'il avait oublié de payer son journal. Il rebroussa chemin.

— Mais non, commissaire, cadeau, vous plaisantez !

Amédée bredouilla un merci, avant de reprendre sa route. Encore une fois, le Dr Invincible, *Venerabilis inceptor*, avait visé juste. Les images du meurtre de Joséphine sous toutes ses horribles formes avaient été diffusées dans l'ensemble des médias : quotidiens, journaux télévisés ou Internet. Qu'il l'ait planifiée ou non, la concomitance de ces deux événements – l'ultimatum et le meurtre en direct de Jo – produisit un effet dévastateur. Émissions, journaux, interviews, le banc et l'arrière-banc des célébrités se firent porter pâle. Une brusque épidémie de maladies se déclara, touchant principalement chroniqueurs et animateurs. Paniqués, les responsables des chaînes de télévision raclèrent les fonds de tiroirs, allant jusqu'à inviter, en désespoir de cause, des gens savants, intelligents et intéressants.

Pour une fois à la hauteur de leur tâche, il n'y eut que peu de défections de la part des journalistes. Il y avait encore de bons professionnels, heureusement. Même si certains y virent surtout une opportunité de monter en grade ou de fanfaronner. Ce fut finalement Sig qui donna à Mallock l'explication la plus rationnelle. Elle tenait dans le bon vieux dicton : « Qui part à la chasse, perd sa place. »

Arrivé au 13, Mallock replongea dans le deuil et la tristesse. Le visage des hommes de d'Harcourt était décomposé. Tout le monde connaissait Jo et l'appréciait. Sans compter ceux qui en étaient secrètement amoureux. En voyant son patron, la nièce de Bob s'effondra en larmes derrière son standard.

Amédée s'approcha d'elle pour déposer une grosse bise sur son front :

— Sois forte, Winona. On va se battre et faire front ensemble.

Facile à dire. Comment retrouver le courage après un tel cataclysme ? L'envie d'agir alors que l'on préférerait se mettre au fond du lit et pleurer l'absente, en léchant ses plaies ?

Lâchement, Amédée prit l'ascenseur qui menait directement derrière la salle de réunion, puis à son bureau. Il ne voulait voir personne. Affronter son chagrin, il savait faire ; celui des autres... Entre tristesse, rage et sidération, à l'instar de sa petite standardiste, tout le 13 était anéanti.

Quand Wik apparut dans son bureau, Amédée en eut la confirmation. Le grand Berbère que rien ne semblait pouvoir troubler avait les yeux bordés de rouge.

— On fait quoi, patron ?

Mallock le regarda tristement avant de répondre :

— On la venge, putain. On la venge.

Le grand capitaine hocha lentement la tête.

— On le lui doit.

— Absolument, lui répondit Mallock. C'était quelqu'un de remarquable.

— Irremplaçable, bafouilla Wik.

Puis, comme le silence avait plus de talent que leurs pauvres mots, ils se turent.

Jules et Julie arrivèrent à leur tour. L'ambiance dans le grand bureau d'Amédée pouvait être lue et comprise même par le dernier des illettrés. Lorsque Ken les retrouva, ils se firent tous la même réflexion muette : l'équipe était au complet. Son cinquième membre ne les rejoindrait plus.

— On fait quoi, patron ?

À son tour, Julie venait de poser la même question, au mot près.

Mallock lui fournit une réponse un peu différente :

— On ravale notre tristesse et on se remet au boulot. Notre Jo…

Mais sa gorge fut brutalement prise d'assaut par un sanglot, bloquant les derniers mots de la phrase.

Il se reprit :

— Le moins que l'on puisse faire pour Jo, c'est de choper cet enfoiré. Alors, c'est ce qu'on va faire.

Murmure d'adhésion suivi d'une immobilité générale. Chacun dans son coin. Manipulant un stylo, cou dressé pour regarder par la fenêtre, ou se concentrant simplement sur sa respiration. Il était encore trop tôt pour l'action. Ils avaient besoin de se retrouver ensemble. Même dans ce silence de gêne et de plomb.

Alors que Ken et Zoé faisaient leur rapport, en grande partie négatif, sur les CPC demandés concernant les trois derniers bocaux, Mallock s'exclama :

— Nom de Dieu, quel con !

Cette sortie, qui les fit tous sursauter, ne s'adressait qu'à lui-même.

— Pourvu qu'il ne soit pas trop tard.

— Pour quoi ?

Il y avait une étrange nuance d'espoir dans la voix de Julie, comme si son commissaire, capable de tout, pouvait avoir trouvé une astuce pour ressusciter Jo. Un centième de seconde pour croire au miracle, c'était déjà une forme de prodige.

— L'ADN d'Ockham. On a encore une chance de l'avoir.

— Comment ? Il a tout emporté dans son sac à dos.

— Et comment sais-tu qu'il a tout emporté, Jules ?

Amédée avait repris, sans s'en rendre compte, son habitude de forcer le groupe à la réflexion. Surtout ne jamais leur faire cadeau d'une énigme qu'ils pouvaient résoudre eux-mêmes. Et puis, il fallait bien les sortir de leur torpeur.

— Eh bien, on l'a vu faire. Et puis, il ne restait rien en arrivant.

— Il a ramassé tout ce qu'il y avait par terre, y compris son horrible bec, confirma Julie.

— Il a même repris ses affaires civiles avant de réapparaître pour s'en aller vers le bois.

— En effet. Et avec quoi vous l'avez vu faire ça ?

Deux secondes de guerre de cervelles, les synapses en bataille :

— Merde, c'est vrai, il est parti en laissant sa caméra tourner.

— Oui, je pense qu'elle a roulé trop loin de lui. Dans l'obscurité, elle ne devait pas être visible. Et puis, souvenez-vous, un couple est arrivé à ce moment-là, il a laissé tomber.

Julie et Jules quittèrent le bureau en lançant :

— Putain, on fonce. Pourvu que les services de nettoyage…

Une heure plus tard, tout le monde était rassuré. Les « Jules » étaient revenus triomphants. Ils avaient récupéré la petite caméra au pied d'un arbre, sous une grille de protection. Elle fut immédiatement confiée aux bons soins de Théo pour une analyse complète. Sinon directement, du moins par contamination vestimentaire, une trace d'ADN pouvait être retrouvée.

Mallock lui demanda de tout démonter :

— S'il a pu transmettre en direct, c'est qu'il y a une carte wi-fi à l'intérieur de la caméra. Soit c'est inclus dans le boîtier, soit c'est dans la carte flash. Dans ce cas, ça utilise une partie de la mémoire, mais ça permet de transmettre au téléphone. Celui qu'il devait avoir dans sa poche, avec la 3 ou la 4G, sans doute. En s'éloignant, il a rompu la connexion wi-fi de son mobile. Regardez bien la carte, wi-fi ou non, il peut y avoir une empreinte parcellaire.

— Pourquoi parcellaire ? On peut avoir carrément de la chance pour une fois, bougonna Jules.

— Compte tenu de la taille microscopique des mémoires flash, ça ne pourra qu'être une toute petite partie du dactylogramme, mon pauvre Jules. Par contre, côté ADN, on a nos chances. Théo, à toi de jouer.

42

Nuit du 30 novembre au 1er décembre

Ses ordres donnés, Amédée était rentré plus tôt que d'habitude. Il avait une petite idée derrière la tête. Mais, arrivé chez lui, une mauvaise surprise l'attendait. La violence de la pluie avait transformé le patio intérieur de son immeuble en piscine. S'il n'y avait pas eu trois marches pour pénétrer dans son appartement, surélevé de quarante centimètres par rapport à la cour, il aurait été inondé.

Autre chance dans son malheur, la gardienne avait eu la gentillesse de penser à lui. Elle avait fait disposer une série de six parpaings afin de lui permettre de parvenir, au sec, jusqu'à sa porte.

À peine entré, il lui téléphona pour la remercier et alluma le poste de télévision. Dans les moments de crise, ça devenait un outil indispensable. On pourrait dire, malgré sa forme peu... physiologique, une sorte de thermomètre.

Ce soir-là, curieusement, c'était l'engin lui-même qui était le plus malade. L'ultimatum d'Ockham avait fait une nouvelle victime : la télévision française. Devant la défection de leurs invités, les émissions de variétés avaient décidé de rediffuser des shows remontés en catastrophe avec la mention : « Rediffusion ». Le Dr Ockham n'était pas censé connaître les programmes. Il risquait de se méprendre et de prêter du courage à des marionnettes rediffusées « à l'insu de leur plein gré ».

Aux actualités, on parla surtout de ce qui se passait à l'étranger. Pour la France, on en mit trois couches sur le record de chaleur de ce 30 novembre, ainsi que sur les risques de plus en plus forts d'inondations. Cartes à l'appui, un point fut fait région par région. Dès le lendemain, la pluie allait reprendre sur l'ensemble du territoire et, pour la première fois, on évoqua le « plan Neptune ».

Contraint de relire l'ultimatum d'Ockham entre la météo et le premier écran pub, le présentateur commença :

« Je me confère par le présent acte toute liberté, droit et devoir d'assassiner ou de mutiler tout individu qui sera vu dans la lucarne durant les trois prochains jours. Toute personne faisant fi de ces instructions et préférant à sa vie son lobby… »

Le journal se termina sur le visage anxieux du journaliste qui tentait de prendre l'air détendu en tapotant d'un air négligé sa pile de papiers sur son bureau.

Le monstre avait parfaitement réussi son coup : instaurer un climat de panique dans tout l'Hexagone et dans une bonne partie de l'Europe. Au moment où il éteignait le poste pour préparer sa médication personnelle, Amédée repensa à une biographie très ancienne que Léon lui avait confiée sur un frère dominicain : Hieronymus Savonarola.

— Tu me l'abîmes, j'te pourris ta Jaguar, avait-il menacé, façon racaille.

Savonarole était parvenu en son temps à instaurer la terreur en exigeant que soient collectés tous les objets liés à la corruption : miroirs, images, jeux, robes, nus et produits de beauté. Il n'avait pas fait éteindre les télévisions comme Ockham, mais il avait fait allumer un grand feu sur la piazza della Signoria : le bûcher des vanités.

La comparaison n'était pas dénuée de pertinence.

Cette pensée habita le commissaire jusqu'à ce que l'âcreté de la fumée du *chandoo* pénètre, indiscrète, entre ses synapses. La morphine qu'elle contenait emporta Mallock dans un état de conscience « autre ». Clairvoyance sans souffrance, le monde sans l'immonde. Sans, sur soi, l'œil démultiplié des autres. Plus d'objets ni de projets. Plus de train à prendre, de comptes à rendre. La simple béatitude d'une tendre extase. Un monde sans gravité, où plus rien ne ment, et plus rien n'importe vraiment. Amédée ne pouvait rien faire pour Jo, sinon la pleurer.

Ça faisait plus de deux mois déjà qu'il avait été appelé au chevet d'une *Joconde* arrachée de son cadre. Durant ces quatre-vingt-cinq jours, il y avait certainement quelque chose qu'il avait laissé passer, une piste négligée, un détail non exploité, un mot non relevé, un signe, un nuage ou une poussière, une intonation, une dissonance ou un reflet.

Le lâcher-prise que lui procurait l'opium lui permettrait peut-être de s'en souvenir. Humides, les ancres remontèrent à bord du cargo *Le Mallock* en faisant des bruits de chaînes et de rails. Halètement huileux des machines. Pistons, arbres à cames. Direction abysses et horizons.

Il n'y eut pas d'ossuaires de baleines ce soir-là, pas de bals d'hippocampes ou de chants des sirènes, Amédée ne rêva que d'une araignée. Un grand aranéide noir avec de courtes pattes terminées par des chaussures féminines. La bestiole parcourait de longs couloirs en faisant résonner ses talons comme des fers de chevaux. Elle s'arrêtait parfois pour pondre en hurlant de douleur, puis elle repartait... Derrière la bête, lentement, son œuf laissait au sol la dentelle grise et mate qui le recouvrait, et se mettait à léviter. Il s'arrêtait à mi-distance entre le sol et le plafond. De gris anthracite, il passait alors au noir le plus absolu, rutilant comme le carénage d'une moto.

Pour une fois, décoder son rêve ne posa aucune difficulté : Violaine avait, tatouée à l'intérieur du poignet droit, une petite araignée trapue, tout à fait semblable à celle de son rêve. Il y avait aussi le bruit de ses talons dans les couloirs de l'hôpital. Et puis les œufs, reflets évidents des sphères obscures qu'Ivo fabriquait pour les déposer un peu partout dans le monde.

Mais pourquoi rêver de la femme du plasticien ? Et pourquoi maintenant ?

Une fois encore, le souvenir de Bob et de ses phrases toutes faites lui revint : « T'encombre pas l'hypophyse d'hypothèses foireuses, quatre-vingt-dix-neuf fois sur cent, c'est la jument. Perds pas d'temps, c'est l'pur-sang, l'jaloux ou la grognasse. » « Pour le motif, c'est l'argent. Inutile de tortiller du cul pour chier droit. » Bob Daranne avait beaucoup de qualités, mais la distinction n'en avait jamais fait partie.

« À qui le crime profite-t-il ? » « Cherchez la femme. » Violaine savait où se trouvait son mari. Mieux, il était plausible que celui-ci, ignorant son horrible dessein, lui ait donné le moyen de pénétrer dans les lieux pour qu'elle puisse le rejoindre ou lui apporter éventuellement quelque chose. Il devait posséder toute une série de cartes et de codes pour pouvoir circuler tranquillement dans cette partie du musée. Elle avait pu se les procurer, faire des copies.

Quant au motif, il était évident : elle était la seule héritière de la fortune colossale de son mari. Qui plus est, une fois l'artiste mort, sa cote se serait envolée. Ce meurtre était une grande idée. Qui pourrait imaginer une seule seconde que le vol de la *Joconde* n'était qu'une diversion ?

— Mais alors pourquoi n'avoir tiré qu'une fois ? demanda Amédée encore dans les vapes à un Mallock tout excité.

— Une balle en plein cœur, ça te suffit pas ?

— Ben non, la preuve, le gars s'en est sorti.

Mallock réfléchit deux secondes. C'était pas faux. Tant qu'à monter une telle opération, autant assurer le coup en doublant, voire en triplant le tir.

— De combien le cœur a-t-il été loupé ? Deux, trois centimètres ? C'est de l'amateurisme, insista Amédée, trop fier pour une fois de pouvoir clouer le bec à Mallock.

L'un et l'autre se levèrent lourdement pour se diriger vers le téléphone, lentement, histoire de prendre le temps de ne faire plus qu'un pour appeler ensemble.

Amédée Mallock finit par avoir en ligne le chirurgien qui s'était occupé d'Ivo.

— Commissaire, il est 3 heures du matin.

— Je suis confus, je...

N'go Massa partit d'un grand rire.

— Ce n'est pas grave, je suis là, je suis de garde et je suis réveillé. Que puis-je pour vous ?

Amédée essaya de formuler correctement sa question. C'est alors qu'il se rendit compte qu'il ne savait pas vraiment ce qu'il voulait demander.

— Lors de l'opération… enfin, lorsque Ivo vous a été amené… avez-vous… ou plutôt, vous souvenez-vous…

— Ai-je quoi, commissaire ? J'ai une intervention dans trois minutes.

— Est-ce que quelque chose vous a paru étrange ? D'autres blessures, des entailles sur le corps de votre patient, peut-être ? Ou une odeur particulière ?

— Vous cherchez quoi exactement ?

La question était claire et pertinente. C'était à Amédée de formuler les choses, pas au médecin de deviner.

Mallock n'allait tout de même pas lui dire que, suite à une séance d'opium, il s'était mis à soupçonner la femme d'Ivo :

— En fait, j'en sais absolument rien. C'est même pour ça que je vous appelle. Je vais un peu à la pêche.

— Pour pêcher quoi ?

Mallock hésita. En avait-il la moindre idée ? D'autres traces de coups, peut-être ? Des taches ? Ivo avait-il été traîné, attaché ? Y avait-il des éléments encore non exploités sur ses vêtements ? S'il y avait des empreintes de Violaine, ça ne prouverait rien. Elle pouvait les avoir faites avant ou même après, lorsqu'elle s'était précipitée sur lui à la sortie du Louvre, inquiète non qu'il soit mort, mais qu'il soit encore en vie ? Mais, si c'était elle, pourquoi Ivo n'aurait-il rien dit une fois remis ? Un coup de feu dans le cœur, ça se fait de face, pas de dos. Il l'aurait certainement vue ? À moins qu'elle n'ait envoyé un homme de main ? Mais tout le reste ? Les autres exactions d'Ockham ? Quel rapport ?

— Vous avez gardé ce qu'il portait sur lui ? se contenta-t-il de demander pour ne pas avoir l'air trop abruti.

— Dans un premier temps, oui. On est censés tout mettre de côté dans un casier verrouillé. Mais après, sauf si la police nous les demande, on remet les effets restants à la famille, sans les laver, en l'état. Cette dernière, sa femme en l'occurrence, les a-t-elle repris ou détruits ? Je ne saurais vous dire. Mais je vais enquêter. Quoi d'autre ?

— C'est idiot, j'aurais dû un peu plus réfléchir avant de vous importuner. Je ne sais pas vraiment…

— Laissez tomber. Parfois, ça urge et on fonce, je connais. J'ai une proposition à vous faire. Compte tenu de l'importance de la situation, je me doute que vous tirez tous azimuts. J'ai fait faire une série de photos du corps d'Ivo avant de l'opérer. Je peux éventuellement vous les montrer, si ça vous intéresse. Mais attention, à titre confidentiel. Je n'en ai pas vraiment le droit.

— Je ne pensais pas à ça, mais pourquoi pas. Quand ?

Bruit de papier à l'autre bout du fil.

— Mardi prochain ?

— Le 6 décembre ? C'est parfait. À quelle heure ?

— À partir de 19 heures, après mes consultations. Je vous préparerai un bureau rien que pour vous.

Mallock eut à peine le temps de remercier, le professeur avait déjà raccroché.

À 7 heures, il décida de se rendre sans attendre au 13.

En voulant sortir, il se trouva stoppé par une sorte de piscine intérieure. La cour était pleine d'eau. Le niveau atteignait maintenant la moitié de la seconde marche et avait dépassé la hauteur des parpaings. Toute personne sensée se serait inquiétée pour son appartement, pas lui. Il se contenta de rentrer pour prendre des bottes.

C'est en tentant d'enfiler les horribles objets en caoutchouc qu'une nouvelle idée lui parvint. Comme ses intuitions, ses rêves avaient toujours un sens. Parfois, en prenant d'étranges détours, leurs propres raisonnements statistiques et leurs déductions personnelles, ils lui annonçaient des faits qui avaient toutes les chances d'arriver, même si lui-même n'en comprenait pas encore la logique ou n'en avait pas encore décodé les signes annonciateurs.

Mais l'idée disparut, ou plutôt elle se fragmenta comme une vitre s'écrasant sur un sol en marbre. Il mit un temps infini à recoller les morceaux de ce puzzle transparent. Il s'efforça de respirer plus lentement, plus profondément. Il n'était pas du tout certain d'y être parvenu.

Mon Dieu, si c'était bien ça, un autre membre de son groupe allait être la cible d'Ockham. Il avait perdu Jo, mais la tragédie n'était pas terminée pour autant. Il rejeta à l'autre bout de sa chambre ses bottes récalcitrantes et sortit en noyant ses chaussures et le bas de son pantalon dans l'eau de la cour.

— Et merde ! hurla-t-il, frustré.

43

Vendredi 2 décembre

C'est au service d'assainissement de la Ville de Paris de procéder à la fermeture des déversoirs d'orages, ces organes de liaison entre le circuit de purification et la Seine, afin d'éviter que la Seine inonde le réseau d'égouts. (Extrait du Journal officiel.*)*

Dans deux heures, on allait enterrer Jo.

Un jour, Bob lui avait lancé : « Putain, ça pleut comme si c'était gratos ! » Aujourd'hui, c'était comme ça, une pluie sans fin, lourde et serrée, une eau qui tombait d'un ciel blafard. Décidément, cette histoire n'arrêtait pas de ramener Amédée à son vieux Bob. C'était par un temps pareil qu'il avait mis en terre son bras droit. Même pour mourir, Robert Daranne n'avait pas fait preuve de beaucoup d'originalité. Canon dans la bouche, il s'était « mangé » une balle. Grand « bang », chaise renversée, petit mot retrouvé.

Pas une ligne dans la presse, mais une infinie tristesse. Et pour Mallock, un nouveau deuil à ranger là où il restait encore et toujours de la place. On n'est pas égaux, en rien, même pas en nombre de morts. En la matière, Amédée avait fait très fort, et les itinéraires qui menaient aux cimetières, il les connaissait par cœur.

À la fin d'une chasse ni plus ni moins éprouvante qu'une autre, son vieux complice était tombé à court de joie. Un soir de Noël, qui plus est. Jo, ce n'était pas pareil : le bonheur, c'était elle. Il suffisait de la regarder pour se mettre à aimer la vie, puisque capable de produire de si beaux miracles avec de si belles jambes, et une âme si admirable. Devoir mettre en terre ce qui restait d'elle était une offense au ciel, aux souvenirs d'enfance et aux nuages en forme de « chevals ».

Aujourd'hui encore, la pluie avait choisi un enterrement pour battre tous ses records. Les grilles des caniveaux dégorgeaient une eau boueuse. Au centre de Paris, saturées d'humidité par les averses des trois dernières semaines, certaines rues étaient désormais interdites à la circulation. Le fleuve, de son côté, attaquait de plus en plus vigoureusement les pieds des ponts qui l'enjambaient. À ce rythme-là, les péniches ne pourraient bientôt plus passer. Le syndicat CGT des bateaux-mouches avait d'ailleurs déposé un préavis de grève menaçant d'arrêter de travailler si le gouvernement ne trouvait pas un moyen de mettre la Seine au pas.

Ce matin-là, dans les journaux, les inondations catastrophiques de 1848 et de 1910 faisaient enfin les grands titres. On commençait à y détailler les conditions d'application du plan Neptune. Pour illustrer la chose, les documentalistes avaient ressorti les clichés d'époque, notamment les ponts en planches avec leurs cortèges de femmes en guêpières et d'hommes en guêtres, l'intérieur du Grand Palais transformé en piscine, ou bien encore les troupeaux de barques glissant entre les jambes de la tour Eiffel.

Sur place, au Père-Lachaise, il y eut des tentatives de parapluies, mais les gouttes, comme le cœur des hommes, étaient en rage. Une seule solution : se rendre, accepter d'être complètement trempé. Le Kaiser avait fait le déplacement ainsi que trois autres stylistes connus. Le talc qu'il utilisait pour blanchir ses cheveux donnait une couleur laiteuse à ses larmes et venait tacher son costume. Il ne s'en souciait pas. Sur lui aussi, comme sur tant de gens, la grande Joséphine avait laissé sa trace.

La pluie fit un fracas effroyable en tambourinant sur le cercueil en bois, au moment où il quittait l'abri du corbillard pour se diriger vers la fosse.

Dernière percussion africaine pour Jo.

Dernière occasion pour ses amis de la regarder passer.

En rentrant, Mallock alluma la télévision. Se laver la tête. Essayer de s'enivrer de cette vacuité à paillettes que le petit écran gerbait avec une prodigalité sans pareille.

Surprise. Plus de vulgarité en stock ? Comment était-ce possible ? Pas de doute, on commençait à vraiment paniquer. Sur les trois chaînes principales, espérant calmer l'ire de la Seine comme celle d'Ockham, de grands débats sérieux avaient été organisés. Aucun people en vue, que des scientifiques, ethnologues, sociologues, climatologues et autre « logues ». La question : la Seine allait-elle vraiment sortir de son lit et envahir Paris ? Le fantôme de 1910, après un siècle de silence, réapparaissait. La catastrophe n'était pas encore là, mais on commençait déjà à désigner les coupables et à s'invectiver copieusement :

— Qu'est-il advenu du projet des neuf casiers, entre Montereau-Fault-Yonne et Bray-sur-Seine ?

— 500 millions d'euros, voilà ce qui s'est passé, vous auriez financé, vous ?

— Ça n'impactait que douze communes. Bonjour les dégâts.

— En tout cas, avec leurs 60 millions de mètres cubes, ça nous aurait bien servi aujourd'hui…

Pour représenter le gouvernement, un visage connu, la bonne bouille d'Otto Borg. Contrairement aux autres participants, il était étrangement calme :

— C'est après la crue de 1924 que le ministère des Travaux publics a décidé de l'aménagement, en amont de Paris, de quatre grands lacs artificiels. Le lac de Pannecière, sur l'Yonne, est entré en service en 1949, celui de la forêt d'Orient en 1966, du Der-Chantecoq en 1974, les deux derniers, ceux du Temple et d'Amanceen, en 1990. Ils servent en quelque sorte de barrages réservoirs et sont gérés par l'IIBRBS[1]. En cas de crue, on peut, grâce à eux, stocker l'eau de la Seine ou de la Marne pour en limiter l'amplitude.

— Nous sommes donc tranquilles.

— Pas vraiment. Dans le cas d'une inondation du type 1910, ces barrages permettront de diminuer d'environ un mètre la hauteur de la Seine à Paris. C'est insuffisant.

— Mais c'est tout bonnement incroyable, qui est responsable de ce gâchis ?

1. Institution Interdépartementale des Barrages Réservoirs du Bassin de la Seine, dont la Ville de Paris est membre.

Otto se mordit la langue. Surtout se taire. Il avait une furieuse envie de parler des dépenses stupides engagées au nom de la démagogie et des plumes dans l'cul, mais il tenait à son poste.

— Permettez-moi simplement de résumer la situation telle que je la vois. Deux choses sont à redouter : les pertes humaines d'une part, et la catastrophe matérielle d'autre part. Nous sommes dans l'une des plus belles villes du monde, et pour vous donner un seul exemple de l'ampleur du cataclysme qui nous attend, trois de nos plus grands musées sont situés en plein milieu des zones inondables. Nous sommes en train d'évacuer une grande partie du Louvre, dont 17 000 m² sont menacés, ainsi qu'Orsay et le musée du Quai-Branly, soit, selon mes dernières estimations, 276 000 statues, peintures et chefs-d'œuvre divers. Des endroits encore plus sensibles que ceux-ci sont en train d'être murés, notamment la galerie Donatello et les anciennes écuries impériales. Plus de trois mètres d'eau en noieront les arches si l'on ne parvient pas à les isoler de l'eau par des maçonneries parfaitement étanches.

— C'est amusant, se risqua l'animateur de l'émission, on dirait qu'Ockham, en détruisant la *Joconde*, a donné le départ de cette grande catastrophe.

— « Amusant » ne serait pas l'adjectif que j'aurais utilisé personnellement mais, en effet, ça peut apparaître aujourd'hui comme une bien terrible coïncidence.

Mallock tiqua sur le mot. Comme tous les flics, il n'aimait pas les coïncidences. Et si ?... Rapidement, il se calma. Le Docteur était capable de grands prodiges, mais il ne pouvait en aucun cas être soupçonné de faire sortir les rivières de leurs lits.

— En tout état de cause les inondations sont le risque numéro 1 dans la région, et on dirait que la capitale a passé son temps à se convaincre de son immunité pour des raisons qu'il ne m'appartient pas d'analyser ici. Le coût de cette crue peut être évalué entre 4 et 40 milliards d'euros, sans tenir compte des réseaux endommagés ni des conséquences de la paralysie en termes de perte de fonctionnement et de production. Comme le disait, il y a quelque temps, le directeur régional de l'Environnement : « L'impact sera dix fois supérieur à la crue de 1910, tant en nombre de personnes touchées que de coût financier. »

— Si les prévisions sont exactes, dans quatre jours, l'eau va donc devenir notre plus grand adversaire ?

— Pas seulement l'eau, les hommes eux-mêmes. Le vandalisme, la violence et les vols sont à craindre. L'électricité va, elle aussi, se transformer en une redoutable ennemie. L'ERDF déclenchera la mobilisation générale à 6,5 m. L'eau montera sans doute au-delà des 10 mètres. Avec 50 centimètres par jour au pic de la crise. Il y aura dans les 400 000 foyers-électricité touchés par des coupures, notamment celles, préventives, pour éviter les courts-circuits.

— Et la télévision ? Les hôpitaux ?

— On possède un grand nombre de groupes électrogènes que l'ERDF utilisera pour raccorder les secteurs jugés prioritaires.

— Qui décide de qui est prioritaire ?

— Le QG opérationnel de crise qui se trouve dans les sous-sols de la préfecture de police, au sein de la zone de défense de l'Île-de-France.

— Le préfet de police, en fait ?

— On peut dire ça comme ça. Mais la zone de défense devra aussi gérer la communication. Comme vous le savez, un point essentiel dans notre pays de râleurs patentés.

En prononçant ces deux derniers mots, Otto Borg se rendit compte qu'il venait de déraper. Un fonctionnaire n'a pas le droit d'émettre ce genre d'opinion. *Et merde*, songea-t-il dans le même élan. *Qu'ils se démerdent tout seuls s'ils ne sont pas contents.*

— La gestion de crise, comme on dit pudiquement, dans un pays où l'opinion est sensible, ne sera pas une mince affaire. Si on ferme un pont, des voix scandalisées s'élèveront pour expliquer l'inanité de cette décision, si on laisse un RER ouvert, on criera à l'erreur criminelle, etc. Ces mesures seront donc prises en concertation pour éviter, autant que faire se peut, les polémiques qui viendront malgré tout inonder les médias. Encore une fois, je ne suis que la personne chargée de l'aspect matériel et, pour l'essentiel, artistique de toute l'opération. J'ai également sous ma responsabilité les animaux de nos zoos. Et je ne parle jamais, même lorsqu'ils sont absents, que sous le contrôle de monsieur le maire de Paris, et de madame le préfet.

— Ils n'ont pas souhaité venir à cette émission, et nous le déplorons, lança l'animateur.

Borg se tut. Il avait appris, et le faisait très bien la plupart du temps.

— Les animaux ne sont peut-être pas la priorité ?

— Eh bien, en 1910, une superbe girafe est décédée d'une pneumonie. Autant éviter un tel drame, non ?

Le journaliste passa complètement à côté de l'humour pince-sans-rire d'Otto.

— Et l'eau potable ? Je suppose que les crues vont rendre l'eau de nos robinets impropre à la consommation ? C'est autrement plus important qu'une girafe ?

— Oui, mais non. Fort heureusement, Paris dispose d'une réserve d'eau supplémentaire, la nappe de l'Albien, insensible aux crues, qui est située à une profondeur de 600 mètres sous la capitale. Cinq puits y sont reliés, disposant chacun d'une capacité de production de 150 000 litres par heure. Des accords ont été également passés avec les grandes compagnies d'eaux minérales. Rien à craindre de ce côté-là.

— Une dernière question, celle que l'on retrouve le plus souvent dans les tweets de nos téléspectateurs : combien de temps durera cette crise ?

— Je pourrais vous répondre que seul le ciel le sait, mais disons que nos estimations sont d'une quarantaine de jours.

— Quarante journées de crue ? C'est énorme !

— Non, soupira Otto Borg, quarante jours avant que la capitale ne retrouve un visage humain et l'usage de ses métros et avenues.

— Donc, nous pouvons être rassurés, tout se passera au mieux, voulut conclure l'animateur.

C'en était trop pour Otto et son désir d'informer, trop longtemps contenu pour ne pas paniquer les Parisiens.

— Ce serait exact si l'on attendait une inondation de l'ampleur de celle de 1910, contre laquelle en effet de nombreuses dispositions ont été prises. Mais je crains que l'on ne s'aveugle encore une fois. Tous les signaux sont au rouge : dérèglement climatique, réchauffement global, nos glaciers… Selon toute probabilité, cette crue va dépasser, et de loin, ce que la capitale et les cinq cent huit communes impactées ont connu au siècle dernier et dans les siècles précédents. Réfléchissons un peu : le *Fluctuat nec mergitur*, devise de Paris, n'est peut-être pas seulement métaphorique.

Après le débat, faute de volontaires pour se montrer dans la lucarne après les menaces d'Ockham, les chaînes piochèrent dans leur trésor de guerre : les milliers d'épisodes de séries américaines et françaises, la 3 choisissant de son côté de passer un film rarement diffusé : *Le Jour le plus long*.

44

Samedi 3 décembre

Amédée avait passé une partie de la nuit sur une nouvelle scène de crime. Quelqu'un avait été assassiné par le Polichinelle dans un studio de production où l'on enregistrait à la chaîne des émissions de téléréalité. Ni valeur, ni morale, vulgarité sans fond, sexe et sottise en rut, calvaire de grammaire et affluence de flatulences, il n'y avait rien à sauver dans ces… tristes réalités-là.

Néanmoins, même si ces émissions mettant en présence bellâtres et pétasses pouvaient à juste titre énerver, retirer à la cuillère la cervelle d'une de ses « stars-tampax » sous prétexte de maltraitance de syntaxe restait un acte somme toute excessif.

Mallock était arrivé tout fripé parmi les premiers.

Son souci principal : figer la scène de crime.

Le Polichinelle n'avait pas fait dans la dentelle. Il avait laissé sa victime assise dans un coin du studio, entièrement nue, les jambes écartées, la tête penchée en avant, décalottée au-dessus des oreilles. Le bol sanglant qui avait contenu sa cervelle exhibait, en un vide effrayant, l'intérieur du crâne uniformément tapissé de rouge.

Elle s'appelait Nolita, raccourci frappant entre la chanson « Nonoleta[1] » et le livre sulfureux *Lolita*, une trouvaille de son agent et souteneur. Depuis une vingtaine d'années, ces jeunes femmes prenaient, à l'instar des courtisanes des années folles, des prénoms exotiques se terminant en « a ». On avait encore tout l'alphabet à se faire avant de passer à autre chose, dure perspective. Il la regarda une dernière fois et fut pris d'une grande bouffée de commisération. Colère et tristesse : qu'avait-on fait à cette jeune fille ? Pas seulement Ockham, mais tous ceux qui l'avaient encouragée dans cette voie sans issue ? Où étaient maintenant ses parents ? Quelle était la responsabilité de ceux qui l'avaient adorée ou vilipendée sur les réseaux sociaux ? Ces réseaux étaient-ils vraiment sociaux ? C'était quoi, cette foule de gens qui s'agglutinaient comme des mouches à merde sur les événements les plus odorants de la planète ?

Ce soir-là, loin des projecteurs, éclairée par l'anonymat triste de néons tremblotants, la starlette était seule, nue, jambes ouvertes, le bol sanglant de son crâne aux quatre vents.

— Putain de bordel de merde ! jura Mallock.

De 3 à 5 heures, l'âme lourde, il fit le tour des studios pour interroger les rares personnes encore présentes, encore capables d'aligner deux mots. Il n'y avait rien à en tirer.

Au départ, comme on l'apprendrait plus tard, le Dr Invincible avait conçu un tout autre plan.

1. *Non ho l'eta* : Je n'ai pas l'âge.

Son intention avait été d'enlever l'une des jeunes femmes, de la ramener chez lui et de l'immobiliser sous une table en ne laissant dépasser que son joli crâne préalablement rasé. Une fois décalottée à la scie électrique, découpe finalisée au rasoir, il aurait alors dégusté, en direct, la cervelle de la belle tout en comptant le nombre de personnes venant suivre le spectacle en *streaming* sur Internet. Il visait les 10 millions de personnes, pouces rouges et verts confondus.

Cette sorte de *happening*, que l'on appelait désormais performance dans le milieu de l'art, lui était apparue comme la parfaite extension de sa palette actuelle d'artiste conceptuel. Mais, le cœur triste, il avait été obligé de renoncer. Non que l'ampleur de la tâche lui fît peur, ou qu'il redoutât de se faire prendre lors de l'enlèvement, mais pour une raison bien plus prosaïque : il détestait la cervelle.

Et ce, depuis qu'il était tout petit.

Les câpres aussi, d'ailleurs.

Une chose s'imposa alors dans la petite tête du commissaire : passer voir Mordome. Bien qu'étant les meilleurs amis du monde, ils se voyaient rarement en dehors du travail. En fait, dans la capitale, c'était le job qui rassemblait les gens, pas l'amitié ou l'envie d'être ensemble.

À peine arrivé à l'IML, Barnabé – Mallock et lui avaient en commun une même vision de la vie et un prénom à la con –, Barnabé donc, se lança dans ses explications.

— D'après mes premiers constats, le crâne a été découpé avec un instrument de chirurgie : une scie médicale de précision oscillante, genre Stryker. Puis la cervelle a été extraite à la main, arrachée lentement pour ne pas en déchirer les enveloppes, dure-mère, pie-mère et arachnoïde.

Malgré lui, Mallock grimaçait en écoutant le rapport de son ami.

— Il n'y avait pas de traces de rasoir cette fois-ci, précisa également le légiste. Ni sur les parois intérieures du crâne.

Lorsqu'ils eurent terminé de parler de l'autopsie et de l'enquête, il était 6 heures du matin. Amédée passa chez lui pour prendre une douche. Puis il appela Léon pour le convier à un petit déjeuner chez Marius.

À l'âge de Léon, on ne dort pas à cette heure-là, ou alors, c'est qu'on est mort. Le vieux libraire s'assit en face de son ami et ne commanda qu'un Lapsang souchong.

— Rondelle ? demanda le serveur.

— Mon Dieu, non. Jamais d'agrume dans le thé du tigre, malheureux !

Léon avait déjà petit-déjeuné et ne prononça pas un mot. Il savait toute la peine que son ami Amédée devait ressentir pour Jo, et il n'y avait rien à faire, sinon être là.

De temps en temps, malgré lui, ses yeux bleus dérivaient vers Amédée pour le regarder se goinfrer de croissants. Il en avait pris quatre. Compensation. Tristesse. C'était pas bon signe.

Un quart d'heure passa. Le silence entourait maintenant les deux hommes qui, ensemble, regardaient dehors. Ou faisaient semblant.

Mallock se décida à quitter avec regret cette quiétude tiède. Il était commissaire de la République, seul responsable d'une enquête qui tournait au désastre.

— Tu sais, je n'ai pas oublié la piste que tu m'avais suggérée.

— Les grands musées ?

— Oui…

Et Mallock replongea dans un silence de plusieurs minutes, avant de reprendre :

— Dès les premiers bocaux, je me suis dit que ta piste n'était plus d'actualité. Je ne voyais pas une institution internationale s'amuser à ça. Puis j'ai réfléchi…

Amédée fit un signe à Marius. Ce dernier était silencieux, également. Le visage tendu. Il savait pour Jo.

— Un petit crème, Marius, s'il te plaît.

— Noisette pour le commissaire, lança le patron du Paris-Marseille à son barman.

Le silence reprit sa place, seulement troublé par les deux coups violents assénés au réservoir à café pour qu'il recrache la poudre déjà utilisée, suivis du halètement bavard de la machine à pression.

— Les grands groupes, avec ou sans la complicité de leurs gouvernements, bien que je ne sois que très peu adepte des théories complotistes à la con, ont certainement fait pire et tout aussi vicieux. Ils pouvaient très bien avoir encouragé ou financé un fou furieux, du type Ockham. C'est toujours pratique ce genre d'individu, ça ajoute la touche de délire qui rend la chose crédible et, cerise sur le gâteau, ça sert de fusible lorsque l'heure est venue.

— Alors, tu rejoins mon idée ?

— Plus maintenant. Ça serait inutile et stupide pour un musée de continuer une telle opération. Pire, extrêmement dangereux pour eux. Ils n'auraient plus aucun intérêt à jouer ainsi les prolongations, surtout aussi sanglantes.

— Ils sont peut-être pris à leur propre piège ?

— Non, non, crois-moi. Si c'était vraiment un complot de ce niveau, Ockham n'aurait pas fait long feu. Ta théorie était parfaitement viable et astucieuse, mais aujourd'hui, je la raye de mes tablettes. Tu ne m'en veux pas ?

— Non, mais... une chose m'ennuie...

— Dis-moi ?

— Je n'aime pas trop quand on me ment, Amédée. Surtout toi. Tu ne me dis pas tout.

— C'est-à-dire ?

— Tes arguments pour abandonner la piste des musées sont bons, certes, mais insuffisants. Donc, si tu les « rayes de tes tablettes », c'est que tu sais autre chose. Je suppose que je n'ai pas le droit de savoir ?

— Non.

Mais un « non » accompagné d'un grand sourire. En un jour pareil, c'était un bel effort de la part de Mallock. Il s'en contenta.

Amédée rentra tranquillement chez lui.

Il avait décidé de s'accorder une ou deux heures de répit. Car l'après-midi, ça recommençait. Il avait rendez-vous avec Ivo et sa femme pour parler de la dimension artistique des attaques d'Ockham.

En avait-il envie ? Non.

Pouvait-il s'y soustraire et partir vers la mer ? Non plus.

Baignade de substitution, il se fit couler un bain.

45

Après-midi du samedi 3 décembre

Toujours aussi simple et direct, l'artiste lui lança en entrant :

— Comment allez-vous, monsieur le commissaire ?

Long bâillement de Mallock, suivi d'un glaçant :

— Jamais très bien quand je passe la nuit devant le crâne vide d'une morte après avoir enterré la veille l'une de mes plus précieuses collaboratrices.

Ivo ravala son grand sourire :

— Désolé. Je ne voulais pas…

— Laissez tomber.

— Travaillons, il n'y a que ça qui pourra me soulager un peu. Où en êtes-vous de votre côté ? La liste avance ?

Petite moue de satisfaction :

— Franchement, je crois que l'on a quelque chose d'intéressant. De bons candidats pour le rôle d'Ockham ou pour enfiler la panoplie complète du Polichinelle. Je ne sais pas trop comment vous l'appelez.

— Dr Ockham, Polichinelle, Grand Initiateur, Ducon, Dr Invincible, l'Enculé… Choisissez, on a rarement eu autant de noms pour la même personne, tenta de plaisanter Amédée.

— On a joué au policier avec Vio, et je pense que l'on a trouvé des pistes.

— Avant que je me réjouisse, rappelez-moi les critères que vous avez pris en compte dans vos recherches.

— Simplement ceux que l'on avait vus avec votre collaborateur, le grand Arabe…

— Le capitaine William Habib Al Azred.

— Oui, c'est ça. Lui et sa collègue recherchaient ce qu'ils appelaient « un artiste refoulé » ou « aigri ». De mémoire, ils avaient fusionné les listings du fisc, de la « maison des artistes », des résidents en galeries et des participants aux grands salons d'art. Et Joséphine… C'est bien ça son nom ?

Visiblement, Ivo et Violaine n'avaient pas fait le rapport avec le meurtre de Neuilly. Que dire ?

— Oui, c'est ça, Jo, se contenta de prononcer Amédée.

— Donc, Jo m'avait expliqué qu'elle « qualifiait » chacun des candidats selon trois critères : notoriété, cote et proximité. Avec Violaine, on s'y est pris différemment, à la sauvage, en recherchant dans nos petites têtes les personnes que l'on connaissait et qui pourraient éventuellement coller.

— Et vous auriez trouvé quelque chose d'intéressant ?

— Je crois, oui.

Mallock se redressa sur son fauteuil.

— Après avoir resserré les données, on a abouti à une réponse qui correspond plutôt bien, même très bien.

Mallock sentit son cœur s'accélérer. Sait-on jamais. Et si, pour une fois, la vérité et la réponse à ces terribles devinettes lui parvenaient sans douleur ?

— Il y a une espèce de collectif de créateurs qui glandouille autour de l'art depuis bientôt une vingtaine d'années, commença à lui expliquer Ivo. Un joli paquet de « losers » qui se prennent pour Andy Warhol, Van Gogh et Frida Kahlo réunis.

— Ils ont un nom ?

Ivo se tourna vers sa compagne.

— Tu t'en souviens ?

— Oui, c'est voiture en anglais : « CAR », Collectif d'Art Révolutionnaire.

— Tout un programme, commenta Ken qui venait de les rejoindre.

— Physiquement, ils ressemblent à quoi ?

Étonné par la question du commissaire, Ivo attrapa sa tablette graphique pour y chercher une photo du groupe en question.

— Ben, pas à grand-chose en fait, voire même à pas grand-chose, lança-t-il en tendant l'engin à Mallock.

Première et grande satisfaction, les cinq personnages, debout, avaient la même taille et étaient d'une maigreur qui correspondait bien au profil d'Ockham, seules leurs différentes pilosités semblaient vouloir leur permettre de se différencier. Amédée s'exhorta au calme.

— Leurs dernières interventions sont tout à fait dans l'esprit de la performance et de l'art conceptuel. Ils ont souvent foutu la merde dans des expositions qui ne les avaient pas invités. Ceci dit, voilà ma liste complète. J'y ai mis toutes les personnes dont le travail s'approche de celui d'Ockham. Vous n'aurez qu'à comparer avec celle que vous donnera le grand…

— Le capitaine William Habib Al Azred, répéta Amédée, agacé. Rien d'autre ?

Ivo prit l'air un peu perdu.

— Si. Merde, si. Mais j'ai oublié…

— Ça concerne la liste d'artistes ?

— Non, tout autre chose. Merde, merde, merde !… Ah, ça me revient. Pendant que j'étais dans les vapes, avec une balle dans le buffet, j'ai senti une odeur très particulière. J'ai mis longtemps à retrouver, mais j'en suis sûr maintenant.

— Et ?

— Un parfum d'église. Un mélange de bougies brûlées et d'encens. C'était très fort, et ça provenait de plusieurs individus.

— Des gens d'Église ?

— En tout cas des personnes qui y passent la plus grande partie de leur temps.

Mallock avait soudainement devant lui, par la grâce d'un simple souvenir olfactif, une toute nouvelle piste. Deux, avec celle des artistes aigris. Sans oublier, dans un coin de sa tête, l'hypothèse complotiste de Léon et d'un grand musée concurrent. Mais une nouvelle interrogation également, un malaise. Quelque chose clochait. Peut-être la contradiction entre la piste des artistes et cette idée d'église. Ou autre chose. Mais quoi ?

Il n'eut pas le temps de chercher plus avant, au même instant, on frappait à sa porte.

— Entrez !

Julie poussa la porte du bureau pour laisser Jules entrer en premier. Il portait précautionneusement un paquet entre les mains.

— C'est ce que je crois ? lui demanda Mallock.

— C'est, répondit Julie.

Oubliant la présence d'Ivo, Amédée enfila des gants de protection et arracha le papier kraft qui entourait l'objet : la nouvelle préparation du Dr Ockham.

En suspension dans un liquide verdâtre, un dôme plâtreux bougeait lentement. Dessus était inscrite la terrible allitération : « Cervelle de conne aux câpres ». Dessous, le précepte N° 11 : « Tu te nourriras d'éducation, pas d'illusions. » Les boutons floraux du câprier flottaient tout autour des deux hémisphères, comme quelques spoutniks autour d'une Terre boursouflée.

Alors que Mallock grimaçait, Ivo ne put s'empêcher d'expliquer :

— C'est incroyable. Nous ne sommes pas loin du *Piss Christ* d'Andres Serrano, qui a immergé un crucifix dans sa propre urine avant de le photographier. C'est une démarche relativement similaire. Dieu sait que je déteste profondément cet homme, mais je suis bien obligé de reconnaître qu'il y a une véritable impertinence, et pertinence également, dans ces horribles bocaux. C'est dégueulasse et perturbant, tout en étant parfaitement « contemporain ». Il y a là quelque chose de l'ordre de l'insolence et de l'offense, de l'acte dadaïste. Sur le plan artistique, on est loin de la provocation facile et infantile de l'art-caca ou des crucifix pisseux de ce jambon de Serrano.

Mallock n'avait pas le cœur à sourire.

— Désolé pour cette plaisanterie, commissaire. Ce n'est pas drôle.

Amédée, pensif, s'adressa à Jules :

— Porte tout de suite le bocal à Théo, qu'il en fasse l'analyse.

La petite bébête de l'intuition était en train de gratter le haut du crâne de Mallock. Il se frotta vigoureusement la crinière. Qu'avait-il vu ou entendu ? Que s'était-il passé devant lui sans qu'il ait l'intelligence de le relever ? Le comprendre ?

Et si…

Brusquement, Amédée attrapa un dossier et étala devant lui les photos de Jo prises sur la scène de crime. Julie sursauta, tenta de se retenir, mais finit par laisser les larmes envahir ses yeux.

Ivo, plus pensif qu'impressionné par les clichés, lâcha :

— C'est amusant de voir à quel point ce type n'a pas la moindre limite. C'est peut-être en soi une piste, non ?

— C'est-à-dire ?

Julie s'était vite reprise.

— Vous devez bien avoir des fichiers, lui répondit Ivo. Un tel psychopathe n'apparaît pas par génération spontanée. Y a de la récidive dans l'air, non ?

C'était frappé au coin du bon sens. Si l'on avait voulu résumer le profil du tueur à cet instant, ça aurait donné : « un artiste ayant déjà eu maille à partir avec la justice pour violence ».

— Jo y avait pensé, bien entendu, répondit Jules qui semblait ne pas vouloir quitter le bureau sans Julie. On a d'ailleurs fait une liste de… clients potentiels parmi les différents maniaques que l'on remet régulièrement en liberté. Les forcenés à la récidive. Comme on n'avait rien d'aussi… taré en magasin, on a élargi le listing en le confiant à Interpol. Avant de se faire massacrer, Jo m'avait donné une *short-list* : trois personnes, un Allemand, un Portugais et un Anglais. Depuis jeudi, ils sont sous la constante surveillance des polices concernées.

— Comment ça, « avant de se faire massacrer » ?

Amédée ne pouvait plus reculer. Il expliqua à un Ivo bouleversé que la personne qui était sur les clichés n'était autre que Jo, Joséphine, celle qu'il avait rencontrée.

Un long silence consterné s'ensuivit, qu'Ivo fut obligé de rompre :

— Bon, si vous n'avez plus besoin de moi ? interrogea-t-il.

— Allez-y, nous devons également nous y remettre. Et merci pour vos explications. Elles nous seront d'un grand secours.

— Je suis désolé de partir si vite, mais j'ai rendez-vous au Grand Palais dans dix minutes.

— Ah oui, félicitations, lui lança Mallock. J'ai vu quelque part que vous allez y installer une nouvelle sphère ? Attention à la crue. Vous allez être en zone inondée ?

— Oh, je ne la dévoile pas tout de suite. On verra bien d'ici là. Cette semaine, je surveille la mise en place. Ce sera le 1er janvier pour l'exposition « Les premiers grands chefs-d'œuvre du XXIe siècle ». Une consécration pour moi. Encore une. Je me demande bien si tout cela est mérité. Enfin !

En se levant, Mallock bâilla à s'en décrocher la mâchoire, faisant bâiller Julie à son tour.

— Je vous raccompagne ? proposa-t-il à Ivo.

— Non, je retrouverai mon chemin. Il serait temps de vous reposer, commissaire, lui lança-t-il avec un dernier sourire.

Mallock se leva, toujours en bâillant, pour lui serrer la main. *Mal élevé*, pensa Julie. Non seulement, il ne mettait pas sa main devant sa bouche, mais ce gros lourdaud de commissaire avait gardé ses gants.

46

Paris, lundi 5 décembre

La Seine, crémeuse, avait monté d'une bonne trentaine de centimètres. La navigation venait d'être interdite, péniches et bateaux-mouches ne pouvant pratiquement plus passer sous les ponts les plus bas de la capitale. La pluie, qui n'avait pas repris sa respiration depuis une éternité, tombait désormais en apnée.

À l'entrée du Pont-Neuf et du pont Marie, deux grandes grues venaient d'être installées.

En raison de leurs arches trop petites, ces ponts ne pourraient bientôt plus laisser passer les plus gros débris, essentiellement des branches, venus de l'amont. Il avait été décidé de les attraper à la pince et de les déposer dans de grands containers déposés à l'arrière des grues, sous les contre-flèches. Les éléments flottants de taille plus modeste seraient attrapés, transportés par-dessus le pont et relâchés dans l'eau de l'autre côté pour y continuer leur course. En tout cas, tant que les arches des ponts situés en aval ne seraient pas noyées à leur tour.

Étrange décision, comme en 1910, certains déchets et ordures végétales, le contenu des poubelles vertes pour l'essentiel, seraient bientôt emmenés jusqu'aux ponts de Tolbiac et d'Auteuil pour y être jetés dans la Seine. À l'époque, plus poètes qu'écologistes, ils avaient fièrement baptisé l'opération : « Ordures au fil de l'eau ».

Le lundi 5 septembre, le Dr Invincible trouva une nouvelle façon de faire parvenir ses œuvres à Mallock. Conceptuel jusqu'au-boutiste, le bon Docteur se débrouillait à chaque fois pour qu'il y ait un rapport, même ténu, entre le porteur et la chose envoyée.

Ce jour-là, ce fut encore plus flagrant.

Un aveugle, puis un sourd-muet se présentèrent au 13 ! L'aveugle transportait un paquet carré, le sourd-muet également, mais deux fois plus grand. Entre la pluie qui continuait à noyer la ville et le professionnalisme d'Ockham, il y avait peu de chances que quoi que ce soit puisse être trouvé en matière d'ADN ou d'empreinte, mais sait-on jamais. Un flic, ça se doit de s'acharner, faire dans le buté, le maniaque et le besogneux. Ça aussi, c'était son Bob qui le lui avait appris. Alors Mallock avait fait passer les deux colis par le SREPS, tout en se rendant lui-même en même temps au deuxième étage.

Vingt minutes plus tard, les paquets dûment ouverts, Théo et son commissaire se retrouvaient, perplexes, devant trois statuettes.

— C'est les trois singes de la sagesse. Enfin, je pense.

— Oui, mais pourquoi ? Avec Ockham rien n'est jamais aussi simple que ce que l'on voit.

— Appelons Wik, suggéra Théo.

Cinq minutes plus tard, Wik, toujours aussi défait, regardait les objets :

— Mizaru, Kikazaru et Iwazaru. L'aveugle, le sourd et le muet, finit-il par dire.

Qui d'autre que lui connaissait par cœur le nom des trois singes ?

— Tu peux nous en dire plus ? demanda Mallock tandis que Théo se penchait sur les statuettes pour en scruter la surface.

Wik eut une moue boudeuse :

— Le sens donné à ces figurines a évolué durant les siècles. En changeant de continent, également. Au départ, il y avait un jeu de mots en japonais entre *saru*, qui veut dire singe, et *zaru* qui est une forme verbale négative archaïque. Mais le sens premier est encore plus ancien. En fait, il n'y avait pas encore de singe dans l'histoire. C'était un précepte, attribué à Confucius. Une sorte d'apologue que l'on pourrait traduire par : « Il est sage de ne pas voir, entendre ou répéter ce qui ne doit pas l'être car malfaisant ou désobligeant. » C'était donc une forme de sagesse, quelque chose de positif, dont il était question. Confucius y fustigeait la rumeur. De nos jours, le sens s'est inversé. Il est devenu négatif. Ça symbolise la lâcheté de notre civilisation.

— Notre égoïsme ?

— Notre peur, plutôt ! Et notre couardise. Nous faisons semblant de ne pas voir, de ne pas entendre, et nous nous taisons par lâcheté. Jusqu'au moment où, comme la grenouille, on sera cuits.

— Quelle grenouille ? demanda Théo à son collègue.

— Oh ça, c'est une autre métaphore. Celle de la grenouille que l'on met dans l'eau froide, mais sous un feu. Sans s'en rendre compte, elle finira cuite. Nous nous comportons un peu pareil en faisant les autruches ou en jouant aux trois petits singes.

— Pour changer, et ce n'est pas plus mal, il nous envoie des symboles. S'il pouvait s'en contenter, je serais preneur, avoua Mallock.

Julie, Ken et Jules, qui avaient entendu parler de la nouvelle découverte, arrivèrent à l'étage quelques minutes plus tard. Ken, encore trempé, sentait le chien mouillé.

Théo tenta de les repousser sans trop de conviction :

— Restez dans vos bureaux, je vous enverrai mes conclusions quand j'aurai terminé. Ce sera rapide.

Il commençait à n'apprécier que très modérément ces perpétuelles allées et venues à son étage. Rentrait-il, lui, dans leurs bureaux ? Mais il n'eut pas à poursuivre la défense de son territoire ; Julie lui lança un sourire désarmant tout en s'enquérant :

— Je peux les toucher ?

— Tu peux, confirma Théo. Y a pas la moindre trace. C'est propre comme un sou neuf.

Omettant de lui faire, comme à son habitude, une réflexion sur sa propreté à lui, Julie attrapa l'une des statuettes.

— C'est lourd, ne la fais pas tomber.

Sans daigner l'écouter, Julie se mit brutalement à tordre le cou du pauvre Mizaku.

— Mais qu'est-ce qui te prend ?

— Une intuition à la Mallock, répondit-elle tout en forçant et en tirant sa jolie petite langue.

Soudain, le haut de la statuette de l'aveugle se mit à tourner. Elle la reposa et termina l'opération en sécurité sur la table.

Plus maligne que tous ces machos réunis, elle avait vu juste : le petit singe en pierre était creux. Et, en récompense, elle fut la première à regarder à l'intérieur :

— Oh, merde ! Putain d'enculé !

En s'approchant à son tour, Mallock aperçut deux globes oculaires. Les nerfs optiques avaient été arrachés avant d'être coupés sans doute au rasoir.

Ils ouvrirent précautionneusement les deux autres. Ils contenaient, l'un, une paire d'oreilles, et l'autre, une langue.

Mallock eut un haut-le-cœur en pensant à l'état du pauvre gars auquel le Grand Initiateur avait fait subir ce supplice.

— On n'a pas encore reçu d'appel ?

— Non, patron. La victime est peut-être déjà morte dans un coin. Après un tel… traitement…

Pendant la réflexion de Ken, Théo s'était penché pour sentir les trois urnes. Moue écœurée de Julie.

— C'est encore tout frais, constata Théodore. Ça a été fait cette nuit.

— Il y a peut-être trois victimes distinctes, fit Amédée. En tout cas, bravo Julie, on aurait pu passer à côté sans toi.

— Mais non, vous auriez fini par trouver. Il vous faut juste un peu plus de temps, c'est normal, vous n'êtes que des hommes.

Personne ne releva. La tentative de Julie pour les dérider était tombée à plat. Les barbaries grotesques du docteur n'amusaient plus personne.

Le téléphone de Mallock sonna au même moment. Il écouta, ne prononça pas le moindre mot, puis raccrocha.

— On a retrouvé un type errant dans le bois de Boulogne. Sans yeux, sans oreilles et sans langue. C'est l'ambassadeur de France en Iran en visite à Paris. Ils ont juste eu le temps de l'emmener à l'hôpital du Val-de-Grâce avant qu'il ne tombe dans un coma profond.

— Là où l'on ne voit plus rien, on n'entend plus rien et où l'on ne parle plus, murmura Théo faisant le lien avec les statuettes.

Le silence s'installa.

Le Dr Ockham parvenait chaque fois à susciter l'horreur, ou plutôt l'effarement. La consternation devant la cruauté imprévisible autant qu'illimitée de son imaginaire. Fascinés, Julie, Ken et Jules avaient les yeux fixés sur les trois petits singes en pierre.

N'en étaient-ils pas, tous les trois, une sorte de reflet ?

— Demain, 10 heures, réunion dans la grande salle, conclut Mallock sobrement.

Mais avant qu'ils sortent, il fit signe à Julie de rester.

— Tu n'as rien à me dire ?

— Moi ? Non. À quel sujet ?

— Tu me reproches toujours de vous faire des cachotteries, tu ne serais pas en train de m'en faire une, toi aussi ?

Elle resta debout sans rien dire. Mallock reprit :

— T'es tout énervée, et je t'ai vue blêmir à chaque vision un peu macabre ces derniers jours. Ce n'est vraiment pas ton genre.

Puis il lâcha :

— Jules est au courant, au moins ?

Julie devint toute rose.

— Ben oui, à lui, je l'ai dit.

Mallock eut un sourire idiot en demandant :

— Et c'est pour quand ?

47

Paris, mardi 6 décembre

Dans la rue, le bordel était à son comble. Les Parisiens avaient enfin compris. Dans un grand encombrement de camions et de voitures, ça déménageait tous azimuts. Devant les porches des immeubles, les soupiraux de caves, contre les murs des bâtiments anciens, à l'entrée des rues les plus exposées, et bien entendu, en quantité pharaonique aux abords de la Seine, les sacs de sable faisaient un retour remarqué à l'intérieur de la cité, comme si ces charmants compagnons ventrus allaient pouvoir empêcher la rivière de n'en faire qu'à sa tête.

Depuis deux jours, dans le cadre du plan Neptune, 1 300 personnes avaient été mobilisées pour boucher tous les accès au réseau de la RATP situés dans la zone inondable. 70 000 parpaings et 300 bétonnières, stockés en banlieue, avaient été amenés à grand renfort de camions militaires. L'ouvrage prévu ne comportait pas moins de 500 murs, calculés et dessinés pour empêcher les eaux de s'engouffrer dans le métropolitain comme elles l'avaient fait en 1910.

Parvenir jusqu'au 13 ne fut pas une partie de plaisir pour le commissaire.

— Il est plus important de bien connaître la personne atteinte d'une maladie que la maladie elle-même, aurait déclaré Hippocrate.

Ce fut ainsi que Mallock commença sa réunion.

— Mais on pourrait peut-être suivre le raisonnement inverse. On a une bonne idée de la maladie dont souffre le Dr Ockham, de ses symptômes comme de son évolution. Ça devrait nous permettre de remonter à l'individu et d'en faire un portrait psychologique précis. Qui commence ?

Curieusement, ce fut Ken qui se lança :

— Dans le cas des meurtriers en série, on parle, pour leur premier meurtre, de « force primitive » ou « d'effet source ». C'est l'effet positif et fortement catalysant de ce premier passage à l'acte qui l'amène à vouloir renouveler l'expérience. Sauf à augmenter le degré de violence à chaque meurtre, il ne peut parvenir à se satisfaire. Comme tout le monde le sait, il y a toujours amplification de la férocité ou du déploiement sexuel chez le tueur en série. Or, autre particularité d'Ockham, on a l'impression que son évolution est plus… conceptuelle qu'animale. On dirait que la série de ses exactions a déjà été prévue, programmée par lui selon une certaine séquence narrative… qu'elle n'est pas le fruit de la seule recherche de jouissance.

— D'accord avec Ken, approuva Kathy. Notre analyse linguistique va exactement dans le même sens. Clémence va nous rejoindre pour vous en parler plus en détail, mais on ne note aucune variation, aucune excitation ou changement d'humeur entre les toutes premières interventions d'Ockham et la dernière. Comme s'il n'éprouvait pas de réel plaisir physique dans l'exécution de ses actes. En tout cas, pas seulement.

— C'est rassurant ?

— Non, pas vraiment Théo.

Mallock prit la parole à son tour :

— Pour les écrits, je peux vous suivre. Mais lorsque l'on voit ce qu'il a fait subir au corps de Jo, c'est une tout autre affaire. Il y a là une véritable montée en puissance, non ?

Personne ne lui répondit. Il avait marqué un point. Encore un aspect paradoxal d'Ockham à résoudre.

Amédée continua :

— Qui plus est, qu'il soit capable de commettre toutes ces horreurs sans que son cœur ne batte plus vite le rend, à mes yeux, bien plus monstrueux encore. Qu'il n'ait pas d'empathie, c'est courant, et même constitutif de la psychopathie, or lui se contrôle particulièrement bien. Il passe à l'acte sans la moindre expression de colère. Alors même que ces actes sont ceux de la fureur.

— On parle d'Organisation de la Personnalité à Expression Psychopathique, confirma sobrement Kathy. En matière de MDS[1], il y a une publication annuelle aux US qui recense en une classification détaillée tous les schémas de comportements déviants. Ockham est une classification nouvelle à lui seul.

Elle marqua un temps d'arrêt. Sa sœur venait d'arriver. Clémence, jeans délavé, tatouages et grande croix dorée autour du cou, commença sans perdre de temps :

— Nous avions trois champs d'analyse à notre disposition : les « fragments de discours », tels qu'enregistrés

1. *Mental Disorder Spectrum.*

lors de leurs apparitions sur le Net, leurs « écritures » sur les étiquettes et enfin, leur « gestuelle » sur les vidéos.

— Première conclusion, enchaîna Kathy en parfaite sœur jumelle, ils sont bien deux. Distincts l'un de l'autre.

— On a donc deux Ockham pour le prix d'un. Ça résout en partie le paradoxe, non ?

— Nous avons alors essayé de dessiner psychologiquement le dominant « Ockham », mais aussi ceux que nous avons appelés les « âmes damnées ». (Kathy avait continué sans répondre à Julie.) C'est loin d'être évident. On a encore l'impression de passer à côté d'une donnée bien spécifique, surtout en ce qui concerne le… « mâle Alpha », le chef de meute. En fait, pour se rapprocher de la vérité, on a besoin de plusieurs angles d'attaque, regarder le problème selon différentes perspectives. Ici, c'est la graphologie, pourtant très décriée, qui nous a aidées. Neuf « genres » d'écriture, neuf terrains de comparaison permettent d'étudier la personnalité d'un individu. Pour faire vite : la continuité, la dimension, la direction, la forme, l'ordonnance, le mouvement, le trait, les inégalités et la conduite du tracé.

— Et ?

Mallock était sur le point de s'impatienter.

— Eh bien, ça nous a aidées à confirmer ce que nous soupçonnions depuis déjà un certain temps : soit il s'agit d'une schizophrénie foudroyante, liée à un trouble dissociatif de l'identité tel qu'il est défini dans le DSM-IV[1]. Soit… il faut envisager l'hypothèse d'une Ockham… femelle, fortement dominante à structure paranoïaque.

1. *Le Manuel diagnostique et statistique des troubles mentaux* est désigné par l'abréviation DSM : *Diagnostic and Statistical Manual of Mental Disorders*.

— Un sacré cadeau, résuma Jules.

— Une « femelle Alpha », termina Clémence.

— Qui veut bien faire du thé ? interrogea Julie.

— Rien d'autre ? demanda Mallock, jamais satisfait.

Elles se regardèrent, hésitantes. En se faisant face ainsi devant lui, si semblables, les sœurs tatouées renvoyèrent à Amédée l'image du miroir. Le matin, Kathy, pour vérifier qu'elle était bien coiffée, se rendait-elle jusqu'à la salle de bains pour observer son reflet dans la glace, ou regardait-elle simplement sa sœur ?

Clémence se lança :

— Avez-vous entendu parler d'Ethos, Logos et Pathos ?

Mais, au lieu de continuer, elle se tourna vers Wik.

— Tu peux leur expliquer pendant que je prépare le thé avec Julie ?

Comme s'il était encore en fac, sans hésiter, Habib attaqua :

— S'inspirant de la rhétorique aristotélicienne, Roland Barthes liait l'ethos à l'émetteur, le pathos au récepteur et le logos au message.

— Combien de sucres ?

La demande de Julie fit diversion.

Alors que les bruits de cuillères et de tasses étaient à leur maximum, Wik reprit :

— On arrête de touiller si on veut entendre, lança-t-il. Je n'ai pas l'intention de crier.

Le prof sévère mais juste, à la limite de l'irascible, n'était jamais loin.

— Si on revient à l'art rhétorique, on peut dire que l'ethos est l'effort que fournit le locuteur pour attirer l'attention et donner de lui-même l'image la plus positive. Il veut, à travers cette fonction, tenter d'établir sa crédibilité en tant qu'homme bienfaisant, vertueux, sympathique et sincère. Ce sont toutes les qualités d'ordre moral qu'il met en scène à travers cette partie du discours. On pourrait résumer l'ethos par : « Aimez-moi » et « Faites-moi confiance », mais de façon discursive et indirecte. Pour ce faire, l'émetteur utilise tout autant les mots que les gestes, sourires, rires ou pleurs, si nécessaire.

Une tasse de thé venait comme par magie de se poser devant lui. Pas de lait, quatre sucres. Il y trempa sans hésiter ses lèvres. C'était bouillant, mais elles ne reculèrent pas. Elles en avaient l'habitude. Le thé à la menthe se dégustait ainsi.

— Le logos, quant à lui, reprit le capitaine kabyle, représente la logique, d'où son nom. Il s'adresse uniquement à l'esprit rationnel du ou des récepteurs, et il est composé, pour l'essentiel, de toutes les différentes arguties et de la volonté de construire une argumentation optimale et objective à même de convaincre l'interlocuteur. La « tonalisation » de certitude, le ton affirmatif peut en faire partie, quoi que l'on puisse aussi vouloir le relier à l'ethos.

Jules avait les sourcils froncés par la concentration. En décidant de faire flic, il pensait avoir à jamais échappé à ce genre de cours.

— En troisième enfin, on trouve le pathos qui est le plus connu, car utilisé dans le langage courant. Cette fonction du discours s'adresse à la sensibilité de l'auditoire, l'émetteur veut ici faire ressentir sa colère, son amour, sa rage ou sa douleur. Il cherche à émouvoir. Barthes avait analysé la chose en disant que l'ethos ramenait à l'émetteur, le pathos avait pour tâche de toucher le récepteur et le logos de crédibiliser et d'optimiser le message lui-même.

— Et c'est là, reprit Clémence, que l'on revient à l'enquête. En y mettant toutes les précautions d'usage, l'analyse sémiologique des manifestations d'Ockham révèle chez lui un aspect « logos » très marqué de sa personnalité, mais aussi un autre visage, un mélange détonant d'ethos et de pathos, voire même d'eros et de thanatos, pour cette seconde personnalité.

Alors que Clémence était encore en train de parler, Amédée reçut un appel. C'était d'Harcourt. Le commandant, par sa position géographique au rez-de-chaussée du 13, était en première ligne pour donner l'alerte.

Mallock raccrocha, visiblement contrarié :

— Désolé, mais on va être obligés d'écourter cette réunion. Tout le monde sur le pont. *Bad news*, le sous-sol est en train de se remplir d'eau. On doit évacuer nos voitures pendant qu'il est encore temps. Descendez directement par la salle d'armes, ce sera plus rapide.

Fort heureusement Dublin, toujours prévoyant, avait fait réserver des places dans différents parkings en hauteur pour les membres du 13. Arrivé en bas, chacun reçut sa destination avec ordre d'aller garer son véhicule à cet endroit et de l'y laisser jusqu'à nouvel ordre.

— On se voit demain, avait lancé Mallock pour clore la réunion.

Il était alors loin de se douter du bordel dans lequel lui, son équipe et toute la capitale allaient se retrouver le 7 décembre, date qui resterait gravée à jamais dans les tablettes de l'Histoire de France.

48

Nuit du mardi 6 au mercredi 7 décembre

Dehors, la panique était enfin là, bien installée, pieds et cœur tétanisés dans l'eau glacée. Elle, pourtant si prompte à envahir les esprits, avait pris son temps, un peu comme les Parisiens qui regardaient leur Seine gonfler et s'énerver depuis deux semaines sans prendre conscience de l'imminence du danger. Madame le préfet et le maire de Paris avaient eu beau monter au créneau, la préparation des fêtes de fin d'année avait éclipsé dans l'esprit du Francilien toute autre considération. Les plus prudents s'étaient contentés de sortir de leurs caves bouteilles et objets précieux pour les mettre à l'abri dans leurs appartements. Rien de plus. Pour une fois, ce n'était pas dans le sable que les autruches avaient décidé de mettre leur tête, mais dans l'eau. De nombreuses noyades de struthionidés étaient à craindre.

De façon plus générale, le rapport que les hommes entretiennent avec les catastrophes est surprenant. Depuis les Gaulois et leur peur de voir le ciel leur tomber sur la tête, jusqu'aux pacifistes convaincus de l'imminence d'un conflit nucléaire, ce que l'homme redoute le plus a souvent le moins de chances d'arriver, contrairement à ce qui lui tombe effectivement sur la tête et qu'il n'a pas envisagé : un *Titanic*, un Concorde, deux tours ou trois Bouddhas.

Le débordement de la Seine auquel on assistait s'appelait une « crue centennale », la dernière avait eu lieu en 1910, soit un peu plus d'un siècle auparavant. Le Parisien avait donc pratiquement cent chances sur cent de se prendre un bon bain tous les cent ans. Bizarrement, aujourd'hui, tout le monde semblait stupéfait de voir le fleuve sortir de son lit. Au lieu d'avouer son imprévoyance ou faute d'avoir encore identifié un coupable à sacrifier, ça parlait de « caprice de la nature » et ça se réconfortait de son imprédictibilité coupable en insistant sur l'aspect singulier de la catastrophe. La foudre ne tombait pas deux fois au même endroit, et il était injuste que le fleuve s'en prenne si souvent aux Parisiens.

Heureusement pour eux, tout le monde n'avait pas été aussi inconséquent. Otto Borg avait bien travaillé, et dehors, le spectacle était impressionnant. Des centaines de camions avaient envahi Paris, certains pour déménager ce qui pouvait l'être, d'autres pour préparer la capitale aux flots à venir. À quelques pas du 13, devant la cathédrale, des volontaires étaient en train de remplir une dizaine de véhicules de chaises, bancs, peintures et stèles, tout ce qui était mobile et qu'il convenait de mettre à l'abri. Un peu partout le long des berges, les lumières rouges et jaunes des camions de pompiers jouaient les sapins de Noël. Aidés par des militaires et les services de la voirie, les soldats du feu scellaient la moindre bouche d'égout. Ensemble ils construisaient, comme à Venise lors de l'*aqua alta*, des passerelles de bois posées sur des tours en parpaings pour permettre plus tard la traversée des places et des avenues.

Les zones inondables, parfaitement identifiées depuis 1910, formaient des bandes ovalaires allongées tout le long de la Seine, avec pour épicentre Notre-Dame et ses deux îles : Saint-Louis et la Cité. Au-delà de ce ruban, dont les rues, caves et parkings allaient être inondés, il y avait une deuxième zone moins touchée, mais où il fallait prévoir de gros problèmes. L'eau et l'électricité n'ont jamais été copines. Il y aurait confrontation. Au début du XXe siècle, il n'y avait à Paris que 65 000 foyers reliés à l'électricité, et les réseaux souterrains étaient infiniment moins développés.

L'impact et les dégâts de la crue centennale allaient en être décuplés.

Comme prévu dans le plan Neptune, un autre gros travail attendait les militaires : la pose de sacs de sable aux abords des ponts. Ce genre de précaution avait plus valeur de symbole qu'autre chose. L'eau trouverait toujours un chemin détourné. Ciment et parpaings étaient la seule solution. En amont, les murets anti-inondations construits après la crue de 1910, et mal entretenus depuis, étaient en train de se fendre ou de céder les uns après les autres. Le fleuve passerait bientôt au niveau des ponts en empruntant sagement, comme les Parisiens en voiture, les rampes qui relient les rives aux quais.

Mallock s'approcha du rassemblement de volontaires qui s'affairait devant Notre-Dame.

Après s'être présenté, il leur demanda :

— Vous allez réussir à tout mettre à l'abri ?

— Oui, commissaire, il ne restera que le Trésor, les chasubles, les ciboires et tous les éléments se rapportant au culte. Ils seront soit pris en charge par des fourgons blindés, soit mis en sécurité à l'intérieur.

Mallock se retourna alors vers le camion des pompiers.

— Je dois revenir travailler demain rue du Cloître-Notre-Dame, qu'est-ce que vous me conseillez comme moyen de locomotion ? J'habite juste sur l'autre rive, rue du Bourg-Tibourg.

Les pompiers se regardèrent avec un sourire. Puis le capitaine partit vers l'un des camions pour en revenir avec une superbe paire de cuissardes :

— Cadeau des pompiers de Paris à notre ami commissaire. Prévenez vos hommes de s'équiper de la même façon. Demain, il sera impossible de se déplacer en voiture.

Amédée les remercia et repartit avec ses bottes en caoutchouc.

Malgré l'heure tardive, Paris était encore en pleine activité. C'était étrange de voir la capitale plus bruyante qu'en plein jour avec des ouvriers, des militaires et des encombrements dans tous les coins. Heureusement, l'hôpital où officiait N'go Massa donnait sur l'esplanade de Notre-Dame, tout près du 13 et donc pas loin de l'appartement de Mallock. Amédée laissa la paire de cuissardes olivâtre dans le sas de sécurité de son habitation qu'il avait fait installer depuis l'attaque du « maquilleur[1] ».

Il eut à peine le temps de taper les deux codes pour refermer les portes que son téléphone sonna.

— Oh p… p… pardon, commissaire, je ne voulais pas vous réveiller. Je pensais t… tomber sur votre répondeur.

— Rassure-toi, je ne dormais pas. Tu veux quoi ?

1. *Les Visages de Dieu*, première Chronique barbare.

— Vous dire deux choses. Tout d'abord, grande nouvelle : j'avais trouvé des traces d'ADN sur la GoPro, mais c'était si microscopique qu'on avait vraiment peu de chances de l'identifier. Eh bien, les résultats viennent de tomber. Et là, je ne comprends vraiment plus rien. C'est incroyable. Vous êtes assis ?

C'était bizarre, cette manie qu'avaient ses collaborateurs de s'enquérir de sa position avant de lui faire une révélation.

— Accouche, c'est quoi, enfin, c'est qui ?

Théo s'expliqua. En effet, ce qu'il avait trouvé avait dû le surprendre. Mais le résultat restait incertain, l'ADN n'étant pas complet. À sa grande surprise, Amédée ne lui lança qu'un énigmatique : « Je m'en doutais un peu. »

Il ajouta également :

— Même si je ne sais encore ni pourquoi, ni comment, j'allais dans ce sens. Je vais te faire passer dès demain un objet qui devrait contenir ce même ADN. Là, on sera fixés pour de bon.

Et il raccrocha.

Théo avait été prévenu par les anciens du Fort : le commissaire était bien une putain d'énigme. Comment pouvait-il avoir un objet contenant l'ADN de quelqu'un que lui venait juste d'identifier et dont il se pensait le seul dépositaire ?

Avant d'aller se coucher, Amédée avait désormais un nouveau rituel : dire bonsoir à ses gerbilles, changer leur eau, leur causer un peu de sa journée, vérifier le niveau du gros distributeur à croquettes jaune et rouge, et y ajouter un morceau de pomme ou d'orange. Elles adoraient les fruits. Mais ce soir-là, il n'eut pas le temps de parvenir jusqu'au couple, le téléphone vibra avant qu'il n'ait pu atteindre leur cage :

— Désolé, commissaire, mais je vous avais dit « deux choses ». Votre réaction m'a tellement surpris que j'ai oublié de vous parler de l'autre.

— Dépêche-toi, j'ai des copines qui m'attendent pour aller dormir.

« Copines » ? Au pluriel ? Théo préféra ne pas relever :

— En filtrant le jus qui restait dans les trois canopes...

— Quels canopes ?

— Zaku, Kikazaru et Lizarazu[1], les singes de la sagesse, j'ai...

— *Iwazaru*, rectifia Amédée, amusé.

— Oui, en tout cas, j'ai trouvé t... t... trois... comment dire... p... p... petits objets qui n'avaient rien à y faire, et qui n'ont a p... priori aucune signification ni aucun lien avec notre affaire. Mais je me suis dit qu'on ne sait jamais. Entre la folie d'Ochkam et la votr...

— La mienne ?

— Non, je veux d... d... dire votre goût pour les d... détails et les énigmes b... b...

Le baron avait repris son bégaiement.

— T'inquiète, Théo. Je ne suis pas susceptible. Alors, t'as trouvé quoi ?

— J'insiste, je pense que ce n'est là que par le fait du hasard. Ce sont vraisemblablement des... restes qui se trouvaient dans les pots eux-mêmes, avant qu'Ochkam n'y mette les organes du p... p... pauvre diplomate.

— Allez, courage, dis-moi. Qu'as-tu trouvé de si bizarre ?

1. Célèbre footballeur français.

— Un p… p… petit morceau de bois dans le sang dans lequel baignaient les yeux, une épine, je p… p… pense de rose, dans celui où baignaient les oreilles, et une sorte de clou dans le récipient qui contenait la langue. Je p… préférais vous en parler au cas…

Un bout de bois, une épine et un clou ?

Mallock remercia Théo et raccrocha, satisfait. Ockham ne faisait rien au hasard. Il y avait toutes les chances pour qu'il s'agisse d'une énigme, un défi que le Sherlock Holmes en lui se réjouissait de relever. Lorsque l'ennemi se croit le plus fort, c'est là qu'il commet le plus d'erreurs. Encore fallait-il parvenir à décoder le message : un bout de bois, une épine et un clou ? Lui indiquait-il l'identité de sa prochaine victime ? Un lieu ? Une œuvre ?

Un bout de bois, une épine et un clou ?…

Il n'était pas près de s'endormir.

49

Matin du mercredi 7 décembre

Cette nuit-là, comme prévu, les eaux de la Seine avaient fait l'école buissonnière. Les barrages de sacs n'avaient pas tenu et l'eau était montée par les voies rapides le long des berges pour envahir les zones réputées inondables. Intra-muros, la Seine occupait désormais une bande irrégulière d'environ trois cents mètres sur la rive droite et de près de cinq cents sur la gauche, de Bercy à la porte d'Issy. On avait retrouvé les mêmes délimitations que lors de la grande inondation de 1910. La crue centennale de la Seine était parfaitement au rendez-vous, prête à jouer avec les Parisiens et à battre le record de la crue précédente.

Heureusement, les bouches de métro avaient été ceinturées par des murs de parpaings. Et, en prévision d'une remise en place rapide du réseau après la décrue, l'électricité avait été coupée partout où elle risquait de générer des courts-circuits. Tous les endroits vitaux étaient alimentés par les puissants générateurs du plan Neptune, ou par ceux envoyés par différents voisins européens.

Dans l'obscurité, plus d'une centaine de bateaux semi-rigides commençaient à patrouiller. Avec leurs fonds plats et leurs moteurs *in-bord*, les barges en Kevlar des douanes et de la marine nationale pourraient circuler sans trop de problème dans les rues les plus étroites et les plus éloignées du lit fluvial.

Police, militaires et pompiers allaient lutter ensemble contre la Seine, comme des enfants protégeant leur précieux château contre l'arrivée inexorable des vagues.

Les murs allaient-ils tenir ? N'avait-on pas oublié un passage par lequel le fleuve allait envahir tout Paris ? À son bureau, tandis que Mallock se débattait avec sa nouvelle énigme, Otto Borg faisait le point.

Pour le Louvre, le nécessaire avait été fait. Bien qu'ils n'aient pas eu le temps de déménager les statues les plus lourdes, elles étaient toutes protégées. Celles des Tuileries étaient sur des socles. Il y aurait un gros travail de nettoyage de ceux-ci, mais rien qui mît en péril les corps ou les visages. L'entrée du musée, la pyramide elle-même, avait été complètement entourée d'une fortification en ciment de plus d'un mètre cinquante. Le plus difficile avait été de recenser tous les soupiraux dans les caves et les étages inférieurs, un travail qui, comme tant d'autres, avait été commencé mais jamais terminé. Les réserves du Louvre, comme des autres musées de la capitale, contenaient dix fois plus d'œuvres que ce que l'on y voyait exposé. Heureusement, pour circuler et déplacer peintures et sculptures, il y avait sous le gigantesque bâtiment un réseau moderne de rues. C'était par là qu'Otto Borg passait régulièrement afin de surveiller les travaux qui permettraient d'agrandir bientôt le hall d'entrée sous la pyramide.

Revers de la médaille, une seule voie d'eau et ce serait le Louvre dans son entier qui risquait d'être envahi, coulé comme un bateau.

Depuis qu'il avait été désigné par le sort ou le destin comme le grand responsable des opérations, Otto n'avait pas beaucoup dormi. Un trop grand stress et la peur panique d'oublier une mesure ou un immeuble particulier à protéger. La crainte d'être responsable de la perte d'un chef-d'œuvre sans prix caché dans une arrière-cour ne lui laissait aucun répit. Même pour un Alsacien calme et bon enfant de nature, habitué aux pressions de la haute administration, c'était dur de garder son flegme. Pour la première fois, il se sentait responsable de quelque chose de bien plus grand que lui, son avenir dans les hautes sphères ou sa carrière. Otto Borg était un grand amoureux de l'art en général, et un fervent défenseur du patrimoine de son pays en particulier. Ceci expliquant cela.

Il ne s'était défilé que pour un seul bâtiment de la capitale, refusant d'en prendre la responsabilité et d'en assurer le déménagement : la BNF. Après s'être fait construire une pyramide, un opéra hideux et une arche à sa gloire, un certain président avait ordonné l'érection d'une bibliothèque à son nom, dernier symbole de son ego pharaonique. Les « serviles » s'étaient empressés de lui donner satisfaction, construisant en urgence le monumental monument. Outre son incommensurable laideur, il s'était révélé le pire ennemi des livres. L'attaque, qui avait commencé par la lumière et le soleil auxquels les précieux ouvrages s'étaient trouvés exposés, allait maintenant être achevée par l'arrivée de l'eau. Les courtisans avaient choisi, dans leur empressement à complaire au Ramsès de Jarnac, l'une des zones les plus inondables de Paris. Ils avaient également pris soin de choisir les sous-sols pour y mettre les réserves aussi précieuses qu'irremplaçables de la bibliothèque.

Otto Borg soupira.

Sa tâche était loin d'être terminée. On ne savait pas combien de temps la crue allait durer. Et puis après, il y aurait tout à nettoyer, à remettre en place.

Aurait-il la force ? *Il faudra bien*, se répondit-il.

Une idée lui traversa l'esprit. Depuis le début de la crise, sa cervelle n'arrêtait pas de faire des étincelles. Il se souvint qu'en 1910 on avait réquisitionné les barques du bois de Boulogne. L'idée était bonne. Il attrapa son téléphone. Un peu par méfiance, beaucoup par expérience, il ne faisait confiance à personne pour faire le job.

On était le mercredi 7 décembre et, même s'il ne l'aurait jamais avoué, Otto Borg commençait à être émotionnellement et nerveusement très touché.

50

Mercredi 7 décembre

Dix jours plus tôt, dimanche 27 novembre, une jeune femme avait été agressée. Son nez, découpé au rasoir, avait été déposé en vrac avec trois autres dans l'un des bocaux sanglants d'Ockham. Le titre en était : « Nez-Potisme » et le précepte bizarre : « Tu ne te moucheras pas la bouche pleine. »

Ce matin-là, Amédée avait décidé de rendre visite à la victime, comédienne de son état. Même avec une maman productrice, maquée comme il se devait avec le CNC, grand fabricant national de daubes douces-amères, elle aurait désormais beaucoup plus de mal à faire carrière. Mais là n'était pas le propos. Ken, qui avait procédé à l'interrogatoire et à son dépôt de plainte, avait été étonné par la jeune femme.

— Je ne sais pas trop comment vous dire ça, chercha-t-il pour expliquer à son patron. Alors que toutes les personnes amputées sont prostrées, figées dans un état de sidération, elle, elle était agitée et plongée dans des abîmes de réflexion. Que se passait-il vraiment dans sa tête ?

— Tu as eu l'impression qu'elle essayait de te cacher quelque chose ?

— Non, pas vraiment. Plutôt de… comprendre. Oui, c'est ça, comprendre. Elle était tellement dans l'analyse qu'elle en oubliait même de pleurer. Une jeune femme, actrice qui plus est, dont on vient de couper le nez ? Alors, dès que je suis revenu au 13, j'ai fait des recherches et je suis tombé sur le genre de coïncidence qui fait le bonheur de tout flic normalement constitué, dont je suis un des plus beaux exemples avec mon corps d'athlète. Eh bien, tenez-vous bien, patron, (encore une fois cette façon de s'assurer que Mallock ne tombe pas) la jeune femme, Sam Salvan, a fréquenté de très près le groupe de plasticiens dont nous a parlé Ivo. Elle a même été fiancée à l'un d'entre eux. Leur leader : Did'J, de son vrai nom Didier Jandron.

— Et tu as trouvé ça comment ? L'écho des pipelettes ?

— Non, avec la perspicacité pertinente qui me caractérise. En fait, j'ai réussi à déterrer deux procès-verbaux. Le type s'était fait choper en voiture, avec Sam Salvan à bord, pour conduite en état d'ivresse et possession de drogues. Le père de l'actrice, grand ponte et chirurgien des célébrités, était intervenu à l'époque pour faire effacer ces dossiers, mais en vain. Quand j'ai vu les initiales : CAR, en capitales dans le texte du PV, je me suis rappelé ce que nous avait confié Ivo, ses soupçons quant à ce groupe de plasticiens… à la mords-moi-le-nez, si vous permettez ce mauvais jeu de mots.

Maintenant, debout devant la porte de l'appartement des Salvan, boulevard des Ternes, Amédée remettait en place sa cravate et jetait un œil sur ses pompes. Pas terrible. Mais avec l'inondation, toutes les excuses vestimentaires étaient permises.

La femme qui lui ouvrit était d'une grande beauté. Sylvie Salvan. Mallock retrouva immédiatement son nom. L'ancienne actrice était devenue une productrice importante, tant en France qu'en Europe où, grâce à son ancienne renommée de comédienne et ses qualités de négociatrice, elle montait un certain nombre de projets. L'expression « bien conservée » appliquée aux belles femmes ayant dépassé la quarantaine lui avait toujours semblé odieuse.

Sylvie Salvan, avec ses cinquante printemps, était tout simplement éblouissante.

— Je vous en prie, commissaire, entrez.

Dans le salon, assise sur l'un des trois gigantesques canapés, sa fille Sam attendait. À partir de ce moment-là, Mallock eut l'impression d'assister à une représentation. Habitué, il les écouta faire leur numéro, sans les interrompre. À quoi bon ! Il ne savait pas vraiment quoi demander. Une seule question le taraudait : que cherchait-elle à dissimuler ? Il semblait que l'amputation de sa fille ne soit pas au centre des préoccupations de Sylvie Salvan. Elles convergeaient ailleurs, mais où ? Amédée finit par avoir malgré tout quelques éclaircissements quant au peu d'importance que cette famille paraissait accorder au fait que leur Sam ait été défigurée. Le père, qui était donc l'un des plus grands chirurgiens plastiques d'Europe, s'était engagé « à ce qu'elle soit encore plus belle qu'avant, si cela est possible », après une série d'opérations qui, il ne le lui avait pas caché, seraient longues et douloureuses.

Puis il y eut l'incident du frère. Il entra dans la pièce alors que Mallock s'entretenait avec Sylvie Salvan. Copie conforme de sa sœur, même taille, même silhouette et même visage. Il s'était approché de sa mère pour lui parler à l'oreille tout en veillant bien à tourner le dos au commissaire. Il était reparti comme il était entré, sans même avoir daigné croiser son regard.

— Excusez-le, il n'aime pas les inconnus, s'était alors contentée d'expliquer Sylvie Salvan.

Quand Mallock quitta la résidence du boulevard des Ternes, il était énervé, tendu. Mais il avait une hypothèse en tête.

51

Jeudi 8 décembre

L'immeuble de Mallock se situait en zone inondable… « inondée » devait-on dire désormais. Le quai de l'Hôtel-de-Ville, la place Saint-Germain, les rues du Roi-de-Sicile et de Rivoli, comme la plus grande partie du Marais, avaient sombré corps et biens.

Fort heureusement, les murs de moellons montés en urgence devant les portes de tous les bâtiments avaient épargné, sauf rares exceptions, l'intérieur des maisons. À chaque immeuble, ils empêchaient la Seine de pénétrer dans les rez-de-chaussée et les caves. Des parpaings, disposés en escaliers les uns sur les autres, permettaient d'escalader les petits parapets de protection. Globalement, le travail avait été bien fait et, selon les premiers calculs, 89 % des immeubles s'étaient révélés étanches. Les 11 % restants, bricolés par l'une des multiples sociétés opportunistes qui avaient fleuri par génération spontanée à la veille du sinistre, donnaient du fil à retordre aux pompiers appelés en renfort.

Dans le 4e arrondissement, l'eau s'était stabilisée à une hauteur de quarante centimètres dans les parties les plus éloignées de la Seine, et à un mètre dans les artères donnant directement sur les quais. Décidément, les pompiers avaient vu juste, les cuissardes allaient devenir le meilleur moyen de locomotion.

C'est ainsi équipé que Mallock sortit de chez lui.

Il ne l'aurait jamais reconnu, mais ça l'amusait énormément. Un vrai gamin. Qui aurait dit qu'il pataugerait ainsi un jour dans les rues de Paris, comme un gosse dans les flaques d'automne ? C'était jubilatoire autant que surréaliste de se promener dans cette Venise francilienne. Qui plus est, la pluie, fière de son travail, était partie se reposer. Le soleil brillait.

Parvenu rue de Rivoli, et tout en continuant à marcher vers le 13, le commissaire contemplait Paris. Camaïeux de beiges et de blancs, Lutèce était encore plus belle qu'à l'accoutumée. Le vermiculé des pierres gravées de millions de vaguelettes caramel… la ville ivre d'eau, dorée à l'or fin par l'enthousiasme débordant des soleils d'hiver… la sensation d'espace et de pureté donnée par l'horizontalité des flots… les arbres, lacustres, qui jaillissaient des rives…

Et puis plus loin, dérivant en file indienne sur l'étroitesse des ponts de planches, la foule funambule des Parisiens, marchant, processionnaire, vers quelque temple éloigné pour aller y prier encore et toujours, malgré l'avertissement des cieux, les petits dieux impitoyables de leur quotidien affairé.

Mallock s'arrêta, ébloui, derrière Notre-Dame.

La cathédrale engloutie, vaisseau de pierre, se retrouvait au milieu de la partie la plus large du fleuve. Seine ou

Amazone ? Quelle fabuleuse vision que ce navire conquistador enraciné en pleine jungle urbaine… cette titanesque caravelle flottant désormais sur une canopée liquide.

Ce bateau de pierre à la façade dentellière et au cul splendide avait depuis toujours enflammé l'imaginaire du commissaire. Allait-il enfin, par la grâce de cette crue centennale, rompre ses amarres et prendre la mer ? N'avait-il pas été construit à cette seule fin ? Érigé pour un jour partir évangéliser quelques ésotériques sauvages ? Lui, Amédée, c'était ainsi qu'il l'avait toujours vu : un fabuleux bâtiment ancré sur sa cale, désespérant que l'homme se décide enfin à en couper les amarres. Et qu'attendaient-elles d'autre, les gargouilles, sinon de monter dans la mâture et d'en border les voiles ? Se confronter aux vagues scélérates, au soprano des sirènes, aux borgnes et aux forbans unijambistes ?

Dans la tête bizarre de Mallock, Notre-Dame rêvait de passer le cap Horn, d'en vaincre les courants circumpolaires puis, après avoir jeté l'ancre dans quelques criques exotiques, d'aller convertir au Christ pantocrator femmes girafes et perruches attentives.

Le spectacle était une merveille. Bien qu'habitué à la regarder tous les jours et sous tous les angles, l'ancien bouseux en avait le souffle coupé. Il continua à avancer, la tête levée, et ne se réveilla que lorsque l'eau commença à atteindre le haut de ses cuissardes. La Seine était glacée.

— Un taxi, monsieur le commissaire ?

Les sapeurs-pompiers qui lui avaient si généreusement offert les bottes venaient de se rapprocher de lui à bord d'un canot de commando de marine.

— Ma foi, ce n'est pas de refus.

— Direction le 36, je suppose ? demanda le militaire qui tenait le volant de direction situé au milieu de l'embarcation.

— Non, vous supposez mal. Mes bureaux sont au 13 de la rue du Cloître-Notre-Dame. Vous voyez ?

— C'est parti, lança le pompier en accélérant.

Visiblement, ils avaient du travail, mais ils s'amusaient aussi. Tout comme une partie des Parisiens qui, contrairement à leur réputation, prenaient l'inondation avec une certaine philosophie. On aura tout vu. Solidarité, entraide et même sourires avaient envahi la capitale. Se retrouver en équilibre sur des passerelles branlantes ou des barques de toutes formes les avait ramenés en enfance.

Arrivé sur place, Mallock se rendit compte que son pantalon était trempé. Il le retira, l'essora et le posa sur un radiateur.

C'est en caleçon qu'il s'installa à son bureau.

Jules et Julie débarquèrent avec les procès-verbaux d'audition des types qui avaient apporté les statuettes. Comme toujours, ce fut Julie qui prit la parole :

— On a fait un interrogatoire un peu poussé parce que, comme le répète notre vénéré patron, les coupables en font toujours trop. Et c'est là qu'on peut les piéger.

— Et en quoi a-t-il fait dans le « trop », cette fois-ci, ma chère ?

— En choisissant de nous faire porter les statuettes par des personnes correspondant aux figurines qu'il nous a envoyées.

— Et ?

— Et on s'est dit, avec Jules, que l'aveugle ayant perdu la vue devait compenser par un usage plus intensif des autres sens. Idem pour le sourd et muet.

— Et ? répéta Mallock.

— Et ça nous donne deux choses : un portrait-robot très précis fait par l'aveugle et, plus curieux, la description très... particulière d'une odeur de la part du sourd et muet.

— Ce ne serait pas plutôt le contraire, capitaine ?

Julie pouffa.

— Non, non, osa-t-elle prétendre en riant. L'aveugle avait une super mémoire visuelle.

— Blague à part, c'est une sacrée bonne idée, concéda Mallock en attrapant les deux procès-verbaux.

Le portrait était en effet parfaitement détaillé. Le sourd et muet semblait avoir littéralement photographié son interlocuteur.

— Passe-le au fichier, ce n'est certainement pas Ockham, mais c'est peut-être un complice. Avec un peu de chance...

Puis il lut la description que l'aveugle avait faite de l'odeur : « entre le caoutchouc et le mastic ». Pour l'instant, difficile d'en tirer quelque chose. Mais ça viendrait peut-être avec le temps. Pour faire une maison, il faut des briques, plein de briques. Pour une enquête, c'est pareil, c'est l'accumulation d'indices, des petits, des gros et des moyens, qui conduit à la vérité.

Il remercia les Jules. Il voulait rester seul. Ce matin-là, il ne s'était assigné qu'une seule tâche : s'obnubiler. Lorsque quelque chose l'obsédait, il le prenait entre les méandres de sa cervelle où il le mâchait comme un chewing-gum jusqu'à en retirer la dernière particule de sucre, jusqu'à ce que la moindre saveur ait été essorée, isolée, analysée et soupesée. Jusqu'à ce qu'il ait compris et trouvé, sinon la réponse, au moins la question.

Le sujet obsessionnel de ce jeudi 8 décembre était une énigme composée de trois objets étranges : un petit morceau de bois, une épine de rose et un clou rouillé.

Certes, il y avait de fortes chances pour que ces trois fragments minuscules ne soient là que par hasard, résidus d'un usage antérieur. Mais l'hypothèse d'un message codé, fait par simple bravade, était également une possibilité. Quoi qu'il en soit, Mallock était bien obligé de tout faire pour tenter de résoudre la charade. Alors, tout seul, à la fraîche, il allait ruminer sans s'arrêter sur ces trois mots : clou, épine, bois, clou, épine, bois, clou, épine, bois, clou, épine, bois… jusqu'à ce que la lumière soit.

Mon premier est une écharde, mon deuxième une épine et mon troisième un clou, mon tout pourrait nous mener à un polichinelle… Qui suis-je, ou que suis-je ?

En quoi Ockham pouvait-il trouver intéressant d'aiguillonner Mallock ? Qu'en tirerait-il ? Pourquoi prendre ce risque ? Amédée composa le numéro des sœurs tatouées, elles étaient juste dessous, au quatrième étage. Kathy était-elle là ?

Dès qu'elle arriva, Mallock attaqua :

— À ton avis, est-il possible qu'Ockham, tel que tu l'as en partie cerné, puisse vouloir me donner volontairement des indices ?

— Vous pensez à l'énigme : le bout de bois, l'épine et le clou ?

— Ah, ah ! Je vois que l'information circule bien au 13.

— Fallait pas ? C'était un secret ?

— Non, non, pas du tout. Théo a bien fait d'en parler.

— On est tous en train d'y réfléchir. Vous vouliez quoi, exactement ?

— Si ces trois bidules sont là par hasard, sans une sorte de… logique psychologique, il est inutile que je perde mon temps à essayer de leur trouver une signification, non ?

— Oui… euh… C'est quoi, la question ?

Mallock reprit :

— Oui, pardon, je dis n'importe quoi. Je recommence : y aurait-il d'après vous, ta sœur et toi, une raison d'ordre psychiatrique pour qu'Ockham essaie ou accepte ou joue avec l'idée de se faire prendre en me proposant une énigme à résoudre ? Et donc en prenant un risque ? Sinon, je considère que l'épine, le clou et le bout de bois sont simplement là parce que Théo, trop consciencieux, les a trouvés, et je passe à la suite.

Cette fois-ci, Kathy avait compris :

— En étant rapide et succincte, voire lapidaire, je dirais que oui, il y a bien une motivation inconsciente chez le psychopathe à vouloir se faire prendre, pour de nombreuses raisons, en fait. Chez Ockham, je parlerai de la recherche d'une « issue à son tourment ». Le délire est douloureux aussi. Bien que chronique, il est très conscient chez lui, très organisé. Sauf lorsqu'il passe à l'acte où là tout…

— Part en couilles ?

— Je ne l'aurais pas formulé ainsi, mais c'est assez fidèle à la chose. Pour moi, la principale énigme du personnage. Ce qui en fait presque un cas d'école. Il est à double face, une sorte de *bifrons*. Un Janus morbide avec un visage tourné vers l'ordre et l'intellect, et l'autre vers la pulsion première et le chaos.

— Mais c'est nouveau, ça ? Je ne l'avais pas dans votre rapport.

— Oui et non, commissaire, c'est la suite de notre analyse. Nous sommes bien obligées de l'enrichir et de la pondérer chaque fois que le Polichinelle passe à l'action. Comme on disait aux États-Unis, c'est un *work in progress*. Un peu comme vous, non ?

— Moi ? Mallock ? Tu me vois comme un travail en cours ?

Kathy éclata de rire.

— Non, je parle de votre enquête sur Ockham. Le portrait que vous essayez vous aussi d'en faire. En ce qui vous concerne, puisque vous voulez savoir, aux US, vous concernant, on parlerait plutôt de *piece of work*, sauf votre respect.

Amédée éclata de rire, avant de l'encourager :

— Allez, on avance.

— Donc, comme je le disais, excusez-moi du terme, c'est un vrai « fou ». F-O-U, épela-t-elle. Et comme tous les fous, contrairement à l'homme normal, il faut bien comprendre qu'il est « excité » en permanence. Et, pire que tout, cette « stimulation » constante n'aboutit jamais à un orgasme, ni à la moindre libération, même lorsqu'il repasse à l'acte. C'est une sorte d'enfer. Attention, je n'excuse pas, j'explique. En un mot, et quoi qu'il puisse dire ou fanfaronner, Ockham souffre et cherche « une issue à son tourment ». Et cette issue, monsieur le commissaire… c'est vous !

— Waouh ! Tu peux développer un peu ? La responsabilité me semble écrasante.

— L'issue n'est rien d'autre que la mort. Une mort qui passe par la punition, elle-même symbolisée par la loi, elle-même incarnée par vous, vous-même, à qui il envoie ses bocaux comme autant de lettres, de confidences, de confessions, vous qui représentez la réponse du père déçu, ce que Lacan avait immortalisé en jouant sur le « non » du père, qui est l'accès refusé au « nom » de père et au ventre de la mère, mais là, je m'égare. Je n'ai pas été trop absconse ? J'ai fait au plus court en tout cas.

— Non, hormis le *piece of work*, c'était parfait, Kathy. Donc, en un mot, pour toi, le clou, l'épine et le morceau de bois ont de fortes chances de ne pas être là par hasard ?

— En effet. Pour moi, il vous met au défi de l'attraper. Mieux, il espère secrètement que vous y parviendrez, et lui redonnerez ainsi la paix.

— Très bien. Je suis ravi qu'il me fasse confiance, et je vais m'empresser de lui donner satisfaction. Avec trois balles dans sa tronche !

52

Plateau du Larzac

À 21 ans, Erwan avait été enlevé une dernière fois. Il ne s'y attendait pas. Pour une raison étrange qu'il était seul à percevoir, il avait la conviction qu'il en avait fini avec ses monstres.

Il avait tort.

Eux n'en avaient pas fini avec lui.

Cependant, tout se passa différemment. Lorsqu'il revint sur terre, il ne constata aucune blessure sur son corps. Il était exactement à l'endroit où il avait été enlevé et il portait les mêmes vêtements, sans la moindre déchirure ni la plus petite tache. Et puis, énorme différence, il se souvint de leur avoir parlé, et même plus. Il leur avait confié ses intentions, ses craintes et ses rêves, ce qu'il voulait devenir, et ceux à qui il ne voulait pas ressembler. Il leur avait parlé de ses parents, ses amis et des « moutons crétins ».

Devant lui, toujours aussi puants et gluants mais attentifs, une douzaine de corps gris l'avaient écouté. À la fin, ils avaient envoyé vers lui une sorte d'onde étrange : leur assentiment. Tiède, légèrement acide mais tendre, ça l'avait rempli de force et de fierté. Dans sa tête, « l'incident » avait duré une bonne vingtaine d'heures, mais des témoins présents lors de son « évanouissement » avaient prétendu qu'il ne s'était écoulé que vingt minutes. Encore un mensonge, encore une raison de les mépriser et de les détester.

Erwan avait grandi dans la haine des « moutons crétins », ceux qui, disait-il en crachant, ne pensent pas plus loin qu'ils ne pissent. Les conformistes, les indignés du dimanche, les lâches et les hypocrites, les cons, tous les menteurs qui vivaient dans la négation du réel, et, sans la moindre élégance, l'avidité rance et la vertu d'apparence. Autre drame pour Erwan, un groupe indépendantiste, rattaché au mouvement des « moutons crétins » par la fesse gauche, crypto-fondateur du terrorisme intellectuel et de la pensée unique, avait instauré sans coup férir l'autocensure sémantique, façonnant tout à son mirage. Peu à peu, privée de sa possibilité de voler librement d'une idée à l'autre en traversant orages, concepts et nuages, la liberté d'expression qu'Erwan chérissait plus que tout depuis qu'il avait lu les philosophes était désormais clouée au sol. Il commençait à la retrouver de plus en plus souvent crucifiée sur la porte d'un comique, d'un libre penseur ou d'un simple citoyen imprudent. Ils avaient fauté, prononcé un mot interdit, ri en mauvaise compagnie, pensé de travers, déliré au mauvais moment. Ils avaient, en un mot, comme disait la police de la pensée, dérapé. Et ils étaient, par conséquent, condamnés à la mort médiatique immédiate et à perpétuité.

Privée de ses plumes, les pattes brisées, la liberté d'expression avait finalement été recueillie par Erwan, qui adorait les animaux autant qu'il haïssait les hommes.

Il lui avait promis vengeance.

N'avaient-ils pas les mêmes ennemis ?

53

Vendredi 9 décembre
Belle nuit sans lune et sans nuages

Il y avait pas moins de trois cent quatre-vingt-sept marches pour parvenir jusqu'en haut de la tour Sud. Ockham les avait comptées, le sourire aux lèvres. Ses jambes auraient pu monter bien plus haut et sans le moindre effort. Il se fit une nouvelle fois la réflexion : à l'instar de son esprit, son corps était une sorte de perfection. Autre motif de satisfaction et pied de nez au commissaire qui le traquait : l'entrée qui lui permettait de monter directement dans la tour droite de Notre-Dame était située rue du Cloître-Notre-Dame à quelques pas du 13.

Une fois arrivé à la galerie des Chimères, le Polichinelle jeta un œil vers le bas.

La Seine s'étalait comme une sorte de pieuvre gigantesque sur la capitale. En fondant les jardins avec les rues, les places avec les avenues, les squares avec les boulevards, elle en avait simplifié la lecture, épuré le plan de masse. Ce nouvel ordonnancement lui convenait, mieux même, le ravissait. Surtout lorsqu'il songeait à l'après, lorsque ce Nil retrouverait enfin son nid.

La crue ne laisserait pas derrière elle une capitale toute propre mais des kilomètres et des kilomètres de souillures, de limon et d'ordures, renvoyant à leur insignifiance les accumulations de rebuts des artistes contemporains. *Intolérable beauté des déchets* de Jordan ou *Vêtements usagés* de Boltanski, en passant par les *Étrons géants* de McCarthy. Le Polichinelle méprisait les œuvres opportunistes des bobos-rebelles. Ces imposteurs étaient toujours prêts à jouer la carte de la provoc, à ériger leur bite, à « parler à la rue », mais toujours bien au chaud et dûment subventionnés par les institutions mêmes qu'ils dénonçaient. Ockham haïssait leur art socio-élitiste, leurs clichés radotés qui ne poussaient en fait qu'un seul cri : « Du fric, du fric, du fric ! »

Pour le Polichinelle, les concepts surannés d'une matière artistique prétendument arrachée à la rue et de la provocation comme seule finalité avaient fait leur temps. Ils étaient désormais entre les mains de faiseurs patentés, « moutons malins », affairistes et boursicoteurs sans âme. En inventant la sculpture *in vivo* et la pratique du « prélèvement », le Polichinelle estimait avoir redonné à l'art un nouvel élan : celui de la chair et du sang.

Ockham reprit son ascension. Son but : voler un objet indispensable à sa prochaine mise en scène. Cette fois-ci, ce serait le Christ en personne qu'il allait exécuter en direct sur Internet.

Certes, la cathédrale était décorée de nombreuses vitrines contenant les objets destinés à la liturgie : vases sacrés, ornements et livres servant à l'administration des sacrements, mais rien de cela n'intéressait le Polichinelle. À part les plus croyants et l'armée des touristes étrangers, peu de gens connaissaient la plus formidable des pièces, un trésor : la châsse de la sainte couronne d'épines[1]. Ce reliquaire de bronze et d'argent doré était enchâssé de diamants et de pierres précieuses. Il représentait neuf chimères soulevant un plateau orné de rinceaux en filigranes. On y vouait, trônant sur des fauteuils à accotoirs en tête de lion, sainte Hélène, l'empereur latin de Constantinople Baudouin II Porphyrogénète et le célèbre saint Louis tenant dans ses mains la Sainte Couronne. « Nœud orné de feuillages, hautes fleurs de lys enrichies de rinceaux et de pierres précieuses, arcatures trilobées et niches abritant les douze apôtres sous de petits dais à tourelles. C'était dans cette monstrance que prenait place le reliquaire circulaire qui renfermait la Sainte Couronne[2]. »

Mêlé aux volontaires, il avait aidé depuis trois jours et trois nuits à l'évacuation de l'édifice et avait fini par apprendre dans quelle partie de la cathédrale allait être caché le fameux reliquaire. Car, à son grand étonnement, il avait découvert que les catholiques n'étaient pas seulement croyants, mais superstitieux également.

Depuis le 19 août 1239, date où saint Louis, pieds nus, avait amené la Sainte Couronne dans la Sainte-Chapelle, les reliques n'avaient quitté l'enceinte de Notre-Dame qu'une seule fois, lors de la Révolution française. Malédiction : durant cette période, des milliers de prêtres avaient été pendus ou guillotinés.

1. Réalisée d'après les dessins de Viollet-le-Duc par l'orfèvre Placide Poussielgue-Rusand et Geoffroy-Dechaume pour les sculptures.

2. Anne Dion-Tenenbaum, *in Catalogue de l'exposition « Le trésor de la Sainte-Chapelle »*, Paris, Musée du Louvre, 2001, p. 279.

Alors non, avaient décidé les plus hautes institutions du diocèse, il n'était pas question de laisser la Sainte Couronne sortir une nouvelle fois de Notre-Dame.

Après tout, cette relique n'avait que la valeur que l'on voulait bien lui donner. Avec la quantité impressionnante de richesses déplacées à cause de la crue dans des endroits plus ou moins adaptés, les voleurs avaient l'embarras du choix. Alors que Dieu lançait une nouvelle plaie sur les hommes en faisant fondre les pôles et déborder les rivières, qui donc penserait à s'intéresser soudain aux traces que son fils avait laissées sur terre ?

« Ockham, bien entendu ! » aurait répondu l'écho au narrateur. Et pour l'un de ces usages dont il avait le secret. Le Grand Initiateur avait prévu d'organiser une cérémonie du feu en direct sur Internet. Il y procéderait à la destruction des trois objets contenus dans le reliquaire pour en dénoncer le caractère idolâtre.

« Sophisme ésotérique flambé », tel serait le titre qu'il apposerait sur l'étiquette contenant les restes. L'homme au bec de Thot ou d'Horus en riait d'avance.

Ockham, afin de parvenir à ses fins, avait tout planifié depuis un an. Notamment en se liant d'amitié avec le chanoine chargé de l'intendance de la cathédrale. Le danger imminent n'avait fait que renforcer ses liens avec l'homme d'Église. Ce dernier, totalement en confiance, ne s'était même pas caché lorsqu'en début de soirée il était sorti par le portail pour monter dans la tour Sud y cacher le trésor. Les autorités religieuses ne voulant à aucun prix que la couronne quitte le périmètre de Notre-Dame, elles avaient décidé de la confier à la garde d'Emmanuel, le bourdon colossal pendu en haut de la tour.

Avec son battant de bronze d'une demi-tonne, la cloche d'airain était capable de faire résonner son *fa* dièse par-delà les anciennes portes de Paris. Si quelqu'un pouvait protéger le reliquaire, c'était bien elle.

Ockham mit enfin pied au sommet du monument. Il était confiant, l'homme d'Église chargé de dissimuler l'objet parmi l'enchevêtrement de poutres de bois s'était sans doute contenté d'une cachette pratique, rien d'acrobatique si on s'en référait à la physionomie plutôt grassouillette du chanoine. Armé de sa torche et d'une détermination tranquille, le Dr Invincible se mit à observer la formidable confusion de poutres et d'ogives. Il perdit une bonne heure à trouver ce qu'il était venu chercher, plus longtemps que ce qu'il avait pensé. Astucieusement, le chanoine n'avait pas réellement caché le précieux trésor. Il l'avait enfermé dans un vulgaire coffre en fer recouvert d'une toile graisseuse et d'une caisse à outils, à quelques pas du bourdon. Comme si un ouvrier avait laissé là son matériel en vue d'une prochaine inspection.

Il étala alors au sol la vieille toile de jute pour y déposer délicatement ses découvertes.

L'homme d'Église avait démonté les trois principales reliques avant de les transporter jusqu'ici. Sans doute afin de pouvoir le faire seul sans attirer l'attention. De son côté, le Polichinelle avait prévu un sac à dos. C'était parfait. En dix minutes, tout était prêt. Et il commença à redescendre. La victoire avait été facile. Personne à combattre. Il aurait presque été déçu s'il n'était pas déjà pris par l'excitation de sa prochaine performance. Tout était préparé : le creuset dans lequel il ferait brûler devant le monde entier le morceau de la croix, puis les épines, une par une, pour n'en laisser qu'une seule, qu'il mettrait en vente, en suspension dans un petit tube bien entendu rempli d'urine.

Qui se porterait acquéreur ? Qui l'emporterait ? Les musées ou le Vatican ? Les chrétiens ou les Maures ?

Dans cet athanor ésotérique, nourri d'épines, il ferait fondre le clou en un acte alchimique digne de Paracelse et de Jahir Ibn Hayyan. Le métal ainsi fondu servirait de bouchon pour le tube qui contenait la toute dernière épine ayant transpercé le crâne du fils de Dieu.

Nul doute, l'objet si artistiquement finalisé attiserait toutes les convoitises.

En descendant les marches de la tour Sud, le Docteur riait doucement.

Soudain, il se figea. Il était parvenu au niveau de la galerie des Chimères, célèbre pour ses nombreuses gargouilles. Elle entourait et reliait les deux tours de la cathédrale. On ne visitait pas Notre-Dame sans faire, malgré une longue attente, cet étrange trajet en plein ciel. Singes monstrueux, éléphants, aigles pensifs, diables cornus, cigognes en rogne, nains tirant la langue, tout un bestiaire directement issu du Moyen Âge attendait le touriste subjugué.

Ockham s'arrêta. Il avait entendu l'impensable à une heure pareille : des pas montant lourdement vers lui.

Qui était-ce ?

Que faire ?

Affronter l'intrus ?

Il n'était pas masqué, il serait donc obligé de le tuer. Le meurtre ne lui faisait pas vraiment peur, il en avait déjà accompli un et s'apprêtait à passer à un niveau supérieur. Mais si c'était le chanoine ? Il ne se voyait absolument pas pousser le brave homme dans les escaliers. À bien y réfléchir, il y avait toutes les chances pour que ce soit lui. L'homme d'Église venait sans doute vérifier que tout allait bien. Peut-être même, par repentir ou insomnie, avait-il décidé de dormir à côté d'Emmanuel et des précieuses reliques de sa cathédrale ?

Aussi sanguinaire fût-il, le Polichinelle ne se voyait pas assassiner quelqu'un qui avait été si confiant et amical avec lui. Ockham se faisait peu d'amis, cet homme aurait pu en être un, dans une autre vie. Se planquer. Ce fut la seule solution qui lui vint. Il ouvrit la porte de bois qui menait à la galerie et la referma derrière lui en essayant de ne pas faire de bruit. Le chanoine aurait peut-être besoin d'une petite halte pour reprendre son souffle, mais il continuerait son ascension vers le sommet. Un peu de patience, et Ockham pourrait revenir à l'intérieur de la tour et en descendre les marches.

Dehors, sur la terrasse encombrée de gargouilles, il ne pleuvait pas mais il faisait un froid glacial.

Et si le chanoine décidait de prendre le frais avant de continuer son ascension ?

Pour la première fois depuis longtemps, le Dr Invincible se sentit inquiet. N'était-il pas temps d'écouter les petites voix qui lui disaient de passer à l'autre partie de son plan, d'abandonner ses bocaux et ses... *happenings*, pour laisser la place à l'œuvre au noir et ses « petites apocalypses », le « massacre fertile » ?

Mais, là aussi, sans encore se l'avouer, il doutait. Voulait-il vraiment ? C'était si terrifiant ?

Par mesure de précaution, il parcourut la galerie pour se cacher derrière la tour Nord. Si le chanoine ou quelqu'un d'autre ouvrait la porte, il serait à l'abri. Il ne lui restait qu'à attendre que l'intrus monte jusqu'en haut et redescende. Il reviendrait alors à l'intérieur de la tour Sud et rentrerait chez lui.

Mais ça ne se passa pas comme il s'y attendait.

Dans un premier temps, l'intrus était monté jusqu'au bourdon, comme Ockham s'y attendait. Il y était resté une dizaine de minutes. Toujours pas de problème. Mais, en redescendant, au lieu de continuer, il s'était arrêté au niveau de la galerie. Dans la nuit, dans le silence des hauteurs de la cathédrale, il était impossible de ne pas l'entendre. La poussière des pierres crissait sous ses pas à chaque marche. Que faisait-il ?

Si c'était le chanoine, il devait s'être rendu compte du vol. Mais alors, il serait descendu en courant pour donner l'alerte, au lieu de s'arrêter ?

Soudain, la petite porte s'ouvrit et le faisceau d'une torche balaya les gargouilles endormies. Ockham recula, s'assurant que son corps soit entièrement caché derrière la tour.

L'intrus, sans doute satisfait, éteignit sa lampe et referma derrière lui. Soulagement. Le cœur d'Ockham battait encore. Mais pourquoi avait-il eu si peur ? De qui ? Lui qui avait assez de force pour terrasser à mains nues trois ou quatre adversaires. Était-ce la crainte de tomber nez à nez avec l'homme d'Église et de devoir le tuer ? Non, il aurait fait le nécessaire. Sa seule angoisse était-elle d'être capturé avant d'avoir mis en œuvre la partie la plus jouissive de son plan : l'extermination des « moutons crétins » ? Ou, au contraire, de ne pas l'être ? Depuis trois mois, Ockham s'était mis à douter, et il détestait ça.

En retraversant la galerie, il jeta un œil en contrebas. Sur l'esplanade, l'eau immobile, vaste miroir, reflétait la voûte d'un ciel sans nuages. Des milliers d'étoiles étaient incrustées tout autour de la cathédrale, tel un gigantesque et somptueux collier.

Il avait un destin, comment avait-il pu en douter ? Mais il n'eut pas le temps de poursuivre ses observations, la porte de la galerie s'ouvrit à nouveau et il se retrouva pris dans la lumière.

Sous la torche la plus proche, il aperçut l'énorme canon béant d'une arme.

— Bouge d'un millimètre et je t'explose.

Ockham, trop surpris pour tenter quoi que ce soit, leva simplement les bras. De l'arrière, une deuxième torche s'approcha. Ses agresseurs étaient plusieurs, la contre-attaque allait être délicate. Au moment où un troisième homme lui passait les menottes, il eut un réflexe de défense. Une quatrième torche venant de derrière le frappa sur la tempe.

En revenant à lui, Ockham se rendit compte qu'il descendait la tour, tenu par les épaules et les pieds. Sa tête cognait régulièrement les pierres sans que ses ravisseurs ne s'en soucient le moins du monde.

Tout en bas, devant la cathédrale éclairée par la lune, une petite flotte de cinq bateaux attendait dans la nuit. Clapotis d'eau et de fer, dans chaque embarcation des hommes habillés en commando le tenaient en joue.

LIVRE III

54

Samedi 10 décembre, 8 heures du matin

Tout le monde sur le pont. Prévenus par texto, les collaborateurs du Fort arrivèrent en ordre dispersé. Ils étaient tous aussi curieux que mouillés. Julie avait tracé son chemin dans l'eau du fleuve à bord d'un énorme 4 × 4, cadeau de son père. Ken et Wik avaient emprunté les passerelles improvisées, Théo aussi, mais il était tombé. Sans pitié, ses camarades l'accueillirent par une salve d'allusions plus ou moins amènes sur la rareté supposée des bains pris par monsieur le baron.

Tous les sourires disparurent lorsque Mallock leur annonça sobrement :

— On a arrêté Ockham.

Personne n'avait vu le coup venir. Pour une fois, parce qu'il doutait de son intuition, Mallock avait avancé masqué, espérant prendre Ockham « en flag » en train de piller Notre-Dame, mais sans trop de certitudes. Seul Théo, dont il avait eu besoin pour identifier les ADN,

Jules et l'équipe de d'Harcourt, venus en renfort au dernier moment, étaient dans la confidence.

Plus curieux que furieux, ils le pressèrent de questions, en commençant par Julie :

— C'est qui ? On le connaît ?

Mallock laissa passer un instant avant de lâcher :

— Oui, et même très bien. Inutile de vous faire languir, il a trop bien joué ses cartes pour que vous deviniez. C'est Ivo.

— Ivo ?

— Ivo.

— Le plasticien ?

— Oui, Ivo. T'en connais d'autres ?

— La toute première victime d'Ockham, c'est Ockham ?

Ken n'en revenait pas.

— C'est une blague ?

— Non, et c'est évident, intervint Julie. J'avais pensé à eux, Violaine et lui. Mais comme d'habitude mon cerveau n'a pas eu le courage de suivre mon instinct, le con !

— C'est incroyable, continuait à bafouiller Ken.

— Mais en êtes-vous bien certain ? s'inquiéta Wik.

— Incroyable !

Ken était en boucle.

En se frottant vigoureusement les cheveux à l'aide d'une serviette qui avait connu sans doute de meilleurs moments dans sa vie, le baron leur lâcha, hautain :

— Laissez-nous respirer, on va vous expliquer.

Puis il ajouta, pris soudain d'un retour de modestie :

— Enfin, le patron. Moi, je n'ai pas fait grand-chose.

— Mais qu'est-ce qui vous a mis sur sa piste ? insista Ken.

Mallock commença ses explications par un énigmatique :

— Ivo a commis une grossière erreur.

Demande générale :

— Laquelle ?

— Il n'a pas bâillé.

Amédée avait lentement allumé un cigare. Il y avait des moments comme ça, que l'on se devait de savourer. La fumée était boisée, délicatement poivrée. L'hiver, pour changer de ses éternels havanes, Mallock fumait de longs cigares italiens durs et noirs comme des branches d'arbre. C'était puissant et long à fumer, alors il les coupait en deux d'un coup sec avant de les allumer.

— On peut savoir ?

Julie n'était pas contente. Ni contre elle, ni contre ceux qui l'avaient laissée hors du coup.

— Ockham est l'archétype du psychopathe, commença tranquillement Mallock, bien décidé à prendre son temps et à profiter du voyage. Ces malades sont de beaux parleurs non dénués de charisme. Leur narcissisme exacerbé leur donne l'impression d'être des surhommes et ils préfèrent jouir d'une gloire éphémère que de rester dans le troupeau. Ça ne vous rappelle pas un certain Ivo ? Ils aiment parfois passer pour des élus, des sauveurs, des prophètes. Ça ne vous rappelle pas un certain Ockham ? Quand on analyse ses actes, ils sont tous apparentés à une sorte de quête. Ce type veut à la fois l'admiration, le salut des hommes, mais également les punir, les condamner à l'aune de lois qu'il a lui-même édictées.

— Ses préceptes.

— Oui, Julie, ses fameux préceptes. Il s'est révélé brillant. Tout à la fois doué dans l'affect et la dissimulation sociale. Intellectuellement redoutable, il s'est montré capable de prendre physiquement tous les risques. Un sacré morceau, ce type !

— Une vraie salope, oui. Les psychopathes sont de grands manipulateurs ; lui, c'est le top.

Ken ne comprenait toujours pas. Il s'en voulait. Lui qui avait passé son temps dans les analyses et les listings, comment avait-il pu être ainsi abusé ?

Amédée se grattait furieusement le crâne lorsque son téléphone sonna :

— Winona, je t'ai demandé de ne me passer aucun appel…

Wysiwyg s'expliqua.

— Ah bon… Ben si… Oui, tu avais raison, pardon… envoie…

Il y eut alors une minute de silence pendant laquelle Mallock se contenta de hocher la tête. Puis il raccrocha après avoir articulé :

— Nous sommes justement en réunion de débriefing, je transmettrai.

Il se tourna alors vers son équipe :

— Le président nous remercie tous pour notre action et la capture d'Ockham. Gros soulagement du gouvernement, semble-t-il !

Puis, sans plus perdre une seconde, il reprit :

— Entre nous, il faut être franc : Ivo nous a bien eus, tous autant que nous sommes. Moi, en particulier, qui me suis laissé séduire comme le dernier des cons. On retrouve, chez Ivo-Ockham, dans tous ses actes, que ce soit en tant qu'artiste ou sous le masque du Polichinelle, le même style théâtral et grandiloquent, la même grammaire métaphorique. Même si c'est apparemment plus subtil lorsqu'il baptise ses *Sphères*, en utilisant un langage presque télégraphique, accolant les mots les plus simples les uns à côté des autres. Mais quoi de plus sophistiqué que la simplicité, et quelle prétention que de se présenter ainsi, syntaxiquement modeste, après avoir convaincu les plus hautes autorités d'accrocher son œuvre là où il l'avait décidé, et pour le prix extravagant qu'il avait exigé.

La petite assemblée écoutait, encore sous le coup de la révélation.

— Comme tous les psychopathes, Ockham avait également tendance à en faire un peu trop. Rappelez-vous ses mises en scène sur Internet. Eh bien, là encore, on peut faire un parallèle avec Ivo et ses installations mégalomanes. Brillant, narcissique, manipulateur, cherchant la gloire, grandiloquent, entretenant le culte de sa propre personnalité, on retrouve bien toutes ces caractéristiques chez Ockham comme chez Ivo.

— Mais les bâillements ? demandèrent en chœur Wik et Julie.

Mallock éclata de rire.

— Je savais que ça vous intriguerait. C'est un détail qui m'avait amusé. Et puis, je me suis dit que ça vous ferait gamberger. Honte à moi. En fait, si je me suis amusé à bâiller devant Ivo à m'en décrocher la mâchoire, c'était moins pour savoir si Ivo était coupable, que pour... tester le test lui-même. J'ai été bien plus troublé ce jour-là par son manque total d'émotion lorsque j'ai étalé les photos de scène de crime de notre Jo que par son incapacité à bâiller en nous voyant nous décrocher la mâchoire. C'est le manque total d'empathie du psychopathe, qui l'empêche de ressentir, le prive aussi de certaines réactions.

— Par exemple ?

Théo était toujours curieux d'apprendre ce qui sortait de son domaine de compétence.

— Par exemple, avoir le réflexe de grimacer soi-même de douleur lorsque quelqu'un devant nous se coince les doigts dans une porte ou bien s'arrache un ongle. C'est plus fort que nous, faites le test, les muscles de notre visage se crispent immédiatement.

— C'est d'ailleurs l'étymologie même du mot, précisa Habib, respectant à la lettre le rôle qui lui était attribué d'encyclopédie ambulante. « Em » venant du grec « dedans », et « pathie » de « souffrance ». Ressentir ce que l'autre ressent.

— Courageux mais bien trop douillet, je n'allais pas en venir à cette extrémité. Alors, j'ai d'abord songé à faire semblant de me refermer le tiroir sur les doigts, et puis j'ai préféré essayer quelque chose de moins risqué : le bâillement.

Mallock se mit alors à bâiller comme un lion sortant d'une longue sieste. Ken, Wik et Julie suivirent le mouvement sans parvenir à s'en empêcher. Ils se regardèrent, surpris, un grand sourire sur les lèvres. Seul Théo, impassible, n'avait pas desserré les mâchoires.

Julie lança alors en le regardant :

— Là, on peut dire que la preuve est faite, ça n'a aucun effet sur les forcenés.

Théodore lui accorda un sourire.

— Les vrais psychopathes, reprit Mallock, passent leur temps à simuler des émotions qu'ils ne ressentent pas. Ils n'ont pas plus d'empathie que de sens moral.

— On dit que leur approche situationnelle s'opère dans l'anomie, compléta Kathy qui venait de les rejoindre.

— En fait, les réactions involontaires d'identification affective sont pour eux les plus dures à simuler. D'où mon idée de coup de marteau sur les doigts ou de bâillement. Mais encore une fois, ce n'était pas l'essentiel de mon raisonnement.

— On espère bien. À ce propos, peut-on enfin connaître les pistes et les indices qui vous ont mené à identifier Ivo comme étant Ockham ?

Julie, revenue de sa surprise, entendait désormais tout savoir.

— Plusieurs choses. Je vous les donne en vrac. D'une part, une précision qu'il a cru devoir me donner. Ça m'a mis la puce à l'oreille. Il aurait, soi-disant, je le cite, senti « un parfum d'église, un mélange de bougies brûlées et d'encens. C'était très fort, et ça provenait de plusieurs individus. » Or, d'après sa description des faits, et ce qu'il m'avait d'abord déclaré, il avait été gazé dès la première seconde. Comment, dans ce cas-là, aurait-il eu le temps de percevoir, et par-dessus celle du gaz, l'odeur des vêtements de ses agresseurs, de l'identifier et de la mémoriser ? Ça ressemblait furieusement à une fausse piste. Pourquoi faire ça, s'il n'était pas dans le coup ? C'est un péché mignon commun à tous les meurtriers. À un moment donné, soit parce qu'ils se sentent en danger, soit parce qu'ils sont trop en confiance, ils en rajoutent et se piègent.

— Et puis, il y a eu également les traces noires, rappela Théo à Mallock.

— Oui, en effet. Encore un excès de zèle. Après que Léon a échoué à former quoi que ce soit avec les signes que l'on avait retrouvés au sol, ni message ésotérique, ni signature, on en était venus à la conclusion que ces traces noires n'avaient été dessinées que pour nous faire croire à la présence d'un commando dont les bottes auraient laissé ces empreintes. Là encore, la seule personne qui pouvait le faire, la seule qui se trouvait sur place, c'était Ivo. Je suis passé au Louvre pour fouiller sa boîte de peinture. À l'intérieur, il y avait une sorte de gros crayon noir. Théo l'a analysé. La composition de la mine était exactement la même que celle des marques relevées sur le parquet du Louvre.

— C'est là que vous avez compris ?

— Disons qu'il a brusquement sauté de la case victime, à celle, bien moins enviable, de suspect *numero uno*. Mais rien n'était fait, il m'en fallait bien plus dans ma besace pour procéder à une arrestation. Paradoxalement, c'est ce qui m'a amené à me pencher sur ce qui l'innocentait jusqu'à présent et me l'avait fait rayer de la liste des suspects.

— Se tirer une balle en plein cœur, c'est excessivement excessif pour se forger un alibi, lança Ken. Une fois mort, ça lui est bien moins utile, au gars, non ?

— En effet, sourit Amédée. Mais c'est aussi pour ça que l'on n'a pas remis une seule seconde en question sa version. Il a fait très fort. C'est grâce à cette balle tirée ainsi et à cet endroit que l'on a accepté sans broncher tout l'enchaînement des faits tels qu'il nous les a racontés, y compris le commando aux chaussures noires.

— Mais le risque était énorme ! insista Ken.

— Apparemment. Mais… pas vraiment. Là aussi, on n'avait pas assez fouillé.

— Normal, se défendit Julie. On n'a pas pour habitude de gifler les victimes sur leur lit de mort.

— On devrait, rétorqua un Ken laconique. C'est encore une faiblesse de notre belle mais molle corporation.

— La suite, chef, s'il vous plaît !

Julie était de plus en plus impatiente de comprendre.

— Il y a eu un rêve aussi.

Ils se regardèrent tous à la dérobée.

— Je me suis rappelé que Violaine avait, tatouée à l'intérieur du poignet, une petite araignée trapue, tout à fait semblable à celle de mon cauchemar. Il y avait aussi le bruit de ses talons dans les couloirs de l'hôpital. Pourquoi rêver de la femme du plasticien ? Pourquoi maintenant ? Je me suis réveillé avec le vieil adage en tête : « Cherchez la femme. » Et puis, elle avait tout intérêt à le voir mort. Sa fortune lui revenait et, qui plus est, elle décuplait avec le décès de l'artiste. C'est là que j'ai décidé, un peu à l'aveugle je dois le reconnaître, d'appeler le professeur N'Go, afin d'examiner les clichés qui avaient été pris le jour de l'opération.

Il y a quatre jours, il m'a donné rendez-vous.

On était le 6 décembre…

55

Retour au mardi 6 décembre, 19 heures

Ce soir-là, les différentes entrées de l'Hôtel-Dieu avaient été protégées de l'eau par l'érection de murets de ciment de trente centimètres de hauteur. On n'y admettait plus de patients, mais ça avait évité une évacuation par trop problématique.

Au premier étage, N'Go avait reçu Mallock avec un grand sourire.

— Vous venez voir mes images ? Ou c'est pour mon charme exotique ?

— Disons le charme exotique de vos images.

— Suite à votre appel, je vous ai préparé un bureau pour que vous puissiez… ausculter tranquillement les photos. Mais, attention, c'est confidentiel. Ça fait partie du dossier personnel de M. Kœnigstein. Je vous rappelle que normalement il n'est accessible qu'avec un mandat de perquisition signé par un magistrat ou par saisie d'un officier de police judiciaire agissant sous commission rogatoire, elle-même ordonnée soit par un juge d'instruction, soit par le procureur, et en présence d'un représentant de l'Ordre des médecins.

Mallock avait été impressionné par la science juridique de N'Go. Inquiet aussi, le professeur avait-il changé d'avis ?

Ce dernier l'avait rassuré :

— Ne vous en faites pas. Je vais vous montrer ce que vous êtes venu voir, mais, nous sommes bien d'accord, c'est *off the record* ? Je fais ça pour vous. Je sais ce qu'on vous doit.

Sur trois tables accolées, les clichés tirés en noir et blanc attendaient Amédée.

— Je vous ai dégotté une loupe. Pour tout vous dire, c'est un cadeau de mon grand-père, j'y tiens beaucoup.

La grosse lentille circulaire avait en effet voyagé. Deux éclats sur le bord ainsi qu'un manche tout branlant témoignaient de l'âge de la loupe.

— Elle est superbe. J'y ferai attention comme à la prunelle de mes yeux, professeur.

Une fois que N'Go avait été parti, Mallock avait commencé ses observations. Divine surprise, le médecin avait fait faire des photos de face, de dos et surtout du corps entier. Amédée avait là assez d'informations pour vérifier la présence d'autres blessures.

Mais, après vingt minutes d'observation, un peu dépité, Mallock avait dû se rendre à l'évidence, il n'y avait rien. Que faire maintenant ?

— On repart se pieuter, avait proposé Amédée.

— Je ne pourrais pas dormir, lui avait rétorqué Mallock. Il y a un truc pas normal.

— À part toi, je ne vois pas, avait lourdement insisté Amédée. Passons une bonne nuit, et on verra mieux demain matin ?

À ce moment-là, le cerveau du commissaire lui avait remis en mémoire la couverture de *Vivir para contarla* de Gabriel García Márquez. Pourquoi ? Quel rapport ?

Après trois nouvelles minutes de tergiversations et de dialogue soutenu entre Mallock et Amédée, il s'était entendu alors réclamer des tirages en couleur de l'orifice d'entrée de la balle.

Pour quelles raisons ? Il n'en avait pas la moindre idée.

Mais lorsqu'il s'était penché à nouveau sur le torse d'Ivo, cette fois-ci en couleur, et sur la blessure qui avait failli lui coûter la vie, il avait noté quelque chose d'étrange, mais sans parvenir, là encore, à l'identifier.

Miracle de la mémoire, l'un des passages de *Vivre pour la raconter* lui était alors revenu, presque mot à mot. Dans le milieu du livre, le plus célèbre des Colombiens y racontait qu'au XIXe siècle un poète du nom de José Asunción Silva s'était tiré « une balle de pistolet dans le cercle que son médecin lui avait dessiné à l'endroit du cœur avec un badigeon trempé dans de l'iode ».

Mallock avait attrapé fébrilement la loupe et s'était mis à observer méticuleusement chaque trace de tatouage que la poudre avait faite autour du cercle d'entrée.

Il avait eu tout le mal du monde à dégotter une règle, une feuille de calque et un compas mais, dix minutes plus tard, en tirant la langue comme un élève appliqué, il s'était mis à tracer une bien étrange figure. Bien trop régulière pour être là par hasard.

Il s'était redressé en tenant le calque à la verticale.

Comment était-ce possible ?

Lorsque N'Go était revenu s'enquérir des avancées du commissaire, Amédée était encore dans la même position : debout, observant, fasciné, un bout de calque.

55

Quatre jours plus tard, samedi 10 décembre

Retour au temps présent. Au Fort la tension était à son comble, et Julie de plus en plus impatiente :

— Alors, il y avait quoi sur ce calque ? Qu'est-ce que vous avez fait exactement ?

— En premier, j'ai demandé à voir les vêtements d'Ivo. Et là, il y a de la chance pour la crapule, moi en l'occurrence : la chemise avait été miraculeusement gardée par l'hôpital. N'Go l'avait retrouvée la veille après avoir enquêté. C'était une jeune aide-soignante, chargée de faire l'inventaire des effets des patients, qui l'avait « mise de côté ». Si Ivo était mort, cette… relique aurait valu son pesant d'or. La pauvre s'est récolté un avertissement, moi, je l'aurais bien embrassée…

— Et vous avez trouvé quoi sur cette… relique ? l'interrompit Julie.

— Rien justement.

— Pas de chance, alors ?

— Au contraire, c'est… l'absence de toute marque en général et d'une chose en particulier qui m'a définitivement bloqué sur la piste du grand peintre.

— Pas de sang, ou pas assez de sang ?

— Non. Pas d'idée ?

— Patron, s'il vous plaît, plus de devinettes.

Ken, à son tour, était venu au secours de l'exaspération de Julie.

— Bon, bon, vous avez tort, ça exerce. Tant pis pour vous, j'y vais. Eh bien, il n'y avait pas de trace du passage de la balle à travers la chemise. Le corps d'Ivo, sa peau, avait été transpercé, mais pas le tissu qui la recouvrait. Comment était-ce possible ?

— Il était torse nu ? tenta Ken.

— Aucune chance. La nuit – car il ne pouvait peindre que lorsque le public était parti –, et en novembre qui plus est, il fait un froid de canard à l'intérieur du Louvre. D'ailleurs, dans la journée, le bâtiment est en grande partie chauffé par les seuls visiteurs.

— Alors ?

— J'ai un peu discuté avec N'Go, et il m'a parlé de la blessure. La balle n'était pas, comme on dit toujours dans les films, « passée à un centimètre du cœur », mais à 2,6 centimètres sur la gauche, donc à l'extérieur, là où le risque de toucher une artère est nul.

— Admettons, mais il fallait que la personne qui tire sur lui soit douée et qu'il lui fasse une confiance aveugle ? C'était Violaine, à votre avis ?

— Non, Ken, et c'est là qu'il a fait très fort. Rappelle-toi, il n'y avait personne dans le Louvre. Il était tout seul, c'est une certitude.

— Il ne s'est quand même pas tiré dessus ? Au revolver et dans la région du cœur ? Comment aurait-il fait ? Sans trembler ? En étant sûr de ne pas se tuer ? C'est de la folie, patron. Désolée, j'y crois pas.

C'était la petite voix énervée de Julie qui venait d'égrener ce chapelet d'interrogations.

— Il faut se rendre à l'évidence, Julie. Il n'y avait personne d'autre dans la salle, c'est donc lui qui s'est en effet tiré dessus, se construisant ainsi le parfait alibi, accréditant du même coup l'hypothèse d'un gang venu enlever la *Joconde*, et la véracité incontestable de son récit devenu parole d'évangile. Ce fut génial, intrépide et redoutablement efficace.

— Mais comme s'y est-il pris ? Il ne pouvait pas risquer de se suicider par mégarde, insista Ken.

— Justement, souvenez-vous de José Asunción Silva. C'est la même histoire, mais à l'envers.

Comment ça, « à l'envers » ? Toute la petite troupe allait de nouveau lui sauter dessus, lorsque le téléphone personnel de Mallock sonna.

Coup d'œil sur l'écran, c'était Jules.

Après avoir aidé son patron à appréhender et à enfermer Ivo, Jules était directement parti pour l'appartement du couple afin de procéder à l'arrestation de Violaine. Il s'était ensuite rendu à l'atelier. Après avoir constaté son absence à ses deux adresses parisiennes, il avait fait procéder à leurs perquisitions.

— Alors ?

— Pas de Violaine, et pas grand-chose. En fait, j'ai failli devoir dire rien. Et puis, je me suis souvenu d'une remarque de Théo. Celle sur la fleur de sel. Chose incroyable, dans leur cuisine, il y avait un grand sac de sel avec écrit dessus : « Sel Reine Jeanne d'Oraàs. Gemme blanche de Salies-de-Béarn ». Il est à moitié vide. En l'analysant, on pourra certainement le comparer à celui du premier bocal. Ceci dit, je ne suis pas encore passé à l'atelier. J'ai des hommes à l'intérieur, les lieux sont sécurisés, mais pas encore fouillés. Je vous rappelle une fois sur place.

À peine Mallock avait-il raccroché qu'une avalanche de questions mises en suspens par l'appel sortit en même temps de toutes les bouches.

— Doucement, chacun son tour. Ken ?

— Il a emporté la *Joconde* avec lui ?

— Certainement, puisqu'on ne l'a pas trouvée à l'intérieur. Et puis, il fallait bien qu'il l'ait pour la détruire plus tard.

— Mais ce n'est pas Ivo qui a foutu en l'air le tableau ?

— Non. Un ou une complice, Violaine sans doute. Son rôle m'apparaît de plus en plus important au fur et à mesure que l'on avance dans l'enquête. Lui, il était encore à l'hôpital, sur la table d'opération. Raison supplémentaire de ne pas le soupçonner. Un premier alibi en étant la cible sur place, un autre en étant sur le billard. Vraiment très fort !

— Mais comment a-t-il fait pour cacher le tableau et le passer à quelqu'un ? Ce n'est pas lourd, ni très grand, mais c'est un peu encombrant ?

— Désolé, Julie, mais ça, ça reste un mystère. Et un costaud. Je n'ai pas encore compris.

— Un complice parmi les ambulanciers aurait pu la prendre dans un endroit déterminé à l'avance et la coller sous le brancard ?

— C'est une hypothèse, mais ça n'aurait pas été très discret. Les caméras, piratées pendant sept minutes, avaient été remises en route. On a tout regardé. Rien. Et puis on les a interrogés un par un, gardiens, brancardiers et même les premiers uniformes. On a vérifié leurs CV. Pour nous, ils sont hors du coup.

— Attendez, attendez, revenons plutôt sur la balle qu'Ivo aurait tirée sur lui-même, insista Julie qui ne voulait pas lâcher le morceau.

— Ah oui, c'est vrai, reprit Ken, votre histoire du poète « à l'envers » ?

— C'est là, la clé du mystère, confirma Théo. Comment a-t-il pu avoir assez de sang-froid et de précision ? Moi, même en connaissant très bien l'anatomie, je n'aurais jamais pris ce risque.

— Vous avez raison. Un comme Ivo s'aime bien trop pour prendre le risque de se suicider par erreur. Il me fallait vraiment trouver une explication. Grâce à Garcia Marquez et à la triste mésaventure de José Asunción Silva, enfin j'ai trouvé. Vous vous souvenez de la figure étrange que j'avais fini par dessiner mardi dernier chez N'Go ? Le bout de calque ?

Au même instant, un troisième coup de fil vint interrompre une nouvelle fois le cours des révélations.

Amédée décrocha, acquiesça et remercia. C'était le ministre de l'Intérieur qui venait à son tour apporter sa gerbe de félicitations au pied de la statue du commissaire. Lequel n'avait pas le moindre doute sur la valeur de la chose. Dès le lendemain, comme celui de Dublin, son corps reprendrait la forme oblongue et fragile du fusible.

Mallock transmit à son équipe les remerciements de là-haut tout en prenant le temps de les chambrer un peu :

— C'est si bon de vous voir ainsi, si attentifs de bon matin, les yeux écarquillés, la bouche ouverte et la truffe fraîche… Bon, qu'est-ce que je disais ? Ah oui, j'y suis… On connaît tous les phénomènes de tatouage autour de l'orifice d'entrée de la balle lorsqu'elle est tirée « à bout touchant ». Sur les berges, le canon dépose de petits grains de poudre incandescents qui brûlent l'épiderme. Eh bien, là, sur Ivo, c'était pire, il s'agissait d'un « bout touchant appuyé ». L'expansion de gaz avait carrément dilacéré les structures de peau et même d'os, deux côtes fracturées dans son cas. Alors, pourquoi s'être infligé ce surcroît de douleur ?

Mallock prit le temps de rallumer son cigare.

— Les tirages en noir et blanc des blessures ne m'ont rien apporté. J'ai alors insisté, en bon emmerdeur que je suis (tous ses capitaines acquiescèrent comme un seul homme) pour qu'il me fasse faire un agrandissement en couleur de l'endroit où était entrée la balle. Ne me demandez pas pourquoi, j'en sais rien. En tout cas, sur ce nouveau tirage, en regardant au compte-fils, je me suis rendu compte que quatre des ponctuations étaient bleu foncé au lieu d'être noires. J'ai pris un calque pour voir ce que ça donnait. Elles formaient un losange entourant parfaitement l'orifice de la plaie. C'était ça, la fameuse figure !

Re-pause, rallumage d'un cigare qui, décidément, comme Amédée, le faisait exprès.

— Il aurait tracé une cible sous son propre sein pour être sûr de ne pas s'occire, sire ?

Ken avait trouvé.

— C'est exactement ça. Une fois cette précaution prise, et en utilisant un petit calibre, l'enfoiré ne risquait rien. Le contraire de ce qu'avait fait José Asunción Silva. Lui, il s'était fait tracer un cercle pour ne pas se louper. Pigé, maintenant ?

Ils se turent tous. Guéri de l'orgueil par les épreuves de la vie, Amédée ne détestait pas cependant, une fois de temps en temps, écouter, même furtif, un petit silence admiratif.

Ce fut Théo qui l'interrompit :

— Ça a quand même dû lui faire un mal de chien.

— On ne va pas le plaindre.

— Mais, dans ce cas, où est passée l'arme ?

Le baron n'entendait pas être réduit au seul rôle de scientifique loufoque du Fort. Il voulait participer aux enquêtes de la maréchaussée.

— Ça, je l'ai appris en réinterrogeant les brancardiers au sujet de l'évasion du tableau. Ils l'ont tous vue. Violaine était sur place lorsque le Samu a évacué Ivo.

— Sur place ?

— À la sortie du Louvre.

— Oui. Il avait fallu environ un quart d'heure pour le stabiliser et l'intuber. Quand ils ont sorti le brancard, elle s'est précipitée sur son mari. C'est probablement à ce moment-là qu'elle a repris l'arme cachée sur Ivo, comme ils en étaient sans doute convenus.

— Elle est donc complice ?

— Le contraire serait pour moi la surprise de l'année, voire du siècle, Théo. Je pense même… bien pire, mais on verra. J'ai demandé à Wik d'enquêter sur le passé de cette charmante enfant. L'impression d'ubiquité que nous a parfois donnée Ockham vient de là. Même taille, même silhouette, depuis le début, ils sont interchangeables : Ockham et Violaine, ou plutôt Ivo et Vio. C'est un couple de grands malades qui couchent tous les deux dans le même délire et signent de la même anagramme névrotique.

— Et le trou dans la chemise ?

— L'absence de trou, tu veux dire ? C'est tout simple. Pour voir sa cible, en l'occurrence le losange tatoué sur sa peau, il a bien été obligé d'ouvrir sa chemise et de poser directement le canon sur sa chair. À travers le tissu, ce n'était simplement pas possible.

— Respect, patron, mais, sans vouloir critiquer, je ne vois là que des « éléments de preuve ». Un « faisceau d'indices » particulièrement convaincant certes, mais peut-être pas assez pour un jury influencé par un enculé d'avocat.

— Ken, je t'ai déjà expliqué que l'on ne dit pas « enculé d'avocat » mais « ténor du barreau ».

— N'empêche, ô grand maître, que tout ça manque singulièrement d'ADN et d'aveux, insista le Nippo-Polonais.

— Patience et confiance, petit scarabée. J'en ai encore sous la pédale. Un exemple ? Le voyage de nos deux amoureux pendant la première quinzaine d'octobre. Bizarre, non ? Pas une seule intervention d'Ockham sur notre territoire durant cette période, le calme avant la tempête. Et, re-bizarre, au même moment : les types scalpés aux États-Unis.

— C'était eux ?

— Qui d'autre ? Et, pour couronner le tout, puisque tu en veux toujours plus, Ken…

Il s'interrompit :

— Je te laisse la parole, Théo.

Fièrement, ce dernier annonça :

— On a réussi à trouver un ADN parcellaire sur la GoPro. Pas sur la carte flash, comme on l'espérait, mais sur la vitre arrière. On pense que, lors de la nuit tragique, la caméra a soit touché son front, soit reçu une goutte de sueur lorsqu'il l'a retirée.

— Et, ma chère Julie, continua Mallock, je ne suis pas mal élevé. Quand tu m'as vu serrer la main d'Ivo avec mes gants, c'était dans le but de comparer les deux ADN. Cette molécule colle parfaitement bien au latex lorsqu'il est d'origine naturelle. Je les ai mis juste avant et retirés immédiatement après son départ pour éviter toute contamination. Ce sont ces gants que j'ai envoyés à Théo lorsqu'il m'a annoncé, stupéfait, le nom de celui à qui correspondaient les traces d'ADN sur la GoPro.

— J'avoue que, ce soir-là, vous m'avez laissé sans voix quand je vous ai téléphoné. Je trouve un nom plus que surprenant, et vous me dites tranquillement : « Ça tombe bien, je viens justement de prélever un échantillon du même gars. »

Mallock lui sourit.

— Rien de magique. Il suffit d'avoir une fraction de seconde d'avance sur l'autre pour le surprendre. Un truc de magicien.

— Et Sam, la jeune actrice ?

— Fausse piste. Théo a analysé son… nez. Une véritable éponge à drogue. Elle est cocaïnomane au dernier degré. Sa mère ne tenait simplement pas à ce que cette information parvienne aux autres producteurs potentiels ou aux *Voici*, *Ici Paris* et autres torchons.

— Alors, c'est fini ? L'énigme d'Ockham est résolue ?

— Oui et non, Ken. Primo, si on a attrapé le meurtrier de Jo et de Karly, il n'en est pas pour autant condamné. Il faut construire un dossier d'instruction béton. Vous nous voyez regarder l'enfoiré sortir libre du tribunal ? Secundo, il faut absolument choper Violaine et ses complices. Ce n'est pas gagné, et c'est vital. Je pense qu'on l'a bien trop sous-estimée jusqu'à présent. Enfin, je vais pour une fois vous confier le fond de ma pensée.

— Le fond de votre pensée ?

— Oui, Julie, ce que vous appelez entre vous mes... visions.

Murmure mou de dénégation dans le bureau. Pour la première fois, Amédée se découvrait, avouant ainsi publiquement ses étranges prédispositions.

— J'ai un pressentiment en ce moment, et il est terriblement noir, inquiétant. Pas de fait, pas d'image précise, juste une grande peur. Une angoisse comme j'en ai rarement eu auparavant. Quand j'ai ce genre de vision, elle n'est pas là par hasard, elle est toujours le fruit du rationnel, d'un fait qui m'a échappé. Ce n'est pas de la magie, c'est tout le contraire, plutôt une réflexion qui n'aurait pas abouti. J'espère bien comprendre à temps l'origine de ce pressentiment. Pour me résumer : on est loin d'en avoir fini avec cette affaire. Je peux me tromper, mais je crois que le pire est devant nous. On est bien d'accord ?

Tout le groupe acquiesça. Soudain plus sombre. Mallock avait réussi à leur transmettre son inquiétude. Il les voulait tous sur le pont, aux aguets. Et il y était parvenu.

— Concernant Ivo, il y a deux heures, j'ai fait rédiger le procès-verbal de notification de début de garde à vue avec avertissement des droits afférents. Ça veut dire qu'il vous reste vingt-deux heures pour essayer de le faire avouer. Ce n'est pas vraiment nécessaire dans son cas, mais méfions-nous : avec les avocats, tout est possible. Donc, jusqu'à lundi, 5 heures, vous ne me le lâchez pas. Une dernière chose : après ce que Jo a subi, je sais que les poings vont vous démanger. Surtout, n'en faites pas une affaire personnelle. Je ne veux pas qu'il puisse s'en sortir...

— Mais vous nous laissez seuls sur ce coup ?

— T'es un grand garçon, ma Julie. Pas de souci. Quand je reviendrai demain, on fera faire une prolongation de vingt-quatre heures de la GAV.

— C'est très gentil de votre part, bougonna Julie.

— Comment ça ?

— Ça démontre simplement, mon cher patron, que vous êtes convaincu que l'on n'aura pas réussi à lui faire signer ses aveux d'ici là.

Mallock était coincé, mais il se défendit mollement :

— Je ne doute pas de vous, mais de la bonne volonté d'Ivo à nous faciliter les choses. Quand je l'ai chopé, il n'a même pas paru surpris. Ce type a plus de sang-froid qu'un cobra.

— Mouais, répondit Julie. C'est bien ça, un putain d'enculé de serpent.

57

Dimanche 11 décembre

Pendant sa garde à vue, Ockham avait pris tout le monde par surprise. Il avait avoué un meurtre, mais antérieur à toute l'affaire, celui d'un conseiller municipal de la ville de Bordeaux. La ville où il avait longtemps résidé.

Dans le texte : « Un financier qui s'était servi, toute sa vie, dans les caisses de la ville. C'était mes débuts et ça manquait sérieusement de classe comme d'efficacité, puisque j'étais obligé de me cacher, alors même qu'il fallait le faire savoir afin que l'acte prenne valeur d'exemplarité. Pour tout le reste, on verra ça avec le juge d'instruction. Un dernier détail, je ne parlerai qu'en présence de votre commissaire. »

Ce même commissaire qui, au lieu de se reposer et de se remettre de ses émotions, était en train de se battre avec la crue. La cour intérieure de son immeuble était complètement envahie par la Seine. Heureusement, Mallock avait un ami maçon. Marc arriva très rapidement et construisit en une heure un muret de cinquante centimètres au niveau de la porte d'entrée de l'appartement d'Amédée.

— Aucun risque d'infiltration avec ce que je t'ai mis. Et puis, avant que ça monte si haut, on aura tous évacué. Mon commissaire est au sec. Content ?

Mallock le remercia, enfila ses bottes et partit vers le 13. Il y arriva juste à temps pour prolonger la garde à vue d'Erwan Kœnigstein.

— Vingt-quatre de plus ? Et pourquoi, monsieur le commissaire ? Je vous ai déjà tout dit, en tout cas ce que j'avais prévu de vous dire. Pensez-vous une seule seconde avoir la maîtrise des événements ?

Mallock hésita. Ivo n'avait pas tort : à quoi bon poursuivre cette garde à vue ? Pourquoi ne pas le déférer dès à présent ?

Amédée n'avait pas envie de lâcher quoi que ce soit. Alors il s'en tira avec une pirouette :

— Le plaisir de discuter avec vous, sans doute.

— Avec Ivo, peut-être. L'artiste est la plus aimable de mes incarnations. Ockham et le Polichinelle sont bien moins fréquentables. Si vous saviez ce qu'ils ont au fond de leurs crânes, vous n'insisteriez pas pour passer vingt-quatre heures de plus avec eux.

— Et Erwan ? intervint Ken, qui était resté pour assister Mallock.

— Erwan Kœnigstein ? Il est au départ de tout. C'est lui, l'homme en colère.

— Vous êtes quatre là-dedans ? Ça doit être un beau bordel. C'est beaucoup de monde dans une même cervelle, non ?

Ken cherchait à le déstabiliser, mais il ne se faisait plus beaucoup d'illusions. Depuis son arrestation, Ivo n'avait pas faibli une seule seconde.

— Erwan, Ivo, Ockham ou le Polichinelle ne sont que des habits, des panoplies, destinés à vous effrayer ou vous tromper. Le pire pour vous, c'est que je sais qui je suis, où je suis et pourquoi je fais ce que je fais à chaque instant.

Alors que Ken et Ivo discutaient, l'image de Jo apparut devant Mallock. Son expression triste semblait dire : « Mais que faites-vous à parler tranquillement au monstre qui m'a ouvert le ventre ? »

— Erwan ou Ivo ou Ockham, t'es une seule et même ordure, interrompit Amédée. Je me demande comment j'ai fait pour ne pas te tirer une balle dans la tronche hier soir.

— La peur, la lâcheté... Ils vous ont châtré, coupé la bite, mon cher commissaire. Avant, souvenez-vous, vous pratiquiez vous aussi le rasoir d'Ockham. Vous aussi, vous en avez coupé des têtes, ramené des scalps. Et puis, peu à peu, on vous a convaincu, commissaire, vaincu, interdit les coups de feu et les mises à mort. Les moutons crétins vous ont arraché les crocs un par un. En bon chien de chasse, vous ramenez maintenant la proie dans votre gueule jusqu'aux pieds de vos maîtres pour qu'ils festoient à votre place. Ne vous laissant que la seule fragrance du sang entre les dents.

Le plus douloureux dans la diatribe d'Ivo, c'était qu'elle correspondait à une vision de lui-même que Mallock redoutait. Celle d'un type aux ordres qui, un jour, ne servirait plus la vérité, ni même la justice, mais leurs grimaces : les lois.

— Ta place n'est pas sous terre, lesté d'une de mes précieuses balles, mais enfermé à triple tour chez les fous.

Ockham se lança alors dans un long discours :

— Réfléchissez bien, Mallock, aux maîtres auxquels vous obéissez. Ce ne sont plus simplement nos actes qu'ils interdisent, ce sont nos opinions, les phrases et les mots qui les portent. Quand une société commence à empêcher les gens de dire, elle n'est plus loin de les empêcher de penser. Et bientôt de faire, en mettant les fers aux effarés qui voudraient passer outre. Honni soit qui mal y pense. Que ferez-vous lorsque l'on mettra les humoristes en examen ? Irez-vous vous-même les chercher ? Leur mettre les menottes ? Les tabasser, s'ils osent se défendre ? Quelle réponse avez-vous à ça ?

Silence. Surtout ne pas entrer dans un tel débat.

— C'est l'hypocrisie et la cupidité, la mode et la vanité qui construisent désormais le monde, et ceux que vous défendez, Mallock. Même nus avec des plumes dans le cul, le vrai et le juste n'intéressent plus personne. Tout est faux, tout est danger, leurre, baudruche, fumisterie, vulgarité, deuil et trompe-l'œil. Ne vous faites pas d'illusions, les messes caritatives, les senteurs humanitaires ou les nombreux remugles d'égalité ne sont que les effluves de nos dictatures modernes, commissaire. Et toi, commissaire, c'est eux que tu sers ? Mais qui est le fou dans cette histoire ? Qui est le traître ? Vous ou moi ?

Il était préférable pour Amédée, comme pour l'affaire, d'essayer d'emmener Ivo autre part, du général au particulier, du vague au circonstancié :

— Il est question ici de ce que tu as fait, Ivo, pas des raisons qui t'ont amené à le faire. C'est très différent. Tu as tué des gens et tu en as blessé d'autres. De qui veux-tu te venger, en réalité ? C'est une question que je n'arrête pas de me poser.

— Je n'ai pas de noms à te donner, monsieur le policier. J'en veux au peuple des peureux et aux professeurs de haine qui en tondent la laine. J'en veux aux conformistes, aux cyniques, aux indignés. Et à toi aussi, Amédée... si décevant. En perdant ton fils, t'as perdu tes couilles, mon gars. Quand Thomas t'a été arraché, qu'as-tu fait ? Rien. T'as mis son cœur dans un bocal, un acte à la Ockham, et tu as poursuivi ta vie bancale.

Ken retint son souffle. Personne ne s'était jamais attaqué ainsi frontalement à Mallock devant lui. Comment allait-il réagir ? Le capitaine s'apprêtait à se lever pour empêcher son patron de massacrer le prévenu, mais ce ne fut pas nécessaire.

— Je te laisse avec lui, Ken. Je vais aller prendre un café.

Et il quitta la pièce.

Ken fit venir Julie pour continuer l'interrogatoire avec lui, mais Ivo ne prononça plus le moindre mot jusqu'à la soixantième minute de la vingt-quatrième heure.

58

Nuit du dimanche au lundi 12 décembre

Une angoisse chasse l'autre.

En tout cas, chez Mallock, ç'avait toujours été comme ça. Il ne se souvenait pas d'un seul moment dans sa vie où les choses, autour de lui, s'étaient complètement apaisées. Il y avait toujours eu trop de pluie ou de vent, de froid qui givre ou de canicule qui brûle, toujours la sécheresse inquiétante dans les champs de son enfance, toujours les crues subites et les récoltes détruites. Chaque matin et chaque soir, son père regardait le ciel pour tenter de savoir d'où viendrait le prochain coup du sort.

Amédée faisait pareil aujourd'hui.

Pourtant, au fond de lui, il savait que la vie n'était qu'une traversée, un bref passage de lumière entre deux obscurités, celle du ventre à celle de la terre. Alors pourquoi la recouvrir de tant de nuages ? Tout le monde s'inquiétait-il ainsi de tout et tout le temps, comme il le faisait ? Et si le bonheur n'était qu'un simple choix ? Le malheur, un entêtement ? Mallock s'était longtemps posé la question.

Dès son plus jeune âge, ses parents l'avaient contraint à avoir peur d'eux, et peur pour eux, pour leur survie, leur folie. Le petit Amédée vivait leurs inquiétudes comme il subissait leurs colères. Il était anxieux lorsqu'ils s'absentaient. Allaient-ils revenir ? Mourir, se suicider ? Et, lorsqu'ils revenaient, c'était pire. Allaient-ils se battre, ou le battre ? Qu'avait-il bien pu faire qui déclencherait inéluctablement leur fureur ? Quel bol mal rangé, quelle poule trop maigre, quel couvert mal mis ? Le feu trop fort, ou trop faible dans la cheminée ?

Amédée avait appris à interpréter les signes, à comprendre les objets et les vibrations des murs, les couleurs du ciel et les colères du père, les folles intentions de sa mère. À quelque chose malheur est bon. Ce fut ce climat paranoïaque de violence qui développa chez lui le don d'intuition hors du commun dont il faisait usage lors de ses enquêtes.

Régulièrement, sa mère s'enfermait dans sa chambre avec un verre d'eau et des boîtes de médicaments. Des nuits durant, ivre de larmes, épuisé, Amédée s'endormait au bas de cette porte après avoir hurlé à s'en briser la voix : « Maman, meurs pas ! » Un jour, elle avait été plus loin dans ce petit jeu pervers et s'était pendue devant lui. Amédée l'avait soutenue en attendant que son père arrive. La fois suivante, elle était passée aux choses sérieuses et ne s'était pas loupée. Une balle lui avait emporté l'œil et toute la partie droite du crâne. Cette fois-là, il n'avait pas pu la réparer.

Son père, de son côté, après dix années passées dans différents hôpitaux psychiatriques, avait profité d'une autorisation de sortie pour mettre brutalement fin à ses jours. La micheline Caen-Paris était restée bloquée en pleins champs pendant deux heures.

Après le suicide de ses parents – avant, il y avait eu pire, mais il refusait d'y penser –, Amédée avait accepté de vivre avec cette boule, ce nœud de mouchoir sanglant, mémoire morbide qui tord le bide. Avait-il d'autres choix ? Toute sa vie, il serait inquiet, n'espérant même plus un moment d'accalmie.

En choisissant d'être flic, il était même devenu « inquiet par vocation », l'anxieux au service des autres. Le tourmenté en chef, chargé d'arrêter les monstres qui menaçaient les plus faibles ou les plus ingénus.

Ce soir-là, c'était la chronicité des incidents qui l'empêchait de dormir. En 1910 et 1911, il y avait eu deux événements majeurs, remarquables tant par leur rareté que par leurs implications. On avait volé la *Joconde*, et la Seine avait envahi Paris. Un siècle plus tard, ces deux catastrophes, pourtant rarissimes, avaient eu lieu de nouveau. Trois ans après que Paris avait subi ces traumatismes, la Première Guerre mondiale avait mis à terre sept millions d'hommes.

Qu'allait-il se passer demain ? Quelle direction infernale allait bien pouvoir prendre l'affaire du Polichinelle ? Les journaux du dimanche, en France mais également à l'étranger, avaient titré sur l'arrestation d'Ockham. L'incroyable révélation concernant son identité, ainsi que la notoriété même d'Ivo, avait abouti à en faire l'un des événements mondiaux les plus couverts par les médias. Mallock ne devait pas se louper et clore le dossier en y mettant tout ce qu'il fallait pour assurer une condamnation sur l'ensemble des chefs d'accusation, du vol de la *Joconde* aux différents meurtres en passant par les scalps et les mutilations.

Tous ses téléphones étaient décrochés, sauf le perso, que seuls ses proches connaissaient.

Le 13 avait reçu des milliers d'appels d'un peu partout, avec demandes d'interviews et invitations de toute sorte. La pauvre Wysiwyg avait fait face. Elle avait pour instruction de répondre qu'aucun agent ayant participé à cette affaire n'avait l'autorisation de parler, secret de l'instruction oblige. Quant au commissaire Mallock, il n'était pas question de le déranger : « J'ai même pour instruction de ne pas lui transmettre le moindre message de quelque média que ce soit. Vraiment désolée. »

Mallock, lui, se sentait de plus en plus inquiet. Une angoisse indéfinissable au milieu de laquelle apparaissait le visage de Violaine, toujours en fuite. Ockham avait été un adversaire redoutable et d'expérience, Amédée savait que ce genre de criminel prévoyait ses coups bien à l'avance. Et puis, l'on disait bien que derrière tout grand homme, il y avait une femme. Et si, pour faire le mal, c'était la même chose ?

Non, ils n'en avaient pas fini avec lui, ni avec elle. Les mythes ne meurent pas si facilement.

59

Lundi 12 décembre

La température était tombée à six degrés au-dessous de zéro. Après celle de l'eau était venue l'heure du froid. Partout où le fleuve avait déposé ses étangs, la glace commençait à prendre. Bientôt, avec un peu de chance, les deux catastrophes transformeraient la capitale en une gigantesque patinoire. Nul besoin de passerelles ou de bateaux, le Parigot ne se déplacerait plus qu'en patins.

Mallock ne put retenir un sourire en y songeant.

— Tu penses à quoi, Amédée ?

À bord d'un Zodiac, bruyant dompteur de vagues, Dublin et lui essayaient de mettre au point leur rendez-vous avec J.-J. Talbot, le ministre de l'Intérieur.

— Encore deux ou trois jours à cette température et il faudra nous remettre aux patins à glace. Tu as gardé les tiens ?

— Je dois en avoir encore une paire dans un coin, lui sourit Dublin. Mais avec mon sens de l'équilibre, tu risques de devoir prendre la direction générale du Fort plus tôt que prévu. Et toi ?

— Moi ? Une vraie petite ballerine.

Dominique Dublin se représenta un ours en train de virevolter sur la glace avant d'éclater de rire.

— Alors là, je demande à voir ! Mieux, je suis prêt à payer.

— Combien ?

— Ton prix sera le mien, conclut Dublin.

Arrivés au ministère, place Beauvau, grande première, ils entrèrent… en bateau. Les moteurs du Zodiac avaient été coupés, et l'embarcation avançait lentement, manœuvrée à la pagaie par les hommes de d'Harcourt. L'effet était assez saisissant. La superbe bâtisse, désormais entourée de larges douves, avait été construite au XVIIIe siècle pour le prince Charles-Juste de Beauvau-Craon, ses perruques poudrées et ses costumes en soie colorée. Elle était aujourd'hui occupée par de tristes roturiers à chausses noires et costards accablés. Peut-être vivait-elle l'arrivée surprenante de la Seine venue lui baiser les pieds comme une sorte de compensation ?

— C'est la toute première victoire du « nouveau Fort Mallock », et la vôtre, mon cher Dublin. Je tenais à marquer le coup et à vous exprimer personnellement toute ma gratitude, attaqua un ministre jovial.

Mallock se retint de demander s'il y aurait de la « tune » distribuée à Noël afin que cette… gratitude soit autre chose que des paroles, mais il sut se retenir. L'âge avait cette vertu cardinale de calmer les ardeurs inutiles et de remplacer le courroux par cette sorte de mépris tempéré que l'on appelle indifférence.

Dublin remplit son office. Il était là pour ça et parvenait à le faire avec talent et… sans rire :

— Merci infiniment, monsieur le ministre. Votre approbation est pour toute notre équipe une récompense en soi. Sans votre appui et votre soutien de tous les jours, nous ne pourrions pas travailler. En quelque sorte, cette victoire est aussi la vôtre.

Trop fort, le Dominique. C'était devenu un petit jeu avec Amédée. Il se faisait désormais un malin plaisir d'en faire des tonnes pour qu'ils puissent après, ensemble, hurler de rire en repensant à l'énormité de ce qu'il avait osé sortir à un haut fonctionnaire inconscient du foutage de gueule irrévérencieux dont il venait d'être la victime.

Au début, Dominique était sage et normal, craintif même, respectueux des institutions. Puis il avait fréquenté Mallock.

— Et vous, mon cher commissaire, satisfait ?

— Soulagé, monsieur le ministre, soulagé.

Puis il ajouta pour que la fête ne soit quand même pas trop belle :

— Enfin presque.

Jean-Jacques Talbot tenta un petit rire complice.

— Ah, je vous reconnais bien là. Révolté, râleur, jamais content. Allez, dites-moi, que puis-je faire pour vous ?

— Prévoir une super prime de Noël pour le 13, histoire de prendre de bonnes habitudes.

Les sourires du ministre et de Dublin se crispèrent.

Mallock continua dans le gracieux :

— J'ai pour habitude de ne sabrer le champagne qu'en bonne compagnie et lorsque tout est bouclé. Violaine et d'éventuels complices d'Ockham sont encore en liberté, et donc en état de nuire. De surcroît, la rage d'Ivo et les menaces qu'il a proférées me conduisent à penser qu'il a très probablement prévu d'autres réjouissances. C'est un psychopathe organisé. Tout est planifié chez lui. Il est de la race de ceux qui ne laissent rien au hasard.

— Vous pensez que ses complices pourraient tenter de le faire évader ?

— C'est une autre possibilité. Mais je dois vous avouer que je ne pensais pas à ça.

— À quoi, alors ?

Talbot hésitait entre le sourire amusé et la grimace d'appréhension. Qu'est-ce que ce diable d'homme allait lui sortir ?

— Je pense qu'Ockham peut avoir laissé des plans et des instructions pour que soient perpétrées de nouvelles exactions en son nom.

— Vous avez quoi en tête ?

— Je me dois d'être honnête avec vous, monsieur le ministre. Je n'en ai pas la moindre idée pour l'instant. Je cherche et, avec l'aide de mon équipe, nous trouverons. Simplement, je ne sais pas quand. En attendant, il faut penser à boucler le dossier d'accusation. Ockham n'est pas encore jugé et encore moins condamné. Avec la justice française, ses magouilles, ses petits magistrats sectaires, sans parler de leurs accointances avec les lobbies dominants, ou leurs complaisances envers le pouvoir en place, je préfère attendre et conserver le champagne au frais.

J.-J. Talbot marqua le coup. Mais il eut l'intelligence de prendre l'attaque frontale du commissaire avec esprit :

— Le garde des Sceaux devait être parmi nous. Après cette sortie, je ne saurais trop me réjouir de sa défection.

Et avec un sourire en coin :

— Vous savez que vous avez un grand sens de la diplomatie, Mallock ? C'est naturel chez vous ou c'est une vocation ?

De retour au 13, Mallock croisa un Ken trempé.

Le Nippo-Polonais n'était pas d'humeur :

— On ne rit pas, ou je repars chez moi illico. Avec le gel, ces conneries de passerelles sont devenues glissantes. Je suis à deux doigts de déclencher au 13 un putsch sans préavis. Les conditions de travail sont devenues inacceptables.

Amédée prit son air le plus désolé :

— Tu vas être déçu, mais ton bienveillant et tout-puissant patron ne maîtrise pas encore les éléments. Ceci dit, il y a des serviettes propres sur chaque palier. Tu vas pouvoir te sécher les poils. Rien d'autre ?

— Si, je crois que Julie avait quelque chose pour vous, hier soir. Elle a dû le mettre sur votre bureau.

En effet, Julie avait reçu un premier rapport médical concernant Ivo et l'avait déposé bien en vue.

Nom : Kœnigstein. Prénom : Erwan.

On y trouvait la vie résumée d'un enfant qui avait souffert d'épilepsie. Différentes expertises psychiatriques faisaient état de tendances paranoïaques et d'épisodes de délire qui avaient dû être traités à l'Haldol et au Lorazépam. On y parlait également de sa conviction d'avoir été régulièrement enlevé par des extraterrestres.

Ce dernier élément, qui aurait pu être polémique, avait été officialisé lorsque le plasticien avait décidé de ne plus dessiner des autoportraits déformés avec des cercles sombres, mais de ne plus peindre que de simples cercles noirs. Dès lors, toutes les biographies qui lui étaient consacrées insistaient sur cet aspect de sa vie. La raison en était devenue de plus en plus évidente. Ces événements, réels ou rêvés, fruits d'une folie ou d'une imagination exacerbée, étaient, sans l'ombre d'un doute, au cœur même de son œuvre. Les cercles, comme les sphères, n'étaient que le souvenir qu'Ivo avait des yeux des extra-terrestres. Invention ou souvenir traumatique, cette « légende » était bien trop belle pour ne pas remplacer avantageusement une enfance de petit garçon malade.

Pour terminer, un psychiatre expert livrait l'hypothèse suivante :

« Pour continuer sa vie d'artiste, une existence sociale qui lui procurait la satiété égotique dont il avait besoin, on peut être amené à penser qu'il se soit senti l'obligation de donner un nom exogène à sa folie : Ockham. De même façon, en une sorte d'identification centripète, il lui aurait accolé un emblème, une existence iconique : celle du Polichinelle, à qui il a ajouté le bec de Thot, roi de l'eau et inventeur du langage, celui-là même qui lui a été nié, sans doute. Par son père ? Oui, Horus, la divinité cosmique, au bec bien plus… gros ! »

En conclusion, pour lui, malgré son aliénation chronique, Ivo était accessible aux remords.

C'est cette dernière affirmation qui décida Mallock à appeler Kathy. Cette fois-ci, c'est de Violaine qu'il voulait avoir un portrait plus précis. Dans ce délire double, quel était son rôle exact ? Sa dangerosité propre ?

60

Mardi 13 décembre

Article 52, modifié par Loi n° 2004-204 du 9 mars 2004 – art. 111 JORF 10 mars 2004. Sont compétents le juge d'instruction du lieu de l'infraction, celui de la résidence de l'une des personnes soupçonnées d'avoir participé à l'infraction, celui du lieu d'arrestation d'une de ces personnes, même lorsque cette arrestation a été opérée pour une autre cause et celui du lieu de détention d'une de ces personnes, même lorsque cette détention est effectuée pour une autre cause.

La veille au soir, la journée s'était terminée par un coup de téléphone inattendu :

— Salut Mallock, comment vont Sanson et Salomé ?

— Mes gerbilles se portent comme un charme, et les tiennes ?

— Attila et Athéna se font vieilles, mais elles sont de plus en plus mignonnes.

Max Balesta[1], le juge de Bordeaux, trimballait en permanence deux gerbilles dans ses poches : « Quelques poils de douceur dans un monde de putes », disait-il.

1. Lors de la quatrième Chronique barbare, *Les Larmes de Pancrace*, Max Balesta a fait équipe avec Mallock.

— Je peux faire quelque chose pour toi ?

— Cher commissaire, ça risque bien d'être le contraire. Avec quel juge vas-tu devoir te battre pour suivre l'instruction ?

— Je ne sais pas encore. Ça devait se décider hier soir.

— Il serait content Mallock si c'était moi ?

Silence étonné d'Amédée.

— Et par quel miracle ?

— Par le miracle de l'article 52 modifié de la loi n° 2004-204 du 9 mars 2004, petit ignare. La toute première infraction d'Erwan Kœnigstein, le meurtre du conseiller municipal Robert Marbus, a eu lieu à Bordeaux. Pile poil sur mon territoire et dans ma zone de compétence. Connaissant ton implication dans l'affaire, je me suis porté volontaire. Et tu connais mon pouvoir de persuasion...

— Donc, c'est bon ?

— Eh oui, me voilà nommé.

— C'est une divine surprise pour moi, mais comment vas-tu t'organiser ?

— Rien de plus facile. Un coup de TGV direct, arrivée gare Montparnasse qui est encore hors d'eau, prise d'une navette bateau au bas de la rue de Rennes, qui ne l'est plus. Et zou ! En tout, j'ai compté quatre heures pour arriver sur place, de porte à porte. C'est pas la mort.

— Quelle porte ?

— Les interrogatoires auront lieu soit boulevard du Palais, soit quai des Orfèvres.

— Génial, on sera voisins. Je pourrai même venir à la nage.

Mallock était content. Avec un type comme lui, tout serait plus facile. Pas besoin de pleurer pour effectuer des actes d'enquête ou obtenir toutes les CR dont il aurait besoin.

— Et quand commencent les réjouissances ?

— Ça dépend.

— De quoi ?

— De ta rapidité au crawl, mon gars. Je serai à Paris demain, et je fais venir Erwan Kœnigstein pour 10 heures au Palais, Chambre 606. Enduis-toi de graisse, l'eau va être froide.

Mardi 13, jour du deuxième interrogatoire, la première comparution devant le juge prit une tournure étrange.

Il fut rapidement question de l'assassinat du conseiller municipal bordelais. Ivo-Erwan-Ockham ne nia rien, au contraire. Il raconta en détail et de façon circonstanciée le moindre de ses gestes. Il ne regrettait qu'une chose, l'aspect vulgaire et commun de l'affaire. À ses yeux, ça manquait singulièrement de classe et d'efficacité :

— C'était une erreur de débutant. Je n'en suis pas très fier. C'était bâclé.

— Pourquoi cet homme en particulier ?

— Oui, vous avez raison. Pourquoi lui ? En fait, j'aurais pu en tuer des centaines d'autres. Il y a tellement de crevures sur cette terre. Mais l'important était de commencer. Il n'a pas eu de chance, c'est tombé sur lui.

— Erwan… vous permettez que je vous appelle ainsi ?

— Non, ce sera monsieur Ivo pour vous.

Mais Ockham était désormais emprisonné, et il avait devant lui Max Balesta. Pas exactement le genre de personne qu'il fallait contrarier.

— Nous en reviendrons donc à l'état civil, pur et dur. Ce sera donc Kœnigstein. Moi, mon petit nom, c'est monsieur le juge.

Erwan marqua le coup. Ce nom de famille lui faisait perdre un peu de sa superbe. C'était celui qu'il avait traîné tout au long de son enfance et dont il avait eu tant de plaisir à s'amputer en se faisant appeler Ivo.

— Vous venez d'une bonne famille, monsieur Kœnigstein, et l'on ne saurait par conséquent vous accorder les circonstances atténuantes que l'on réserve, à tort ou à raison, aux délinquants élevés dans le dénuement ou la violence.

— Il n'y a pas qu'une seule forme de violence, monsieur le juge. Celle à laquelle je fus confronté est la pire.

— Permettez-moi d'en douter.

Ivo regarda Max plus attentivement. Qui était cet homme ? Par quel bout le prendre ? Erwan était tout sauf un imbécile. Alors, contrairement au moment de la garde à vue, il se mit à parler avec calme et pondération, et dans ce français impeccable dont il était capable lorsqu'il s'en donnait la peine :

— Si vous le voulez bien, monsieur le juge, je vais tenter de vous expliquer mon point de vue. Peut-être y trouverez-vous matière à clémence. Vous n'êtes pas sans le savoir, j'ai fait carrière dans le milieu de l'art. J'ai la chance, et peut-être le talent, j'ose parfois m'en accorder, d'y rencontrer le succès, et ce, dans sa forme la plus accomplie : une présence permanente dans les principaux musées du monde. En revanche, ce que vous ignorez peut-être, c'est que mes toutes premières expositions n'étaient composées que d'autoportraits déformés, mon image dans une sphère. Au grand étonnement de tous, et le mien en premier, ces *Auto-reflets* se sont vendus comme des petits pains. Sans doute les gens sentaient-ils la puissance mortifère de ces dessins, le plus souvent tracés avec de simples Bic. Car, monsieur le juge (Ivo agissait comme si Mallock n'était même pas dans la pièce), ils n'étaient pas le fruit de mon imagination, mais des portraits faits de mémoire. Les collectionneurs y voyaient la profondeur de ma terreur et la violence à laquelle j'avais été confronté. Pas celle diffuse de la misère des quartiers, mais la pire des cruautés, la seule que l'on puisse qualifier de « crime contre l'humanité ». Qu'importe que vous me croyiez ou non. Depuis mon tout jeune âge, j'ai été enlevé et torturé par des extraterrestres, monsieur le juge. Vous avez ça dans vos lois, vos textes et vos décrets ? L'abduction comme circonstance atténuante ?

Max Balesta se garda bien de rire, ou même de sourire. Que cela soit vrai dans la tête de cet homme ou bien le fruit de sa folie, il avait dû souffrir. Alors qu'il s'apprêtait à relancer la conversation, un coup d'œil de Mallock l'en dissuada. Max se souvint de la méthode préférée de son ami : laisser le silence poser les bonnes questions.

En effet, après trente secondes, Ivo reprit :

— Pourquoi n'ai-je jamais voulu les dessiner « eux », me demanderez-vous ? Au départ, parce qu'ils étaient trop monstrueux, avec des formes et des expressions impossibles à reproduire. En fait, il n'y avait dans ces salles de torture qu'une seule chose humaine : mon propre reflet dans leurs yeux, ces sphères rondes et noires. Incroyable ironie du destin, c'est cette image de moi, déformée dans ces miroirs, cette damnation qui est à l'origine de mes *auto-reflets*, de ma fortune et de ma célébrité. Quelle ironie, non ?

— Au départ, avez-vous dit ? Précisez. Qu'entendez-vous par là ?

Ivo hésita.

— Je vais encore fournir de l'eau à votre moulin, monsieur le juge.

— Quel moulin ? Que voulez-vous dire ?

— Votre conviction d'avoir affaire à un illuminé. Mais tant pis, je n'en suis plus là. J'ai en effet eu, un beau jour, une raison totalement différente de ne pas vouloir dessiner mes… kidnappeurs.

Ivo s'arrêta. Visiblement, il hésitait. Il ajouta simplement :

— Lorsque j'ai enfin compris qui ils étaient vraiment.

Puis il se tut à nouveau. Nouvelle pause d'Ivo, nouveaux silences du côté de Max et d'Amédée. Cette fois-ci, ce fut plus lourd, plus long. Pénible. Puis Ivo se lâcha :

— Ils ne sont rien d'autre que nos créateurs, monsieur le juge, nos Grands Anciens : nos dieux. Riez si vous le voulez, mais je suis passé de la détestation à l'adoration.

— Alors pourquoi en être resté aux cercles noirs ? Ne pas en faire le portrait ? Leur rendre hommage à travers votre art ?

Max avait fait preuve d'un grand sang-froid en parvenant à garder sa voix parfaitement neutre.

— Non, surtout pas. Ils se cachent de nous depuis toute éternité. Il ne m'appartenait pas d'en prononcer le nom, ni d'en révéler l'image. Rien, sinon l'œil !

La consternation s'était installée dans la pièce.

Ivo, de plus en plus à l'aise à mesure qu'il générait le trouble, continua à raconter son histoire :

— J'ai donc retiré mon propre reflet de l'image. Et ma deuxième période, comme disent les exégètes, a consisté à ne peindre que de simples ronds noirs : les orbites monstrueuses de mes dieux. Là encore, le marché de l'art m'a suivi. Normal, les financiers avaient investi dans la première période. Ils se retrouvaient par conséquent dans l'obligation de m'acheter s'ils voulaient maintenir la cote de leurs placements antérieurs. C'est comme ça que ça fonctionne, monsieur le juge, pas d'illusion. L'art, c'est pour les riches, pas pour les cochons.

— Ça n'explique pas tout, monsieur Kœnigstein. Si l'on suit votre raisonnement, ce sont les extraterrestres qui vous ont fait souffrir, pas les hommes. Alors pourquoi vous en prendre à eux ? Haïssez vos kidnappeurs, pas vos semblables.

Ivo était étrangement calme :

— Il ne s'agit pas de vengeance, monsieur le juge. En tout cas, pas contre les êtres gris. Ce sont eux, mes dieux, qui ont donné un sens à tout ce qui s'était passé. Par contre, les gens qui occupent illégalement cette planète ne méritent pas d'être sauvés. Je vais donc, ne vous en déplaise, en détruire le plus possible.

— Sans vouloir rabaisser le moins du monde votre action en matière criminelle, j'ai connu mieux, cher monsieur. En qualité comme en quantité.

À l'instar d'Amédée, même s'il faisait son possible pour que cela ne se voie pas, Max était impressionné par le calme d'Ivo. Ça détonnait complètement avec les actes qui lui étaient reprochés, ainsi qu'avec la folie qu'ils impliquaient.

— Mais rien n'est terminé, monsieur le juge, ça ne fait que commencer. Ce que vous avez vu pour l'instant n'était qu'une... mise en bouche avant le grand massacre. C'est par milliers que mes contemporains vont mourir maintenant... et de ma main. Il faut savoir évoluer. Comme je l'ai fait en art. Après être passé de mes petits dessins à mes grands cercles noirs, j'ai abordé la sculpture, et pas de petites pièces. Les galeristes adorent lorsque leurs poulains se mettent à faire dans le monumental : grandes œuvres = grands musées = grande reconnaissance = grandes sommes d'argent. Si vous saviez combien je fais payer mes *Sphaera Obscura*, c'est proprement scandaleux. De la même façon, en matière criminelle, j'ai gardé le meilleur pour la fin. Après m'être fait la main avec mes « bocaux » et mes « préceptes », je vais aborder le grandiose, le monumental. Travailler à même la chair. Vous allez voir, ça va vous plaire.

Mallock et Max restaient silencieux, convaincus désormais de la folie d'Ivo.

Sur un ton plus enflammé, ce dernier ajouta :

— Les hommes ne m'ont jamais cru ! Les extraterrestres existent, ils sont nos dieux, nous les avons déçus, et la petite apocalypse que je vous réserve sera en leur honneur, un signe de repentance à leur endroit.

61

Jeudi 15 décembre

Depuis trois jours, une rumeur inquiétante parcourait Paris. La veille au soir, la nouvelle avait été officialisée par les médias : des silures géants, *Silurus Glanis*, avaient été vus rôdant près des habitations. On ne parlait pas de petits poissons, mais de bestiaux de 3 à 4 mètres et de quelque 300 kg pour les plus gros. Tout le monde s'était précipité sur son dictionnaire ou son ordinateur pour en apprendre plus. Ces carnassiers éclectiques se nourrissaient de tout ce qui était à leur portée. Selon certains spécialistes, recourant prudemment aux incises, au conditionnel et au subjonctif : « Ces poissons, s'il s'agit bien d'eux, ne remontent que rarement en surface. Leur territoire est la partie profonde des rivières, les trous et les anfractuosités boueuses. Si l'on prend en compte ce nouveau comportement de prédateur de surface auquel il semblerait que l'on assiste, il n'est pas totalement exclu que la profonde désorientation territoriale à laquelle la crue les aurait soumis, couplée à leur opportunisme naturel, ait pu – pardon, puisse éventuellement – les amener à s'attaquer à l'homme, qui plus est à un enfant en bas âge. »

Pour ne rien arranger, de nombreux témoignages apparurent sur le Net, attestant que des chiens tombés à l'eau avaient été attaqués et dévorés. Une vidéo filmée avec un téléphone portable circulait également. On y distinguait un pauvre clebs attaqué par ce qui ressemblait plutôt à un requin. Canular ou vieil enregistrement, elle fit son effet sur une population au bord de la crise de nerfs.

Durant la nuit du mercredi au jeudi, la légende devint réalité. Il y eut un grand nombre de prises. Notamment celle d'un silure de 2,8 mètres, 147,4 kg, remonté par un pêcheur qui, pour ne pas être entraîné par le courant, s'était harnaché au zouave du pont de l'Alma. Sûr de son fait, ce spécialiste avait appâté avec un leurre de 250 grammes au bout d'un nylon de 80/100. En ouvrant le ventre du silure, qui battait le record de France de vingt bons centimètres, il y avait trouvé, outre des crevettes et des goujons, une anguille, la tête en caoutchouc d'une girafe Sophie, un pigeon et trois rats. Plus que l'homme, c'était la prolifération de ces muridés bien gras qui avait sans doute attiré les carnassiers.

Ce jour-là, dès l'aube, et malgré un froid glacial, des centaines de curieux avaient pris place aux fenêtres des immeubles envahis par l'eau pour y guetter le haut de l'immense nageoire anale ou les barbillons du monstre.

Certains étaient armés d'appareils photo, d'autres de cannes à pêche ou de fusils, d'autres enfin de leur seule curiosité.

En lieu et place du silure géant mangeur d'hommes, ce fut un tout autre monstre qui apparut. Non pas dans la Seine, mais dans le ciel. Ockham était monté au sommet de la tour Eiffel pour y faire un discours au monde entier.

Même silhouette, même voix, même accoutrement terrifiant, tenue de latex rouge, bosse et ventre de Polichinelle. Son bec jaune de toucan, penché vers le bas, vers une grande feuille blanche, Ockham se mit à lire :

« À Toi, multitude burlesque, moutons crétins, petit peuple qui ne pense guère plus loin qu'il ne pisse, tremble ou réjouis-toi, à Toi donc, je vais bientôt offrir mes *Apocalypses*. Tout à la fois repentirs laïques et indulgences religieuses, elles ont été conçues à ta seule intention. Encore neuf jours et les élus verront, reconnaissants, leur chair se lacérer, leurs os se briser et leur sang gicler vers le ciel. À 18 heures, UTC, au soir du 24, des millions de rasoirs volants couperont les joues, les gorges et les ventres de 100 000 d'entre Toi. »

Derrière son rostre qui faisait résonner une voix encore plus déclamatoire qu'à l'accoutumée, on pouvait apercevoir le troisième étage de la tour avec son grillage recourbé très reconnaissable.

Dès les premières images, les hommes du commandant d'Harcourt s'étaient précipités à bord de leurs Zodiac. Arrivés au pied de la tour, les machineries étant sous l'eau, ils avaient pris l'escalier, 1 665 marches. Là-haut, pas la moindre trace d'un quelconque Polichinelle. Même emprisonné, Ockham continuait à cultiver sa légende. Il y eut même l'un des policiers pour se pencher, espérant peut-être apercevoir le Dr Invincible, tel Spiderman, descendre en rappel les trois cents mètres de poutrelles.

D'autres scrutèrent le ciel. Pouvait-il voler ?

Ockham n'était plus en direct sur Internet. En revanche, eux y étaient. Sans s'en rendre compte, ils avaient été filmés, essoufflés, dépités et perdus, par une microcaméra de surveillance installée par Ockham.

62

Vendredi 16 décembre

La vague de froid avait tenu ses promesses. Même s'il n'était pas encore question de traverser la Seine à pied, la glace était assez présente pour compliquer les choses. Elle prenait au piège, les uns après les autres, les piliers des ponts et les poteaux qui soutenaient les passerelles. En envahissant les rives, elle empêchait également la bonne circulation des bateaux ainsi que leur accostage.

Se déplacer dans Paris devenait de plus en plus laborieux.

Pour la deuxième audition, Max Balesta arriverait par le TGV de Bordeaux à la gare Montparnasse. Et, comme il n'était plus vraiment question de traverser le fleuve, on resterait rive gauche. Le juge rencontrerait Ivo à la maison d'arrêt de la Santé.

Pour atteindre la gare et y accueillir son ami, Mallock utilisa l'un des hydroglisseurs rapatriés dans la capitale. Encore une initiative salutaire à mettre au crédit d'Otto Borg.

Décoiffé, frigorifié mais à l'heure, Amédée attendit Max à la gare.

— Quel honneur ! Le commissaire Mallock en personne vient m'accueillir à la sortie du train. Y veut un peigne ?

— Tu as faim ? répliqua simplement Mallock.

Il était 13 heures. Amédée avait préparé une surprise à son ami : une réservation au Ciel de Paris, le restaurant qui se situait au dernier étage de la tour Montparnasse, juste au-dessus de leurs têtes.

— Suis-moi, et dans deux minutes et cinquante-six étages, tu auras une vue imprenable sur Paris et, devant toi, un excellent repas. Voire une bonne bouteille si tu es sage.

Arrivé tout en haut, Mallock fut le premier à plonger le regard sur la ville. Érodée d'histoire, pavée de pavés, gominée d'asphalte, coiffée du vert amande ou de l'anthracite de ses toitures, la capitale avait été, par la grâce du fleuve et du froid, transformée en décor de science-fiction. Dans l'énorme cicatrice en miroir que formait la nouvelle Seine, un ciel lourd de nuages se reflétait. La nature, en reprenant ses droits, avait apporté sa beauté brute et son lyrisme. Au lieu d'y perdre son âme, la ville avait gagné en magnificence.

Le déjeuner fut un peu tendu. Bien moins de plaisanteries que d'habitude. Mallock et Max avaient deux buts différents, opposés, deux sujets distincts qu'ils souhaitaient chacun voir traités lors de leur rencontre avec Ivo. Amédée voulait concentrer l'interrogatoire sur les menaces proférées. Max, lui, avait absolument besoin d'instruire le cas du conseiller municipal : Robert Marbus.

— Dois-je te rappeler que c'est grâce à cet assassinat que je suis en fonction ici ? Je ne veux pas faire trop de vagues. Une fois que j'aurai tout bouclé concernant cette affaire, on pourra passer à la suite.

Amédée prit le temps d'attraper une cuisse de pigeon, de la délester de sa chair et de l'avaler avant de revenir à la charge :

— Je te comprends parfaitement, et tu as raison sur le fond. Je ne tiens pas non plus à ce que tu sois dessaisi par ma faute…

— Mais ? Vas-y, j'attends la suite…

— Mais, entre nous, qu'est-ce qui est le plus urgent : boucler un vieux dossier ou identifier une menace qui pourrait entraîner la mort de milliers de personnes ?

Balesta regarda son ami avec la stupéfaction peinte sur le visage.

— Erwan est en prison. Il y a toutes les chances que ses propos ne soient que les vulgaires rodomontades habituelles. Et toi, tu me parles de milliers de morts ! Hormis la déclaration de la tour Eiffel, qu'as-tu pour accréditer cette histoire ? Ne me parle pas encore de tes intuitions ou de tes rêves à la con.

Dommage, Mallock avait justement l'intention de lui parler de ses intuitions et de ses rêves à la con.

Il botta en touche :

— Tu l'as connu personnellement, ce Marbus ?

— Mieux que ça. L'individu peut se vanter d'avoir été l'un de mes premiers échecs professionnels.

Max s'essuya la bouche avec sa serviette et, avec un sourire en coin, lança :

— J'aime vraiment beaucoup ton art de la diversion. Mais il va falloir m'en dire plus si tu veux avoir la moindre chance de me convaincre. Qu'est-ce qui rend crédibles à tes yeux ces fameuses menaces ?

Mallock avait attaqué les blancs du pigeon. Cuits à part, travaillés sur le coffre et découpés au moment de servir, ils étaient saignants, succulents. Le commissaire adorait tous les animaux, y compris les petits oiseaux dans le ciel. Ça ne l'empêchait pas de les dévorer avec une gourmandise de carnivore. Le gros ours était plus gourmand que cohérent.

— Plusieurs choses. D'une part, il y a encore au moins un autre Ockham dans la nature : Violaine. D'autre part…

— Que veux-tu que cette femme puisse faire toute seule ? l'interrompit Max, balayant d'un geste de la main le premier argument de son ami.

— Attends ! Je termine… D'autre part, Ockham n'a jamais proféré la moindre menace sans en venir aux actes. Son orgueil incommensurable l'en empêche. De surcroît, la date qui a été donnée est proche : le 24 décembre. Pourquoi nous menacer à si courte échéance ? On saura très vite qu'il a menti ou échoué, et il perdra toute crédibilité. Comment pourrait-il continuer à nous menacer après ?

— Certes, mais…

— Laisse-moi finir. J'ai l'habitude des illuminés, et je peux t'assurer qu'Ivo est de la race de ceux qui peuvent rallier des disciples à leur cause. Il a l'intellect et le charisme qu'il faut. Imagine qu'il ait convaincu une trentaine de tarés de se livrer à des actes terroristes. On a déjà connu ça. Violaine est peut-être même en train de leur donner ses dernières instructions. Entre nous et pour faire simple, j'ai la trouille.

Max le resservit en vin. Il avait eu le plaisir de trouver du Corneille de Renom[1] à la carte, et il n'avait pas résisté.

— Je te connais, et je te crois, Amédée. T'es pas le genre à paniquer inutilement. On va essayer de boucler rapidement l'instruction sur la mort de Marbus, en n'y

1. *Les Larmes de Pancrace*, quatrième Chronique barbare.

consacrant qu'une demi-heure, et après, on l'attaquera ensemble sur Violaine. Ceci dit, je ne suis pas sûr qu'il ait envie d'en dire davantage.

Mallock leva son verre et trinqua avec son ami.

— Tope là !

Dehors, Max frissonna.

— Il fait encore plus froid qu'à Bordeaux, dans ton bled.

— Un gentil petit – 4° et un vent de force 3, de quoi congeler un juge, vite fait bien fait. Il n'a pas mis sa petite laine, le représentant de la justice ?

— Tu veux vraiment y aller à pied ? Ça fait loin ?

— Trois cents mètres sur l'avenue du Maine, on passe derrière le cimetière, tu pourras en profiter pour faire un acte de contrition boulevard Saint-Jacques, on est arrivés.

— Et ton dos ? Je croyais que tu détestais marcher à cause de tes vertèbres.

— Faut soigner le mal par le mal, m'a dit mon kiné.

— Bon, allons-y. Tu l'auras voulu.

Pendant tout le chemin, ils évoquèrent leur dernière enquête[1], celle qui les avait réunis l'été dernier. Mallock demanda des nouvelles de Camille et de son bébé. Puis de Félicien, le maître de vigne.

— Et Pierrot ?

Max fit la moue.

— Nimila nous a quittés peu après ton départ. Trop de peine. Un matin, elle ne s'est pas réveillée. Alors, autant te dire qu'on est inquiets pour le Pierrot. Ils allaient fêter leurs 60 ans de mariage.

1. *Les Larmes de Pancrace*, quatrième Chronique barbare.

— Noces de diamant, murmura Mallock en repensant à ceux que l'on avait retrouvés dans la terre de la parcelle du Corfeu.

À la Santé, après avoir salué Henri Dannot, nouveau directeur des lieux, ils s'affalèrent sur des chaises en plastique qui avaient largement dépassé l'heure de la retraite.

— Pour le retour, on prend un taxi, souffla Max.

Quand Ivo apparut au parloir, Amédée ne put s'empêcher de sentir son inquiétude grandir. Son visage était calme. Mieux, il semblait content de revoir son juge et son flic, tel un chat avec ses deux souris, impatient de jouer encore un peu avec elles.

— Bon, mon juge, on se dépêche un peu, je n'ai pas toute la journée. J'avoue tout. Pas de demi-mesure. Tapez-moi ça rapido, je te pardonnerai jusqu'aux fautes d'orthographe. Qu'on passe au plus amusant.

— De quoi parlez-vous ?

— La présence de notre bien-aimé Mallock n'a aucune raison d'être dans le cadre de cette instruction. J'en déduis par conséquent qu'il est venu faire parler ce cher Ockham. *Quid* des fameuses « Apocalypses » ? Il a peur et il a bien raison.

Pour ne pas s'énerver, Mallock préféra sortir fumer un cigare dans l'une des cours de la prison. À son retour, Erwan était en train de signer le procès-verbal de comparution :

— Chic, revoilà mon Amédée, pile poil au bon moment.

— Pour vous, je ne suis pas « Amédée », et encore moins « votre » quoi que ce soit. Appelez-moi monsieur le commissaire.

Ivo ne fut pas le moins du monde troublé par la sécheresse de Mallock. Il avait de l'avance sur eux, et il le savait.

— Je vais peut-être vous étonner, mais je comprends parfaitement votre colère. Ce n'est pas tant ce qui est arrivé ou qui va arriver qui vous met si mal à l'aise.

— Ce serait quoi, à votre avis ?

— C'est la sympathie que vous ressentez, depuis le début, vis-à-vis de mon projet, mon cher commissaire, voire, si je l'osais, de ma personne.

Les ricanements d'Amédée ne troublèrent pas Ivo qui passa carrément au tutoiement :

— Ne t'en défends pas trop. Je t'ai observé bien avant que tu n'en fisses autant, Mallock. Joli l'imparfait du subjonctif, non ? Sois honnête pour une fois, le « Principe de parcimonie », tu le pratiquais avant moi. Combien as-tu soustrait de nuisibles de la surface du globe, en les abattant en pleine rue ou en les jetant dans les culs-de-basse-fosse de ta République ? Depuis que l'on parle ensemble, tu sembles faire comme si de rien n'était. Dois-je vraiment te rappeler tes faits d'armes, Amédée ? L'air de rien, statistiquement, tu es le flic qui a le plus souvent sorti son flingue depuis la création du 36, celui qui s'est payé le plus grand nombre de beaux crânes. Je te rafraîchis la mémoire ? Mai 1981 : les frères Ranski abattus lors d'une poursuite... L'année d'après, cette crapule de Ficardi... Hiver 86 : le couple de terroristes, Jason et Sonia... Été 92 : la fusillade du pont Marie, encore deux beaux fous furieux... En 99, c'est un père et ses deux fils qui ont été retirés de la surface de la Terre par ton flingue... 2001 : prise d'otage à la BNP d'Iéna, tu nous as fait un superbe carton sur Habib et Hammed... Printemps 2012 : lors du casse de...

— Ces types ont mérité ce qui leur est arrivé, aboya Mallock.

— Bien vu ! Exactement comme chacune de mes victimes, mon commissaire chéri. La seule différence, c'est que ton rasoir à toi est un 44 Smith & Wesson Magnum chargé de trois balles de plomb à pointe mousse de 15,5 grammes, alternées avec trois semi-blindées à pointe creuse. Je suis bien documenté, non ?

Max regarda son ami. Pourquoi ne se défendait-il pas ?

— Tu es un tueur, Amédée. Reconnais-le. Un justicier, un exterminateur. Un *vigilante* honteux. Mais voilà, que se passe-t-il ? Depuis la mort de Thomas, bien moins de tirs mortels. Quelle déception ! Pourquoi ? Plus assez de balles ou plus de couilles ?

Enhardi par le silence du commissaire, Ivo continua sa charge. Nul doute, il l'avait préparée :

— Tu détestes l'homme, comme moi, Mallock. Comme moi, tu as souffert de son indifférence, son cou qui se courbe vers le sol, ses yeux qui se détournent. Tu hais son hypocrisie et sa lâcheté. Son avidité. Tu sais très bien que l'on ne peut pas continuer à laisser la démocratie assassiner ses enfants, laisser agir les pantins morbides de la démagogie. Tu n'as simplement plus le courage d'aller au bout de tes convictions. L'ours s'est fait nounours. On lui a limé les griffes, au flic. Et, comme les anciens drogués, fumeurs ou alcooliques, tu prêches en prosélyte la rédemption pour te rassurer de la pertinence de ta propre conversion.

Amédée se tourna vers Max :

— Arrêtons ce cinéma.

Mais Ivo n'en avait pas fini. Il ajouta en se levant lentement :

— Le pire, Mallock, c'est que tu aurais pu me descendre lorsque l'on était ensemble en haut de la cathédrale. Ça aurait évité à des milliers de personnes de mourir demain. N'étais-je pas monté là-haut juste pour ça : venir à la rencontre du plomb de tes balles ? Comprends-tu mieux l'importance de retrouver la puissance magnifique de l'instinct ? Le pouvoir magique de l'acte sauvage ?

63

Samedi 17 décembre

Au troisième, où étaient installés les ordinateurs ultra-performants et les services d'écoute du CCRII, Zoé Köhler cherchait sa brosse en poils de sanglier. Elle déversa dans un bruit assourdissant le contenu de son sac.

Temps de recherche : quatre minutes. Résultat : néant. Soudain, un éclair de lucidité traversa ses yeux verts. Mon Dieu, qu'elle était tête en l'air. Elle avait consciencieusement caché sa grosse brosse à cheveux derrière l'un des nouveaux serveurs informatiques.

Zoé était maniaque. Mais pas seulement. Elle était perfectionniste, bien coiffée, assidue, appliquée, maquillée, inquiète, obsédée par son boulot, malade à l'idée d'avoir oublié quelque chose ou ne pas avoir fonctionné à 200 % de ses possibilités dans chaque projet et chaque action de sa vie. Selon l'optique dans laquelle on se plaçait, on avait soit une technicienne hors pair, soit une parfaite emmerdeuse. Après l'avoir classée dans la première partie de l'alternative, Mallock et Dublin l'avaient nommée à la tête du troisième étage du Fort.

Bizarre cette manie qu'elle avait de se peigner vigoureusement avant d'aller voir ou d'appeler son boss. Certes, Mallock était intimidant, mais il avait plutôt bonne presse à l'intérieur du Fort. Il ne réclamait que deux choses à ses collaborateurs : un professionnalisme sans faille et un bon esprit. Le commissaire n'avait aucun état d'âme. Lorsque quelqu'un ne faisait pas le job, il le dégageait. À Dublin de se débrouiller pour replacer la personne sans trop réveiller l'acrimonie pathologique des syndicats.

Avait-elle peur d'être virée ? Était-ce la raison de sa nervosité chaque fois qu'elle devait rencontrer son patron ? Zoé se posa la question et y répondit tout aussi vite. Il pourrait toujours courir pour trouver quelqu'un qui ait ses compétences. Elle n'en connaissait pas d'autres comme elle sur le marché. Alors ?

Pourquoi brosser ainsi rageusement ses cheveux roux ? Quelle stupidité.

Surtout avant de téléphoner.

Ce samedi-là, exceptionnellement, Amédée était resté chez lui. Outre le besoin de digérer la diatribe d'Ivo, Mallock avait une autre raison, bien meilleure : une raison avec des yeux bleus, des pommettes asiatiques et des cheveux bruns. Margot et lui avaient passé la nuit de vendredi ensemble sans qu'aucun des deux n'ait l'obligation de partir bosser le lendemain. Comme dans les films, Margot s'était levée à l'aube, portant l'une des chemises d'Amédée. Pour la première fois, il avait songé concrètement à la demander en mariage. Passer le reste de sa vie avec elle lui semblait à ce moment-là l'une des meilleures idées qu'il ait pu avoir depuis bien longtemps.

L'appel de Zoé le surprit au moment où le carnassier en lui se demandait s'il n'allait pas manger une jolie journaliste pour son petit déjeuner.

— Je ne vous dérange pas, monsieur le commissaire ?

Köhler n'arrivait toujours pas à l'appeler « patron », comme ses collègues. Elle avait tenté « monsieur le divisionnaire », que Mallock, de son côté, avait refusé. Il avait proposé un simple « commissaire » qui s'était transformé en « monsieur le commissaire » tout en minuscules. Ils en étaient restés là.

— Au contraire, mentit Mallock, j'espérais un peu avoir tes résultats pour continuer à cogiter. Tu as trouvé quoi sur les enregistrements ?

Zoé avait pris des notes.

— Je vous passe les détails, mais nous sommes parvenus à établir que l'enregistrement de la tour Eiffel, prétendument en *streaming* et en direct, a été fait il y a quinze jours. Non pas une semaine après son arrestation, mais une semaine avant.

Encore une confirmation du degré de préparation d'Ockham. *Inquiétant*, songea Mallock.

— S'il te plaît, Köhler, je ne serais pas contre une petite explication technique. Comment êtes-vous parvenus à ce résultat ?

— En fait, on a tout. Jusqu'à l'heure et la minute exacte du début et de la fin de la prise de vue.

Ç'aurait été Julie, elle l'aurait mis au défi de trouver. Mais Zoé n'en était pas là dans ses relations avec Mallock.

— On a pas mal galéré. Heureusement, ils ont filmé avec une caméra haute définition. On a eu l'idée de nous attarder sur les étoiles à l'arrière. Pas celles qui étaient immobiles, celles qui bougeaient.

— Les avions ?

— Tout à fait.

— Plusieurs vols se croisent dans le ciel de Paris dans ces créneaux horaires. Mais ils ne sont pas toujours parfaitement à l'heure. On s'est concentrés sur le croisement de l'AF 647 et du 333 de la British Airways. Pas de chance pour Ockham, ce soir-là, Air France avait cinq minutes d'avance. L'intersection des deux vols s'est effectuée à la limite droite du ciel au lieu de la gauche. C'était la nuit du 3 décembre.

— Bravo à tous les deux, c'était bien vu.

— Je transmettrai à Kenji.

Tout le monde appelait le capitaine Kenji Kô Kuroda « Ken ». Mais son prénom complet, prononcé par une jolie voix féminine, ressemblait soudain à un diminutif. N'y aurait-il pas là quelque intention coquino-hypochoristique de la part de Zoé ?

Amédée ne s'y attarda pas :

— Et la voix ?

— On l'a « défiltrée », c'est celle d'une femme.

— De Violaine ?

— Je ne sais pas, avoua Zoé.

— Démerde-toi. Avec toutes les apparitions télé et interviews radio du couple, vous avez de quoi comparer.

À l'autre bout du téléphone, Zoé blêmit. Se faire critiquer, et à raison, par Mallock... Elle eut l'impression que la terre s'écroulait. Comment avait-elle pu oublier d'aller plus loin dans l'identification ? Pour elle qui se voulait irréprochable, c'était un échec.

Amédée continua, sans se douter qu'il l'avait blessée.

— Et Violaine ?

— Elle a quitté le nid. Ou plutôt, les nids. Julie vous en parlera plus en détail, mais rien à Paris, ni dans son atelier, ni à Gacin où ils possèdent une magnifique résidence secondaire.

— Rappelle-moi quand tu auras une identification formelle de la voix. Et quand tu en as fini, mets-toi sur Violaine avec Jules et Julie, il faut absolument la loger.

Zoé était furieuse contre elle-même. Contre Ken également. Ils n'avaient pas assuré.

64

Nuit du 17 décembre

Était-ce pour calmer la colère qui l'habitait encore depuis la violente raillerie qu'Ivo lui avait adressée, ou pour tenter de percer ses intentions criminelles, quoi qu'il en soit, en l'absence de Margot, Mallock avait la voie libre.

Sans même passer par la case whisky-cigare, il attrapa l'une de ses pipes et commença la préparation du latex du pavot somnifère. Le *chandoo* qu'il utilisait depuis la mort de Thomas était différent de l'opium brut. Débarrassé de produits indésirables, le *chandoo* pouvait être fumé mélangé avec du tabac ou du cannabis dans une pipe en écume. Mallock préférait avoir recours à la véritable méthode de consommation, dite thébaïque. La lenteur du processus lui laissait le temps de repasser dans sa tête les détails de l'enquête ainsi que les éléments de synthèse qu'il allait mettre à l'épreuve de la fumée.

Sur fond de concerto pour hautbois, il trempa une grande aiguille en fer dans le récipient contenant le *chandoo* liquéfié. Puis roula la gouttelette de matière au-dessus d'une lampe à pétrole pour en retirer l'humidité avant de la poser précautionneusement sur le fourreau de la pipe.

Bien installé sur son canapé, Amédée absorbait l'opium en maintenant le fourreau de sa pipe au-dessus de la lampe, pour vaporiser l'opiacé sans le brûler. Marcello avait remplacé Bellini, et les premières notes de son concerto envahirent la tête du rêveur. Amédée essayait de contrôler la tentation du sommeil. C'était là, entre les deux états, éveil et assoupissement, qu'il avait découvert ses visions les plus exploitables, ses gisements d'idées, directement issues de réflexions ou d'indices enfouis au plus profond de son subconscient.

Fatigues physique et nerveuse cumulées, il succomba au sommeil. Toute première vision : un gigantesque sapin de Noël bleu. Cette image lui rappela une ancienne enquête, une époque pas si lointaine où, sur la place du Bourg-Tibourg, les commerçants du quartier avaient fait ériger un grand conifère qu'ils avaient fait floquer.

Le mélange de fibres textiles et de colle à l'eau projeté sur les branches consacrait la victoire du factice sur le naturel. Dernier outrage, le résineux avait été peint et éclairé en bleu. Malgré ce crime contre nature, le résultat était très beau. Magique, en fait. Émerveillés, des enfants tournaient en cercle tout autour. Leurs dos étaient éclairés par les lumières orange des cafés et leurs visages par celle, froide et mauve, du sapin. Un peu comme s'ils dansaient autour d'une sorte de grand feu inversé. Différence notable avec ses souvenirs, une multitude de décorations y étaient accrochées. De couleurs et de tailles différentes, il y en avait des centaines, remplissant d'admiration les yeux des enfants. Sous l'effet de la chaleur, l'une des boules en verre commença à s'assombrir. D'or clair, elle passa au rouge avant de se couvrir de cloques et d'imploser brutalement en projetant des éclats de verre dans toutes les directions. Un simple bruit sec de branche qui se brise, pas plus. Mais de bien terribles conséquences. Le visage et les yeux des enfants qui se trouvaient à portée se couvrirent de brûlures et de coupures. Pleurs, hurlements de sang. L'une après l'autre, les décorations se mirent à chauffer et à éclater, coupant peaux et paupières, déchirant lèvres et bouches. Dans son cauchemar, Mallock tenta d'avancer pour porter secours et tirer les enfants loin du sapin meurtrier, mais les pavés s'étaient rapidement gorgés de sang. Bien trop glissants pour ne pas tomber. Amédée essaya trente fois avant de se réveiller, épuisé, de son cauchemar.

Qu'y avait-il à comprendre ? Quelle piste oubliée ? Quelle nouvelle lecture d'événements mal interprétés ? Sur le moment, Mallock n'en tira qu'une conclusion et un curieux pressentiment. L'idée retenue tournait, comme les enfants, autour du sapin et de la date du 24 décembre. C'était d'une telle évidence ! Et pourtant, il était passé à côté.

Cette journée était avant toute chose un symbole chrétien. Il fallait par conséquent se concentrer sur une cible en rapport direct avec cette religion, qu'il s'agisse de personnes, du simple curé jusqu'au pape, ou bien de lieux, les églises, les messes en plein air, le Vatican… Le 24, Ockham allait s'attaquer à la religion et à ses adeptes.

Quant à la prescience qui avait accompagné le rêve d'Amédée, l'image de son impuissance, symbolisée par ses trente chutes, ne concernait-elle pas de nouveau l'un de ses capitaines ?

Un membre du Fort était-il en danger ?

Et si oui, lequel ?

65

Dimanche 18 décembre

Au réveil, Mallock se retrouva K.-O., la tête vide. Toutes ses idées, toutes les pistes semblaient avoir été effacées. Seule, au fond du crâne, subsistait l'ombre d'un mot. Ou plutôt, d'un groupe de mots. Une expression, peut-être. Une phrase qui lui échappait encore, alors même qu'il avait la certitude que ces quatre ou cinq mots, cette locution, étaient la clé du problème, l'explication de sa grande terreur.

Vers 16 heures, Margot vint le rejoindre. Après un délicieux câlin dominical, ils décidèrent de se rendre à pied jusqu'aux Champs-Élysées.

Lorsqu'il y repensa plus tard, en se remémorant les terribles événements qui étaient arrivés, il se souvint qu'il avait hésité. Partir s'amuser alors que tout n'était pas encore bouclé ? En avait-il le droit ? Le travail ne manquait pas, que l'on soit dimanche ou un autre jour ; en bon capitaine, il se devait d'être sur le pont.

« *Après tout*, lui avait murmuré le petit diable tordu en forme de verre qui squattait sa cervelle, *même pendant la guerre, les tremblements de terre, les tsunamis ou le massacre d'un million de Tutsis, le monde avait bien continué à aller au cinéma, non ? Alors, pourquoi pas toi ? Tu te crois supérieur, peut-être ? Il serait plus vertueux, le monsieur ?*

Le petit diable dans sa tête pouvait parfois être très con. Amédée l'avait pourtant écouté et s'était dirigé tout droit vers l'enfer.

Dehors, la glace avait figé dans un chaos infernal tout ce qui avait été balayé par la crue. Panneaux, bancs, grilles d'égouts, poubelles, voitures retournées, arbres, abribus, anciennes passerelles de bois, fontaines Wallace, bicyclettes, tout se retrouvait pétrifié dans un parfait désordre et sous une même coque transparente. Marcher dans cet énorme capharnaüm n'était pas chose aisée, ni dénuée de danger, mais le spectacle était magnifique.

En arrivant place de la Concorde, Margot et Amédée tombèrent, émerveillés, sur un spectacle surréaliste : la vaste esplanade, au centre de laquelle le roi Louis XVI avait perdu la tête, avait été dégagée et transformée en une gigantesque patinoire publique. Par milliers, les Parisiens s'étaient réunis au bout du jardin des Tuileries afin de glisser ensemble sur leur ville de glace.

Pour se faire pardonner une inondation qui aurait pu être mieux contenue, la mairie avait mis les petits plats dans les grands. De place en place, pour réchauffer les participants et lutter contre l'arrivée de la nuit, de grandes torchères avaient été installées.

Neige et feu, musique, orgue de Barbarie, enfants et adultes en longs rubans humains serpentaient sur l'asphalte de glace de leur capitale, entre les lumières, les rires et les centaines de sapins qui y avaient été installés.

C'était beau.

Mallock repensa à son sapin bleu et aux guirlandes explosant dans le visage des enfants. La menace du 24 décembre proférée par Ockham continuait à occuper son esprit. Que pouvaient-ils bien organiser, lui et Violaine, spécifique à la nuit de Noël ? Si elle avait encore des hommes dévoués au culte du Polichinelle, elle pouvait facilement leur attribuer des églises. Soudain les mots se regroupèrent : la messe de minuit !

C'était ça. La messe de minuit serait le moment idéal pour organiser des massacres. Ockham n'avait parlé de 18 heures que pour les tromper. Tout le monde serait rassuré et partirait tranquillement à la messe, pensant qu'il n'y avait plus aucun risque.

Lors d'une messe rassemblant autant de monde, un homme fou de rage, armé de rasoirs, pouvait tuer des dizaines et des dizaines de fidèles avant d'être stoppé. Mais comment convaincre l'archevêché et le ministère de l'Intérieur d'annuler toutes les célébrations ? Et pas seulement à Paris, dans toute la France, voire à l'étranger ? Était-ce seulement envisageable ? Contrairement à lui, Margot était croyante et pratiquante.

Ce fut donc à elle qu'il posa la question de confiance :

— Si l'on découvrait qu'il y a une menace contre les catholiques, et spécifiquement le jour de Noël à l'intérieur des églises au moment de la messe de minuit, tu crois que l'on pourrait l'annuler ?

— Annuler quoi ? La messe ?

— Oui.

— N'y pense même pas, mon pauvre Amédée. Aucune chance. Parfois, on dirait que tu vis sur une autre planète. Autant essayer d'empêcher le soleil de se lever.

Mallock s'en sortit avec une pirouette :

— Ça, c'était la deuxième idée sur ma liste : bloquer l'astre ce matin-là pour rester le 23 décembre jusqu'au 25.

— Sérieusement, tu crois qu'il y a une menace imminente ?

L'air de rien, Margot la journaliste d'investigation repointait son joli petit nez.

— Tu as quel genre d'info ? N'oublie pas que je ne couche avec toi que dans le seul espoir de te soutirer des renseignements.

— Pas d'info, lui sourit Amédée. Il y a des éléments troublants et puis un simple raisonnement : que peut-on déclencher comme catastrophe le soir de Noël ? Si tu as une autre idée, je suis preneur.

— Ça, ce n'est pas mon job. Je fais dans le fait, pas dans l'hypothèse hypothétique, ou la vision visionnaire.

Elle avait compensé la rudesse de sa saillie par un bisou sur la joue de son ours. Mallock était resté de marbre.

— Tu veux qu'on rentre et qu'on essaye de travailler sur les différentes possibilités ?

Amédée en mourait d'envie. C'était gentil de sa part de le lui proposer.

— Non, non. En route et vite. La séance est dans quinze minutes, et c'est tout en haut des Champs, presque à l'arc de triomphe. Je déteste louper le début du film.

Heureusement pour eux, la grande avenue avait été dégagée des principales épaves que la crue y avait apportées. Mieux, les services d'entretien avaient eu le temps de recouvrir généreusement les larges trottoirs de sable et de sel. Ils purent donc arriver à temps dans la salle de l'Élysée-Palace, juste au moment où la lumière commençait à s'éteindre.

66

Gaumont-Étoile : nuit du dimanche au lundi, 1/3

Le noir s'était fait depuis déjà cinq bonnes minutes, mais le film ne démarrait toujours pas. Il y eut d'abord un premier sifflet, puis toute la salle se mit à gronder. Les personnes près des sorties furent les premières à se rendre compte qu'il ne s'agissait pas d'une simple panne.

Elles furent également les premières à hurler.

Difficile de faire la différence, dans tout ce vacarme, entre les cris de douleur et ceux de terreur. Les yeux s'accoutumant à l'obscurité, certains spectateurs commencèrent à détecter la présence de créatures bizarres. Les hurlements commencèrent : « C'est le Polichinelle »... « Il a un couteau, mon Dieu, il est armé »... « Ils sont plusieurs »... « Les portes sont bloquées »...

La panique explosa et se répandit comme le feu dans une boîte d'allumettes. À l'intérieur du cinéma, des Ockham à bec jaune, sans que l'on puisse deviner leur nombre exact, s'étaient mis à découper tout ce qui passait à leur portée. Un rasoir dans chaque main, les ombres bossues fauchaient au hasard. Sans la moindre hésitation, ou la moindre pitié, elles tranchaient. Une gorge ici, un œil plus loin. Elles sectionnaient, morcelaient, taillaient sans jamais s'arrêter. Sans même prendre le temps de s'acharner sur une même personne, elles faisaient jaillir le sang et passaient au suivant. Elles semblaient prendre un plaisir infini à jouer les funambules, sautant de siège en siège, passant en courant dans les allées, balançant leurs bras, entaillant indifféremment poignets, nez, bras de fauteuils ou seins.

Pour mieux renforcer la terreur qu'elles inspiraient, les ombres lançaient rires, hurlements de loup et grognements de sanglier.

Au bout de dix minutes, loin de se calmer, les coups redoublèrent. Les Polichinelles semblaient doués d'une énergie destructrice sans limite. Étaient-ils simplement gorgés de haine et de rage ? Ou la drogue et la folie étaient-elles aussi présentes dans leurs organismes ? Ce qu'ils faisaient avec leurs rasoirs dépassait l'imagination. *Enfer* de Dante, Bosch, Buffalmacco, Giotto et Fra Angelico avaient été conviés à cette représentation unique, *in vivo*. Et chacun d'y aller de son pinceau.

À terre, des ventres furent ouverts, répandant la pestilence ferreuse de leurs viscères. Assis, les enfants eurent les yeux découpés, la langue sectionnée. Gorgées de sang, les nattes blondes d'une petite fille s'envolèrent dans les airs, puis des doigts, un membre mou, un bout de sac à main, des oreilles. À quelques mètres de la sortie, accroupi en tailleur, un Polichinelle attendait que les gens passent à sa portée pour leur sectionner les tendons des jambes. Désormais clouées au sol, ses victimes ne pourraient plus tenter de s'échapper qu'en rampant jusqu'à la sortie pour en supplier les portes.

Le massacre dura une éternité.

Lorsque les services de sécurité parvinrent enfin à forcer les accès de la salle, les survivants, recouverts de terreur tout autant que de sang, jaillirent du cinéma en hurlant.

Les entourant, les caressant, terrifiante et tiède, une odeur.

67

Nuit du dimanche au lundi, 2/3

Hurlements, sirènes de police et de pompiers… en sortant de l'Élysée-Palace, Mallock comprit instantanément que quelque chose de grave s'était passé. C'était plus bas dans l'avenue. Malgré la neige, il se mit à courir, Margot sur ses talons. Devant un cinéma, de l'autre côté, un spectacle effrayant l'attendait. Cent à deux cents personnes étaient affalées sur le trottoir dans un mélange de neige fondue, de sel et de sang.

Le Samu arriva en même temps que lui et que le SINOD. Sans attendre, d'Harcourt lança ses hommes à l'assaut de la salle. Les Polichinelles avaient pris soin d'en bloquer les portes, mais elles ne firent pas le poids face à la détermination des policiers et à la puissance des Gränsfors, leurs béliers d'effraction tactique.

À l'intérieur, pas d'Ockham, mais des gémissements, des corps sans vie, une odeur atroce. La salle de cinéma était comme une sorte de peinture, de radeau de Géricault, mais en bien plus grand. Blessés et cadavres étaient étalés un peu partout, sur les fauteuils, dans les allées, sur le dos, sur le ventre, visages fermés ou effarés. Ils exhibaient les tourments de leurs souffrances ou de leurs morts, comme l'avaient fait autrefois les marins de la *Méduse* à la seule intention du peintre. Là aussi, outre le noir, le rouge profond du sang participait à l'évocation picturale. Qu'il le fasse en larges aplats ou en glacis subtil, l'incarnat était présent partout, obnubilé par sa seule volonté de traiter ce massacre de façon monochrome et à sa seule gloire.

Bien identifiables, en blanc, les médecins du Samu étaient déjà au travail. Première urgence, stopper les hémorragies en pratiquant des compressions manuelles directes. À peine arrivé, Amédée s'était retrouvé à terre, les genoux trempant dans le sang et les paumes appuyées sur des plaies. Dès qu'un pansement compressif était appliqué par un infirmier, Margot et Mallock passaient à une autre victime. La plupart d'entre elles tremblaient sans pouvoir s'arrêter.

Dans un premier temps, il n'y eut pas assez de couvertures isothermiques de survie ; Amédée et Margot utilisèrent leurs manteaux. Ils obéissaient aux directives des médecins du Samu. Eux seuls avaient assez d'expérience pour décider de la position dans laquelle devaient être mis les blessés : décubitus dorsal, PLS[1] ou demi-assise. Margot se mit à recruter des passants pour faire ce qui était le plus simple ; en substance, maintenir les perfs en hauteur, tenir des mains et réconforter les blessés et leurs familles. Pendant ce temps, Mallock retrouva les réflexes de sa jeunesse, bloquant la circulation sur toute l'avenue. Il valait mieux, en termes de sécurité, obliger les voitures à

1. Position Latérale de Sécurité.

bifurquer au niveau du Fouquet's. Pourtant large, la surface du trottoir n'avait pas suffi pour y étendre tout le monde.

Trente-cinq minutes plus tard, le premier tri était fait.

Les morts étaient alignés à l'intérieur, sous l'écran. Les blessés légers avaient été installés, enrubannés dans des couvertures argentées, à l'entrée de la grande salle ou à l'intérieur du grand café-brasserie voisin transformé en PMA[1]. Les victimes les plus gravement atteintes avaient été intubées, stabilisées puis transportées dans les hôpitaux les plus proches. Encore une fois, Samu et pompiers avaient fait preuve d'un professionnalisme sans faille.

Margot et Mallock s'affalèrent sur les fauteuils grenat du Gaumont-Étoile. Ils étaient tous, hommes et objets, recouverts d'une espèce de croûte composée de poussière, de sel et d'hémoglobine figée. Le cœur d'Amédée battait à toute allure. Son souffle s'était fait court. Il ne parvenait pas à reprendre sa respiration. Seules ses mains ne l'avaient pas trahi. Elles ne tremblaient pas et avaient conservé toute leur force. Alors qu'il les regardait, la main de Margot vint se poser dessus. Ses doigts minuscules frémissaient. Il se retourna vers elle en arborant une tentative désespérée de sourire. Margot était livide et les larmes n'arrêtaient plus de tomber de ses yeux.

Quelqu'un vint lui tendre un objet. C'était un rasoir couvert de sang. Il devait avoir été abandonné par l'un des Polichinelles.

— Il était sous l'un des fauteuils du premier rang, lui précisa l'infirmier qui avait trouvé l'arme.

1. Poste Médical Avancé.

Le coupe-choux n'était pas jeune. Celui-là était un véritable bijou. Il faudrait l'analyser, mais le manche semblait être en ivoire, et la lame en acier damassée. C'était un objet de prix. Mallock le glissa dans une pochette en plastique à l'intention de Théo. Il le ferait parler. Combien d'âmes cette arme avait-elle sectionnées ?

C'est à ce moment-là que Mallock s'accorda enfin le temps de la fureur et de la stupéfaction.

Ockham, alors même qu'il était en prison, plus surveillé qu'aucun autre prévenu, venait d'organiser la plus mortelle de ses attaques. Selon les personnes interrogées, il y aurait eu pas moins de vingt Polichinelles à l'intérieur du cinéma. Comment avait-il pu convaincre tous ces fidèles ? S'il y en avait autant, à quoi fallait-il s'attendre encore ? Comment allait-il pouvoir faire pire ? Toutes les hypothèses devenaient effrayantes. Pour un type comme lui, pour ce plasticien diaboliquement inventif, l'excès serait la norme.

Comment imaginer ce que sa cervelle malade pouvait encore inventer ? La lèpre disséminée dans le ciel ? L'eau courante empoisonnée ? La terre irradiée ? Une seule chose à faire, même s'il doutait de son efficacité, c'était d'aller poser directement ces questions au responsable de la tuerie.

Amédée téléphona à la prison pour prévenir le directeur de son arrivée, puis il embrassa Margot. Plus loin, il tomba nez à nez avec sa troupe. Jules, Julie, Ken, Théo et ses TIC étaient arrivés à bord des petits hydroglisseurs en aluminium mis à la disposition du 13. Mallock donna le coupe-choux à Théo.

— Repasse immédiatement au labo. J'attends tes analyses dans l'heure. D'Harcourt est déjà là, il vous racontera. Je vous laisse figer la scène de crime. Épluchez bien tout, l'un des Polichinelles peut avoir fait tomber un rasoir à force de taper à l'aveugle, ou bien s'être coupé. Ces enfoirés étaient nombreux, ça multiplie nos chances.

— Vous ne restez pas ?

Julie était inquiète, elle n'avait jamais vu son patron dans un état pareil.

— Vous rentrez chez vous, j'espère ?

Mallock la regarda, l'œil noir. De quoi se mêlait-elle ?

— Je prends l'hydroglisseur et je fonce interroger Ockham.

Sans leur laisser le temps de l'en dissuader, Amédée disparut, sale et sanglant, dans ce qui ressemblait de plus en plus à une tempête de neige.

Au niveau de la station Champs-Élysées-Clemenceau, une série de baraques en bois entouraient la place. Pains d'épices, marrons grillés, vin chaud... Noël battait son plein. Dans l'une d'elles des chapeaux et des masques de carnaval grimaçaient, notamment celui qui faisait désormais fureur : la tête de Thot, avec son bec d'ibis, non pas noir mais jaune.

Plus bas, arrivé en vue de la Concorde, Mallock faillit faire demi-tour. Il avait oublié de prévenir son équipe qu'ils devaient se méfier de tout le monde, y compris des personnes à terre, certains Polichinelles avaient très bien pu quitter leurs habits et se grimer en victime pour recommencer le massacre. Puis il se souvint que sa troupe était là au grand complet. Il leur faisait confiance pour faire face. Il se promit cependant de les appeler, on n'est jamais assez prudent, dès qu'il serait arrivé à la prison.

Sidération. De froid, de rage et de frustration. À bord de l'engin métallique, Mallock se mit à fendre le mur d'épingles de la tempête. Ses vêtements imbibés de sang ne formaient désormais qu'une seule et même pièce rigide. Toute personne normale aurait rebroussé chemin, pas lui. Sa poitrine et son bras gauche lui faisaient mal. Mais pas question de passer par la case hôpital. Il y avait parfois un grand manque de discernement chez Mallock, surtout lorsque la folie qui l'habitait reprenait le dessus.

68

Nuit du dimanche au lundi, 3/3

Comme Mallock, le fleuve ne savait plus où il en était, il avait rompu ses amarres, outrepassé ses rives. Glacés tous les deux, tristes et sales, souillés, ils semblaient s'être découvert soudain un même destin, celui de sortir de leurs gonds et de faire payer régulièrement le prix fort à ceux qui leur naviguaient dessus sans toujours leur faire montre de reconnaissance.

Arrivé devant la prison, déboussolé et mort de froid, Amédée sonna. Henri Dannot l'attendait aux greffes.

— Bonsoir, monsieur le commissaire, pas de numéro d'écrou pour vous. On va directement chez moi.

Le temps de monter deux étages et de parcourir plusieurs couloirs, Mallock se rendit compte qu'il était en train de fondre. Il laissait derrière lui une traînée d'eau sanglante.

Arrivé devant son bureau, le directeur l'implora de rester dehors :

— Je viens de faire changer la moquette. Impossible de vous laisser entrer. Je vais vous faire passer par ma salle de bains privée.

— C'est quoi, ces simagrées ?

Fatigué, Amédée obtempéra malgré tout.

— Regardez-vous, commissaire, lui répondit le directeur en lui montrant le miroir des toilettes.

À côté d'Henri Dannot, un mendiant hirsute à moitié dément les dévisageait. Il avait le visage recouvert de taches et de croûtes rouges. Pour compléter le tableau l'individu tremblait de tous ses membres.

— Je crois qu'il serait bon de vous reposer un peu avant d'aller voir Erwan dans sa cellule.

— Oui, je... je... crois, reconnut Amédée en se reconnaissant enfin dans le miroir.

— J'ai un gros pull à col roulé, il devrait vous aller. Je ne peux rien faire pour le bas, mais je vous conseille de retirer votre veste et votre chemise, de vous passer un peu sous l'eau, il y a du savon et des serviettes, puis d'enfiler mon chandail. Je vous attends à côté.

Lorsque Mallock s'assit enfin dans un fauteuil en face du directeur, il se sentait un peu mieux. Toujours aussi bouleversé par la scène à laquelle il venait d'assister, mais avec un cœur qui semblait avoir repris un rythme plus régulier et une respiration plus longue, plus profonde.

Henri Dannot prit la parole :

— Après votre appel, je me suis douté de quelque chose. J'ai passé des coups de fil. Quelle horreur ! Mais, ceci dit, est-ce bien utile de l'interroger maintenant ? Vous avez vu votre état ? Demain matin, il sera encore là. Un seul mot de votre part et je vous fais raccompagner chez vous. Je m'engage même à venir vous rechercher demain. Une visite à midi serait parfaite et vous permettrait de vous reposer...

Le directeur avait parfaitement raison. Amédée crut entendre Julie et Margot abonder dans son sens, mais Mallock était obstiné. Et puis, même mort de fatigue, tant qu'il n'aurait pas vu Ockham, il serait incapable de s'endormir.

— Sortez-le de sa piaule, je veux le voir le plus rapidement possible, se contenta-t-il de répondre.

— Comme vous voulez. Je préviens deux gardiens pour vous assister.

— Non, répondit un peu trop fort Mallock, je ne veux personne avec moi.

— C'est contraire à...

— Au règlement ? Oui, certes, mais l'assassinat de masse aussi.

Dannot hésita quelques instants. Tout ce qui se passait à l'intérieur de la prison était sa seule prérogative, et par conséquent sous sa responsabilité, avec pour corollaire la suite de sa carrière. Si Amédée, dans l'état où il était, s'en prenait au prisonnier, il serait le premier blâmé. D'un autre côté, il comprenait le commissaire et ne pouvait s'empêcher de ressentir de l'empathie pour lui.

— OK, je vous le prête, mais vous ne me l'abîmez pas. J'attends une mutation à côté de Bordeaux, et je n'ai pas du tout envie de me retrouver dans le Nord.

Le regard que Mallock lui lança fut tout aussi inquiétant que ce qu'il finit par lui déclarer :

— Je n'ai aucune envie de lui défoncer la tronche, si c'est cela qui vous préoccupe. Il a massacré une personne que j'aimais et dont j'étais responsable. La seule chose qui pourrait à la limite me soulager serait de lui tirer une balle dans la tête. Et même ça, ça ne durerait que quelques minutes. Alors un coup de poing... pour quoi faire ? M'abîmer les phalanges ?

— Vous voulez le voir maintenant ?

Mallock réfléchit un instant :

— Non, je dois attendre un coup de fil avant de le rencontrer. Je vais en profiter pour m'allonger, si vous le voulez bien.

— Mon bureau est à vous, monsieur le commissaire. Je vous recommande le divan.

Trois heures plus tard, reposé, Mallock faisait face à Ivo.

— Mon Dieu, quelle tenue, commissaire ! Vous êtes de plus en plus négligé. Pas de nouveaux décès à déplorer dans votre équipe ?

Amédée se leva, s'approcha tranquillement d'Ivo et le gifla de toutes ses forces. Puis il hésita deux secondes et lui fracassa le nez d'un direct du droit.

On ne fait pas toujours ce que l'on s'est promis.

— Je suis venu te dire une chose et t'interroger sur une autre.

— C'est si gentiment demandé que j'aurais fort mauvaise grâce de vous refuser quoi que ce soit, commissaire.

Tout en riant, Ivo se moucha par terre, y répandant un mélange écœurant de morve et de sang.

— Je me suis longtemps demandé d'où venait ta rage, Ivo, cette haine des hommes, ceux que tu appelles avec mépris les « moutons crétins ». En fait, tu ne leur en veux pas de t'avoir abandonné et laissé seul aux prises avec tes démons, à tes scènes de folie furieuse. Tu ne leur pardonnes pas d'en avoir été témoins. Rien de plus, rien de moins. Ils t'ont vu délirer, te rouler en bavant sur le sol, te mordre la langue comme une bête, une vache folle. C'est cette honte-là qui a fait de toi un monstre.

Erwan regarda Mallock calmement :

— Autre chose à me dire, commissaire ?

— Oui, je reviens des Champs-Élysées. C'était donc ça, ta ou tes fameuses apocalypses ? Faire faire de sordides massacres par des hommes de main déguisés en clowns ?

— En Polichinelles, si je reprends votre propre appellation. Mais, franchement, à votre avis, je suis capable de me tromper de date ? Sommes-nous le 24 décembre ?

Ivo s'était mis à rire.

Mallock continua sans broncher. Il avait des choses à dire et d'autres à lui faire avouer. Surtout, rester calme et concentré :

— Depuis la taule, tu as déjà trouvé le moyen de faire passer tes instructions à Violaine. Sans doute un de tes fidèles admirateurs. En tout cas, on va renforcer nos recherches et, crois-moi, elle ne tiendra pas longtemps, ta copine.

— Violaine, ma violette, ma douce et tendre compagne aux doigts délicats ? La femme fidèle et la dévouée assistante de mes pires exactions ? La douce Violaine qui les réprouve certainement de tout son joli petit cœur, mais m'obéit par amour... ? C'est cela ?

Ivo se pencha alors vers Mallock et lui lâcha enfin, les yeux dans les yeux :

— Écoute-moi bien, mon petit commissaire. Aujourd'hui, on ne peut que constater mon absence sur les lieux du massacre aux Champs-Élysées. Difficile en effet d'être en même temps en prison, à l'ombre de la tour Montparnasse, et dehors, en train de jouer du rasoir dans un cinéma. Nous sommes bien d'accord ? Alors, ne voulant pas laisser sa seigneurie ainsi, dans une perplexité que je devine douloureuse, laissez-moi vous révéler en exclusivité, petit veinard, l'identité de la personne qui a mené l'assaut…

Ivo fit une pause pour marquer son effet et augmenter l'impatience de Mallock. Mais ce dernier resta parfaitement calme.

Alors il se décida :

— C'est ma fragile Violaine, en personne, ma petite Vio. Et je suis sûr qu'elle a adoré !

Mallock resta impassible. C'était ce genre de révélation qu'il était venu chercher malgré la tempête.

— En confidence, la violence et la cruauté lui procurent bien plus de jouissance et de joie que je ne saurais le faire avec mes grandes mains de plasticien. Ma petite chérie a toujours préféré le sang au sperme, commissaire, la tragédie à la comédie, la mort à l'amour, l'agonie à la vie. C'est une veuve noire, une vraie de vraie, la complice idéale et ma plus grande inspiratrice.

La voix d'Ivo était rapidement montée dans les aigus. Sous les yeux de Mallock, Ockham le psychopathe émergeait enfin.

— Notre force est là, à Vio et moi, dans la parfaite complémentarité de nos obsessions. Vous diriez sans doute : aliénation. Moi, par exemple, devrais-je vous surprendre, j'ai dû me faire violence pour pratiquer toutes les amputations nécessaires à la confection de mes bocaux. Heureusement, j'avais la haine et le mépris pour me venir en aide. Elle, elle n'en a pas besoin. La rage, Violaine est tombée dedans quand elle était petite. C'est la destruction qui la motive. Elle est…

— Mais tu…

— Ta gueule, Mallock. T'es venu pour me faire parler ? Alors, écoute et ferme ta gueule, connard !

Les cordes vocales tendues à l'extrême lui donnaient une voix de crécelle rouillée.

— Puisqu'on en est aux confidences et que tu ne sembles pas vouloir comprendre, je vais te parler d'une autre absence, monsieur le commissaire... D'un endroit où je n'étais pas non plus. Pas plus qu'au cinéma cette nuit. Pour que tu comprennes enfin, sombre crétin !

Là, bizarrement, Ivo reprit son vouvoiement alors que sa voix redevenait plus grave :

— Vous n'avez pas enfermé le bon Polichinelle, monsieur le commissaire. Souvenez-vous d'un certain soir, à Neuilly... La nuit... Une superbe Black qui rentre chez elle... une retransmission vidéo... la mort en direct ! Eh bien, à ce moment-là, j'étais à 257 kilomètres de la capitale, tranquille dans un somptueux peignoir de soie. Commencez-vous à piger, Mallock, ou faut-il que je vous fasse un dessin ? Révélation... pom, pom, pom, pom ! C'est ma petite Violaine qui lui a fait son affaire, à votre Jo. Toute seule comme une grande. Et selon ses propres termes, elle se serait littéralement « régalée ». C'est pas moi qui l'dis, c'est le verbe exact qu'elle a employé. Personnellement, en découvrant son... travail sur Internet, moi, j'ai trouvé ça, comment dire, trop malsain. Tout ce sang, ces tripes jouant les serpents, beurk ! Oui, malsain et grotesque, ridicule, cette femme qui se tord par terre en poussant des cris de truie égorgée...

Ivo s'arrêta, convaincu que Mallock allait lui sauter à la gorge. Mais ce dernier n'en fit rien, il se contenta de lui répondre avec bien plus de calme qu'il ne lui en restait réellement en réserve :

— Je suis au courant, Ivo. Mais je te remercie pour ces confidences. Elles pourront nous servir pour le procès.

— Aucune chance ! Vous faites semblant, mais je v...

— J'avais de forts soupçons à son sujet depuis déjà un certain temps. Alors j'ai fait faire des recherches à l'étranger sur ta foldingue de femme. C'est mon « grand Arabe », comme tu dis, qui s'en est chargé. C'était fort éloquent. Mais j'ai mieux que ça, maintenant. Ta chère et tendre vient d'avoir la gentillesse de laisser tomber son rasoir favori lors de l'attaque du cinéma. Outre ses empreintes et le sang d'un grand nombre de victimes, on vient à l'instant d'identifier les ADN de Jo et de Bruno Karly sur le manche. Tu vois, tu ne m'apprends rien, pauvre cloche. On va bien s'occuper d'elle.

Très fier d'être parvenu encore une fois à se contenir, Mallock quitta un Ivo ivre de rage.

69

La rencontre d'Erwan et de Violaine

Avant d'adopter par le mariage le nom de Kœnigstein, Violaine était née Vörösmarty. Ses lettres de noblesse : un arrière-grand-père poète national et une grande tante violoniste virtuose. Sa famille, après avoir participé à l'insurrection de Budapest en octobre et novembre 1956, avait quitté la Hongrie pour échapper au massacre organisé par les Soviétiques. L'homme a la mémoire sélective, mais les Hongrois n'étaient pas encore près d'oublier ce qui était arrivé à leur grand voisin ukrainien : l'Holodomor, Yagoda et ses dix millions de morts, vingt-trois ans auparavant.

En France, elle avait rencontré Erwan. Il venait d'avoir 21 ans, elle en avait 20 de plus. Mais nul n'aurait pu le deviner. L'illusion était parfaite. À l'instar de sa compatriote Alsžbeta Bátoriová-Nádasdiová, « la dame sanglante de Csejte[1] », Violaine semblait avoir trouvé un élixir de vie qui la maintenait miraculeusement dans une charmante petite

1. La comtesse Báthory, née en Hongrie le 7 août 1560, a été accusée du meurtre d'un grand nombre de jeunes femmes.

trentaine. Pas la moindre ride, cheveux sublimes et corps parfait.

Peu après sa rencontre avec celui qui deviendrait plus tard son mari, elle avait fait deux choses : l'amour, bien entendu, et une tâche artistique et ménagère : le rangement de tous les dessins qui s'étaient accumulés depuis l'enfance d'Erwan.

Ce dernier, lorsqu'il avait cherché un pseudo d'artiste en vue d'une première exposition, avait finalement choisi « Ivo », en hommage à sa Vio, dont c'était tout simplement l'anagramme amoureuse.

Violaine avait apporté un autre cadeau à Erwan : la conversation. Ensemble, ils avaient passé des milliers d'heures à parler, de tout, jamais de rien. Musique, peinture, littérature... Ethnologie, mécanique, théologie, électronique... Philosophie aussi. Ivo lui confia son admiration pour le moine d'Oxford, elle lui parla des Grands Anciens et de la Terre creuse. Ensemble, ils s'extasiaient des nuits entières sur les œuvres de la Renaissance, l'art brut et le délire des baroques. Elle lui récita « Le bateau ivre », il pleura.

Elle était l'alter ego parfait avec lequel échanger. Étrange et si proche, celle qu'il attendait.

Un jour, il lui confia le sentiment d'avilissement qu'il ressentait à la suite des enlèvements dont il se croyait victime. Il lui parla des monstres gris venant de l'espace, de ce qu'ils avaient fait de son corps. Les croyances panspermistes[1] de Violaine transformèrent en quelques phrases sa honte en

1. Théorème scientifique affirmant que la Terre a été fécondée de l'extérieur par des extraterrestres.

orgueil. Le petit Erwan, qui s'était longtemps vécu comme une bête de laboratoire, devint après les explications de Violaine Vörösmarty un « élu des dieux ». Simple humain, il avait été non pas enlevé au hasard en vue d'expérimentations, mais choisi par eux. Ceux-là mêmes qui, hier, avaient ensemencé la Terre.

Mieux encore, l'aveu d'Erwan avait enthousiasmé Violaine. S'il avait été élu par les Grands Anciens, elle n'en comprenait que mieux son propre choix.

Il était singulier. Ils étaient uniques. Ensemble, la sainte dualité, le deux qui est égal à un, le deux égal de Dieu, ils mangeraient sur la table d'émeraude, réciteraient le marteau des sorcières, tireraient les tarots de Thot et tourneraient ensemble les petites clés de Salomon.

Peu à peu, elle l'avait initié à ce qui la construisait, structurait sa folie et canalisait ses pulsions. Tout ce qui, depuis son adolescence, lui donnait force et cohérence. Ce n'était pas si compliqué que ça, et ça tenait en une phrase, cinq syllabes dont il ne comprit pas la portée :

« Fais ce que tu veux ! »

Était-ce si simple ? Était-ce suffisant ? Erwan avait d'abord pris cette sentence à la légère. Alors, elle lui avait raconté l'histoire prodigieuse du magicien A. Crowley.

Edward Alexander Crowley, alias Maître Therion, Frater Perdurabo ou The Great Beast 666, prétendait avoir reçu le texte du *Liber Al vel Legis*, de la bouche même d'Aiwass, divinité et ministre de Hoor-paar-kraat. Violaine s'était lancée dans une longue explication dont Erwan n'avait pas tout compris, sans pour autant oser lui en demander plus. Lorsqu'elle partait dans ces délires-là, et sans qu'il veuille le reconnaître, elle lui faisait un peu peur. L'ouvrage, d'après elle, aurait servi de fondement à un mouvement sulfureux, « Thelema », nom d'un personnage de l'*Hypnerotomachia Poliphili* du moine dominicain Francesco Colonna. Ce traité qui datait de la Renaissance aurait eu à son tour une grande influence sur *Gargantua*[1], dans lequel on pouvait retrouver, expliquait-elle, à la fois l'abbaye de Thélème et le mot d'ordre : « Fais ce que tu voudras. » Une formulation identique, bien que parcellaire, de ce qui deviendrait la signature des thélémites et que Violaine avait faite sienne : « Fais ce que tu voudras sera le tout de la Loi », en l'écourtant et en remplaçant le « l » par un « t » : « Fais ce que tu voudras sera ta Loi. »

Elle lui avait également exposé la cosmologie, en partie empruntée à la mythologie égyptienne, contenue dans le *Book of The Law* de Crowley.

À ses yeux, tout était clair : lui, Ivo, était *Ra-Hoor-Khuit*, Horus tout à la fois guerrier et créateur, dieu à tête de faucon. Quant à elle, elle était la « Femme écarlate » que l'astrologue britannique ainsi que les Grands Anciens évoquaient, la femme libérée des notions chrétiennes du péché, libre et capable du pire, héboïdophrène[2] et parèdre[3] de *To Mega Therion*, la Grande Bête. Celle-là même qu'Ivo deviendrait par la grâce du Chaos et la force universelle des « Globes ailés » dont l'ouvrage, fabuleuse coïncidence, parlait également.

1. Œuvre de François Rabelais, écrivain et moine franciscain puis bénédictin, et enfin prêtre séculier.

2. Schizophrénie accompagnée de comportements asociaux et de passages à l'acte.

3. Assise à côté…

La Femme écarlate, Horus et Thot avaient inspiré la tenue extravagante qu'ils avaient dessinée ensemble pour Ockham. Car le mythe a besoin d'une parole pour être retenu par l'Histoire, ou d'une peau arrachée à un animal, d'une coupe pleine de sang, d'une mort très belle au son du cor, ou bien d'une simple tenue de polichinelle.

70

Lundi 19 décembre

Incapable de s'endormir après sa visite à la prison, Mallock avait fait un sort à une bouteille de whisky et à trois sublimes havanes robusto maduro. Durant la nuit, les volutes de fumée étaient venues éclairer certains éléments de l'enquête laissés dans l'ombre. Pêcheurs à pied, un jour de grande marée, l'alcool et les cigares avaient débusqué les derniers indices encore cachés en soulevant patiemment, le long du rivage, la moindre pierre endormie.

Au réveil, plus de pape, plus de sapins piégés et plus de messe de minuit. À la place, une toute nouvelle hypothèse, bien plus folle. Et avec elle, une terreur infinie.

Ce qu'il avait tiré de ses réflexions et de son imagination, de son esprit de synthèse, était bien plus fou que toutes les pistes qui lui étaient déjà venues à l'esprit.

C'était bien plus catastrophique et délirant que des attaques de fanatiques lors de la messe de Noël. Et il ne restait que cinq jours à Mallock pour confirmer cette hypothèse infernale et trouver un moyen d'y remédier.

Première phase : s'assurer de la plausibilité d'une telle spéculation. Mais avec qui partager une pareille théorie ? Et comment faire sans déclencher la panique ?

Trois noms lui vinrent à l'esprit. Celui de Sigismond Gallucha, son Sig, avec lequel il pourrait échanger en toute sécurité, puis ceux de Tom Marvin et d'Angelina Allen. Ils auraient des ouvertures que lui-même n'avait pas.

Et puis, après tout, ça les regardait tout autant.

Comme le reste du monde, d'ailleurs.

Minuit quarante. Il appela Sig en passant par Internet. Son vieil ami y passait le plus clair de son temps. De fait, il était là. Ses yeux gris pâle l'accueillirent, interrogatifs :

— C'est quoi, cette gueule que tu nous fais, Amédée ?

Mallock réfléchit à la meilleure façon d'exposer son problème. Tout d'abord, il le rappela en utilisant une combinaison de proxys que Zoé avait mis au point à cet usage. La connexion était désormais sécurisée à condition de ne pas dépasser sept minutes, le temps minimal pour *brute-forcer* la sécurité.

— Tu as entendu la menace qu'avait proférée Ockham avant d'être arrêté ?

Amédée n'attendit pas la réponse de son ami :

— Écoute-moi bien. Ni son arrestation ni le massacre d'hier n'ont mis un terme à la menace du 24 décembre. Mieux, ou plutôt pire, je crois savoir maintenant ce qu'il nous prépare.

— Et ?

En exposant sa théorie, Amédée vit peu à peu l'expression du journaliste s'assombrir. Son visage se rapprocha de l'écran. Puis la panique l'envahit. À chaque phrase, ses sourcils s'abaissaient et les rides à son front s'accentuaient. Pas la moindre question, pas une seule remarque ou tentative de contradiction. Sig ne semblait pas avoir besoin d'être convaincu. Mallock n'en fut que plus effrayé. Il fallait croire que sa théorie, aussi folle soit-elle, paraissait parfaitement crédible aux yeux d'un homme d'expérience, habitué au terrorisme et aux complots de toutes sortes. Amédée aurait souhaité qu'il en soit autrement, que Sig lui fasse des objections. Ou mieux encore : hurle de rire en le traitant de couillon.

— Putain de bordel de Dieu, conclut l'ancien patron de l'agence European Press. Il faut absolument que tu fermes ta gueule. Le moindre mot, la moindre rumeur, et c'est la fin du monde. Il risque de… Que comptes-tu faire ?

— Dès que j'ai raccroché, j'appelle l'un des hauts gradés du FBI, un type en qui j'ai une confiance absolue. Mon idée est de lui demander son avis, et surtout de faire un test de son côté. Ils sont bien mieux équipés pour ce genre de chose, et ils savent travailler dans le secret.

La gorge sèche, Sigismond conclut :

— Tu as sans doute raison. Fonce, appelle-le.

Mallock ferma la liaison sans même penser à répondre ou à dire au revoir.

Il était 1 heure et 3 minutes.

Un peu tremblant, il composa le numéro de téléphone personnel de son ami Marvin.

— Je ne te dérange pas ? Normalement, je t'aurais appelé plus tard, mais là, je n'ai pas trop le choix. Il faut que je te parle immédiatement.

Grosse quinte de toux.

— Il est 19 heures ici, pas de problème.

Mallock exposa les faits à Marvin, et celui-ci eut la même réaction que Sig.

— C'est l'hypothèse la plus folle que j'aie jamais entendue, mais c'est aussi la plus logique. Je ne sais pas quoi en penser. Ce serait énorme. Comment a-t-il pu... C'est effrayant... Dans le doute, on doit... Je vais sélectionner un des emplacements, le plus accessible ou le plus discret, pour y faire faire l'analyse dont on a parlé. Pour l'instant, on doit avant tout vérifier ton hypothèse. Je te laisse et te rappelle.

Il était 1 heure et 19 minutes.

Marvin avait raccroché, laissant encore une fois Mallock hébété. Le fait qu'il n'ait eu aucun mal à convaincre ses deux amis l'avait rempli d'une formidable angoisse. Aussi folle soit-elle, sa théorie était parfaitement vraisemblable.

La menace était brutalement devenue palpable. L'impossible possible.

Il se souvint alors du cauchemar qu'il avait eu dans la nuit du 23 novembre. Lorsqu'il avait rêvé d'Ockham envoyant des boules de bowling dans la foule. Elles roulaient en faisant tomber des corps qui éclataient en centaines de morceaux. Encore une fois, son inconscient avait été bien plus inspiré que lui. Et encore une fois, il ne l'avait pas assez écouté.

Ne se sentant pas la patience de rester assis à attendre, il sortit dans la rue, une nouvelle idée en tête.

71

Dernière visite à Ockham

Dehors un curieux bruit attendait Amédée.

Une espèce de rumeur, entre le clapotis violent de la pluie et celui plus ténu des feuilles d'automne applaudissant à l'arrivée du vent. La glace, réchauffée par le matin tiède, était en train de craquer. Ces milliers de fractures, triplées par leurs échos à travers les rues, les places et les boulevards, produisaient l'étrange musique.

Un hydroglisseur conduisit Amédée sur la rive gauche. En passant à pied derrière le cimetière du Montparnasse, il se demanda une dernière fois s'il avait raison. N'agissait-il pas sur un coup de tête ? Ne prenait-il pas un trop grand risque ? Il avait décidé ce matin-là d'exposer son hypothèse à Ivo afin d'observer sa réaction. S'il ne s'était pas trompé, le plasticien tueur ne pourrait pas ne pas réagir. L'incroyable massacre programmé – ses *Apocalypses* – était l'œuvre de sa vie, et ce qui le rendrait immortel dans la mémoire des hommes.

Mais comment s'y prendre ?

Tout lâcher comme ça, d'un coup, avec le plus d'aplomb possible, ou bien, au contraire, lui laisser comprendre qu'il avait deviné, mais sans l'exprimer clairement, l'inquiéter en diffusant quelques indices au cours de la conversation ?

Arrivé devant Ivo, sans même lui dire bonjour, il lui exposa sa théorie. Encore une fois, la réaction du prisonnier laissa Mallock pantois. Sans laisser paraître la moindre expression de surprise, le plus petit ricanement, le plus infime changement de couleur ou de mouvement des lèvres, le prisonnier posa devant lui une enveloppe, se leva de sa chaise, tourna le dos au commissaire et alla frapper à la porte :

— Gardien, l'entretien est terminé.

Mais il n'en avait pas encore complètement fini avec Mallock. Il se retourna.

— Que j'aie été enlevé par des dieux ou que j'aie souffert de crises temporales, qu'importe, en fait. Petit, j'ai été privé de l'essentiel, de ce qui constitue nos âmes, le cadeau de l'enfance, notre instant d'innocence. Ce n'est pas une excuse, mais une explication que je te dois. Car la dernière fois, sous le coup de la colère, j'ai menti et je t'ai insulté... Vous êtes un homme sans artifice, sans impostures et courageux, à mes yeux... un héros, monsieur le commissaire.

Et Ivo quitta la pièce, laissant Amédée interdit.

Après avoir lu le contenu de l'enveloppe sur laquelle était écrit « Ockham, pour Mallock », Amédée, encore troublé, alla voir Henri Dannot. Ensemble, ils appelèrent Max qui lui-même téléphona au parquet avant de les rappeler.

— C'est entendu avec le garde des Sceaux. À partir d'aujourd'hui 11 h 22, Erwan sera maintenu au secret dans le cadre dérogatoire de l'article 706-73 du Code de procédure pénale. Aucun contact de quelque ordre que ce soit ne lui sera autorisé. Ne quittez pas. En attendant une confirmation écrite, je vous passe monsieur le ministre pour confirmer ces instructions.

Sonnerie, changement de ligne et de voix :

— Monsieur le directeur, j'espère que tout est bien clair. Je compte également sur vous pour choisir avec la plus grande rigueur les gardiens chargés de surveiller cet individu. C'est une mesure de sécurité nationale, et toute fuite sera de votre responsabilité.

Silence, Henri Dannot ne répondit pas grand-chose, à part deux ou trois « monsieur le ministre », mais Mallock eut l'impression d'entendre le fonctionnaire claquer des talons avec les deux hémisphères de son cerveau.

À 22 heures, Marvin rappela.

— Mauvaise nouvelle, tu avais malheureusement raison. On a procédé avec toute la discrétion possible, il y a bien ce que tu pensais, là où tu le pensais.

Il hésitait encore à prononcer les mots. Mallock se décida à sa place :

— Putain, j'avais donc raison… les *Sphaera Obscura* sont des bombes.

— Oui. Et c'est la grande panique. On en a trois, rien qu'à New York. On n'a pas touché à celle qui est devant Wall Street, ni à la grande en plein milieu du Guggenheim. Mais on a analysé la troisième, en bas des escaliers du Met[1].

1. Metropolitan Museum of Art.

— C'est de la folie, il y a certainement des caméras tout autour. Et des mouchards. Tu m'avais dit l'endroit « le plus discret » ?

— C'est justement pour ça que l'on a finalement décidé de procéder sous ses yeux et au grand jour. Une autre forme de discrétion. Le coup de la lettre volée d'Edgar Poe. De toute façon, on n'avait pas vraiment le choix, elles sont toujours accrochées dans des lieux très exposés.

Partout dans le monde, les *Sphaera Obscura* étaient suspendues pour pouvoir flotter à six pieds du sol très précisément. Un système sophistiqué de roulement à billes, caché en hauteur, leur permettait de tourner si on les touchait, mais tout en restant parfaitement verticales. Lorsqu'elles étaient installées à l'extérieur, un portique y était associé pour permettre cette même lévitation. L'ouvrage, conçu lui aussi par Ivo, avait la forme d'un cube évidé, constitué de quatre colonnes, quatre portants et deux traverses croisées au-dessus, en acier brossé, car la couleur ne devait pas lutter avec le noir de la sphère. Mieux encore, l'argent grisâtre de l'acier, en ne reflétant rien, mettait en valeur les courbes obscures, les brillances et les reflets de l'œuf qu'elle semblait contenir.

Marvin reprit :

— On a commencé par complètement défoncer le trottoir et une partie des escaliers du Met, à deux cents mètres de la sphère.

— C'était vraiment utile ?

— Diversion, Amédée, diversion. Et puis tu sais, ici, on fait pas dans la dentelle. L'efficacité avant tout. Au prétexte de protéger l'œuvre, on a posé une bâche sur toute la structure et on a continué, victime expiatoire, à massacrer le trottoir ainsi qu'une partie de l'asphalte, sans oublier de démonter les pierres de l'escalier. Il fallait que ça soit une intervention impressionnante dans le sous-sol de la ville, justifiant la pose d'une protection autour de la sphère.

— Et c'est donc derrière cette bâche…

— Qu'on a pu faire tranquillement nos analyses. On a discrètement apporté un radioscope, un scanner et, surtout, un IRM expérimental à aimants permanents utilisant une supraconductivité de 2 teslas[1]. L'imagerie a confirmé ton hypothèse.

— Bravo ! Mais ça donne quoi, exactement ? Quelle puissance d'explosion ? Quel mécanisme de détonation ?

— Patience, on le saura vite. CIA, DEA et FBI se réunissent dès demain autour des clichés. Les plus grands spécialistes mondiaux seront là. Dès que l'on trouve une solution ou une parade, un moyen de désamorcer, je t'appelle.

Le silence lui répondit.

— Tu es encore là ?

— Oui, pardon. J'aurais tellement aimé m'être fourvoyé.

— Fourvoyé ?

Le français presque parfait de Marvin n'était pas sans faille.

— Mis le doigt dans l'œil, si tu préfères.

— Confidence pour confidence, moi aussi. J'espérais bien te rappeler pour me foutre de toi. Ça semblait si paranoïaque.

1. « Tesla » est le nom donné en l'honneur du physicien serbe Nikola Tesla à l'unité dérivée d'induction électromagnétique (champ magnétique) du Système international d'unités.

— De la part d'Ockham ? C'est que tu le connais bien moins que moi. Tu n'as eu que sa séance de scalp...

— Non, de la tienne, de paranoïa. Ne m'en veux pas, mais après ton coup de fil d'hier, je me suis retrouvé en train de me passer la tête sous l'eau. Je me demandais si j'avais rêvé ou si tu avais pété les plombs. Te rends-tu compte de ce que ça signifie en termes de préméditation ? Mais aussi d'imagination et d'inventivité ? D'inhumanité ?

— Mais oui, bordel, je le sais. Avec cet enculé, on passe sans arrêt de l'admiration à la répulsion.

Il remercia Marvin et raccrocha.

Le temps de se servir un triple whisky, de le vider à moitié, il composa le numéro direct de Julie.

— Patron ?

— Désolé, Julie, mais il faut que tu sonnes l'alerte générale. Toute l'équipe doit être sur le pont à 9 heures demain matin, dans la grande salle.

— Tout le monde ?

— Oui... euh, non, en fait.

Mallock réfléchit rapidement. Moins il y aurait de personnes, moins il y aurait de possibilités de fuite. Autant ne pas prendre de risques.

— Nous cinq, bien entendu. Et puis Théo et Arnaud.

— Les « Puces » ?

— Non, elles ne nous seront pas utiles cette fois-ci. Par contre, préviens Köhler. Ça fera huit personnes, c'est largement suffisant.

— Pas le directeur ?

— Si, oui, merde, bien entendu. Mais ne t'en occupe pas, je le préviendrai moi-même.

— À part ça ? On peut savoir ?

— Quoi ?

— Le sujet de la réunion ?

Amédée hésita. Il avait toute confiance en Julie, mais était-ce utile ?

— Non, dors tranquillement, on verra ça demain.

— Mais je…

Julie s'arrêta dans son élan, Mallock avait déjà raccroché.

72

Matin du mercredi 21 décembre

Dehors, la glace avait commencé à fondre. À 9 heures tapantes, à pied, à patins ou en bateau, tout le monde était parvenu à traverser les rues gelées de Lutèce-les-Bains pour accoster au 13. Tous, sauf Mallock qui n'arriva qu'à 10 heures sans vraiment prendre la peine de s'excuser :

— Je sais, je sais, je suis en retard, mais je ne suis pas parvenu à fermer les yeux une seule seconde. Apprêtez-vous à en faire autant quand je vous aurai mis au parfum.

Silence général. Le visage de leur patron était fermé. Sa peau était blafarde et ses yeux rouges.

— Nous avons cinq jours, pas un de plus, pour empêcher l'une des plus terribles catastrophes que le monde ait jamais connues en temps de paix. Et je vous assure que ce n'est pas une figure de style.

Silence stupéfait autour de la table. Seul Théo continuait à siroter son café au lait. Il n'était pas insensible, il vivait simplement sur une autre planète.

— J'ai besoin de toutes vos capacités et de toute votre imagination. Il va nous falloir réfléchir *outside the book*, comme disent nos amis américains.

Julie prit la parole :

— Si vous vouliez nous foutre la trouille, c'est réussi. On peut savoir ?

— Excuse-moi, Julie, une dernière précaution avant de vous expliquer précisément de quoi il retourne. Il faudra à tout prix que ce que vous allez entendre reste strictement entre nous. Pas un mot, pas la moindre confidence ne sera tolérée. C'est une question de vie ou de mort.

— S'il vous plaît, patron !

Ken avait craqué à son tour.

Mallock se décida :

— Tout ce qu'Ivo a fait depuis le 6 septembre, de la destruction de la *Joconde* aux différents… prélèvements, n'était que d'aimables plaisanteries. On a commis deux erreurs. D'une part, mésestimer le rôle de Violaine. Et d'autre part, négliger de taper les onze lettres du nom de famille d'Erwan sur Wikipédia.

À la seconde même, Wik blêmit.

— Ne t'en veux pas, Habib, on aurait tous dû chercher, mais comment aurait-on pu imaginer ?

— Imaginer quoi, bordel ?

Wik se tourna vers elle :

— Kœnigstein. C'est le nom de famille d'Erwan, mais également celui d'un certain François Claudius Kœnigstein.

— Et ?

— On le connaît mieux sous le pseudonyme de Ravachol : le plus grand anarchiste qui ait sévi en France à la fin du XIXe siècle.

— Et ils sont de la même famille. Erwan est son arrière-arrière-petit-neveu, précisa Mallock.

— Et alors ? Qu'est-ce que ça peut bien faire ?

Personne ne parvenait encore à comprendre où leur commissaire voulait en venir avec ce Ravachol de plus d'un siècle. Pire, Jules aurait juré que c'était un nom de fromage. Wik, qui avait fait le rapprochement avec les sphères, insista :

— Que lançait ce brave homme sous les roues des chevaux et des calèches ? Que posait-il dans des lieux publics ?

— Il a fini par être guillotiné après avoir posé des marmites pleines de grenaille et de dynamite un peu partout, compléta Mallock.

— Des bombes ? bafouilla Jules.

— Et quelle forme ces « machines infernales » avaient-elles ?

— C'était des sortes de boules noires avec une mèche. En tout cas, si on s'en tient aux gravures d'époque.

— Et des sphères noires avec une tige, ça ne vous rappelle rien ?

Chacune des huit personnes réagit alors à sa manière, soit par un silence consterné, soit par un cri.

Ils avaient enfin compris. Deux ou trois secondes passèrent. Puis, brusquement, les questions fusèrent : « Toutes les sphères sont-elles piégées ? »... « Combien y en a-t-il dans la nature ? »... « Depuis combien de temps ? »... « Pourquoi ne pas les déplacer et les désamorcer simplement ? »... « On sait combien elles contiennent d'explosifs ? »... « Comment sont-elles déclenchées ? »...

Mallock attendit que le calme soit revenu pour reprendre la parole et leur exposer ce qu'il savait.

— Le premier rapport informel que Marvin vient de me faire n'est pas rassurant.

— Marvin ?

Mallock leur résuma rapidement l'intervention du FBI.

— J'ai fait suivre cette première expertise à d'Harcourt, pour qu'il nous éclaire sur ce qui ressemble désormais à une opération terroriste d'envergure.

Habitué à prendre la parole, le patron du SINOD ne perdit pas de temps :

— Le commissaire m'a fait parvenir ce matin le rapport du FBI. Ockham n'a pas réinventé la poudre, son système est on ne peut plus classique, mais il n'en est pas moins redoutable. Les RCIED[1] ont longtemps été une spécialité de l'Armée républicaine irlandaise. La brigade South-Armagh de l'IRA a fait exploser des bombes actionnées au moyen de détonateurs activés par radio et réglés sur le fameux 27 MHz. C'est devenu une sorte de guerre des ondes, avec utilisation de contre-mesures de la part des Britanniques et changement permanent de l'autre côté. Les systèmes de radio de basse puissance et à radiocommandes étant aussi simples à réaliser que faciles à brouiller, les terroristes sont passés à des radios plus puissantes, utilisant d'abord des talkies-walkies puis des téléphones portables à longue portée. C'est en actionnant le vibreur de téléphones portables reliés à des détonateurs électriques que d'autres terroristes se sont mis à faire exploser leurs bombes. Dès lors, tous les Occidentaux, dont un service auquel j'avais le privilège d'appartenir alors, ont tenté de trouver une riposte. Comment

1. *Radio (ou Remote) Controlled Improvised Explosive Device.*

parvenir à faire exploser leurs engins infernaux avant même qu'ils ne soient transportés sur place.

— Leur faire péter dans la tronche, à ces putains d'enculés, précisa Julie dans le même esprit, mais sans la syntaxe sang bleu.

— Détermination logarithmique des fréquences, exploration électronique, système de codage, brouillage électronique, allumage à saut de fréquence, on a tout essayé, mais autant vous dire tout de suite que rien n'est réellement efficace à 100 %. Quoi qu'il en soit, dans le cas qui nous occupe, ça ne nous servirait à rien de les faire exploser là où elles se trouvent, elles sont déjà... sur place, si j'ose dire. Une dernière chose, on peut oublier les globes d'Ockham antérieurs à 2000, les sept premiers, ce qu'il appelle ses *Sphères ténèbres*. Elles sont a priori inoffensives. D'un diamètre de 2,55 mètres et d'une circonférence de 16 mètres, elles sont en bakélite, mobiles, contrairement aux autres, et sans doute pleines. Je pense qu'il n'avait pas encore songé, à l'époque, à en faire des bombes, ou qu'il n'avait personne pour l'aider. C'est une procédure très délicate.

— Quoi qu'il en soit, pour les autres, nous sommes démunis.

— C'est pas certain, reprit d'Harcourt. Certes, ces salauds peuvent déclencher la détonation depuis n'importe quel point du globe, mais il y a cependant une faiblesse dans leur système.

En une seconde, l'espoir revint. À quoi le patron du SINOD avait-il pensé ? Après tout, c'était lui le spécialiste.

— Ivo a promis de tout faire exploser le 24 décembre à 18 heures. On aura donc droit, s'il s'en tient à ce plan, à une « explosion multiple ». Or, ce n'est pas si évident que ça à mettre au point et à réaliser. Il y a notamment de fortes chances que ça entraîne une saturation du réseau et que ça bloque ou, du moins, retarde les mises à feu suivantes.

Déception.

— « Retarder » ne change pas grand-chose pour nous, lui fit remarquer Mallock.

— Pas si sûr. Si l'on a les instruments idoines, on peut en profiter pour repérer le lieu et la fréquence d'émission et leur envoyer des contre-mesures. On n'éviterait pas les premières explosions, mais on pourrait limiter la casse.

— Et si on saturait le réseau en émettant des millions d'appels ?

— Très bonne idée, mais encore faut-il savoir lequel.

Tout le monde retomba dans un silence prostré. Comme souvent, ce fut Julie qui le rompit, pour une fois sans décorer de jurons son intervention :

— On a une idée de la puissance de ces… bombes ?

Ce ne fut pas d'Harcourt, mais Amédée qui lui répondit :

— Le rapport des Américains est très précis sur ce point. Trop, à mon avis, mais admettons. Dans un rayon de 300 mètres autour de chaque boule, il n'y aura que des morts. Dans un cercle de 1 000 mètres, on a la surface dans laquelle on retrouvera les blessés graves. Après, ça dépend de l'endroit. Dans des lieux confinés, comme la cathédrale de Chartres, non seulement il n'y aura pas de survivants, mais l'édifice lui-même pourrait bien s'écrouler.

— C'est quoi, comme explosif ? s'enquit Jules.

Le commandant du SINOD hésita un instant. Sans doute entre l'explication courte et la version longue.

— Je vais essayer d'être bref. Il y a d'un côté les « explosifs déflagrants », dont la vitesse de décomposition est lente et qui ont besoin d'être confinés pour exploser, et d'un autre, les « explosifs détonants », à la vitesse de décomposition supérieure à 6 050 mètres par seconde. Ce sont ces derniers qu'utilisent les terroristes, et que l'on a retrouvés dans les sphères, car ils sont simples d'emploi. Ils se décomposent en explosifs « primaires » et « secondaires », les premiers servant à faire détoner les seconds, les plus brisants. Ils possèdent une vitesse de combustion très élevée et constituent ce qu'on appelle la « partie efficace » de la charge. Cette dernière est composée dans le cas présent de trinitrotoluène.

— Également appelé Tri, Tritol, Tolit, Tutol, Trinol, Triton, Tol ou Trotyl ou TNT, précisa Théo sans bafouiller, à la surprise générale.

— Chapeau, monsieur le baron, s'inclina Ken.

— L'intérêt majeur du TNT, reprit d'Harcourt, peu captivé par les problèmes d'élocution de Théo, est son point de fusion relativement bas. Ça a certainement permis à Ockham de le mouler facilement. Ce sont des cristaux jaunâtres qui ne peuvent être dissous que par du toluène ou de l'acétone. Ils sont donc très stables et pas du tout agressifs sur les autres matériaux éventuellement requis par la confection d'une bombe. D'après le rapport, l'intérieur des sphères serait composé de plusieurs couches : *a sterling piece of work*, d'après le FBI. Dans la langue de Molière : du travail d'orfèvre.

— Ce qui n'est pas pour nous rassurer, conclut Dublin, reprenant son rôle de directeur du 13. On fait quoi ? Des propositions ?

Mallock se mit en retrait. Quand Dominique agissait ainsi, en se positionnant en grand patron, il ne le faisait jamais pour satisfaire son ego ou quelque envie de pouvoir. Le plus souvent, c'était lorsqu'il sentait que son commissaire et ami était un peu ailleurs ou fatigué. C'était le cas, Mallock était autre part.

Dans l'espace et dans le temps.

Un soir d'enquête, alors qu'ils étaient tous en train de chercher désespérément la solution d'une des énigmes dont le Fort avait le secret, il avait sorti à ses collaborateurs : « Deviner, c'est se souvenir du futur. » C'était à cet étrange exercice que Mallock était en train de se livrer.

En prenant le leadership, Dublin le laissait tranquille, le temps que les idées lui viennent, se forment et s'organisent. Les idées, c'était son truc à Amédée, comme si son encéphale n'avait été créé que pour ça, accoucher de ces petites bêtes exubérantes jusqu'à ce que mort s'ensuive.

Encore fallait-il qu'il mette un peu d'ordre là-dedans. Retrouver la complicité du silence.

À l'étonnement général, il quitta la salle de réunion.

73

Fin de matinée, mercredi 21 décembre

Au bout d'un quart d'heure, Mallock revint :

— Si les bombes n'éclatent pas le 24 à 18 heures, lança-t-il en interrompant Zoé, ce ne pourra être que pour trois raisons... Et l'une d'entre elles ne me semble pas avoir encore été exploitée.

— On t'écoute, lui lança Dublin.

— Notre premier espoir est que nos techniciens français, allemands ou anglo-saxons trouvent une parade aux émissions radio.

— Oui. Et alors ?

— Eh bien, on devrait leur demander de travailler sur une deuxième alternative, non seulement sur l'émission, mais aussi sur la réception.

— C'est-à-dire ? Dans les sphères ?

— Pas exactement. Ce serait trop dangereux. Non, imaginez plutôt, comme on l'a vu pour le Met, que nous préparions des espèces de bâches pour en couvrir la structure. Une housse en maille métallique, une sorte de cage de Faraday, un barrage électronique en quelque sorte. Un truc qui serait amené au dernier moment par hélicoptère et posé tout autour afin d'empêcher la réception de l'ordre d'explosion.

D'Harcourt fut le premier à réagir.

— J'ai promis à Marvin de lui répondre et de lui donner notre sentiment ou nos idées. Je vais voir ce qu'il en pense.

— OK, émission et réception. Et c'est quoi, la troisième façon d'éviter la catastrophe ? demanda Julie.

— Le bon vieux travail de police, à l'ancienne. Tout reprendre de zéro, et notamment l'analyse de chacune des interventions d'Ockham. Ne rien laisser passer. Un seul but : découvrir où Violaine et lui ont pu installer leur système de mise à feu, leur saloperie de standard. Entre nous, il y a toutes les chances que ce soit sur le territoire français, et donc sous notre responsabilité. Sans doute en province... Si tout explose, le monde entier va nous demander des comptes. Et il aura raison.

À ce moment, Mallock s'arrêta. Il venait d'avoir un de ses fameux fourmillements. Il savait quelque chose, mais quoi ? Un chiffre ? Un nombre ? Une quantité ou une distance ?

— Il est midi, il nous reste quatre jours et six heures. Mme Ockham, son système infernal et sa petite armée de complices peuvent se trouver n'importe où. Sortez-vous les tripes, y aura pas de match retour.

Puis il ajouta en parlant très lentement, soucieux de leur faire bien comprendre ce qu'il avait fini par réaliser :

— Ce n'est qu'un petit morceau d'Ockham que l'on a mis en prison. Il a fabriqué les bombes, certes, mais c'est Violaine, le détonateur. S'ils ne s'étaient pas rencontrés, rien ne serait arrivé. Ils sont le déflagrant et le détonant ;

ensemble, ils constituent le brisant. Lui, il apporte le discours, le mode d'expression générique de leur colère. Elle, elle amène le flux, l'énergie explosive. Elle est la source de leur libido commune. Il y a dix jours, j'ai demandé à Kathy de m'en dresser un portrait. Elle me l'a remis hier matin, c'est édifiant. La femme d'Ivo souffre de ce qu'on appelle l'héboïdophrénie. C'est, je la cite : « Une forme de schizophrénie, mais qui induit également une psychopathologie criminogène, puisque le passage à l'acte est fréquent. On parle de "tic et pat" car l'héboïdophrène présente une structure psychotique infra-clinique avec, aux meilleurs moments, des aménagements psychopathiques, mais également une symptomatologie du registre de la psychose lorsqu'il pète les plombs. » En un mot, et sans jeu de mots, en dehors des sphères de son compagnon, on a en liberté la pire des bombes : cette foldingue.

— On doit cependant pouvoir...

— Rien du tout, Julie. Cette femme est totalement inaccessible au raisonnement normal, imperméable à toute notion de remords. Pire, elle est, comme disent les psys, en défaut complet de représentation et de liens. Elle peut regarder un bébé, elle ne verra qu'une chose mouvante qui fait du bruit. Les concepts de peine, de mansuétude, de douleur ou de pitié lui sont totalement étrangers. Pas la moindre compassion. Elle ne fera jamais le lien entre l'explosion d'un lieu et les pleurs des victimes. Il faut comprendre qu'elle se sent perpétuellement en danger et ne fait par conséquent que se défendre. Sa propre sauvegarde ne peut se faire qu'en tuant. On a affaire à un véritable monstre.

Mallock ne s'était pas rendu compte du terrible portrait qu'il venait de faire de celle qui n'était jusqu'alors que la complice d'Ivo. Il s'en rendit compte en voyant les visages décomposés de ses capitaines.

Jules tenta de relativiser :

— Bah, ce ne sera pas la première fois que la société aura affaire à un couple de tueurs...

— Myra Hindley et Ian Brady, récita Wik, Karla Homolka et Paul Bernardo, Charlene et Gallego, Guillet et Sarrasin, les époux Fourniret. Et bien sûr « les tueurs aux petites annonces », Raymond Fernandez et Martha Beck, qui ont fini sur la chaise électrique. En quatre fois pour elle, en raison de son poids. Trop de graisse à brûler.

— Sacré régime, lança Ken.

Grimace de Julie :

— Beurk ! Parlons d'autre chose. Kœnigstein, le fameux Ravachol. Tu n'as pas terminé. Il s'en est tiré ?

— Rassure-toi, Julie. Il a été guillotiné. On a dit qu'il était mort en criant : « Vive la République. » En fait, la lame lui avait coupé le sifflet. Il a dit : « Vive la Ré... » Ses amis, eux, ont la certitude que c'était « révolution » qu'il s'apprêtait à crier. On ne saura jamais.

Tout le monde s'était levé pour reprendre le cours des investigations, lorsque Mallock reprit une toute dernière fois la parole.

— Je vais être très, très lourd, mais je veux que vous me juriez tous de la fermer. Les gens avec qui vous allez devoir travailler n'ont pas besoin de connaître le fond de l'histoire. Racontez-leur des bobards. Car si par malheur la nouvelle fuitait et qu'un journal s'en empare, on n'attendrait pas le 24 pour compter nos morts.

74

Matin du mercredi 21 décembre

La vague de froid était passée et les patinoires improvisées n'avaient pas tenu. Ni leurs positions le long des berges où elles dérivaient désormais en plaques rachitiques, ni leurs promesses de donner aux écoliers un nouveau macadam de glace pour aller en classe. À la place, alors que le fleuve se retirait lentement pour revenir dans son lit, un nouvel ennemi apparaissait : une sorte de toile cirée malodorante, uniformément marron. Paris-sur-Mer sentait la marée, mais en bien plus fort. « La merde ! » avait précisé Julie. Nouvelle invasion : des armées de crabes avaient envahi les rues et les avenues. Dormeurs olivâtres, étrilles et même araignées, ça grouillait au bord de l'eau, dans les caniveaux, au fur et à mesure que la Seine reculait.

Mallock attendit midi pour appeler Marvin. La voix de son vieux complice reflétait son état d'esprit. Il était crevé et plus inquiet qu'il ne l'avait jamais été. Pas la moindre nuance de légèreté dans sa voix.

— Bon, on a fait le compte, il y a quarante-sept sphères officiellement installées un peu partout dans le monde. En fait, seulement quarante à prendre en considération. Les sept premières, qui constituent la série N° 1, valent une petite fortune, car elles ont deux spécificités : elles sont entièrement en bakélite et, contrairement aux autres, elles peuvent être bougées et exposées où on veut. Leur taille, la date de mise en fabrication, le fait même qu'elles puissent être baladées et leur constitution « en plein » rendent totalement improbable la présence d'une éventuelle bombe à l'intérieur.

Cette histoire « d'immobilité » recoupait parfaitement les explications que lui avait données Otto Borg : « Dans son délire d'artiste, que l'on peut mieux comprendre à l'aune de ce que l'on a découvert, il est contractuellement impossible de déplacer les autres *Sphaera Obscura*, d'une part en raison du droit moral d'auteur qui interdit le déménagement d'une œuvre d'art lorsqu'elle a été commandée pour être installée dans un endroit précis, d'autre part parce que chaque sphère n'a été nommée et signée qu'une fois implantée. Le nom reflète, c'est le cas de le dire, ce que la sphère elle-même réfléchit. »

Celle de Chartres par exemple s'intitulait « Croyants priant, debout et à genoux, chaire et cathèdre, vitraux, plomb et christ en croix. »

— Et pour la fabrication ? demanda Mallock à Marvin.

— Il n'a pas fait ça tout seul, crois-moi. C'est du grand art. Dès que tu auras localisé son atelier, pas celui qu'il faisait visiter aux conservateurs et collectionneurs, mais le clandestin, qui doit se trouver quelque part en France, cherche bien dans la cave ou dans le jardin, tu as de fortes chances d'y découvrir des corps. Ce serait étonnant qu'ils aient laissé partir ceux qui les ont aidés à construire ces bombes.

— Pour les émissions, vous en êtes où ?

— Rien, pour l'instant. On n'a pas encore trouvé de moyen de les intercepter.

Au même moment, Jules apporta un pli à son patron en lui murmurant :

— Ça vient de la présidence. Dublin a reçu le même.

Tout en lisant, Mallock demanda à Marvin :

— Et les bâches d'isolement électronique ?

— C'est une excellente idée, mais il est trop tard. Trop de choses à étudier et pas assez de temps pour les fabriquer.

Mallock avait découvert le message. Il était convoqué à l'Élysée avec le ministre de l'Intérieur, Dublin et sans doute deux ou trois autres péquins.

Il lâcha, histoire de se défouler un peu :

— Et merde alors, on fait quoi, monsieur du FBI ?

Silence embarrassé de Marvin. Au cinéma, les Américains gagnaient toujours. La réalité était bien plus cruelle, moins glorieuse qu'une autosatisfaction de quatre-vingt-dix minutes avec explosion de la tripaille des méchants à la fin et victoire étoilée.

— On a mis au point un plan B.

— Comme dans les films ?

La voix d'Amédée s'était faite acerbe. Il se vengeait de sa propre impuissance.

— Si vous, les Français, étiez capables de vous retirer les doigts du cul et de trouver le lieu d'émission, on ne serait pas, encore une fois, obligés de ramasser votre merde.

La violence de la contre-attaque laissa Mallock sans voix. Il hésita entre passer aux insultes ou raccrocher.

Miracle de l'âge, il parvint à prononcer presque calmement :

— C'est quoi, ce plan B ?

Silence à l'autre bout du téléphone, suivi d'une profonde respiration :

— *Sorry*, Mallock, la pression ici dépasse tout ce que tu peux imaginer. On a calculé qu'en cas d'explosion avec nos quinze sphères, on risque d'avoir entre 18 000 et 21 000 victimes, six à sept fois le World Trade Center. Tu multiplies par dix pour avoir le nombre de blessés.

— Si ça peut te rassurer, ici, ce n'est pas mieux. Pendant que je te parlais, j'ai reçu une invitation à une séance de coups de pied au cul à l'Élysée.

— Compte tenu de la situation, c'est normal qu'il vous convoque ; c'est le contraire qui serait choquant.

Marvin était parfois énervant. Son passé militaire en avait fait un parfait petit soldat. La hiérarchie et la discipline ne lui posaient aucun problème. Mallock était un peu différent… il haïssait profondément ça.

— Et ton plan B ?

— Tu vas peut-être trouver ça très, trop… cowboy, sans doute, mais on n'a pas trouvé mieux. Le 24 décembre à 17 heures, une heure pile avant l'ultimatum, le plan B prévoit de faire procéder à une évacuation forcée des lieux contenant une sphère. On fixera une heure précise pour que tous les pays agissent ensemble.

— C'est un peu sommaire, non ?

— Attends, laisse-moi finir. Une demi-heure avant, on incitera les gens à faire demi-tour, discrètement, grâce à des agents en civil et des distributeurs de tracts, puis on foncera : une première rangée de policiers poussant tout le monde en avant, et une seconde ramassant ceux qui seront tombés. Pour couvrir les trois cents mètres, on a calculé qu'il nous faudra entre deux et quatre minutes.

— C'est trop. Ils peuvent s'en rendre compte. S'ils s'en aperçoivent à un seul endroit, ils comprendront qu'on est en train d'évacuer. Et, en un coup de téléphone : boum ! Partout dans le reste du monde. Trop risqué.

Le raisonnement d'Amédée était imparable. Marvin demeura quelques secondes silencieux.

— Ici, c'est le chaos total, la panique. Angelina passe sa vie à la Maison Blanche. Ils ont eu tous les dirigeants du monde libre en ligne. Encore une fois, on attend tout des USA. Toi et moi, et ce que l'on peut vouloir ou décider, ça ne compte pas. On est là pour exécuter.

— Inutile de me faire perdre mon temps, dans ce cas. Je te laisse claquer des talons tout seul !

Mallock sentit dans tout son corps une envie qu'il connaissait bien, celle de raccrocher. Ça partait de la tête, ça la faisait vibrer, puis, par le toboggan du bras, ça parvenait jusqu'aux doigts. Le combiné se transformait alors en marteau et servait à terminer brusquement la conversation, non avec un point mais avec un clou imaginaire planté violemment dans le téléphone.

Il avait souvent pratiqué, et ne s'en lassait jamais.

— Amédée, comprends-moi, nous n'avons pas d'autre choix. Tu nous vois essayer de donner des conseils au président russe, à celui des États-Unis ou de la Chine ? Tu rêves. D'ailleurs, ni eux, ni leurs conseillers ne sont capables de s'entendre.

— C'est-à-dire ? T'as des infos ?

— Officiellement, non. Mais pour toi, oui. Notre président, en accord avec les différentes présidences européennes, a suivi, peu ou prou, nos recommandations.

À tout autre moment, Amédée aurait félicité son ami pour ce « peu ou prou » si bien venu, mais pas aujourd'hui.

— Ils suivent les deux approches… avec le plan B ?

— Oui, mais…

— Mais ?

— Eh bien, comme d'habitude, le Russe et les Chinois ne veulent absolument pas en entendre parler.

— Ils veulent quoi ?

— Rien dire, tout laisser péter et partir à la chasse après.

— Toujours cette subtilité et ce toucher de cousette dans le traitement des crises. Ce mélange de bon sens, de cynisme et de cruauté est toujours pour moi une source d'enchantement.

— Franchement, Mallock, ce n'est pas le moment de plaisanter. Je voudrais bien t'y voir. Ici, c'est l'affolement à tous les étages, le grand renvoi de patates chaudes, on n'arrête pas de se téléphoner et de se rencontrer…

— Pour ?

— Trouver une issue diplomatique, un compromis.

— Qu'ils se taisent, surtout. Si Ockham ou l'un de ses complices apprend que le monde entier discute d'une parade pour le 24… tu vois ce que je veux te dire ? En cas de fuite : boum. D'un autre côté, ça aurait un grand intérêt. Joie et félicité, il n'y aura plus d'issue diplomatique à rechercher, et plus de crise le soir du 24 décembre. On pourra tous, du moins les survivants, bourrer la dinde.

Marvin ne trouva rien à répondre.

— Entre nous, je me félicite qu'Angelina mène la barque. Moi, je me concentre sur la formation des hommes, et c'est déjà…

— Tu en es où ? On est à J – 3…

— Nos policiers sont en plein entraînement. Au fait, Amédée, ici, ce sont tous des volontaires…

Avant d'ajouter, histoire de bien remettre la pierre dans le jardin de son ami :

— Comme dans nos films, monsieur le commissaire.

75

Jour « J – 3 »
Palais de l'Élysée
Après-midi du mercredi 21 décembre

Pour ne pas être en retard à la réunion, Dublin et Mallock avaient décidé de déjeuner dans un bar-restaurant rue du Faubourg-Saint-Honoré, au niveau de la place Beauvau, à deux pas de l'Élysée. Lors de ces « rencontres de sustentation », traditionnelles avant toute convocation avec les hautes instances du pays, Dublin et Mallock n'échangeaient guère plus d'une douzaine de phrases. Au début, pour décider de ce qu'ils allaient manger (souvent la même chose), au milieu pour demander : « C'est bon, toi ? », et à la fin, pour se lancer dans un superbe dialogue du genre :

— Il va falloir y aller.

— Tu ne veux pas un autre café ?

— Non, et toi ?

— Non

— T'as payé ?

— Oui, en allant pisser.
— Bon, ben, on y va.

Dehors, privilège du prince, les rues aux abords du palais présidentiel avaient été nettoyées à plusieurs reprises. En vain. Malgré les grandes quantités d'eau répandues jusqu'à l'avenue Gabriel, rien n'y faisait. L'odeur émanant de la patinoire éphémère, place de la Concorde, persistait, comme les séances de course-poursuite entre les petits crabes verts et les rats affamés sous les arbres de l'avenue de Marigny.

Dans les bureaux de la présidence, on avait dû tenter de faire brûler de l'encens ou d'asperger les tentures de déodorants. Le résultat était pire. Si insoutenable que le président proposa d'ouvrir les fenêtres. Ce qui fut accepté à l'unanimité.

Très brun et très grand, un mètre quatre-vingt-douze pour soixante-douze kilos, d'origine martiniquaise, ce politicien atypique se représenterait en mai pour un nouveau mandat. Sa principale opposante avait connu un sort peu enviable après avoir rencontré sur son chemin Mallock, alors en vacances[1]. Il avait donc le champ libre, mais hésitait encore. La fonction l'avait lourdement éprouvé. Le vol de la *Joconde*, les facéties criminelles d'Ockham, la crue centennale de sa capitale et maintenant la menace d'un massacre sans précédent, ça faisait beaucoup pour un type qui commençait sérieusement à regretter les plages à palmes de son île.

Il commença par la phrase traditionnelle :

— Je vous ai réunis afin de vous…

1. *Les Larmes de Pancrace*, quatrième Chronique barbare.

À la surprise générale, Mallock lui coupa immédiatement la parole :

— Désolé, monsieur le président, mais je me vois dans l'obligation de vous interrompre. Nous sommes beaucoup autour de cette table. Trop. En cas de fuite, ce que nous redoutons arrivera immédiatement sans que l'on ait à attendre l'échéance prévue. Qui autour de cette table n'est pas encore au courant du sujet exact de cette réunion ?

Cinq personnes levèrent la main en regardant, interrogatifs, le commissaire et le président. Heureusement, ce dernier avait compris les réticences de Mallock. N'identifiant aucun ministre ou conseiller important parmi ces personnes, il déclara :

— Le commandant soulève un point important.

En tant que chef des armées, le président avait utilisé le véritable grade hiérarchique de Mallock.

— Je demanderai donc aux cinq invités qui viennent de lever la main de bien vouloir quitter la pièce.

Il y eut quelques grognements. Les ministres avaient amené avec eux leurs bras droits pour ne pas avoir à prendre des notes. Mais le calme se fit rapidement.

— Puisque vous avez pris la parole, je vous la laisse, commandant. Où en sommes-nous ?

Mallock exposa la situation de la façon la plus concise possible. Il était primordial pour la suite que tout le monde soit sur la même longueur d'onde. Et pour ce faire, il fallait aller à l'essentiel.

— Nous avons devant nous une alternative et une condition *sine qua non*. L'idéal serait, bien entendu, de trouver d'où vont être émis les signaux afin de pouvoir les brouiller. On sauverait ainsi des dizaines de milliers de personnes, non seulement en France, mais dans tous les pays potentiellement en danger. C'est pour cette raison que j'ai tant insisté pour que vous conviiez le ministre des Télécommunications à cette réunion. En travaillant avec la DGSE du ministère de la Défense et les services de monsieur le ministre de l'Intérieur, on pourrait peut-être espérer des résultats.

Les trois ministres se regardèrent et acquiescèrent silencieusement. L'heure était grave, et les querelles de chapelle devaient être momentanément oubliées.

— Bien entendu, de notre côté, nous allons continuer de mettre tous nos moyens d'investigation policière en œuvre afin de loger les… trouver le lieu d'émission, s'il est bien sur notre territoire. Arrêter toute l'équipe en flag serait encore mieux. Mais nous ne devons pas nous faire d'illusions. Ils ont préparé leur coup depuis très, très longtemps.

— Et l'autre terme de l'alternative ? s'enquit le président.

Mallock exposa du ton le plus neutre possible le contenu des conversations qu'il avait eues avec Marvin, ainsi que la proposition américaine, leur fameux plan B.

Autant dire que ce dernier ne suscita pas l'enthousiasme :

— C'est bien un truc de cowboy à la con, rugit l'un des ministres.

— Et moi, comment suis-je censé établir une liste de policiers à envoyer à l'abattoir ? lança celui de l'Intérieur.

— Si c'est nous qui nous en chargeons, ce ne sera pas discret, intervint alors le ministre de la Défense.

— Contentons-nous de trouver et de détruire le lieu d'émission, voulut conclure celui de la Communication.

— Le réalisme américain a souvent été plus efficace que la politique de l'autruche dont on s'est fait les spécialistes, lâcha Mallock, exaspéré. Là, c'est l'option « avec couilles » qu'il faut prendre, nous n'avons pas le choix.

— Une évacuation *manu militari*, c'est vraiment ça, votre seconde solution ?

— Un plan de repli qu'il faut absolument prévoir, oui.

— C'est inacceptable, décida le ministre de la Justice qui s'était contenté de se taire jusqu'à présent.

Le président leva ses deux bras les mains à plat, signifiant à tout le monde de se calmer.

Puis il intervint d'une voix calme et posée :

— Le président des États-Unis m'en a en effet touché un mot. Je n'ai pas non plus montré beaucoup d'enthousiasme. Mais nous devons nous y préparer. Monsieur le ministre des Affaires étrangères, je vous demande de bien vouloir prendre immédiatement contact avec vos correspondants outre-Atlantique. Globalement et pour nous résumer, nous procéderons ainsi. Conformément à ce que l'on peut donc appeler le plan A, nous continuons à rechercher avec la dernière énergie, je compte sur vous, le lieu d'émission. Je vous laisse quatre heures pour constituer ensemble une cellule de crise coordonnant les différentes compétences sous l'autorité du ministère de l'Intérieur. Concernant le plan B, ça se déroulera sous le commandement du ministère des Armées. Il faut dès à présent mettre en place des équipes d'évacuation pour chaque emplacement de sphère. Une dernière chose, Mallock, c'est quoi, la condition *sine qua non* dont vous nous avez parlé au début de votre exposé ?

— Le secret, monsieur le président, le secret. Un seul journaliste l'apprend et…

— Badaboum ! termina machinalement le grand Martiniquais.

Il y eut encore deux heures de discussion, cent vingt minutes interminables à passer en revue les prérogatives et responsabilités de chacun des ministères, mais également à établir une liste d'initiatives en essayant d'être le plus créatif possible.

Avant de se séparer, il fut décidé de mettre au point une version officielle à présenter en cas de fuite ou de soupçon de la part d'un journaliste zélé.

— Il en reste ? demanda l'un des ministres, faisant enfin sourire un peu l'assemblée.

Ce à quoi Amédée répondit, en pensant à Margot et à Sig :

— Oui, zélés et indépendants. Et c'est franchement admirable lorsque l'on voit dans quel contexte et sous quelles contraintes ils sont amenés à travailler.

Personne ne releva. Le commissaire Mallock qui prenait la défense des journalistes, on aurait décidément tout vu.

Il était 16 h 20 quand Dublin et Mallock quittèrent le palais de l'Élysée. Un aéroglisseur vint les prendre devant l'hôtel Crillon.

L'engin démarra en faisant jaillir, en même temps qu'une eau boueuse, l'odeur écœurante de la vase, une boue presque noire. Remugle de pourriture, bruit infernal, l'engin à fond plat traversa la Concorde et passa devant l'obélisque. Sa base maculée de marron la faisait ressembler à un churro géant plongé dans une mare de chocolat. L'hovercraft accéléra pour suivre les voies rapides. Arrivé à la hauteur du pont d'Arcole, il traversa la Seine, longea le quai aux Fleurs et, arrivé devant le 13, coupa enfin le brouhaha infernal de ses moteurs.

Il y déposa ses passagers transis dans un grand silence applaudi de clapotis.

76

Jour « J – 3 »
Mercredi 21 décembre, fin d'après-midi

Toute la journée, Ken et Köhler avaient « fait la téléphonie ».

Ce travail extrêmement fastidieux consistait à analyser, grâce aux fadettes, toutes les communications téléphoniques d'un même numéro avant de procéder à tous les recoupements possibles, soit pour identifier un lieu suspect, soit pour mettre en lumière des complicités entre diverses personnes.

En entrant au troisième étage, parmi les ordinateurs, Mallock fut surpris de voir ses deux collaborateurs s'éloigner brusquement l'un de l'autre, rétablissant une distance de réserve d'un bon mètre. Lui qui n'avait jamais eu le moindre soupçon les concernant fut pris d'un doute. Dans sa tête, rapidement, il vit apparaître le visage de la femme de Ken, une grande blonde élastique norvégienne, son « eskimo » comme disait amoureusement

Ken. Comme pour Jules et Julie, on les considérait au 13 comme une sorte de couple idéal.

Aurait-il… lui qui… ce serait un comble.

Lorsqu'il avait insisté pour que Kenji Kô Kuroda serve d'interface entre le sixième et le troisième étage, celui du CCRII, Amédée s'était posé beaucoup de questions sur la compatibilité de caractère entre Zoé la rousse et son capitaine brun bridé.

Ken n'était pas seulement le « monsieur *computer* » de l'équipe, il en était aussi le boute-en-train, la machine à bonne humeur, le genre de personne que l'on aime avoir à ses côtés pour son humour et son optimisme. Marié avec une jolie Ninon, il avait eu récemment une petite Nina – il avait voulu l'appeler Niwi – qui le faisait complètement fondre. Ken, c'était le bonheur incarné. Zoé Köhler était tout le contraire. Lui se réjouissait que le verre soit déjà à moitié plein. Zoé, ce même verre, elle le voyait pratiquement vide. Il était capitaine, échelon exceptionnel, et elle, bien que plus compétente dans le domaine qui les réunissait, encore à l'échelon 4. Elle était sous ses ordres. Ken était grand et nippo-polonais, elle était petite et rousse, d'origine alsacienne avec une touche de vieille comtesse vénitienne. En un mot, ils avaient toutes les chances de « se sauter à la gorge ».

Amédée se fit la réflexion que c'était peut-être ce qui s'était finalement passé, mais dans un tout autre sens.

Ken, en aîné du « Fort », entreprit d'exposer le fruit de leurs investigations.

— Bon, d'abord, ne m'en voulez pas trop si ma langue fourche et que je pédale dans la semoule : on est là, Zoé et moi depuis hier soir. En vingt-quatre heures, on a fait deux choses.

Un petit diable, au fond du crâne d'Amédée, murmura : « Trois, peut-être. »

— Nous sommes partis des téléphones saisis. En substance, le portable d'Ivo, les téléphones fixes perso et professionnel du couple, auxquels on a rajouté les fadettes du portable de Violaine, celui qu'elle a emporté dans sa fuite. Je vous rassure tout de suite, Mme Ockham est loin d'être stupide. Elle ne l'a plus utilisé une seule fois depuis. Il a dû finir au fond d'un étang.

— Il n'empêche que nous possédons ses relevés antérieurs, précisa Zoé.

— On a fait trois listes en partant de toutes ces données. La première est constituée des lieux dont les relais ont été activés dans un même laps de temps par les portables des deux loustics. La deuxième, de tous les appels à un même numéro provenant d'au moins trois des téléphones. La troisième liste comporte quant à elle les lieux de réception d'appel portable ou d'émission provenant des quatre, tout en ne conservant que les plus nombreux, selon un 20/80.

— Après, j'ai tenté quelques triangulations : aucun résultat exploitable.

Contrairement à Ken, Zoé utilisait le « je ».

— Et l'activation du portable de Violaine ?

— J'ai tout essayé. Elle est pas folle, elle a retiré puce et batterie. Elle doit utiliser maintenant des « prépayés ». Par contre, j'ai eu une autre idée : rechercher les endroits d'où auraient émis plusieurs cellulaires en même temps. Ils ont certainement effectué des tests pour le grand jour.

Mallock bougonna.

— Ça m'étonnerait que l'on trouve en face de ses coordonnées : « standard d'émission pour explosions de bombes ». On n'aura jamais le temps d'aller jeter un œil discret à toutes ces adresses.

Zoé fronça les sourcils. Elle bossait depuis vingt-quatre heures, et c'est tout ce qu'il trouvait à leur dire ?

— Et les fournisseurs ? Ils vont utiliser des téléphones satellites. Ils doivent par conséquent s'être procuré plusieurs cellulaires avec batteries de rechange et tout le toutim. Tout le monde n'achète pas ce genre de matériel ?

— Certes, monsieur le commissaire, mais ce n'est pas non plus exceptionnel. Ceci dit, on est en train d'établir une liste complémentaire, dite « satellite », en appelant à la fois les fabricants de matériel et les fournisseurs de connexions. Les principaux réseaux de téléphonie directe par satellite, Globalstar, Inmarsat, Iridium et Thuraya, nous ont répondu. Il nous manque Astra2Connect et TooWay.

Mallock soupira. Ils allaient encore se retrouver avec ce qu'il appelait dans son jargon personnel : des « muettes », une liste de noms ou d'adresses dont on ne pouvait tirer aucune information discriminatoire.

— On peut « borner » un TDS, comme on le fait avec nos simples portables ?

— Je pense que oui, mais il faudrait avoir un accès libre et permanent à tous les satellites. C'est pas gagné.

— Et pourquoi ?

— Il faut les autorisations de tous les opérateurs et de tous les pays propriétaires. Sans parler des ordis en ligne pour tout écouter et traiter. Ça coûte un max.

— Et pour les vidéos, vous ne pouvez rien non plus ? Alors, résumons-nous : chou blanc sur toute la ligne, en fait ?

Le stress n'avait jamais eu la vertu de rendre le commissaire particulièrement aimable.

— Ni blanc, ni vert, ni rouge, on cueille les choux que l'on trouve, monsieur le commissaire.

En bon camarade, et pour lui éviter de se faire pourrir, Ken enchaîna rapidement :

— Non, nous n'avons rien pu déterminer concernant les lieux, en tout cas visuellement.

— J'en déduis que, dans cette bérézina, vous avez au moins quelque chose au niveau du son ?

— Pas vraiment. Enfin, ce n'est pas suffisant. On a bien fini par isoler un bruit extérieur, mais ça nous fait une belle jambe, pour être complètement honnête, chef…

— Un son de quoi ?

— Un son bête de cloche.

— Eh bien, pourquoi pas ! Sait-on jamais. Faut rien mépriser, madame en Köhler. Il y a combien de clochers en France ?

— 44 207 !

Le chiffre tomba de la bouche de Zoé comme si elle avait craché par terre aux pieds de son patron.

— OK, je me casse, lâcha, laconique, Amédée. Bravo, c'est du bon boulot.

Et il sortit en remontant son pantalon.

Zoé était stupéfaite.

— Mais ? Il est content ou pas ?

Ken éclata de rire :

— Ma petite Zoé, tu viens de te faire *mallocker*. Bienvenue au club.

77

Jour J – 2
Jeudi 22 décembre

À 8 heures du matin, le magasin de Léon était déjà ouvert. Mallock eut un sourire attendri. Comme chaque année, son vieil ami avait remis les mêmes décorations ringardes. Saupoudré de neige factice, décoré pauvrement par deux guirlandes et trois boules, trônait le même Père Noël sur des patins tournant sur lui-même par la magie usée d'une stèle électrique tremblotante, plus vraiment blanche. Il avait dû se dire que c'était d'actualité, mais le jouet était si ancien et la barbe si mitée que c'était plus effrayant qu'autre chose. À l'instar des morceaux de polystyrène sale et de la vieille étoile jaune qu'il laissait pendre juste au-dessus, directement du plafond. Comme tous les ans et les jours de fête, il avait ressorti le carton : « Un livre, ça fait toujours plaisir », écrit à l'encre violette de sa belle écriture.

La rue des Mauvais-Garçons, grâce à la pente relativement forte qui débouchait dans la rue de Rivoli, avait profité au mieux des camions de nettoyage passés la veille. Le trottoir était propre, comme le seuil de la boutique.

Mallock entra en faisant résonner le vieux carillon à tubes. Il avait un cadeau pour son ami.

— T'es tombé du lit, crapule ?

— Non, non. Ce n'est pas le commissaire qui vient te voir ce matin, mais le décorateur d'intérieur.

En prononçant ces mots, Mallock souleva un grand sac en plastique à la hauteur du regard. Dedans, il y avait toutes les décorations de Noël qu'il avait achetées sur un coup de tête, deux ans auparavant, juste avant l'affaire du « maquilleur ».

— Dis adieu à ton Père Noël et à ta putain d'étoile jaune. Les *private jokes* douteuses à la Léon, c'est gentil un moment.

Et, sans demander ni quoi, ni qu'est-ce à Leonhard Scheinberg, son Léon à lui, Amédée déposa le fond du décor, arracha l'étoile et commença à retirer le bric-à-brac soi-disant festif de la vitrine.

Le vieux bouquiniste décida de le laisser faire.

Son ami policier était tout sauf bricoleur. Venir ainsi perdre son temps à jouer les étalagistes était un véritable signe d'affection de la part d'Amédée.

Tout en commençant à nettoyer le champ de bataille afin de pouvoir y installer ses trésors, Mallock entama la conversation.

Quand ils étaient ensemble, Léon et lui devenaient de vraies pipelettes :

— Tu restes ouvert comme tous les ans, je suppose ?

— Tu supposes bien mal, mon commissaire. Quel désappointement ! Dépité, le pauvre Léon. Moi qui te voyais voyant. Allez, « essaye encore ». À ton avis, qu'est-ce que je vais enfin faire ? Un truc dont je te cause depuis des années ?

— Fermer ta putain de boutique et t'envoler avec un de ces jeunes éphèbes à la peau ambrée dont tu as le secret vers quelque île tropicale y faire un stage accéléré de papouillo-thérapie ?

— Non, mieux que ça. Moins loin et juste un week-end.

— Au fait, tu as un petit aspirateur, que je nettoie ta merde ? répondit Mallock.

— Pas d'zèle, commissaire. On ne verra rien sous toutes les fanfreluches que tu as prévu de mettre.

Il enchaîna :

— Eh bien, figure-toi que je vais en effet fermer la boutique, non pour me vautrer dans la luxure, mais dans la culture. Pas jusqu'aux couilles, mais jusqu'au cou. Deux jours complets à me refaire les couloirs et salles du British Museum, la grosse gâterie intellectuelle, la branlette studieuse, le grand panard culturel, l'orgasme artistique !

Mallock s'arrêta brusquement de ranger, figé. Ça faisait plus de dix ans que Léon lui parlait de retourner à Londres, en lui proposant même de l'accompagner. Mais le faire cette année, et le 24, ne pouvait pas tomber plus mal.

La décision d'Amédée fut vite prise. De toute façon, il avait plus ou moins décidé de lui en parler. Léon avait toujours été de bon conseil, même lorsqu'il se contentait d'écouter. Si Mallock ne lui avait encore rien dit, c'était pour ne pas aller à l'encontre des consignes qu'il avait lui-même imposées à tous.

— Désolé, mon Léon, mais tu n'iras pas au British Museum ce week-end.

Il prit alors un fauteuil à côté de son ami et lui raconta les tout derniers rebondissements.

— Putain de nom de Dieu, de nom de Dieu, de nom de Dieu ! fut la conclusion blasphématoire de Léon à la fin des explications de son ami commissaire. Dire qu'après dix années de tergiversations, j'avais choisi le 24, j'ai vraiment un mauvais sens du *timing*.

— Euphémisme. Déjà, naître juif en Allemagne en 1930, c'était peu judicieux de ta part.

— Oui, et homosexuel, cinquante ans trop tôt, ça aussi crois-moi, c'était très con. Enfin, revenons à nos moutons. On en a combien de ces « œuvres », en France ?

— Six ! Six de ces satanées *Sphaera Obscura*. Deux à Paris, dont une dans la salle où se trouvait la *Joconde*, une à Lyon devant le palais du Commerce, une à Bordeaux, une devant l'opéra de Marseille et une que ce taré a réussi à faire installer, tiens-toi bien, au centre de la cathédrale de Chartres, sous le prétexte de l'intrusion du profane au cœur du sacré, en une sorte d'hymne aux vertus cardinales de la réconciliation. Si ça explose, la réconciliation sera scellée… Les cons ! Hier, on a trouvé deux microcaméras de surveillance cachées entre les pierres du transept. Ils ne surveillent sans doute pas tous les sites, mais il suffit qu'ils nous voient agir à un seul endroit pour qu'ils déclenchent tout. On n'a qu'une solution : arriver à loger Violaine et sa bande à temps. Sinon on sera obligés d'en venir au plan B dont je t'ai parlé, à 17 heures UTC.

— UTC ?

— Le TUC, Temps Universel Coordonné, la nouvelle échelle de temps adoptée comme base du temps civil international pour remplacer Greenwich. Les Anglais voulaient un acronyme correspondant à Coordinated Universal Time : CUT. Donc, dans sa grande sagesse, la norme ISO 8 601 a décidé que ce ne serait ni TUC, ni CUT, mais UTC qui ne correspond plus à rien, mais ne fait pas de jaloux. Les merveilles de la civilisation et de l'entente cordiale entre les peuples. On peut s'envoyer des bombes, mais en étant bien d'accord sur l'horaire des explosions.

Tranquillement, pendant qu'il donnait des explications, Mallock s'était relevé pour continuer à décorer la vitrine de son ami. Au fond d'un carton défoncé, une petite cloche de Pâques qui se trompait de fête lui rappela la véritable raison de sa venue.

— Tu n'aurais pas des livres sur les cloches ? Comment on les fabrique ? Quels sons elles émettent ? Peut-on les reconnaître à l'oreille ?

— J'ai mieux, un pote qui a écrit la moitié de ces bouquins, le plus grand spécialiste en campanologie, M. Cloche en personne… Tu veux le rencontrer ?

78

Jour J – 1
Vendredi 23 décembre

L'eau du fleuve était encore loin d'avoir retrouvé son niveau normal. En descendant vers la mer, elle tapait encore rageusement sur les parapets des ponts. Devenue calme lorsqu'elle était enfin parvenue à se répandre dans les rues de la capitale, elle était à nouveau contrariée, folle furieuse d'en avoir été refoulée. Chevelure de gorgone, ocre limonite, son cours était déformé par d'impressionnants remous, serpents et dragons, et d'insondables tourbillons.

Dans les rues parallèles ou adjacentes, se gardant bien d'approcher de trop près, une armée d'hommes équipés de tuyaux sous pression chassait la boue vers le fleuve. Ils balayaient également rats et crabes, vivants et morts, ne laissant derrière eux qu'une odeur de vase.

Il faudrait des mois avant que Paris ne sente plus la marée.

La veille au soir, Mallock avait eu l'éternel problème d'intendance que la crue faisait subir aux habitants de la capitale : comment se déplacer ? Comment s'organiser pour se rencontrer ?

Heureusement, M. Cloche, de son vrai nom Calum Mac Nail, donnait une série de conférences dans le Midi. Invité par Mallock et Léon, il devait arriver à la gare de Lyon par le train de midi.

C'était de loin la gare la plus pratique, avec celle de Montparnasse. Bien que proche de la Seine, et donc en zone inondée, elle était située en hauteur. Comme cela avait été organisé en 1910, devant la façade de la gare, une sorte de quai avait été aménagé. Débarcadère éphémère où étaient arrimées toute une série d'embarcations attendant les voyageurs. L'un de ces taxis aquatiques avait été réservé pour M. Cloche. Il avait pour mission de l'amener directement au Paris-Marseille.

— Oh, je rêve. Môoossieur le commissaire ! Je vous pensais fâché ou trop célèbre pour daigner continuer à accepter de bien vouloir consentir à fréquenter encore le modeste troquet d'un pauvre jobastre comme moi.

— Marius, tu me ressors toujours la même rengaine. Renouvelle-toi.

Même nez généreux, même embonpoint, et accent à couper au couteau, Gérard Granpas avait été immédiatement rebaptisé Marius par Amédée, sans même qu'il ait son mot à dire.

— Un p'tit jaune ?

Mallock, qui préférait largement le whisky et ne buvait d'anis qu'en plein soleil et lorsque les 30° à l'ombre avaient été atteints, accepta cette fois-ci le pastaga du patron.

Une petite concession pour un brave homme.

Dix minutes plus tard, Léon et Calum arrivèrent pratiquement ensemble. Le vieux bouquiniste était sorti de son magasin au moment où le bateau-taxi déposait M. Cloche rue de Rivoli, au niveau du café.

— On s'est retrouvés dans la rue.

— Enfin… sur la rue.

— Dans l'eau, ou presque.

Les deux hommes avaient de grands sourires ravis.

— Vous ne vous êtes pas vus depuis longtemps ? leur demanda Mallock.

— Non, pas vraiment. Hein, Calum ?

— Non, non, une petite vingtaine d'années tout au plus, répondit l'Écossais.

À partir d'un certain âge, les distances grandissent et le temps rétrécit. Chaque homme a, selon les circonstances, sa propre estimation de la durée des choses. Amédée regardait les deux vieux en se rendant bien compte qu'il était, lui aussi, en train d'entrer de plain-pied dans cet âge où l'on vous appelle senior ou vieillard. Il observa leurs mains, puis les siennes. Il avait les mêmes fleurs de cimetière, les taches séniles, comme disent les médecins.

— Vous êtes donc un componali…

— Campanologue, monsieur le commissaire. Et très fier de vous rencontrer. Vos exploits ont franchi l'English Channel.

— Il veut dire la Manche française, plaisanta Léon.

Mais Mallock était concentré sur son but. Comment motiver cet Écossais sans pour autant lui cracher le morceau ? Il n'était pas question de lui parler des bombes.

— J'ai besoin de savoir s'il vous est possible d'identifier une cloche en l'entendant ?

Calum regarda Amédée en écarquillant les yeux.

— Sans en savoir plus ?

— Non, juste le son.

L'Écossais partit d'un grand rire.

— C'est impossible. Si c'était ça, votre question, vous auriez dû me le demander au téléphone. Non que je regrette mon voyage, je vais en profiter pour discuter de livres rares avec mon vieil ami.

Parfois, une piste s'arrêtait comme ça. Brusquement. Comme un couperet, laissant le pauvre flic bras ballants, hypothèse et espoirs à la poubelle.

— Excusez-moi d'insister, mais puisque vous êtes là et que l'on va partager un bon repas, je ne serai pas contre un cours *ex cathedra*, si j'ose dire, sur les cloches. Sait-on jamais ?

Calum Mac Nail le regarda, étonné :

— Vraiment ? La plupart du temps, les gens me demandent, voire me supplient de *shut the fuck up*[1]. Pour un non-spécialiste, croyez-moi, ça peut être très pénible. J'ai même recensé des morts : certains de mes auditeurs se sont pendus avant que j'aie pu terminer.

Tout en riant tout seul, Calum commanda un boudin purée. Léon se décida pour une andouille AAAAA et Amédée pour une salade niçoise, une vraie. Marius faisait ça merveilleusement. Assiette frottée à l'ail, tomates, œufs durs, olives noires, anchois et basta.

Les plats servis, le *Gael* commença ses explications :

— Je vais vous épargner la partie historique. Vous avez l'air gentil et plutôt bien intentionné, mais je ne veux pas forcer ma chance. Je sais que vous êtes armé. Je vais me contenter de la partie technique pour que vous compreniez bien la quasi-impossibilité d'identifier une cloche

1. Ferme ta gueule.

sans la voir, ni en connaître la mensuration, ou le lieu d'installation. Tout d'abord, elles sont toutes faites dans le même alliage comprenant environ 22 % d'étain et 78 % de cuivre. Les fondeurs appellent ça le « potin ». On peut également y trouver des impuretés, de l'antimoine, du plomb ou du zinc, mais aussi du fer, de l'arsenic et du soufre en quantités très variables. Pas d'espoir de ce côté-là. Si ça peut en changer la solidité et leur donner à chacune une identité physico-chimique particulière, ça n'en fait pas varier le son.

— Et la façon dont elles sont frappées ?

Mallock, buté, n'abandonnait pas.

— C'est soit le battant traditionnel que tout le monde a en tête, soit une petite sphère libre dans le corps de la cloche, soit un maillet ou un battant, dans le genre tronc de bois qui vient frapper la cloche depuis l'extérieur. Sinon, c'est en utilisant une des différentes techniques de volée.

— C'est-à-dire ?

Cette fois-ci, c'était Léon qui faisait preuve de curiosité.

— C'est relativement compliqué, mon ami. Il y a la volée en rétrograde, la volée en lancé franc, la volée en rétro-lancé, en super-lancé, ou la volée tournante. Mais, là encore, désolé, ça n'affecte en rien la note émise.

— La note ?

— Oui, la note. Selon leur taille notamment, les cloches n'émettent pas la même harmonique.

— Eh bien, nous y voilà ! On doit pouvoir...

— Désolé, mais nous voilà nulle part. Il y a une douzaine de notes différentes pour quelque trente-trois mille cloches en service sur votre territoire... *A needle in a haystack*[1]. Ça va du *do* dièse de La Savoyarde de la basilique du Sacré-Cœur de Montmartre, au *do* aigu – c'est-à-dire dont la fréquence fondamentale a un ratio d'une puissance de deux – du Sacré-Cœur de Jésus à Strasbourg, en passant par le *la* dièse de Gabriel et le *si* franc d'Anne-Geneviève dans les cloches de la cathédrale Notre-Dame de Paris. De mémoire, on a encore le *ré* de Marie-Charlotte à la cathédrale Saint-Étienne de Sens et le *la* bémol de Jean-Marie en l'église Sainte-Sigolène de Metz. Lors de l'inauguration d'une cloche, la tradition la considérant comme une personne, on la baptise et on lui attribue un nom.

— Mais si l'on peut identifier une voix par rapport à une autre, grâce aux différentes fréquences, pourquoi ne pas faire de même avec des cloches ?

— On pourrait, monsieur le commissaire. Chaque cloche enregistrée, en dehors de la note émise, a en effet une empreinte parfaitement singulière. Mais voilà, personne ne s'est encore décidé à les enregistrer toutes et à établir un fichier de leurs… ADN sonores. On ne peut donc pas établir de comparaison et identifier le son de votre cloche.

Mallock était sonné, mais pas encore K.-O.

— Puis-je, malgré tout, vous faire écouter le son que mes équipes sont parvenues à extraire et nettoyer ?

— En Angleterre, il y a une expression qui vous irait parfaitement, commissaire : *You don't take no for an answer*[2].

Il avait parfaitement raison. Amédée savait par expérience que le « non » était le plus souvent le fruit de la

1. Une aiguille dans une meule de foin.
2. Vous ne considérez pas que « non » soit une réponse.

facilité, de la paresse ou du manque de courage, l'expression de la domination et de l'oppression du quotidien. Lui, il était pour le « oui », le « oui » éblouissant de la victoire sur la défaite et des valeureux contre ceux qu'Ockham appelait les « moutons crétins ».

Il sortit son magnéto et le casque fermé qu'il avait prévu à cet effet.

— Je peux terminer ce délicieux boudin tant qu'il est bien chaud ?

Le regard noir d'Amédée parvint à le convaincre d'enfiler le casque et de laisser la purée figer tranquillement au fond de son assiette. Calum se promit de se venger sur les délicieux fromages français et la tarte aux pommes inscrite à la craie rouge sur l'ardoise du menu. Il écouta plusieurs fois le son, revint en arrière, recommença. Puis sortit de son sac un engin bizarre.

— Il faut que je vérifie la fréquence. Ce serait incroyable.

Léon et Amédée retinrent leur souffle, jusqu'à ce que Calum déclare :

— Les petites fées, les elfes et les *brownies* des *Lochs* se sont penchés sur vous, commissaire. À moins qu'ils ne veuillent du mal à celui que vous recherchez.

— Pourquoi ?

Il mit alors son engin sous le nez de Mallock.

— Qu'est-ce que vous lisez ?

— Je vois une aiguille sur un voyant.

— Et elle se trouve où, la jolie petite aiguille ?

— Entre la notation de *si* et celle de *do*. Je dirais à égale distance.

— Eh oui, c'est donc bien la Pauvre Thérèse.

— La Pauvre Thérèse ?

Les voix de Léon et d'Amédée s'étaient jointes en une même interrogation.

— Je vous explique. La moindre des choses pour une cloche qui se respecte, c'est d'émettre une note, que l'on appelle franche ou pleine, commença Calum. Elle peut être dièse ou bémol, mais elle doit correspondre à la notion occidentale d'échelle diatonique. Il n'y a pas de demi-ton, donc ici de quart de ton, entre le *si* et le *do*. Sauf chez cette Pauvre Thérèse. On pense que c'est au moment de la fabrication de la « fausse cloche » que ça s'est passé. Je vous épargne les détails, c'est compliqué, mais disons que, au centre de l'opération, on fabrique ce qu'on appelle donc une fausse cloche composée d'argile et de poils de chèvre. Elle est construite à l'aide d'un gabarit qui sera rejoint par le gabarit intérieur afin de fabriquer la cloche. Est-ce une erreur dans le choix de l'un de ces moules ou un travail trop chargé lors des inscriptions en cire et de l'estampage des ornements, on ne sait pas. Mais une fois coulée, malgré des tentatives désespérées d'en rectifier la sonorité par polissages, la Pauvre Thérèse s'est retrouvée enfermée entre le *si* et le *do*. Un *no man's land* tonal !

— Elle s'appelle comme ça, la Pauvre Thérèse ?

Léon était aux anges, ce genre d'histoire faisait ses délices.

— Pas exactement, son véritable nom de baptême est Marie-Thérèse. Mais, rapidement, elle a reçu ce sobriquet et une légende s'est même ajoutée à la pauvre cloche : elle porterait malheur.

— Elle a pourtant trouvé preneur, puisqu'on l'entend sonner sur l'enregistrement que Zoé a réussi à isoler sur l'une des vidéos d'Ockham.

— J'en suis ravi, Léon, et je peux vous dire que j'ai comme l'impression, en voyant vos têtes de grenouilles émerveillées, que ça ferait un bon bouquin. Sans doute mon prochain, si vous daignez m'expliquer de quoi il retourne.

Mallock avait le cœur qui battait la chamade. Généralement, le sort ne lui faisait pas de cadeau.

— Si vous n'y voyez pas d'inconvénient, mon cher Calum, je vais me permettre d'écrire moi-même le dernier chapitre de votre histoire, et même dès demain. J'ai juste une dernière question...

— *Come on, shoot!*

— Dans quel clocher, quel village se trouve-t-elle ?

— Mais je n'en ai pas la moindre idée. Je ne pensais même pas qu'elle pouvait être encore en activité.

Amédée se décomposa.

— Vous n'avez pas idée de l'importance de... des conséquences, si...

Le commissaire accusait le coup. Comment avait-il pu s'imaginer faire affaire avec le destin ? Ils n'avaient jamais été copains.

— Deux secondes, commissaire. Pas de panique. Je n'ai pas dit mon dernier mot. Lorsque je vous avoue mon ignorance, je n'affirme pas celle des autres. Je ne suis pas le seul campanologue sur terre. Laissez-moi passer quelques coups de fil.

Puis l'Écossais en lui ressortit.

— Je peux vous emprunter votre téléphone, le mien n'a presque plus de batterie ?

Pendant vingt minutes, un silence de plomb s'installa dans l'arrière-salle du Paris-Marseille, seulement troublé par la voix de Calum, souvent en anglais, parfois en français, une fois même dans un allemand plus que correct.

Lorsqu'il raccrocha après le huitième appel, il lâcha comme si de rien n'était :

— Sainte-Thérèse-sur-Mer, entre Étaples et Boulogne, dans le Pas-de-Calais.

— Deux cent cinquante-sept kilomètres, murmura Mallock, se souvenant alors de sa conversation avec Ivo : « À ce moment-là, j'étais à deux cent cinquante-sept kilomètres de la capitale, tranquille dans un somptueux peignoir de soie », et de ce même chiffre qui lui avait échappé quelque temps après.

— Bien entendu, l'addition est pour vous, conclut Calum.

79

Jour « J »
Samedi 24 décembre

3 h 15

En pleine nuit, ils partirent à cinq véhicules. De Paris à Sainte-Thérèse, il y avait deux cent cinquante-sept kilomètres ; Ivo s'était trahi la fameuse nuit du massacre dans le cinéma. Mallock, Ken, Jules et Julie étaient dans la première voiture, la Jaguar Type S 420 d'Amédée, Wik et trois hommes du SINOD dans un 4 × 4 militaire, le commandant d'Harcourt et ses hommes dans trois Renault Trucks Sherpa. Mallock avait laissé le volant à Jules et, dans le siège passager, ruminait.

Avant de partir, pendant plus de deux heures, à l'aide du satellite, ils avaient observé les rues de Sainte-Thérèse-sur-Mer de long en large, non qu'ils eussent espéré y découvrir Violaine marchant dans le village, mais pour se mettre en tête la topographie des lieux.

4 h 55

Dans une petite heure, ils arriveraient au village. Il leur faudrait alors procéder avec la plus grande discrétion pour investir la maison où se trouvait la femme d'Ockham. Encore fallait-il connaître son emplacement. Assaillir « à la surprenante », les policiers du SINOD savaient faire, pour peu qu'on leur indique la bonne rue, le bon numéro et la bonne porte. C'était pour cette dernière raison que Mallock, au lieu de se détendre avant l'attaque, s'énervait contre ses troupes.

— Putain, ne comptez pas que sur moi. Faites marcher vos cervelles. Trouvez-moi l'adresse de ces salopards ! Dans un village de 3 877 habitants, sans le « dom », on est mal.

Deux choses lui répondirent : le silence des hommes et le bruit des essuie-glaces. En remontant vers le nord, ils avaient rejoint le front des 0° et la neige qui allait avec. Pour l'instant, elle était timide, rare, tombant en frêles flocons.

Un quart d'heure passa dans l'inquiétude. Tout en travaillant, chacun, sans se l'avouer, espérait que Dédé-Devin sortirait l'inévitable lapin de son chapeau.

Mais rien.

5 h 10

Soudain dans l'habitacle, on entendit la phrase libératrice :

— Je sais !

Ce n'était pas Mallock, mais Ken qui l'avait lancée.

— Patron, souvenez-vous. Vous nous avez demandé d'établir une liste des fournisseurs de réseau de téléphonie mobile. Ce que d'ailleurs nous étions en train de faire. Mais c'était une liste sans discriminant, sans donnée précise permettant de…

— Bon Dieu, bravo, Ken, tu as raison.

Sans attendre, Amédée appela Zoé.

— Zoé, il faut que tu informes immédiatement les fournisseurs d'accès comme les fabricants de matériel que le destinataire habite Sainte-Thérèse-sur-Mer. T'es toute seule ?

— Non, les Puces sont dans le coin.

— Fais-les monter.

— Non, descendre, je vous rappelle qu'elles sont au quatrième.

Mallock eut durant une seconde envie de la gifler, mais par téléphone ce n'était pas évident.

— Rappelle-moi dès que tu en as un qui te confirme avoir travaillé ou livré du matos à une adresse dans ce village. Dépêche.

Mallock raccrocha, encore tremblant. À part l'affaire du « Diable Roux »[1], les enjeux dépassaient, et de loin, tout ce qu'il avait connu auparavant. Il ne pouvait pas échouer. Des milliers d'âmes étaient en jeu, sous sa responsabilité.

— Bravo, Ken.

Puis il ajouta :

— Tu vois que tu peux encore avoir ton utilité dans le groupe, une fois de temps en temps.

À l'arrière, Ken eut un grand sourire. Il ne se faisait plus prendre par les « mises en boîte » de son commissaire.

Dès qu'il eut raccroché, Mallock fut pris d'un doute. Il était incapable d'être satisfait ne serait-ce qu'une seconde.

1. *Le Massacre des Innocents*, deuxième Chronique barbare.

— Pourvu qu'ils aient bien fait venir le matériel dans ce repaire-là ! Ils ont très bien pu le faire livrer à Paris et l'emporter en voiture après.

— Oui, lui répondit Julie. Ils peuvent également avoir effectué les enregistrements vidéo à Sainte-Thérèse, et s'être installés dans une autre planque pour lancer leur feu d'artifice.

Julie, enceinte de presque trois mois, avait décliné son invitation à rester chez elle.

— Ça m'a également effleuré l'esprit, lui répondit-il.

— On a fait au mieux, et c'est l'hypothèse la plus probable. Et puis, à quoi ça sert de se mettre la rate au court-bouillon ? On accomplit notre mission et *basta cosi*, conclut Jules, toujours concentré sur la route.

En quelques minutes, Mallock s'était fait « rectifier » par deux de ses collaborateurs. Il en fut réconforté. Plus son équipe était forte, plus il se sentait fort également, bien moins stressé que lorsqu'ils attendaient tout de lui.

5 h 36

Cette fois-ci, la neige ne rigolait plus. Décidée à mettre un rempart entre eux et le château d'Ockham le fourbe, elle tombait serrée par bourrasques.

— Quel temps de merde ! lâcha Jules.

La délivrance arriva trois minutes avant qu'ils ne pénètrent dans le village.

— *Satelifone* vient de m'appeler, annonça Ken. Ils ont livré, il y a quatre ans, le genre de matériel que l'on recherche à Sainte-Thérèse. L'adresse exacte est 6 allée du Parc-Emil-Zátopek.

Immédiatement, Mallock se repassa la carte de la bourgade dans la tête. Il y avait en effet un parc au sud-ouest du village, un jardin public avec un calvaire.

Il raccrocha pour rappeler immédiatement les deux autres voitures :

— On a l'adresse. On va s'arrêter au sud du village et continuer à pied. Dès qu'on sort des voitures, c'est Arnaud qui prend la direction des opérations.

5 h 43

Avant de s'approcher, ils procédèrent à une observation poussée de la demeure.

C'était une belle bâtisse donnant sur l'espace de verdure. En tendant l'oreille vers l'ouest, on entendait distinctement la mer, des vagues rageuses s'attaquant aux pierres tombées des falaises. Plus la route s'était rapprochée de la côte, moins la neige s'était faite présente. Il y en avait cependant de larges lambeaux dans les arbres du parc Zátopek.

D'Harcourt prit rapidement les décisions.

D'abord essayer de « lire » la cible. Il fit sortir tout le matériel et envoya une équipe technique munie de caméras thermiques ainsi que de deux Millicam à hyperfréquences. Ce tout nouveau système « passif » était capable de recevoir sans être détecté les signaux émis par les corps. Grâce à des algorithmes particuliers et des signaux radio à longueur d'onde millimétrique, la Millicam et son principe de contraste d'émissions d'ondes permettaient de traverser les murs, pénétrer des pièces hermétiquement closes et en rapporter de précieuses informations avant une attaque.

Deuxième priorité : positionner quatre de ses hommes de chaque côté de la maison avec des fusils d'assaut Hecate II. L'ordre était clair : ne pas laisser sortir du périmètre qui que ce soit.

— Visez les jambes. Mais s'ils font mine de prendre une arme ou de saisir un téléphone, tir létal autorisé.

C'était clair et précis.

Il se tourna alors vers Mallock :

— Comment veux-tu que l'on procède ?

— Je te laisse faire.

— Tes hommes montent avec nous ?

— Bien entendu. On n'est pas venus pour regarder.

Mais il ajouta, se rappelant l'état de son capitaine :

— Sauf Julie.

Furieuse, la jeune femme voulut protester. Mais les regards implacables de son Jules et de son commissaire eurent raison de sa détermination. Ils ne la laisseraient jamais monter à l'assaut.

— OK, il me reste douze hommes à disposition, plus les tiens, toi et moi. À dix-sept, ça devrait faire du bruit.

Ils commencèrent à terminer de s'équiper dans un silence tendu.

D'abord, recouvrir de Gaffer noir le manche des poignards Big Sharks sortant de leurs bottes Python coquées. Puis installer soigneusement les casques micros légers R15006 et les fixer avec de l'adhésif sur leur cagoule trois trous. Enfin, leurs armes.

Protégés par les secondes chances en Kevlar des forces spéciales, les hommes de d'Harcourt étaient armés de 357 Magnum 4 pouces ou de mini HK de 9 mm, tous munis de réducteur de son et de visée laser. Les revolvers Manurhin Spécial Police F1 de Jules, Ken et Wik étaient chargés de balles 357 Magnum, plus redoutables que les cartouches à bourrelet 38 spéciales, données en dotation. Mallock, de son côté, avait chargé son 44 Smith & Wesson Magnum avec six balles de plomb à pointe mousse de

15,5 g, après avoir hésité avec des balles semi-blindées à pointe creuse. Il comptait également sur le petit joujou qu'il avait mis dans sa poche droite, un automatique de calibre 25, 6,35 mm. Une arme particulièrement légère qui ne le quittait jamais. Elle était chargée de munitions spéciales fabriquées par Winchester-Western, des projectiles à pointe expansive de 2,19 g. Chaque balle en plomb n'était pas blindée mais revêtue d'un apprêt de cuivre. Dans la pointe creuse se logeait un plomb de chasse n° 4 en acier. Assez solide pour ne pas s'écraser sur n'importe quel obstacle et assez petit pour blesser sans tuer.

Dernier rituel, les hommes de d'Harcourt enfilèrent leurs gants. Solag Kevlar Black pour les uns, Blackhawk Solag HD Nomex Noirs pour les autres. Deux d'entre eux sortirent de l'arrière du 4 × 4 un bouclier pare-balles qui approchait les 20 kilos.

L'équipe de repérage revint au même moment avec l'info et toute l'imagerie.

— D'après les thermiques, ils ne seraient que six, plus une femme, sans doute Mme Kœnigstein et…

— « Seraient » ? les coupa d'Harcourt. Faut que l'on soit certains. Pas question de lever, si…

— Désolé, commandant, mais on ne voit pas tout, même avec la Millicam. Il peut y avoir d'autres cibles cachées dans une pièce spécialement protégée, sous terre ou même plombée. C'est rare, mais rappelez-vous, ça nous est arrivé en début d'année. La bonne nouvelle, c'est qu'ils sont tous dans la pièce principale. En tout cas, les quatre que l'on a identifiés.

— Rez-de-chaussée ?

— Non, au deuxième étage, sous le toit.

— Logique. À tous les coups, le standard d'émission est en haut. Rien d'autre ?

— Si, pas mal d'écrans, des ordinateurs. Et deux feux de cheminée, un tout en bas et un au premier. La chaleur doit monter par l'escalier et chauffer l'ensemble.

— Et en matière de source sonore ?

— Désolé, on est restés un peu loin pour éviter d'être repérés, et ce sont des murs normands, 70 centimètres d'épaisseur, et en pierres. Les fenêtres sont doublées. Une dernière chose, ils sont lourdement armés.

— Vous avez identifié le matériel ?

— Oui, du sérieux. Ce sont des fans de la fabrique nationale de Herstal. On a compté une douzaine de FN F2000 et trois FN Minimi.

Les fusils d'assaut belges, comme les mitrailleuses, chambraient la même munition 5,56 OTAN. C'était du matériel de haut niveau, ça ne plaisantait pas.

Ce fut avec cette dernière précision en tête, pas vraiment rassurante, que l'équipe partit à l'assaut.

6 heures

Le bourg était silencieux. En avançant, la troupe faisait de légers bruits de cuir, ceintures et bottes crissant sous l'effort de la marche. Heureusement, toutes les parties métalliques qui risquaient de faire du bruit avaient été gaffées. Au loin, éclaboussures salées, la mer frappait la falaise de toutes ses forces. Quelques rares cris de mouettes, un coq enroué, le hennissement d'un cheval dans un pré.

Visuellement, le terrain était plutôt favorable, à condition d'attaquer la bâtisse par le sud. Plusieurs maisons, plus modestes, permettaient d'avancer sous couvert.

Les R15006 crachotèrent :

— Hecate 1, en place, over...

— Hecate 4, en place, over...

— Hecate 2, en place, over…

— Hecate 3, en place, over…

Sans attendre une seconde de plus, le commandant donna l'ordre :

— Go ! On interpelle.

Derrière le lourd bouclier pare-balles, Jules et les neuf hommes s'avancèrent, traversant la rue en diagonale, tout droit en direction de la porte. Le spécialiste, qui avait déjà repéré le modèle de serrure à la jumelle, entreprit de la faire céder. Pour éviter tout bruit, il commença par introduire un mélange dégrippant de 4 800 et de WD40 à l'aide d'une seringue, puis projeta une mousse isolante. Le parapluie ne fit pas le moindre bruit. Quand la porte s'ouvrit, divine surprise : pas d'alarme. Sans doute ne la mettaient-ils que lorsqu'ils s'absentaient.

À gauche, un grand salon. Au fond, la porte de la cuisine. À droite, l'escalier menant aux étages.

D'Harcourt monta seul quelques marches et redescendit. Il fit signe de laisser le bouclier. En cognant, il avertirait les terroristes. Profitant de cette pause, Mallock s'était approché et attaquait les premières marches, avançant en tête.

— Hors de question, souffla d'Harcourt en le repoussant.

Il prit sa place en faisant signe à ses hommes de le suivre.

La marche fut longue jusqu'au second étage, chacun retenant et son pas et son souffle. À chaque palier, afin de ne pas être pris à revers, deux des hommes de d'Harcourt en forçaient les portes, trois en fait : une donnant vers l'arrière, une dans un cabinet de toilette et la troisième sur le parc. Au premier étage, un policier ressortit d'une pièce pour faire signe à son commandant et à Mallock de le suivre. À l'intérieur, accrochées comme des pendus, huit panoplies complètes de Polichinelle leur faisaient face. Un peu plus loin, sur une table, les masques. Brillant dans l'obscurité, les énormes becs jaunes, entre celui d'Horus et les « becs-de-corbin » des docteurs du Moyen Âge, pointaient leurs nez vers le plafond. Deux confirmations : ils étaient au bon endroit, et Ockham était pluriel.

Au second, arrivés devant la porte de la salle principale où se trouvaient les sept cibles, ils firent une pause. Puis, lentement, prirent position, comme ils l'avaient répété des centaines de fois. Un à gauche, un à droite et trois au centre en file indienne. Un sixième, muni d'un bélier d'effraction Gränsfors s'approcha et se glissa devant eux. Décompte silencieux. Il prit son élan et fit sauter la porte.

En deux secondes, d'Harcourt et ses hommes furent à l'intérieur, armes dressées et hurlant :

— Police, on se fige !

L'une des cibles eut le malheur de vouloir se rapprocher de l'un des F2000, elle fut coupée en deux par trois courtes rafales provenant de l'arme de d'Harcourt. L'homme s'affala dans un bruit de gifle. Un deuxième homme attrapa alors un revolver posé sur la table centrale. Il reçut instantanément quatre balles, une dans le crâne, une dans l'œil gauche et deux dans le cœur. Toujours dans la même poignée de secondes, le bruit couvert par l'explosion des coups de feu, l'une des fenêtres donnant sur le parc éclata en morceaux. De l'Hecate II polymère, muni d'un canon de 900 mm, une balle de 12,7 mm avait franchi les 300 mètres en moins de 0,3 seconde pour venir exploser la carotide et les vertèbres cervicales d'un troisième complice. Les trois survivants levèrent les bras. Sans que d'Harcourt n'ait à leur demander quoi que ce soit, les polichinelles de substitution, ceux-là mêmes qui avaient courageusement attaqué des civils désarmés dans un cinéma, se mirent à genoux puis à plat ventre, les mains derrière le dos.

Derrière, dans l'obscurité, tout au fond de la pièce, Violaine, après avoir été figée trois secondes par la surprise, s'était retournée pour actionner les téléphones alignés derrière elle.

D'Harcourt lança un avertissement :

— Madame, on vous demande de ne plus bouger, nous allons dev…

Mais il n'eut pas le temps d'en dire plus. Six détonations éclatèrent derrière lui, et il vit la tête de la femme exploser. Sa mâchoire, sa langue et ses dents se désintégrèrent, son cou se brisa, elle s'effondra et sa cervelle se mit à baver sur son beau chemisier en dentelle. Les combinés qu'elle venait de toucher partirent, à leur tour, en éclats, comme autant de pipes en terre sur le stand de tir d'une fête foraine.

Mallock était à la porte, son Smith & Wesson vide, encore fumant.

L'ours avait des griffes et pas d'états d'âme.

Il l'avait prévenue.

80

Dimanche 25 décembre et jours suivants…

Le lendemain, pendant que tout le monde se passionnait pour l'incroyable rebondissement de l'affaire Ockham, tandis que médias et politiques tentaient de tirer la couverture à eux, s'attribuant des mérites qu'ils étaient loin d'avoir, alors que la Terre entière apprenait la nouvelle avec autant de soulagement que d'effarement, Mallock, après avoir participé aux premières constatations, aux relevés et à la perquisition de la villa, remis son arme de service aux bœufs-carottes, disparut des radars.

Saturation de stress, de mots, de phrases et de tristesse.

Trop-plein d'émotions, de peur, trop de marches montées et descendues. Sourd de trop de bruits, Mallock avait ressenti le besoin de s'enfuir, trouver un endroit où ralentir son cœur, son corps, son âme et son esprit.

Dans la voiture, en cherchant l'emplacement idéal le long de la côte, il ne s'était décidé à rompre son vœu de silence qu'au seul bénéfice de l'amour de sa vie. Il se devait de tout lui raconter, ça faisait partie du « contrat » entre eux. Article 23, alinéa 5 : en contrepartie de sa discrétion sur tout ce qu'elle apprendrait pendant l'enquête en raison de sa proximité physique avec ledit Mallock, Margot Murat serait en droit d'exiger l'exclusivité des faits, dûment rapportés par le cosignataire du document. C'est du moins ainsi qu'ils l'avaient rédigé tous les deux dans leur tête.

Alors, Mallock raconta tout à Margot, jusqu'à son carton final sur Violaine. Elle ne fit aucun commentaire et préféra lui lancer une invitation.

— Je m'absente voir ma famille pour le Nouvel An, viens avec moi ?

— Ma mie veut me montrer à sa maman ?

L'ironie d'Amédée blessa Margot.

— Et pourquoi pas ? Bien que tu ne sois pas vraiment présentable, il faut que j'assume.

Puis elle ajouta, plus sérieuse :

— En fait, je n'aime pas ton côté moqueur. Ça te vient d'où, cette sorte d'aigreur que tu as parfois ?

Margot savait embrasser, mais griffer également.

— L'âge, ma jolie. L'âge est le plus grand des pourvoyeurs, en arthrite et en nostalgie.

— En cynisme aussi, compléta Margot.

— Oui, tout ce que tu veux. Ceci avoué, quelle idée de vouloir me montrer ta famille !

— Tu comprendrais comme ça d'où je viens. Tu n'as pas envie de me connaître mieux ? De savoir comment j'ai grandi ? Dans quelle ambiance ? Avec qui ?

Mallock lui cloua le bec :

— J'en connais suffisamment sur toi pour t'aimer.

« Aimer » ? Margot prit trois secondes pour reprendre son souffle.

— Tu sais, quand on rencontre quelqu'un, ce sont d'abord ses amis et sa famille qui permettent de le comprendre.

— Ben avec moi, t'es mal barrée.

— C'est certain. T'es seul et tu crois en rien. Heureusement qu'il y a ton équipe. J'ai pu voir les relations que vous entretenez, sinon…

— Prends Judas, l'interrompit Amédée, si on s'était fié à ses fréquentations, t'aurais pas eu une super impression du gars ?

Margot ne put s'empêcher de rire avant de lui lancer, plus sérieuse :

— Tu fais partie de ces gens étranges qui croient au Diable, mais pas en Dieu.

— Dieu ? Si… Je crois qu'il est venu.

Petit silence.

— Mais je crois aussi qu'il est reparti…

Dehors la neige se précipitait sur les phares de sa voiture.

— Et puis, tu sais, pour moi… Dieu, c'était Thomas.

Le commissaire, en rupture de ban, jeta enfin son dévolu sur un ancien palace balnéaire en bord de mer, le Mare-Plaza…

— Vous avez des bagages ?

Toutes les pièces étaient immenses, vides à cette époque de l'année. Seuls une armée de grooms en uniformes et quelques couples d'antiques Anglais en vestes de tweed et robes naphtalines lui conféraient un semblant de vie…

— Non. Donnez-moi une chambre sur la mer.

Dans le hall imposant, un sapin enguirlandé d'or rappelait que Noël ne se fêtait pas qu'à la montagne, mais aussi en bord de mer...

— Grande chambre ?

— Si possible. Et sur la mer surtout.

Lentement, deux vieux époux étaient en train de descendre pour le dîner. Ils étaient habillés comme pour un bal d'ambassade, costume sombre et robe longue en satin bleu canard...

— Les petits déjeuners sont servis de 7 à 10 heures, vous déjeunerez ici ?

Mallock termina de remplir sa fiche d'hôtel : nom, prénom, adresse, profession... Il se fit la réflexion qu'en tant que Français il n'avait pas à le faire, la carte bancaire était l'unique sésame requis. Pas de débat, il voulait monter dans sa chambre prendre un bain.

Il avait une dernière question à poser :

— Y a-t-il encore un magasin de vêtements ouvert dans le village ?

Le gardien des clés jeta un œil sur la pendule qui indiquait 19 h 20, fit une moue dubitative mais attrapa malgré tout son téléphone.

— Ici le Mare-Plaza, vous fermez à quelle heure ? Ah oui, pardon. Je suis bête. Et demain ? Merci infiniment. Désolé de vous avoir dérangé.

Puis il se tourna vers Mallock.

— Nous sommes dimanche, monsieur le commissaire. C'était fermé toute la journée, mais la patronne m'a dit qu'elle ouvrira demain, à partir de 10 heures.

Mallock remercia et changea d'avis, le bain attendrait. Il se dirigea vers la salle à manger gigantesque en forme de rotonde qui surplombait un jardin d'agrément descendant vers la mer.

Une heure plus tard, il avait pris possession de sa chambre, une grande pièce avec un balcon de pierre donnant sur les vagues. Une fois dans l'énorme baignoire à pieds de griffon, il porta son regard vers le plafond. Il y trouva le même genre de fissure que dans sa chambre à Paris. C'est alors qu'il prit une étrange décision. Sitôt rentré, il demanderait à Marc, l'homme qui l'avait sauvé de la noyade lors de l'inondation de sa cour, de venir gratter le plâtre le long de la crevasse. Puis il la ferait remplir d'un enduit à pâte souple, peut-être coloré en jaune. Il ferait alors venir un autre de ses amis, un peintre qui travaillait pour les ministères, pour qu'il applique tout le long de la fissure des feuilles d'or, appliquant à son plafond l'art *kintsugi*, la pratique de réparation et de jointure des objets brisés consistant à utiliser de l'or pour les mettre en valeur. Cacher ou montrer ? Se souvenir ou oublier ? Ça devait être ainsi que le cœur de Mallock avait été réparé après la mort de Thomas.

Le lendemain, Amédée se retrouva au centre du village, devant le magasin de vêtements de marine, bien avant l'ouverture. La propriétaire l'aperçut dix minutes plus tard en ouvrant ses fenêtres au premier étage.

Elle descendit immédiatement pour lui ouvrir en l'interpellant :

— Mais vous êtes fou de rester dehors par un temps pareil en costume ?

— D'où ma venue, grelotta Mallock.

Durant toute la matinée, il parcourut le village afin d'acheter tout ce dont il avait besoin. Il ne savait pas encore quand il rentrerait à Paris.

Deux jours plus tard, Margot l'appela pour faire son rapport. On le cherchait partout. Non seulement pour le féliciter et le décorer, mais aussi pour lui demander des comptes. Certains journaux d'opinion s'étaient déchaînés : « La jeune femme était désarmée. » « C'est un meurtre pur et simple. » La bavure ne faisait aucun doute : « Nous avons affaire à un assassinat d'État. » Quant à Mallock, sa fuite était bien la preuve de sa culpabilité.

— Je te rassure. Très loin de faire l'unanimité, ils ne font que se ridiculiser. Sinon, je t'ai mis de côté des journaux d'un peu partout dans le monde. Va falloir t'y faire, mon coco, t'es un héros planétaire.

— Moi, j'ai plutôt l'impression d'avoir bien cafouillé.

Il avait encore en tête le rapport que Julie lui avait fait. Deux sphères avaient explosé. « Seulement », avait voulu préciser Julie, car elle connaissait bien son commissaire. Mais pour Mallock, le mot ne convenait pas. La première bombe obscure avait éclaté au Brésil, à 1 heure précise. Elle avait fait six morts, des gardiens de nuit. La grande coupole du Musée national de Brasilia avait été complètement soufflée. En plein jour, ça aurait été un massacre. La seconde sphère d'Ivo avait explosé à l'autre bout du monde, au Japon, à 1 heure également mais de l'après-midi. On avait dénombré 792 morts et plus de 800 disparus, et le bilan risquait fort de s'alourdir.

— J'aurais dû rentrer en premier.

— Où ça ?

— Dans la pièce. Je savais que je risquais d'avoir à tirer sans sommation, pas d'Harcourt. C'est ma faute. En le devançant, j'aurais gagné une ou deux précieuses secondes, celles qui ont coûté la vie à tant de personnes.

— Pense plutôt à celles que tu as sauvées ! Crétin. T'es pas Dieu, t'es qu'un pauvre flic qui fait ce qu'il peut.

Elle avait tenté l'attaque frontale, mais elle savait que c'était inutile, tous les arguments du monde ne parviendraient pas à le convaincre. La culpabilité était bien plus puissante que la raison chez Mallock.

Alors elle passa en mode diversion :

— Tu sais ce qui me fait du bien, à moi ?

— Moi, lui répondit Amédée avec ce qui lui restait d'humour.

— Oui, mais encore ? reprit Margot. La seule chose qui me réconforte et me défoule lorsque je rentre d'un reportage plus difficile que d'habitude ?

— Tu écris, non ?

— Oui, c'est ça, je mets mes pensées sur la page. Je les pose pour qu'elles pèsent un peu moins lourd dans ma tête. Tu devrais en faire autant.

— Je ne suis pas sûr de le vouloir. Il faudrait que ça me mène quelque part. C'est pas à mon âge que je vais me mettre à tenir un journal intime : « Les pensées d'Amédée. » Non, franchement ?

— Alors raconte tes souvenirs de flic. Tu pourrais les publier. Ce serait sympa, les aventures de Sherlock Mallock ou les enquêtes d'Amédée Holmes ?

Mallock alla sur le balcon de sa chambre. Dehors, la mer ronronnait telle une armée de chats endormis.

— J'y ai déjà songé. Pour être exact, j'ai eu envie de raconter mes premières années de commissaire, lorsque Thomas était encore de ce monde. Je me disais que ce serait une façon de revivre cette période, un prétexte pour passer du temps en sa compagnie.

Il ne restait plus à l'horizon qu'une étroite bande carmin.

La nuit se fit.

— Oui, je vais essayer. Tu m'aideras ?

— Non, mais je te corrigerai... et je serai sans pitié.

Le téléphone se mit à grésiller. Elle lui murmura encore des mots doux et, après lui avoir dit qu'elle l'aimait, elle attendit qu'il raccroche.

Les jours suivants se passèrent selon le même cérémonial. Après un petit déjeuner copieux, Mallock partait, bien couvert, pour une balade le long du rivage. Il revenait pour déjeuner, et ressortait. Moitié sable au bord des vagues, et moitié galet dans sa partie haute, la plage était magnifique, idéale pour ce que Mallock voulait en faire : sa confidente.

Curieusement, il ne lui parlait qu'en marchant.

Dès qu'il s'arrêtait et s'allongeait sur les galets, il vidait complètement son esprit, réfléchissant à la sensation du vent dans ses cheveux, percevant le bruit du sable glissant sous le reflux de la vague, le silence des nuages.

À l'arrêt, c'était lui qui l'écoutait.

Le samedi 31, il repensa à Jo et décida de commencer ses « mémoires » avec elle :

Demain sera une nouvelle année, Jo, une année qui sera bien triste car elle ne te verra pas, ne te connaîtra pas. Moi, j'ai eu cette chance... Tu sais, avant que je parte pour Paris, mon oncle, qui était tout à la fois grand esprit et petit taiseux, m'avait donné son conseil de vie. Tu ne le croiras peut-être pas, mais ses soixante années d'expérience se résumaient à ça : « Fais tes choix, ne te retourne pas. » Deux verbes et un mot pour toute une vie. Un record, sans doute. Eh bien, hier, en marchant sur la plage, je réfléchissais à sa recommandation. L'avais-je suivie ? Pour les choix, ça n'a jamais été un problème, j'ai peu d'hésitations et encore moins d'états d'âme, peut-être parce que j'ai beaucoup de principes. En revanche, pour ce qui est de ne pas se retourner, je n'y arrive décidément pas. Trop de fantômes et trop de morts... des regrets, quelques-uns, et des remords aussi. Peu. À ton sujet forcément, évidemment... Sur toi, toute ma vie, ma petite Jo, je me retournerai.

Tout en marchant vers les lumières du Mare-Plaza, Amédée ressortit de sa poche le texte qu'Ockham lui avait donné lors de leur dernière rencontre. Il avait envie de clore cette histoire en le relisant une dernière fois avant de le déchirer :

L'avenir de l'homme est dans le moins,
Moins de choses, de causes, ou de métamorphoses,
Moins de poussière, de meubles et d'objets assis,
Moins d'envies, de modes, de vanité aussi,
L'avenir de l'homme est dans le moins,
Moins de rage et plus de courage,
Moins de vices et moins de dieux, moins de vertueux,
Moins de certitudes et plus de solitudes,
Moins de croyances, de rancœurs ou d'espérances,
L'avenir de l'homme est dans le moins,
Moins de menaces, de grimaces,
Moins de mots, d'images et de nombres,
Moins de futur et moins de songes,
Moins de pauses et de pénombres,
Plus jamais le moindre mensonge,
Tout ce qui pèse et ce qui sombre,
L'avenir de l'homme est dans le rien,

Le vide des déserts,
Le calme des rives et des rivières,
Des tombes et des catacombes,
L'hécatombe,
Plus rien que le silence après les bombes.

ÉPILOGUE

Le samedi 31, à 23 heures, Amédée était encore allongé dans l'immense lit du palace Mare-Plaza.

Dans une heure, on passerait à une autre année.

C'était beau de voir le monde qui tournait la page, s'achetait un calepin neuf et s'armait de bonnes résolutions. On change d'avenir et de souvenirs. On se retricote chaussettes et projets, on s'offre une nouvelle âme, on refait le plein de larmes.

Lui n'y parvenait pas.

L'homme était capable de tout, il l'avait toujours été. Pas de quoi rire, à minuit, il serait encore capable du pire, les pacifistes de prendre les armes, les religieux de maudire et les illettrés d'autodafé.

Par association de pensées, Mallock reconsidéra son idée de recouvrir d'or la fissure du plafond de sa chambre. Fallait-il la montrer ou la cacher ? Étrangement, ça l'obnubilait. Y avait-il autre chose derrière ce concept de décoration ?

Il se leva pour aller s'asseoir dans un transat sur le balcon, se versa un whisky et alluma un cigare.

La sainte trinité : canapé, havane et malt bien tassé.

Il se replongea dans sa nouvelle obsession.

L'or pour montrer, ne pas oublier ce qui est derrière. Ce qui était cassé.

Le passé ? Ou ce qui est caché ?

La fissure est une blessure, mais c'est un souvenir également. Quelque chose de brillant, ou du sang ? Peindre, mettre dessus des feuilles pour ne pas oublier tout en le recouvrant ?

Au troisième verre et au tout début du deuxième cigare, l'idée prit forme.

Et si ?

En dix minutes, il avait fait ses bagages, signé sa note et laissé un bon pourboire au personnel de l'hôtel. Une fois dehors, il hésita devant sa voiture. Il ne conduisait jamais après avoir bu. La peur du gendarme ?

Et merde ! lui servit d'acte de contrition.

Dès qu'il eut quitté les petites départementales, où la direction assistée Marles Varamatic de la Type S faisait merveille, il attaqua l'autoroute. Le 4,2 litres de la vieille Jaguar montait facilement jusqu'à 200 kilomètres/heure lorsque Mallock en éprouvait l'envie. Cette nuit-là, ce fut le cas.

Mais avant de foncer, il avait une chose urgente à faire : appeler Otto Borg.

— Mon Dieu, commissaire, mais on vous cherche partout.

— Je sais, je sais. Me revoilà. Je serai à Paris vers 2 heures du matin et j'ai besoin de votre aide.

— Vous ne changerez jamais. Que puis-je pour vous ?

Soudain, Mallock se rendit compte de son manque de courtoisie.

— Je ne vous dérange pas trop ?

— Rien de bien exceptionnel pour une soirée de réveillon, je suis avec ma famille. Mais ne vous en faites pas, vers 2 heures, ça devrait être fini. Vous voulez que l'on se voie ?

— Oui, si ça ne vous ennuie pas.

— Où ? fut sa seule réponse.

— À l'entrée Rivoli du Louvre, avec si possible tout ce qu'il faut pour entrer dans le musée.

Otto Borg eut un moment de stupéfaction.

— Ça ne peut pas attendre ?

— Si, mais autant le faire maintenant. Vous pourrez nous faire entrer ?

— Oui, mais je voudrais savoir pourquoi. Vous avez finalement compris comment il était parvenu à faire sortir sous nos yeux la *Joconde* ?

Amédée se contenta de répondre :

— Excusez-moi, j'arrive au péage. On se retrouve rue de Rivoli, vers 2 heures.

La rue qui longeait le Louvre et les Tuileries était déserte à l'exception d'un énorme convoi aux lumières clignotantes. C'étaient les grues qui avaient officié au niveau du Pont-Neuf et du pont Marie dont les arches trop petites bloquaient les débris venus de l'amont. Elles avaient bien rempli leur rôle et repartaient en province pour quelque chantier sans doute moins prestigieux.

En tout cas, c'était bon signe, la crue n'était désormais qu'un mauvais souvenir. D'ailleurs, Mallock fut étonné de retrouver son Paris déjà presque propre. En une semaine, c'était impressionnant. Même l'air semblait s'être en grande partie débarrassé des remugles de marais et d'algues desséchées.

Otto Borg, devant l'entrée du musée, tapait des pieds. Il faisait un froid de canard. En bon diplomate, il ne fit aucune remarque en apercevant l'accoutrement du commissaire, bottes et gros pull de marin, caban couvert de sable. Par contre, l'homme qui l'accompagnait ne le regarda pas avec la même mansuétude. Visiblement, Georges Karlinski venait d'être sorti du lit par Borg. Même pantalon beige en velours, même veste vert amande sur une chemise bleue à col blanc, même paire de lunettes en écaille de tortue et écharpe rouge, y compris à 2 heures du matin, rien ne manquait à l'uniforme.

Borg expliqua :

— C'était plus difficile que je ne le croyais. Malgré mon haut niveau dans la hiérarchie, impossible d'entrer au Louvre sans la présence du conservateur.

— C'est très gentil de vous être rendu libre, déclara Mallock en se tournant vers Karlinski. J'espère bien ne pas vous avoir dérangé pour rien.

La procédure pour pénétrer dans le musée dura une bonne demi-heure. Appels téléphoniques, codes, systèmes de reconnaissance et enfin clés, avant de tomber sur une douzaine de gardiens armés.

— On va où ?

— J'aimerais jeter un coup d'œil à la réserve, celle où vous avez entreposé les gravats et les tableaux abîmés à la suite du vol.

Décidé à ne pas le contrarier et retrouver rapidement leurs lits, Otto Borg et Karlinski obtempérèrent sans demander d'explications. Elles viendraient certainement en leur temps. Du moins l'espéraient-ils !

Amédée pénétra dans la réserve et commença à fouiller. Tout y était, des restes de rambardes au cadre de la *Joconde*, en passant par cinq seaux contenant les morceaux de la vitrine. Tout, sauf ce qu'il était venu voir.

Il sortit pour demander :

— Où avez-vous mis le tableau qu'Ivo était en train de peindre ?

Les joues de Karlinski s'empourprèrent.

— Je l'ai mis en sécurité. C'est un peu cynique de ma part, je l'avoue, mais je me suis dit qu'une fois mort l'œuvre sur laquelle il était en train de travailler prendrait une grande valeur.

Ni Mallock ni Borg ne sentirent le besoin d'épiloguer sur la noblesse du geste. Après tout, un conservateur, ça conserve.

— Vous pouvez nous amener jusqu'à sa... planque ? lui demanda Amédée.

— Elle est bien à l'abri, derrière mon bureau, précisa Karlinski.

Quatre minutes plus tard, dans le placard du conservateur, Mallock trouva ce qu'il était venu chercher : l'œuvre d'Ivo, celle qui était restée par terre le fameux jour. Du sang séché et du plâtre maculaient encore la petite toile sur laquelle on pouvait voir tout à la fois la sphère où se reflétait la *Joconde*, Ivo en train de peindre et l'œuvre de Vinci elle-même. Karlinski ne s'était même pas donné le mal de la nettoyer.

— Vous ne la trouvez pas petite, cette toile ? demanda Mallock au conservateur.

— C'était la volonté d'Ivo. Elle devait avoir la même taille que son modèle pour, là encore, lui rendre hommage. En fait, elle est légèrement plus grande pour respecter la loi. Toute copie d'œuvre originale doit être au minimum d'une taille supérieure ou inférieure de 1/5 de la hauteur et de la largeur de l'original. Comme le panneau mesure 53 par 77 centimètres, ça fait une toile de 10 à 12 centimètres de plus. C'est le décret n° 1255 du 11 mars 1957 article 41. Elle est belle, non ?

Karlinski contemplait l'œuvre avec une sorte de tendresse gourmande.

— Une fois que vous l'aurez regardée, je la remettrai en sécurité, mais autre part. Sans doute dans une des chambres fortes du sous-sol. Ivo n'est pas mort, certes, mais avec tout ce qu'il a fait, sa notoriété va littéralement exploser. En dehors de toute considération morale, elle vaudra une petite fortune.

— Ce n'est pas mon problème. Par contre, j'ai peut-être une surprise pour vous, répondit Mallock en s'approchant du coin du bureau du conservateur.

Et là, d'un violent coup à plat, il fracassa le cadre qui entourait l'œuvre d'Ivo. Derrière, enfin libérée, arborant un sourire de soulagement, Monna Lisa attendait son Amédée.

(Andernos-les-Bains, le 8 août 2014)

Achevé d'imprimer en janvier 2016
par Normandie Roto Impression s.a.s.
N° d'impression : 1506050

Composé par Facompo
187, rue Calmette-et-Guérin, 14100 Lisieux

MIXTE
Issu de sources responsables
FSC® C003309

Fleuve Éditions, une marque d'Univers Poche,
est un éditeur qui s'engage pour
la préservation de son environnement
et qui utilise du papier fabriqué à partir
de bois provenant de forêts gérées
de manière responsable.

Fleuve Éditions
12, avenue d'Italie
75627 Paris Cedex 13

Dépôt légal : février 2016
R11445/01